이카루스의 꿈

어느 전직 경찰서장의 자전적 에세이

이카루스의 꿈

이자하 지음

북앤피플

프롤로그

이카루스의 꿈

그리스 신화 속의 이카루스(Icarus)는 웅비의 날개를 달고 하늘을 나는 꿈을 꾸었으나 뜻하지 않은 장애를 만나 그 꿈을 접어야했다. 이카루스의 신화처럼 인간만사 참 뜻대로 되지 않는 것 같다.

나는 경찰 공무원으로 30여년을 근무하고 정년퇴직했다. 젊은 나이에 경찰에 들어와 많은 우여곡절을 겪어가며 경찰생활을 이어나갔다. 제복과 계급으로 상징되는 경찰에서 평탄하게 정년을 맞이한다는 것은 결코 쉬운 일은 아니었다. 지나간 여정을 반추해 보면 보람과 행복을 느꼈을 때도 있었지만 고비고비마다 힘든 순간들이 더 많았던 것 같다. 그런 가운데 한사람의 경찰관으로서 비록 미력하나마 주어진 소명을 다 하기 위해서 부단히 애도 쓰고 노력도 했다. 초급 간부로 시작해서 몇 단계 승진도 해 보고 주요 직책에서 일도 해 보았다. 그러나 아쉽게도 정책을 결정하는 고위간부로는 근무하지 못하고 경찰생활을 마쳤다. 그런 가운데서도 정년을 맞이할 무렵까지 무탈하게 경찰생활을 이어 나갔다. 정년을 앞두고는 이제는 정말 '명예롭게 공무원 생활을 마치겠구나' 하고 퇴임식장에 서 있을 나의 모습을 떠올렸다. 그러나 사정은 그렇게 흘러가지 않았다. 이카루스의 꿈이 사라지듯이 전혀 뜻밖의 장애물을 만나 명예퇴임의 소망을 접어야만했다. 왜냐하면 어느 날 갑자기 어려움이 찾아온 것이다. 그것도 하필이면 정년을 코앞에 둔 조직생활 끝자락에 말이다.

나는 정년을 앞두고 아주 생소한 분야에서 일을 했었다. 그것은 바로 경찰청 항공과장이었다. 항공 업무는 일반 경찰 업무와는 전혀 다른 생소한 전문분야였다. 그러나 비록 낯설고 생소한 전문분야였지만 주어진 여건에서 나름대로 최선을 다했다. 헬기 안전과 항공경찰의 발전을 위해서 정말 심혈을 기울였다. 그 결과 어느 정도 성과도 있었다. 그런데 커다란 문제가 불거졌다. 과거 같이 근무했던 부하직원이 엄청난 일을 저질렀던 것이다. 억대 규모의 뇌물사건이었다. 이 사건은 조직내외에 큰 파장을 불러 일으켰다. 이 과정에서 과거 추진했던 여러 성과물들이 불행하게도 부메랑이 되어 나에게 돌아왔던 것이다. 주무과장으로서 추진했던 여러 일들이 뇌물스캔들의 수단으로 이용되었기 때문이다. 나는 이 불행한 사건 앞에서 관리감독자로서 책임을 통감하고 객관적 사실이 밝혀지도록 많은 노력을 기울였다. 그렇지만 유감스럽게도 사건은 사실대로만 전개되지 않았다. 진실은 하나인데 말이다. 정년을 코앞에 두고 많은 어려움을 겪어야만 했다.

비록 미력하나마 경찰관으로서 나름대로 바르고 정직하게 일을 해 왔다고 생각했는데 이런 뜻밖의 어려움을 겪게 된 것이다. 그 상실감은 이루 말할 수 없었다. 공든 탑이 무너지는 느낌이었다. 왜 하필이면 조직 생활을 마무리해야 할 끝자락에 이런 어려움을 겪게 되는지 하늘이 원망스러웠다. 그렇다고 이 참담한 심정을 누구한테 하소연할 길도 없고 얘기할 수도 없었다. 그래서 이 마음을 담아서 글을 쓰기 시작했다. 그래야 좀 위안이 될 것 같았기 때문이다. 그렇게 글을 쓰다 보니 어느덧 분량이 늘어났다. 그리고 자연스럽게 재직 중에 겪었던 여러 일들이 주마등처럼 머릿속에 떠올랐다. 기억을 되살려 경험한 사례들을 하나하나 정리하다 보니 어느덧 책이 되었다. 책으로 꾸미다 보니 자연히 나의 과거 모습과 경찰에 들어온 동기를 조금이라도 소개하는 것이 좋을 것 같아 그 부분을 덧붙였다.

그러나 그때그때 써 두었던 원고를 정리하여 막상 책으로 발간을 하려니 미처 생각하지 못한 부분이 있었다. 그것은 바로 공직에 있었던 사람이 재직 중의 일을 가지고 책을 쓰는 것이 과연 바람직한 일인가 하는 당위론이었다. 국가정책을 다루는 고위직을 지낸 것도 아닌 입장에서 무슨 책을 쓸 명분이 있는가도 생각이 되었다. 더군다나 공무원은 재직 중은 물론 퇴직 후라도 국가 비밀에 관련된 사항은 신중히 다루어야 할 법적 도덕적 의무가 있다. 이러한 제반 사항을 놓고 많은 고민을 했다. 그동안의 경험 한 사례 중에는 사실 예민한 부분도 없지 않았기 때문이었다. 그러나 생각을 바꾸어서 비록 조그만 것이지만 경험한 사례를 기록으로 남기는 것도 의미가 있지 않을까 싶기도 했다. 그래서 항공과에서 있었던 불행한 일을 토대로 주로 총경이 되고 난 후 여러 보직을 거치면서 겪었던 사례를 발췌하였다. 글을 쓰면서 갑자기 겪게 된 어려움을 극복하려 했고 과거를 뒤돌아보고 반성도 많이 했다. 분명 과거에 볼 수 없었던 사물과 사람의 다른 모습이 보였다. 갑자기 겪게 된 어려움도 결코 헛된 것만은 아니었다. 인생만사 새옹지마라는 것도 깨닫게 되었다.

책을 발간하려고 하니 왠지 겸연쩍고 부끄럽기도 하다. 고단했던 지난 여정이 결코 자랑은 될 수 없기 때문이다. 그리고 사례를 소개하면서 너무 주관에 흐른 면이 없지 않은 것 같고 원고작성 과정에서도 능력의 부족함을 알게 되었기 때문이기도 하다. 다행히 주위 분들로부터 좋은 의견을 들을 수 있어 모자라는 점을 보완하고 어려움을 이겨낼 수 있었다. 그 과정에서 제반 여건을 조성해주고 조언을 아끼지 않았던 절친 자유민주연구원 유동열 원장과 어려움에도 원고교정과 좋은 의견을 개진해 준 천안 동남경찰서 오현웅 경정에게 감사의 뜻을 전한다.

2017년 가을,

이자하

차 례

마지막 어려움

전직 경우로서의 소회

01

산골 소년

☞ 사진설명

군 해안초소 복무시절 필자와 선임

1.
시골 면장댁 셋째 아들

나는 두메산골 시골 농촌에서 태어났다. 북쪽의 야트막한 뒷동산을 배경으로 십여 호의 농촌 가옥이 옹기종기 모여 조그만 동네를 이루고 있는 전원적인 농촌부락이었다. 동네 위치는 정남향이고 지대가 높았다. 그래서 앞이 훤히 트여서 전망도 아주 좋은 편이었다. 동네 앞에는 조그만 시냇물이 에스(S) 자를 그리며 유유히 흐르고 좌우에는 마치 좌청룡 우백호 병풍처럼 산줄기가 뻗어있어 풍수지리도 꽤 좋은 곳이었다. 어렸을 적엔 마을 앞을 가로지르는 시냇물에서 또래 아이들과 멱을 감고 물놀이도 하면서 물고기를 잡았고 겨울에는 개울가 얼음판에서 썰매를 타고 얼음을 지치기도 했다. 동네에는 하루 종일 햇볕이 들었다. 그래서 동네 이름도 양지가 든다 해서 양달이었다. 그리고 조선조 2대 임금 정종대왕의 열 번째 왕자인 덕천군의 능과 사당이 인근 세종시 장군면 태산리에 있다. 때문에 우리 동네는 물론 옆 동네 모두 대대손손 전주 이씨 집성촌을 이루고 살았다. 그래서 부락주민들 대부분이 종친일가들로 구성되어 있는 특성이 있다. 조선시대 초기부터 구한말에 이르기까지 덕천군 자손들은 그 어느 종파 못지않게 번성하면서 많은 인재를 배출했다. 관료사회에서는 정승과 판서 등이 줄을 이었고 문학, 예술, 사상, 철학 등 다방면에서 두각을 나타내어 구한말까지 강화학파의 학맥을 형성하기도 하였다.

덕천군 능이 있는 장군면 태산리를 비롯해 우리 부락인 용암리와 인근 용현리 등 의랑골은 덕천군의 후손들이 사는 집성촌으로서 마을 주민들 대부분이 대부나 아저씨, 조카뻘 되는 사람들이 많았다. 나는 덕천군의 16대 '하'자 항렬로서 항렬이 비교적 높은 편이었다. 항렬이 높다보니 어렸을 때는 도련님이나 아제란 말을 듣기도 했고 커서는 대부나 아저씨와 같은 말을 많이 들었다. 일가종친들이 모여 사는 곳이라 우리 동네는 옛날 봉건적인 관습과 유교문화가 남아 있었다. 양반과 상민의 신분적 관념도 일부 잔존했다. 작은 아씨라든가 도련님이란 말도 쓰였고 남녀 간 유별도 엄격하였다. 또한 종중에는 종중 재산을 관리하는 산지기를 들여와 산지기로 하여금 종답을 경작하게 하고 그 대신 10월 시향차림을 맡아 하도록 했다. 산지기는 종답을 경작하고 종중 재산을 관리하면서 상갓집 뒷설거지나 설날이나 추석 때는 염소나 돼지를 잡기도 했다. 당시에는 가축을 도축하는 것이 지금처럼 불법으로 간주되지 않을 때였다. 또 마을 주민들은 봉건적 신분질서를 의식하고 시장에 가서도 고기집 주인에게 존댓말을 쓰지 않았다. 소위 '하게'란 표현을 썼던 것이다. 설날에는 도포와 두루마기를 입은 세배객이 몇 명씩 무리를 지어 논두렁길을 건너 이집 저집 세배를 다녔고 집집마다 안주인들은 세배객 맞기에 분주했다. 정월 초하루에는 아침 일찍 70노인의 산지기가 두루마기 옷을 차려입고 아침 일찍 대문 문간에 들어서서 하정배 인사를 했다. 관직에서 벼슬을 했으면 그에 맞게 호칭을 부르면서 '00 나으리 새해 만수무강 하십시오' 라고 새해 인사를 했다. 우리 집은 항렬이 높고 할머니께서 생존해 계셔서 유독 세배객이 많았다. 매년 정월 대보름까지 세배객이 이어지기도 했다. 어머니는 늘 세배객 접대를 위해 누룩으로 빚은 술과 다과를 준비해야만 했다. 농촌에서는 이렇게 정월 대보름을 보내고 나면 서서히 새해 농사준비를 시작한다. 한해 종사 일을 하는 일꾼도 수소문해서 두어야 하고 못자리를 만들 채비도 해야 했다.

1960년대는 대부분의 농촌마을이 거의 비슷했지만 우리 고장은 특히 더 산골이었다. 마을 가옥들도 대부분 초가집이었다. 농사철에는 이집 저집으로 품앗이를 다녔고 특히 모내기나 가을 추수 같은 큰일이 있으면 동네 주민들이 총출동하여 품앗이로 돌아가며 도와주곤 했다. 여름철 논에 김을 매든가 백중날 등에는 동네 풍물패들이 풍물을 치고 이집 저집을 돌아다니면서 농사 풍년과 마을의 무사태평을 빌기도 했다. 추수가 끝난 늦가을에는 볏단으로 용마름과 이엉을 엮어서 초가지붕을 새로 덮는 것이 큰일이었다. 우리 동네는 전기도 들어오지 않았다. 그래서 밤에는 등잔불을 켜서 어둠을 밝혔다. 등잔불은 조그만 종지에 석유를 넣고 심지를 끼워 성냥으로 불을 붙여 어둠을 밝히는 것으로 불을 켜도 사람을 겨우 알아 볼 수 있을 정도였다. 그러나 당시에는 등잔불이 어둡다는 감을 느끼지 못했다. 물론 시력도 좋았을 것이고 그러한 환경에 적응이 되었기 때문이었다. 이 등잔불을 켜고 온 식구들끼리 저녁을 먹고 오순도순 정답게 이야기꽃을 피우던 때의 기억이 생생하다. 이 등잔불 아래서 머리를 그을어가면서 형제들끼리 놀이도 하고 학교 숙제나 공부도 했다. 겨울밤에는 종종 또래 친구들과 무리를 지어 이집 저집 사랑방으로 옮겨 다니면서 윷놀이도 하고 장기자랑도 하며 놀았다. 밤늦게까지 놀다가 배가 고프면 몰래 남의 집에 들어가 부엌에서 밥을 훔쳐 가져와 나누어 먹기도 했다. 당시에는 이런 것도 어린이들이 놀면서 재미삼아 하는 것으로 어른들도 너그러이 이해하고 넘어가곤 했다.

밥을 훔쳐 먹다가 혹시 주인한테 들키기라도 할 것 같으면 주인은 야단을 치고 혼을 내기 보다는 훈시 조로 타이르면서 오히려 먹을 것을 얹어서 주곤 했다. 여름에는 또래들끼리 모여서 놀다가 배가 고프면 참외 서리나 복숭아 서리도 했었다. 이럴 때도 원두막 주인에게 들키면 당시의 배고픔을 달래고 어린 동심으로 한 짓으로 너그러이 이해해주곤 했다. 어렵고 힘든 시기였지만 그래도 시골 인심은 없는 사람을 도와주고 이이들의 동심을 이해해주는 푸근한 정서가 있었던 것이다. 당시 농촌에서는 수도는 물론 물 펌프시설 조차 되어있지 않았다. 마을 한 귀퉁이에 공동 우물을 파서 물을 길어다 먹어야 했고 빨래도 대부분 공동우물가나 시냇가 빨래터에서 했다.

아낙들이 모여 빨래를 하는 우물가 빨래터는 동네소식을 전하는 소식통 역할을 했다. 그래도 우리 집은 당시 여건으로는 드물게 펌프시설이 되어 있었다. 귀한 펌프시설이었기에 관리에 많은 신경을 써야 했다. 겨울에는 동파를 방지를 위해 물을 빼놓았다가 필요할 때마다 '마중물'을 넣어 지하수를 끌어 올려 썼다. 간혹 이웃 주민들도 우리 펌프 물을 이용할 때도 있었다. 그러나 대부분 주민들은 마을 한 귀퉁이에 있는 공동 우물에서 물동이에 물을 길어다 먹어야만 했다. 당시 마을에는 통신시설도 갖추어지지 않았다. 전화가 들어오기 전이기 때문에 급한 일이 생기면 몇 개의 고개를 넘고 산비탈 길을 걸어서 면소재지의 우체국까지 가서 '전보'를 쳐야만 했다. 당시의 '전보'는 기술적인 한계로 전하고자 하는 뜻을 편지처럼 문장으로 표현할 수 있는 것이 아니었다. 10자나 20자 이내로 짧게 함축해서 전하고자 하는 뜻을 표기하도록 되어 있었다. 때문에 전보를 받아도 정확한 내용을 몰라서 궁금증을 더욱 자아내기도 했다. 당시 농촌시골에서의 통신수단이 그러했다. 마을에는 물론 텔레비전도 없었다. 마을 몇 집만 겨우 라디오가 있을 뿐이었다. 라디오도 트랜지스터가 나오기 전이기 때문에 진공관 라디오였다. 우리 집은 다행히 아버지께서 공직에 계셨기 때문에 여느 집과는 달리 라디오가 1대 있었다. 여름철에는 마당에서 멍석을 깔고 온 동네 사람들이 모여 라디오에서 나오는 연속극을 듣기도 했다.

초등학교도 한 시간 가량 걸리는 산길을 걸어 다녔다. 논두렁과 뚝방 길을 지나 고개 두개를 넘는 산비탈 길이었다. 산비탈 길을 가다보면 산토끼나 고라니 등 산 짐승을 맞닥뜨릴 때도 있었다. 그러나 당시는 땔감용 나무 벌채로 민둥산이 많아 지금처럼 노루나 멧돼지 같은 큰 짐승들은 그리 많지 않았다. 그래도 산길을 혼자 다니기에는 아무래도 으스스하고 무서워서 대부분 또래 아이들끼리 무리를 지어서 다니곤 했다. 간혹 통학로에서는 또래들끼리 재잘거리면서 여우를 보았다느니 호랑이를 보았다느니 마귀할멈이 나타났다느니 하는 이상한 소문을 퍼뜨리는 아이가 있어서 음산함을 더하기도 했다. 도로는 대부분 우마차가 겨우 비켜 갈 정도의 폭이 좁은 시골 농로 길이었다. 당시에는 그래도 이 길을 일제 강점기부터 불려온 관습대로 '신작로'라는 이름으로 불렀다. 물론 도로가 구불구불하고 폭이 좁아서 버스 같은 대형차는 들어올 수 없었다. 아이들은 가끔 소형 트럭이나 택시가 들어오면 흙먼지 속을 뚫고 차 꽁무니를 쫓아다니곤 했다. 자주 볼 수 없는 차가 마을에 들어왔기 때문이었다.

당시에는 어려운 가정 형편으로 초등학교만 졸업하고 상급학교 진학을 못하는 경우도 많았다. 거의 절반 정도 되었던 것 같다. 공주는 전국적으로 알려진 교육도시였다. 면단위 별로 중학교가 생기기 전에는 중고등학교는 대부분 공주읍내에 있는 학교로 진학을 했다. 공주읍내의 학교까지 통학을 하려면 매일 집에서 무려 15리길을 걸어서 '한다리(현 장군면 대교리)'까지 가서 버스를 타야만 했다. 동네까지 버스가 들어오지 않았기 때문이었다. '한다리'까지 가는 통학로는 몇 개의 시냇물 징검다리를 건너고 산 비탈길을 지나야하는 험한 길이었다. 학교 등교 준비를 위하여 어머니는 매일같이 캄캄한 어둠을 뚫고 새벽밥을 지어야 했고 자녀들은 그 새벽밥을 먹고 시골길을 걸어 등교를 했다. 저녁때는 거리가 멀다보니 하교가 매일 늦을 수 밖에 없었다. 부모님들은 하교 후에 깜깜한 밤길을 걸어서 오는 자식들을 매일 같이 호롱불을 켜들고 마중을 가야했다. 자식들이 학교 다니기도 이렇게 어려웠지만 부모님들 장보기도 그 못지않게 힘들었다. 우리 마을에서는 공주나 조치원 5일장을 번갈아가며 장을 보았다. 마을에서 공주나 조치원까지의 거리가 공히 30리 길이었다. 어른들은 장날마다 이 먼 길을 걸어서 다녔다. 왕복 60리나 되는 먼 길이었다. 때문에 장을 보시는 날이면 늘 저녁 늦게 오셨다. 우리는 동네 아이들과 함께 장을 보고 오시는 어른들을 마중하러 '장 마중'을 가곤 했다. 또래들끼리 '장 마중'을 가던 기억이 생생하다.

어느 집이든 자식들을 7~8명 많으면 10명 가까이 낳아 기르고 한 집안에서 몇 대가 대를 이어 살아가는 대가족이 대부분이었다. 우리 집도 예외가 아니었다. 큰할아버지 내외분과 또 할머니 그리고 부모님 내외분, 형제자매 7남매가 한 집안에 사는 대가족이었다. 할아버지는 일찍 돌아가셨고 큰할아버지 내외분이 함께 살았다. 큰할아버지께서 슬하에 자손이 없으셨기 때문이었다. 이렇게 3대에 걸친 대가족으로서 식구가 열두 명이나 되었다. 나는 7남매 중 다섯째로 태어났다. 위로 누님 두 분이 계셨고 밑으로 아들 5형제가 있었는데 아들 중에는 가운데 셋째였다. 우리 집은 전통적인 농촌 집안이었다. 한 섬지기(20마지기)가 조금 넘는 논과 3천여평 정도의 밭을 가진 중농 규모였다. 때문에 해마다 일꾼(머슴)을 두어야했다. 매년 설이

지나고 정월 대보름쯤이 되면 일꾼을 누구를 두느냐가 큰 걱정거리였다. 일꾼의 노력 여하에 따라 그해 농사가 좌우되기 때문이었다.

아버지께서는 공직에 계시다가 중도에 직장을 그만 두시고 집에서 농사를 지으셨다. 당시의 어려운 시대상황에서 일찍 공직에 입문하셔서 군청과 고향 면에서 공무원 생활을 하셨다. 아버지는 외아들 독자로 태어나셨다. 그럼에도 큰 할아버지께서 슬하에 자손이 없으셨기 때문에 큰할아버지 쪽으로 양자로 입적이 되었다. 큰할머니 친정이 있었던 부여 군청에서 일제 말기인 1940년대 초에 공직에 입문하셨다. 당시 일제식민지 시대였고 산업화가 되기 전이기 때문에 공무원 입문이 쉽지 않았다고 한다. 정부가 수립되고 얼마 후에 최초로 지방자치가 실시되었다. 이때 아버지는 당시 기초지방자치단체장이었던 면장선거에 출마하여 당선이 되셨다. 약관 32세의 전국 최연소 당선이었다. 당시에는 도 단위와 읍면 단위에 지방자치제가 실시되었다. 당시 지역의 면장은 기초자치단체장으로서 정치적 위치나 영향력이 컸다. 아버지는 주민들로부터 신망을 받으셨던 분이다. 젊은 연세에 면장선거에 출마를 한 것도 지역민들의 적극적인 권유가 있었기 때문이었다. 또한 아버지는 공직자로서 겸손했고 아주 청렴하셨다. 때문에 우리 집은 경제적으로 형편이 늘 어려웠다

아버지께서 공직에 계시는 동안 당시 국내 정치상황은 큰 격변기를 맞게 된다. 헌정사에서 오욕을 남긴 3·15 부정선거가 발생하고 이를 무효화하고 재선거를 주장하는 4·19 의거가 발생한다. 이 4·19의거로 마침내 이승만 대통령은 하야하고 자유당 정권은 무너

진다. 자유당 정권이 무너진 후 의원내각제 민주당 장면정부가 들어섰지만 이 또한 오래 가지 못한다. 6·25라는 전쟁의 참화를 겪었고 남북이 첨예하게 대치하고 있음에도 감상적 통일론이 난무하고 노사분규를 비롯한 온갖 불만이 한꺼번에 분출되어 사회는 극도의 혼란에 휩싸이게 되었다. 민주당 정권의 무능함과 그것으로 인한 사회적 혼란을 틈타 마침내 일부 정치군인들이 들고 일어선 것이다. 이른바 5·16 군사 쿠데타였다. 이로 인해 민주당 정권은 무너지고 혁명 주체세력에 의한 군정이 실시되게 된다. 불행하게도 이런 정치적 격변기를 맞아 아버지 공직신분에도 큰 변화가 오게 되었다. 단지 구정권에 몸담았다는 이유로 공직에서 물러나게 되는 비운을 맞이했던 것이다. 아무런 잘못도 없이 정치적 희생양이 된 것이다. 그 충격은 이루 말할 수 없었다. 아버지께서는 일제 강점기 젊은 나이에 공직의 문을 두드려 조국 해방과 대한민국 건국이라는 대격변기에 국가를 위해 헌신하셨는데 단지 정치적인 이유로 공직을 그만두셔야 했던 것이다. 아버지께서는 살아오시면서 이것을 평생 동안 한으로 여기셨다. 때문에 아버지께서는 5·16군사 쿠데타는 물론이고 박정희 독재정권에 아주 비판적 입장을 견지하셨다. 정치적으로도 늘 반대편에 서셨다. 때문에 당시 정권으로부터 눈에 보이지 않은 묵시적 압력을 받으시면서 고생을 했다. 물론 그에 따라 가족들도 경제적으로는 물론 심적으로도 많은 고생을 감내해야 했다.

1960년대 초는 6·25전쟁을 겪은 지 10여년이 지났지만 대부분의 국민들은 절대빈곤 속에 어렵게 살던 시기였다. 우리 집도 경제적으로 어렵기는 마찬가지였다. 더욱이 아버지께서 일찍 실직을 하셨기 때문에 더욱 곤란을 겪었다. 당시 대부분의 논과 밭은 너나 할 것 없이 거의 천수답이었다. 지금처럼 저수지나 관개시설이 갖추어지지 않았기 때문이었다. 60년대 말에는 가뭄이 아주 극심했었다. 당시에는 정부대책 중에서 가장 중요한 정책이 가뭄을 극복하는 한해(旱害)대책이었을 정도였다. 관개시설이 거의 정비되지 않았던 당시에는 가뭄이 극심해도 삽으로 우물을 파서 겨우 사람 힘으로 두레박 물을 품어 넘기거나 그것마저 어려울 경우는 기우제를 지내고 하늘만 쳐다보아야만 하는 실정이었다. 천수답에서의 수확량은 지금과 비교 되지 않을 정도로 적었다. 논 한마지기에 겨우 쌀 두 가마 정도(양석이라 함) 수확에 그쳤다. 그러니 대부분의 농가가 절대 빈곤 속에 허덕일 수밖에 없었던 것이다. 우리 집도 중농 규모의 농토를 가지고 있었지만 거의 천수답이어서 쌀 수확량은 불과 얼마 되지 않았다. 아버지께서 공직에 계시는 동안에 벌어 놓은 돈도 없었고 농사일에 익숙지 못해 일꾼을 두어야 했기 때문에 가정형편은 더욱 어려웠다. 자식들은 고학을 해야만 했고 제때 진학을 하지 못하기도 했다.

이렇게 비록 가정형편은 어려웠지만 부모님의 교육열은 대단했다. 어려운 형편에도 아들 5형제를 모두 대학까지 가르치셨던 것이다. 물론 그 과정에서 고생은 이루 말할 수 없었다. 두 분 형님들은 서울에서 대학과 고등학교를 다녔다. 당시 우리 고향에서는 아주 드물게 서울로 유학을 한 것이다. 형님들은 서울에서 고학을 하다시피

하면서 학교를 다녔다. 겨우 자취방 하나를 얻어서 남의 집 자녀들에게 과외 공부를 시키는 아르바이트로 학비를 벌어야 했다. 이 과정에서 방 틈으로 새어든 연탄가스에 중독이 되어 하마터면 큰 변을 당할 뻔한 적도 있었다. 뿐만 아니라 등하교도 수중에 찻삯이 떨어져서 걸어 다니기도 했다. 이러는 사이에 시골에서 초등학교와 중학교를 다니고 있었던 나와 동생들도 형님들 못지않게 많은 어려움을 겪어야만 했다. 부모님들도 온통 서울에 있는 형님들에게 관심이 집중되다보니 시골에 있는 어린 동생들에 대해서는 신경 쓸 겨를이 없었던 것이다. 나의 경우는 더욱 운이 없는 편이었다. 중학교 입학시험에 합격을 했음에도 제때 입학을 하지 못했기 때문이다. 당시에는 중학교 입학도 입학시험을 치러야 했다. 마지막 입학시험이었다. 당시 중학교 입시문제는 사회적으로 커다란 문제가 되어 있었다. 왜냐하면 성장기에 들어선 어린이들이 온통 중학교 입시에 매달려 발육에 지장을 주고 조기경쟁으로 정서적으로도 문제가 있었기 때문이었다. 당시 농촌에서는 어려운 가정 형편으로 중학교 진학을 포기하는 학생들도 적지 않았다. 당시 우리 초등학교는 60명 씩 2개 반이었는데 6학년 때는 이 2개 반을 진학반과 비진학반으로 나누었다. 그 중에서 중학교 진학을 포기한 비진학반 학생이 거의 절반이었다. 마지막으로 중학교 입시를 치르고 그 다음해부터는 학군별로 무시험 입학을 하는 제도로 바뀌었다. 진학반은 수업을 입시 위주로 진행하고 방과 후에도 과외공부를 시켰다. 과외공부라고 해도 지금과 같은 개념의 과외공부가 아니고 학교에 남아서 담임선생님으로

부터 입시대비 수업을 받는 나머지 수업의 일종이었던 것이다. 당시 과외비는 월 500원이었다. 당시에는 그 액수도 그렇게 적은 돈은 아니었다.

나는 형편은 어려웠지만 중학교 진학을 위해서 진학반에 들어가 공부를 했다. 그런데 몇 개월분의 과외비를 내지 못했던 것이다. 선생님으로부터 수 없이 과외비 납부 독촉을 받았지만 어찌할 도리가 없었다. 눈에 보이지 않는 눈총도 많이 받았다. 이런 상태에서 과외 공부를 포기하고도 싶었지만 그래도 중학교 진학을 위해서 온갖 눈치를 보아가며 진학반에 남아서 공부를 했다. 지금도 과외비를 내지 못한 부분에 대해서 당시 선생님들께 미안한 마음이 든다. 나중에라도 미납했던 과외비를 드렸어야 하는데 그러지 못했다. 과거의 어려웠던 시절을 새삼스럽게 떠올리기가 싫었고 또 그러한 용기가 없었던 것이다. 그러면서도 한편으로는 선생님들께도 어려운 입장에서 공부를 하는 어린제자를 좀 헤아려 주었으면 하는 서운한 점도 없지 않다. 어쨌든 당시 나는 이렇게 입시공부를 해서 다행히 공주 읍내의 한 중학교 입학시험에 지원해서 무난히 합격을 했다. 그 학교는 전통이 있고 명문이라는 소문이 나서 우리 초등학교에서는 나를 포함해서 겨우 4명이 합격했다. 그러나 애석하게도 나는 학교 입학을 하지 못했다. 입학금을 마련하지 못해서였다. 당시 아버지께서는 실직 후 재취업을 하셔서 강원도 양양의 한 철광회사에 다니고 계셨다. 때문에 어머니 홀로 동분서주 하시다가 끝내 입학금을 마련하지 못했던 것이다.

안타까운 일이었다. 중학교 입학을 제때 하지 못한 것이 가장 큰 아쉬움으로 남는 일이었다. 비록 어렵기는 했지만 자식들 학교진학을 위해서라면 온갖 노력을 다 기울이고 하는데 어려운 시험에 합격을 했어도 입학을 하지 못했기 때문이다. 어린 마음이지만 부모님을 원망도 해보았고 세상에 대해서 반항심도 가져 보았다. 사람에게 과연 돈이란 무엇인가? 그런 돈이 왜 우리 집은 없는 것인가? 하는 생각을 하고 나의 처지를 비관도 해 보았다. 솔직히 학교 담임선생님께도 서운한 마음이 없지 않았다. 제자가 시험에 합격하고도 입학을 하지 못한 상황이라면 선생님 입장에서는 가정방문도 하고 학부모 면담도 했어야 했을 텐데 아쉽게도 그런 일은 없었다. 전적으로 내가 처한 형편 때문이었지만 그래도 선생님의 도리란 측면에서 생각해 볼 때 아쉬움도 많이 남는 대목이다. 아마 과외비를 내지 못한 제자를 예쁘게는 보지 않았을 수도 있다는 생각이 된다. 나는 중학교 입학을 하지 못하고 일 년을 집에서 쉬면서 어머니 농사일을 도와드렸다. 아픈 마음이었지만 그래도 어머니 홀로 고생하시는 것이 안타까워서 모내기도 하고 논과 밭에 김을 매기도 했다. 어느 날 들에서 일을 하고 집에 들어오는 길에 이웃집 또래 친구와 마주쳤다. 그 친구는 검정색 교복을 입고 자전거를 타고 학교에서 귀가하는 길이었다. 공주 읍내의 학교가 아닌 면 단위 신설중학교에 다니는 또래 친구였다. 물론 그 친구는 나보다 공부도 잘하는 편이 아니라서 무시험으로 이웃 면 소재지에 위치한 새로 생긴 학교에 다니고 있었던 것이다. 그래도 그 친구가 너무 부러웠다. 이렇게 집에서 농사일을 도우며 일 년을 보냈다. 그 후 일 년이 지나서야 나는 겨우 학교진학을 했다. 일 년을 재수를 한 셈이었다. 그런데 다음 해부터는 입학시험이 없어진 것이다. 전국적으로 중학교 무시험 제도가 실시되는 해였기 때문이었다. 가고자하는 학교를 선택하는 것이 아니라 학군별로 나누어진 학교로 자동으로 진학을 하게 된 것이다. 나는 옆집 또래 친구가 다니는 인접 면 소재지의 신설 교에 입학을 했다. 그 친구의 일 년 후배가 된 것이다.

늦게 학교를 다니면서도 마음고생을 많이 했다. 당시에는 교복을 입고 학교 기율을 잡는다는 이유로 상급생이 기합도 주고 경우에 따라서는 손찌검을 하는 경우도 종종 있었다. 하급생인 나 자신도 간혹 기압을 받거나 괴롭힘을 당한 적도 있었다. 그런데 하급생이라도 나의 경우는 다른 동료 학생들과는 처지가 달랐다. 늦게 입학을 했기 때문이었다. 상급생이라 해도 같은 또래의 학생이었다. 통학로 옆에 살고 있는 한 상급생은 나의 처지를 알고 더 심한 모멸감을 주는 언행을 할 때도 있었다. 당시 어린 마음이었지만 그 학생이 참 원망스러웠다. 같은 또래의 학생으로서 좀 이해를 해주었으면 좋으련만 그 학생은 그렇지 않았다. 오히려 더 심하게 했던 것이다. 늦게 학교를 다닐 수밖에 없는 것이 원망스럽기까지 했다. 공부를 못해서도 아니고 단지 가정형편이 어렵다는 이유로 같은 또래의 학생에게 이런 수모를 당하는구나하고 생각했을 때 그 만큼 마음의 아픔이 컸던 것이다. 신설학교이기 때문에 그 학생들은 시험도 치르지 않고 입학을 한 학생들이었다. 때문에 공부도 그렇게 썩 잘하는 학생들이 아니었다. 그런 학생들에게 수모를 당하니 자존심이 더 상할 수밖에 없었다. 한참 발랄하고 생동감이 넘쳐날 청소년기에 이런 일을 당했다. 그러다보니 나도 모르게 위축이 되고 성격도 소극적으로 변하는 것 같았다. 발표력도 왕성하고 적극적인 성격이었지만 이런 일을 겪으면서 어딘지 모르게 주저주저하고 위축이 되었던 것 같다. 학교생활에서도 어렵기는 마찬가지였다. 당시에는 중학교도 의무교육이 아니라서 기성회비라는 수업료를 분기별로 납부를 해야만 했다. 그런데 기성회비나 기타 공납금을 어려운 가정형편으로 제때 납부하지 못했다. 그때마다 교무실로 불려가서 선생님께 혼이 나기도하고 방과 후 나머지 청소를 했다. 비록 어린 마음이었지만 자본주의 사회에서 돈이란 과연 무엇인가를 생각하게 되었고 그런 사회를 원망도 해보았다.

새마을 운동이 막 시작되었던 70년대 초 당시는 국민들 모두가 삶이 어려웠던 시절이었다. 시골에서는 많은 학생들이 중학교 진학도 못하고 한 푼이라도 돈을 벌기 위해서 무작정 서울로 상경하는 시기였다. 그래서 '무작정 상경'이라는 말도 유행했던 시절이었다. 우리 집은 아버지께서 공직에서 갑자기 실직을 하신 상태였고 농사 외에는 별다른 수입원이 없었다. 수입원이래야 겨우 농사짓는 것이 전부였다. 이런 상황에서 형님들조차 서울로 유학을 가서 학교를 다녔다. 시골에 있는 나와 동생들은 더욱 어려움을 겪을 수밖에 없었다. 그런 어려움 속에서 당시의 생활상과 스스로의 심정을 담아 중학교 내내 일기를 썼다. 그 제목은 바로 '충무일기'였다. 당시 교육청에서는 충무공 이순신 장군을 기린다는 뜻으로 '충무일기'라는 일기장을 나누어 주면서 학생들에게 의무적으로 일기를 쓰도록 했었다. 의무적으로 쓴 일기라 해도 그 일기장에는 당시의 힘들었던 나의 내면세계와 고달팠던 시대상이 생생하게 그려져 있었다. 그런데 참 운이 좋았다. 수십 년이 지난 후 고향 세종경찰서장으로 근무할 때였다. 휴가를 받아 옛 시골 빈집을 정리하다가 우연히 이 일기장을 발견한 것이다. 수십 년 전 청소년기에 썼던 일기장을 발견했으니 참 감회가 새로웠다. 나는 일기를 보면서 어려웠던 그 시절이 생생히 머릿속에 그려졌다. 가련하고 불쌍한 한 소년이 주인공이 된 한편의 흑백 영화를 보는 기분이었다. 참 고단하고 힘든 시기였다. 아내는 우연히 그 일기를 보고 남몰래 눈물을 흘리며 한없이 울었다고 한다. 말로만 들었던 남편의 어린 시절이 생생히 그려졌던 모양이었다. 그리고 자기의 솔직한 심정을 담아 지방의 경찰서장 관사에 홀로 있는 나에게 휴대폰으로 다음과 같은 감상문을 보냈다.

〈어느 농촌 소년의 수채화〉

그동안 읽었던 어떤 책보다도 가슴 저리고 따뜻한 이야기

가슴이 먹먹하고 눈물이 나다가도 저절로 웃음이 나는 14살 소년의 일상이

농촌 파노라마처럼 그려지는 게 힘들었던 그 시대상을 보는 듯

그 어리고 여린 한 소년의 내면세계를 이해하고 공감하면서
그런 역경을 잘 극복해나간 그 소년을 꼭 안아주고 싶었어!
넌 꼭 잘 될 거라고 정말 안쓰럽고 기특하고 그 반듯한 소년이
내 남편이 되었다는 게 얼마나 다행스러운지 몰라

남들보다 어려웠던 그 시절은 오히려 보석처럼 빛나던 시절
어려움이 있을 때마다 그 힘들었던 시절을 기억하며
우리함께 역경을 잘 헤쳐 나가며 살도록 해
정말 그런 유년시절을 간직한 당신을 사랑해

2.
청빈하고 자상하신 부모님

아버지는 해방 전 일제강점기에 첫 공직생활을 시작하셨다. 나는 당시 어렸기 때문에 아버지께서 하신 공무원 생활이 잘 기억나지 않는다. 그러나 점점 자라면서 명절이나 집안 큰일 등 기회가 있을 때마다 일가친척이나 주위 어르신들로부터 아버지 공직생활에 대해 많은 얘기를 들을 수 있었다. 그때마다 어르신들은 아버지의 좋은 면을 두루 말씀 하셨다. 나는 그런 어른들의 말씀이 당시에는 어떤 의미인지 잘 몰랐으나 점차 철이 들고 부터는 '아버지가 참 훌륭하신 분이구나' 하는 것을 깨닫게 되었다. 아버지께서는 매사에 신중하시면서도 겸손하셨다. 언행에 있어서도 늘 절제와 품위를 잃지 않으셨다. 지역부락민들 누구에게도 한결 같이 성의를 다해 친절히 대해 주셨다. 어려운 처지에 있는 사람에게 오히려 정을 베풀고 도와주곤 하셨다.

어느 경우든 사람이 중요하기 때문에 돈이나 물질보다는 사람 본위의 행동을 해야 한다고 늘 말씀하셨다. 때문에 사람을 차별해서는 안 되고 경우에 따라서는 어려운 사람을 도울 줄도 알아야 한다고 하셨다. 나는 어렸을 때는 이런 아버지의 가르침을 잘 이해하지 못했었다. 그러나 나중에 철이 들고 학교 공부를 하면서 '아! 아버지의 그 말씀이 바로 휴머니즘이었구나!' 하는 것을 깨닫게 되었다. 비록 작은 것이었지만 진작부터 이런 조그만 휴머니즘을 실천해 오셨던 것이다. 우리 집은 집 대문간에 먹을 것을 구걸하는 상이군인이나 걸인이 오면 그 분들을 그냥 돌려보내지 않고 조금이라도 성의껏 먹을 것을 얹혀주는 집안 전통이 있었다. 이것은 사실 그 윗대 조상 대대로 내려오는 전통이기도 했다. 당시에는 6·25 전쟁이 끝난 지 얼마 되지 않았기 때문에 전쟁 중에 부상을 입은 상이군인이 구걸하는 경우도 꽤 많았다. 또 어려운 시기이기 때문에 먹을 것을 구걸하는 걸인도 많았다. 그리고 경상도나 전라도 등 남녘으로부터 와서 옷이나 먹을 것을 팔러다니는 보따리 장사도 자주 왔었다. 저녁 무렵에 이분들이 오면 하룻밤을 재워달라고 간곡히 부탁을 하는 경우가 흔히 있었다. 그럴 때면 집안 어른들은 좀 부담스럽지만 저녁 식사도 대접해 주고 이어서 사랑방에 하루 숙박을 시켜주곤 했다. 비록 어려운 여건이었지만 어렵고 힘든 사람들에게 조그만 인정을 베풀고 사랑을 실천했었던 것이다. 나는 어려서부터 아버지께서 그 누구를 나쁘게 얘기한다든가 또는 더 나아가서 속된 표현을 쓰시는 것을 본적이 없다. 늘 긍정적이고 좋은 쪽으로 얘기를 하셨다. 집에서도 가사 일을 많이 도와주지는 못했지만 부모님 두 분 사이도 서로 인격을 존중하고 배려를 아끼지 않으셨다. 부모님들끼리 서로 큰 언쟁이나 다툼도 거의 없으셨다. 그리고 아버지께서는 술도 전혀 드시지 않았다. 나는 평생토록 아버지께서 술 한 잔 드시는 것을 본 적이 없다. 심지어 제사 지낸 후 음복을 할 때도 술잔을 입에 대시기만 하고 전혀 드시지 않으셨다. 평생을 금욕과 절제된 생활로 모범적인 생활을 하셨던 것이다. 학교생활을 비롯해서 직장생활을 하면서 훌륭하신 분들을 많이 보아왔고 곁에서 모시기도 하였지만 아버지 같은 분을 보지 못했다고 감히 말하곤 한다. 자식입장에서 부모님이라고 해서 좋은 면만을 골라 자랑하는 것은 아니다.

아버지께서는 어려서 일찍 할아버지가 돌아가셔서 그렇게 좋은 가정교육을 받으신 것도 아니었다. 그렇다고 일제 강점기가 암울했던 시기에 고등교육을 받으신 것도 아니다. 그런데도 어떻게 그런 인품의 소유자가 되었는지 의아하기조차 했다. 일제 강점기 농촌에서는 교육기회도 거의 없었고 문맹률도 아주 높던 시기였다. 아버지는 어려서 서당에서 천자문을 비롯한 한문공부를 하셨지만 신식교육은 보통학교 졸업한 것이 고작이었다. 그럼에도 공직에 계시면서 독서를 많이 하셔서 역사라든가 인문분야에도 아주 박식하신 편이셨다. 아버지는 자식들에게 늘 사람으로서의 바람직한 가치관이라든가 직업관에 대해서도 말씀을 해 주셨다. 특히 직업관에 대해서는 장차 직장을 택할 때는 일반 사기업보다는 국가를 위해서 봉사할 수 있는 공직을 택하기를 바라셨다. 당신의 오랜 공직 경험을 살려 자식들에게 올바른 공직관은 물론이고 공직자로서의 처신에 대해서도 자주 말씀하시곤 했다. 공직자는 공과 사를 엄격히 구분을 할 줄 알아야만 하고 무엇보다도 깨끗하고 청렴해야 한다고 늘 말씀하셨다. 특히 청렴을 더욱 강조하셨다. 또 직장생활 태도에 대해서도 자주 일러주셨다. 그 가운데서도 특히 진정 투서 행위에 대해서 자주 말씀하셨다. 직장생활을 하면서 하지 말아야 할 금도가 몇 가지가 있는데 그것 중에서도 가장 하지 말아야 하는 것은 '진정 투서' 행위라고 일러 주셨다. 직장 내에서 잘못이 있으면 면전에서는 따지고 이의를 제기할 수는 있지만 그러지 않고 뒤에서 남을 헐뜯고 음해하는 짓을 해서는 절대 안 된다는 것이었다. 때문에 나중에 직장생활을 하면서 나는 무고나 진정 투서행위를 정말 싫어했고 또 멀리했다.

그리고 아버지께서는 자식들한테 예의범절을 어떻게 실천해야 하는지를 가르쳐 주시기도 했다. 친구사귀는 법도 가르쳐주셨다. 객지에서는 5년이나 그 이상도 벗(친구)으로 사귈 수 있지만 고향에서는 어린 시절 자랄 때를 생각해서 비록 한 살이라도 나이가 많으면 반드시 그에 상응하는 예우를 해야 한다고 말씀하셨다. 즉 정사를 논함에 있어서는 벼슬이 우위에 있지만 고향에 와서는 나이가 우선이라 것이었다. 관련 고사 성어를 늘 인용하셨다. '朝廷(조정)엔 莫如爵(막여작)이요, 鄕黨(향당)엔 莫如齒(막여치)'란 명심보감에 나오는 증자의 말씀이다. 나는 지금도 이 고사성어를 외운다. 객지에서 비록 벼슬을 했다고 하더라도 고향에 와서는 나이 순이니 만큼 반드시 예의를 지켜야 한다고 항상 말씀하셨던 것이다. 나는 이런 가르침을 항상 마음속에 깊이 새기고 종친어른이나 고향 선배들한테는 꼭 예의를 지키고 나의 할 도리를 다하려고 노력했다. 종친 일가 중에도 비록 항렬이 낮지만 나이가 나보다 많으면 반드시 존댓말을 써서 예의에 벗어나는 행동을 하지 않았다. 때문에 나는 경찰관으로서 마지막 고향 경찰서장으로 부임해서 근무할 때도 이러한 아버지의 가르침을 적극 실천하려고 노력했다. 어린 시절 같은 동네에서 서로 뛰어 놀고 부대끼며 자랐지만 한 살이라도 나이가 많고 항렬이 높으면 반드시 그에 걸맞는 예우를 했고 의리를 지키려고 했다. 덕분에 경찰서장이라는 공인으로 근무하면서도 고향 분들과 아주 정답게 격의 없이 잘 지냈던 것 같다.

아버지는 주민들한테도 신망을 받으셨던 분이다. 일가종친들은 물론 동네 주민들도 어려움이나 애로가 있으면 늘 아버지께 와서 상의를 했다. 개인적인 일은 물론 동네일로 어려움이 있거나 의문 나는 일이 있으면 그때마다 아버지에게 자문을 구하고 때에 따라서는 함께 동행을 요구하기도 했다. 그때마다 아버지께서는 내 일처럼 친절히 성의를 다해 일이 잘 되도록 기꺼이 도와주시곤 하셨다. 대서방이나 행정사처럼 이웃 주민들이 어렵고 힘든 일이 있으면 고소장이나 진정서 등도 친필로 직접 문안을 써주시기도 하셨다. 아버지께서는 아주 글씨를 잘 쓰시는 명필이셨다. 주로 문장을 한글과 한문을 혼용해서 쓰셨는데 다 쓰시고 나면 마치 서예작품을 보는 것 같은 느낌이 들기도 했다. 일찍이 어려서 서당에서 한문이나 고전 공부를 하셨고 또 공직에 들어오셔서는 업무적으로 펜글씨를 많이 쓰셔서 글씨를 아주 잘 쓰셨던 것이다. 그 외에도 마을의 대소사가 있으면 직접 현장에 임장하셔서 전통 예법이나 의전을 주관하시고 행사가 잘 되도록 늘 지도해 주시곤 했다. 이렇게 지역사회에서 신망을 받으시다 보니 선거철에는 정치인들도 먼저 아버지를 찾아와 인사도 드리고 덕담을 나누고는 했었다.

때문에 나는 아버지를 늘 자랑스럽게 생각했고 그 누구보다도 존경심을 가졌다. 그래서 자연스럽게 아버지 말씀 한마디 한마디는 나의 가르침이고 동시에 생활의 전부가 된 것이다. 아버지 말씀 하나하나를 생각하고 늘 실천하려고 했다. 나는 개고기를 먹지 않는다. 물론 결혼 전에는 달랐지만 결혼 후 애들이 태어나고부터는 먹지 않는 것이다. 아버지께서 개고기를 먹으면 애들한테 좋지 않다는 말씀을 하셨기 때문이다. 이처럼 사소한 것까지 아버지 뜻을 실천하고자 했다. 뿐만 아니라 평소 생활습관이나 태도도 아버지의 영향이 컸던 것이다. 그것은 경찰관이 되어서 직장생활에서도 이어졌다. 나는 경찰관으로 생활을 하면서 평소 동료는 물론 주변에서 경찰관답지 않다는 얘기를 많이 들었다. 통상 생각했던 경찰이미지와 나의 모습이 꽤 다르기 때문에 한 얘기 같았다. 스스로를 평가해도 일반적인 경찰이미지 하고 나의 모습은 적잖이 차이가 있는 것 같다. 비록 정직하고 바르기는 하지만 너무나 고지식하고 융통성이 없었던 것이다. 조직생활을 하다보면 때로는 상황논리에 따라 권모술수도 있어야 하고 때에 따라서는 아부도 할 줄 알아야 하는데 나는 그렇지 못했던 것이다. 거짓말을 할 줄도 모르고 임기응변으로 자기를 합리화할 줄도 몰랐다. 늘 바르고 정직하신 아버지를 존경하고 따랐기 때문에 은연중에 성격이 그렇게 형성 되었던 것이다.

그런데 불행히도 아버지께서는 어느 날 갑자기 불의의 사고를 당하셨다. 집안에서 낙상사고를 당하신 것이다. 병원 응급실에 입원하신지 사흘 만에 돌아가셨다. 연세가 많으셨지만 아주 건강하셔서 백수를 하시겠다고 늘 말씀하셨는데 불의의 사고를 당하신 것이다. 언제까지 곁에 계실 것만 같았는데 돌아가신지 어느덧 10년이란 세월이 흘렀다. 나는 아버지께서 생존해 계실 때는 어떠한 일이 있어도 하루에 한 번씩 꼭 전화를 해서 안부 인사를 드리곤 했다. 물론 시골에 홀로 계셔서 걱정도 되었지만 그것보다 아버지 목소리를 듣고 싶어서였다. 좋은 일은 자랑 겸해서 전화를 드리고 어려운 일이 있으면 푸념 겸 충고를 듣기 위해서이다. 그때마다 아버지께서는 푸근하게 늘 긍정적이면서 좋은 방향으로 충고와 격려를 해주시곤 하였다. 푸근한 아버지 목소리를 들으면 마음이 편해지고 차분히 가라앉는 것을 느꼈다. 지금도 자상하셨던 아버지 목소리가 귀에 들려오는 듯싶다.

대개 자식들한테는 어머니가 더 다정다감하고 아버지는 어렵고 엄격한 경우가 많다. 그러나 우리 집의 경우는 예외였던 것 같다. 아버지는 오히려 자식들한테 인자하고 다정다감하셨는데 어머니께서는 잘못이 있으면 따끔하게 혼을 내주시고 잘못이 크다 싶으면 회초리도 드셨다. 아버지가 너무 온정적으로 대해주시니까 자식들이 방자해지거나 잘못될까 싶어서 오히려 더 그러시지 않았나 싶었다. 어머니는 너무 고생을 많이 하셨다. 대가족 종갓집 맏아들 독자에게 시집오셔서 정말 숱한 고생을 하셨던 것이다.

우리 집은 중농 수준의 농토를 갖고 있어서 꼭 일꾼(머슴)을 둘 필요는 없었다. 그러나 아버지께서 농사일이 익숙지가 못하셨기 때문에 일꾼(머슴)을 둘 수밖에 없는 처지였다. 오랜 공직생활로 논과 밭을 가는 농사일을 하시지 못했기 때문이다. 당시 시골에서는 머슴을 부를 때는 '일꾼'이라는 말을 많이 썼다. 보통 정월 대보름이 지나면 본격적으로 새해 농사일을 준비해야 하기 때문에 이곳저곳에서 마땅한 사람이라고 해서 일꾼 후보를 소개 받는다. 그 중 한사람을 정해서 1년 노임인 '새경'을 흥정하여 1년 단위 근로계약을 맺는다. 계약이 맺어지면 '일꾼'은 대문간 채의 사랑방에 기거하면서 마치 한 식구처럼 생활을 하게 된다. 농가 입장에서 한 해 농사일을 맡기자면 일꾼에게 성의를 다해서 온갖 보살핌을 해주어야 한다. 당시에는 '새경'을 거의 쌀로 계산하여 주었다. 1년 '새경'은 보통 쌀 8가마 정도였다. 나중에는 15가마까지 올라갔던 것으로 기억이 된다. 쌀 15가마라 하면 일을 아주 잘 하는 '상일꾼'이나 받는 아주 큰 규모의 노임이었다.

그러나 쌀 15가마라 해도 금액으로 환산하면 불과 몇 백만 원에 불과했다. 다른 수입원이 없는 주인집 농가에서는 이것도 매우 부담스럽게 여긴다. 그러나 상대적으로 '일꾼' 가정 입장에서는 더욱 적은 노임이었을 수밖에 없다. 왜냐하면 그 새경으로 일꾼 가족이 한 해를 먹고 살아야만 했기 때문이다. 과거 농촌 삶이 이렇게 힘들고 어려웠다. 일꾼을 고용하는 주인집 농가나 일을 하는 '일꾼'이나 다 같이 어렵고 힘들기는 마찬가지였다. 당시에 우리나라 1인당 국민소득이 100불 내외였다고 추정이 된다. 그 시대를 경험한 세대는 소위 '보릿고개'라는 말을 기억한다. 가을 추수를 해서 겨울과 봄이 지나면 양식이 거의 다 떨어져 간다. 당시 '하곡'이라 부르는 보리는 초여름에 수확을 한다. 농민들은 보리 수확 때인 5, 6월이 경제적으로 가장 어렵기 마련인데 이 시기를 넘기가 힘들다고 해서 '보릿고개'라 부른 것이다. '보릿고개'를 생각하면 현재를 살아가는 우리 세대가 얼마나 풍요를 구가하며 잘 살고 있는가를 알 수 있지 않나 싶다. 자유 대한민국에 태어난 것을 늘 감사하고 행복하게 생각한다.

당시 우리 고장에서는 이렇게 '일꾼'을 두는 농가가 몇 집 있었다. '일꾼'을 두는 집에서는 대부분 '일꾼' 관리에 애를 많이 먹는다. '일꾼'관리가 쉽지 않기 때문이었다. 나는 사람을 관리한다는 것이 정말 쉽지 않은 일이라는 것을 당시 '일꾼' 관리하는 것을 보고 알았다. 물론 성실하고 열심히 일을 하는 사람도 있지만 사람에 따라서는 의도적으로 일을 태만히 하는 경우도 있고 칭병(병이 있다고 핑계를 함)을 하면서 자리에 드러눕는 경우도 종종 있었기 때문이다. 온갖 비위도 맞추어 주어야 하고 먹고 입고 자는 것까지 모든 요구를 다 들어 주어야 했다. 우리 집의 경우는 그렇게 어려운 일꾼 관리도 대부분 어머니 몫이었다. 아버지는 농사일이 몸에 익숙치 않아서 논갈이 등 농사일을 못 하셨기 때문이기도 하지만 기본적으로 남에게 싫은 소리를 하지 못하시는 성품 때문이기도 했다. 사람을 관리하면서 때에 따라서는 잘못을 따지고 어느 정도의 질책도 해야 하는데 아버지께서는 그렇지 못하셨던 것이다.

당시에는 바깥어른들은 안주인에게 안살림을 맡기고 부엌일은 하지 않는 것이 당연한 것으로 받아들여졌다. 우리 집도 예외가 아니어서 아버지는 어머니가 살아계실 때는 부엌에 거의 들어가신 적이 없었던 것 같다. 누님들이 거들어 주기도 했지만 대부분 부엌일은 어머니 몫이었다. 어머니는 늘 힘들어하셨다. 어머니로서 또 아내로서 며느리로서 농사일 주관자로서 정말 혼자 몸으로 감내하기 힘든 여러 일을 하셨기 때문이었다. 우리 집은 대종손은 아니라도 몇 대 조상부터의 제사를 모시는 종갓집이었다. 때문에 제사가 유독 많았다. 매달 한두 번씩은 꼭 제사가 돌아왔다. 어머니는 설이나 추석 등 명절 때는 물론이고 제사가 있을 때마다 누룩으로 술을 빚고 제사음식을 장만해야했다. 고모님들이 세분이 계셨는데 이 고모님들 혼사도 어머니께서 다 주관하시다시피 하셨다고 한다. 온갖 고생을 하시면서도 종갓집 맏며느리답게 인정을 베풀어서 고부간은 물론 시누이인 고모님들과도 아주 사이가 좋으셨다. 고모님들은 올케인 어머니를 마치 부모님처럼 생각하면서 아주 우애 있게 잘 지내셨다. 어머니는 이렇게 건강을 돌볼 틈도 없이 일만 하시다가 어느 날 갑자기 쓰러지셨다.

과로가 원인이었다. 어머니는 쓰러지신 후 약 4년여 동안을 병석에서 누워계시다가 67세를 일기로 세상을 뜨셨다. 어머니는 오래 사시지도 못하면서 정말 고생만 하시다가 돌아가신 것이다. 그 시대를 사셨던 어머니들이 대부분 많은 고생을 하였지만 우리 어머니는 특히 고생이 더 심했던 것 같다. 어머니는 여느 집안과 다르게 큰 할아버지 내외분과 할머니 시부모 세분을 모셔야만 했다. 청빈하고 가난한 공직자인 남편을 위해 온갖 뒷수발을 해야만 했고 7남매 아들딸을 낳아 기르고 보살펴야 했다. 일꾼 관리 같은 농사일도 주관해야 했다. 형편이 어렵다보니 정작 본인은 건강을 돌볼 겨를도 없었다. 그렇게 가족을 위해서 오로지 희생만 하셨던 것이다. 지금도 고생만 하시다가 일찍 돌아가신 어머니를 생각하면 눈물이 저절로 난다. 자식 된 도리로 어머니가 그렇게 힘에 부쳐서 어려워하실 때 조금이라도 더 도와드리지 못한 것이 죄송스럽고 한없이 후회스럽다. 아버지께서도 고생을 많이 하셨지만 그래도 어머니보다는 오래 생존해 계시면서 자식들이 사회활동을 하는 것을 보시고 그나마 어느 정도의 보람과 위로를 받으셨다. 그러나 어머니는 정말로 고생만 하시다가 돌아가신 것이다.

3.
군대생활과 결혼

나는 육군에 입대해서 병장계급으로 만기 제대했다. 대학을 조금 늦게 입학을 했기 때문에 거의 입학과 동시에 군에 입대했다. 나는 어렸을 때 인근 부대에서 야외 훈련을 나온 군인들을 보면서 군대란 과연 어떤 곳인가 궁금해 하기도 하고 훈련하는 모습이 꽤 멋이 있다는 생각을 했다. 자연스럽게 나에게는 군에 대해서 좋은 이미지가 남아 있었던 것 같다. 점차 자라면서 남북분단의 상황과 북한의 실체 '이북'을 알게 되었다. 당시 농촌에서는 북한이라는 말 대신에 '이북'이라는 말을 더 많이 썼던 것 같다. 전쟁이 끝난 지가 얼마 되지 않아서인지 동네사람 누가 '이북'으로 끌려갔다든가 행방불명이 되었다든가 하는 소문이 나돌기도 했을 때였다. 이런 말을 들으면서 나는 자연히 국방의 의무라는 것도 어렴풋이 알게 되었다. 더 나아가 대한민국에서 태어난 남자라면 모두가 국방의 의무를 필해야 한다는 생각도 갖게 되었다. 남자는 국가의 부름이 있다면 당연히 군대를 가야 한다고 생각했다. 나는 어릴 때부터 집안 어른들로부터 일제 강점기 어려웠던 시기는 물론 우리나라의 건국과정이나 6·25전쟁 당시 공산치하에서의 힘들었던 삶에 대한 얘기를 많이 들으면서 자랐다. 자연스럽게 군인의 역할이라든가 분단 상황 하에서의 안보 현실을 깨칠 수 있었다. 이런 가운데 마침내 나는 1978년 4월 11일 국가의 부름을 받고 스물두 살의 나이로 군인이 되었다. 그 후 거의 3년 가까이 오랜 기간 군대생활을 하고 만기 제대했다. 남자로서 군대를 갔다 온 사람이라면 누구나 입대 당시의 착잡했던 마음을 경험했을 것이다. 왜냐하면 군인은 거의 3년이란 기간을 단순히 복무만 하는 것이 아니다. 그 의미를 곰곰이 생각해 보면 군인이 된다는 것은 입대 순간부터 내 스스로가 국가에 바쳐진 국가의 몸이란 의미가 부여되기 때문이다. 평상시에는 가능성이 적겠지만 만약에 돌발적인 안보상황이나 전쟁이 발발했을 경우에 군인은 목숨을 걸고 언제든지 전선으로 나가야 한다. 조국을 위해 목숨까지 바칠 각오로 주어진 임무를 다해야 하는 것이 군인인 것이다. 젊은 나이였지만 당시 이런 생각을 하면서 머리를 깎고 인솔조교에 의해 훈련소에 입대를 했다. 그리고 당시는 복무기간이 길어 거의 3년이 걸렸다. 33개월이었다. 이렇게 긴 세월을 일반사회와는 철저하게 격리된 가운데 엄한 군율과 고된 훈련을 이겨내야 했다. 군대라는 곳은 그런 곳이었다.

비록 부대 내이지만 거기에서도 소위 선임자이나 동료가 있는 인간관계가 있게 마련이다. 소위 선임자들의 엄한 군기가 서슬 퍼렇게 살아 움직이는 내무생활이라 불리는 단체생활은 실로 감내하기가 쉽지 않았다. 오히려 교육이나 훈련보다 내무생활이 더 힘들었던 것 같다. 나는 최전방 보병부대에서 말단 소총수로 근무했다. 물론 부대 교체로 해안 초소에서 근무 할 때도 있었다. 훈련소에서 교육을 마치고 주특기를 받을 때 군에서 흔히 비하적으로 쓰는 일 빵빵(100) 주특기를 받은 것이다. 소위 '땅개'라고 하는 보병이었던 것이다. 전투에서 백병전이나 최후 고지에 깃발을 꽂는 역할을 하는 것이 보병인 것이다. 당시만 해도 뒷배경이 있거나 운이 좋아서 줄을 잘 선 경우는 상대적으로 근무 조건이 좋은 연대나 사단 등 상급부대에서 특과병으로 복무하는 사람도 많았다. 하지만 나는 최말단 소총수로 근무를 했다. 전방의 열악한 근무여건 하에서 눈만 뜨면 강도 높은 교육과 훈련이 이루어지고 내무생활에서도 사역은 물론 구타 같은 가혹행위가 시도 때도 없이 행해졌다. 당시에는 군인에 대한 인권이나 복지문제는 그다지 신경을 쓰지 않는 분위기였다.

물론 나 자신도 여기서 다 밝힐 수 없을 정도로 참 많은 고초를 당했다. 한번은 몇 개월 선임인 고참 사병한테 주먹으로 가슴을 얼마나 맞았던지 가슴이 정말 새까맣게 멍이 들고 부어올라 꼼짝 할 수도 없어 부대 의무실에 입원했던 적도 있었다. 의무실에서 꼼짝도 하지 못하고 일주일 동안이나 누워서 치료를 받아야만 했다. 몇십 년이 지난 지금도 그 후유증이 남아있다. 날씨가 궂거나 컨디션이 좋지 않으면 가슴이 아픈 당시의 통증을 느낀다. 군 인권의식이 향상되고 병영문화가 많이 개선된 지금 기준으로는 구타를 한 선임

병은 관련규정에 의해 당연히 처벌을 받고 영창을 갔겠지만 당시에는 가혹한 구타 행위도 보고조차 하지 않고 그냥 넘어갔었다. 그뿐 아니라 고참들은 시도 때도 없이 내무반의 잠자리에 든 후임 사병들을 깨워 막사 뒤에 집합을 시켜 구타를 했다. 30 LMG 예비총열로 사정없이 맞고는 했다. 이런 가혹한 구타로 인하여 혹시 불상사라도 생기면 훈련 중 사고로 위장해서 사건을 덮는다. 당시에는 군부대와의 통신도 원활하지 않았고 또 군사기밀을 이유로 후방의 가족이나 친지들과의 접촉을 차단할 수 있었기 때문이었다. 당시 전방에서의 군대생활은 이렇게 힘들었다. 그렇게 힘든 군대생활을 이어갔지만 어느덧 선임(고참)이 되고서부터 나도 모르게 앞선 선임들의 그 나쁜 행태를 닮아가고 있었다. 육군상병 때의 일이었다. 우리 부대가 전방 해안초소에서 일정기간 근무를 하고 다른 부대와 교대를 하는 날이었다. 그런데 바로 아래 기수의 후임병들 몇 명이 마지막 근무를 마치고 제때 부대복귀를 하지 않는 것이었다. 이들은 방위병들과 근무지에서 술을 먹고 취해서 부대복귀를 하지 않은 것이었다. 부대에서 중간 정도 선임인 나는 그것을 그냥 묵과할 수 없었다. 나는 인근 폐 막사에 술에 취한 후임 병들을 집합시켰다. 그리고 집합해서 도열해 있는 사병들을 극도의 흥분 상태에서 정말 물불을 가리지 않고 사정없이 구타했다. 시간가는 줄도 모르고 얼마나 때렸는지 나의 주먹에서 피가 나고 살이 찢어졌다. 그렇지만 아픈 줄도 몰랐다.

그런데 그 과정에 문제가 생겼다. 몸집이 큰 거구의 한 사병이 퍽 하고 쓰러진 것이다. 쓰러진 사병은 입에 거품을 물고 사지를 뒤틀고 크게 소리를 지르며 데굴데굴 구르기 시작했다. 전혀 상상도 할 수 없는 일이 벌어진 것이다. 순간 나는 기절할 정도로 놀랐다. 그때는 사람이 정말 죽는 줄로만 알았다. 내가 사람을 때려서 죽이는구나 하고 놀라면서 순간 나를 심하게 나무랐다. 발작을 하는 사람을 동료 사병 여럿이 간신히 들어서 내무반으로 옮겨왔다. 사병들이 전신을 주무르고 상비약을 먹이고 한참을 지난 후에야 겨우 그 사병은 머리를 흔들면서 가까스로 깨어났다. 안정을 되찾기 까지는 많은 시간이 소요되었다. 그 후 나는 정말로 간신히 깨어난 후임 병에게 미안한 마음을 전하면서 진정어린 사과를 했다. 그리고 내 스스로 다짐했다. 내가 무슨 국가에 충성을 한다고 이렇게 까지 사람을 때릴 수 있는가? 하고 정말로 마음속으로부터 우러나오는 반성을 했다. 그리고 스스로 맹세를 했다. 전역하는 그날 까지 다시는 사람 몸에 손을 대지 않겠다고 말이다. 나는 그 후부터 후임 사병에 대해 손찌검 한번 하지 않았다.

전방에서의 군대생활은 참 힘들었다. 당시에는 일종(주식)을 비롯해 보급 물자도 항상 부족했다. 전방에 있었던 우리부대는 영내에 PX도 없어 배가 고팠지만 무엇을 사먹을 수도 없었다. 당시에는 일선 부대행정도 부정과 부패가 만연했었다. 부대살림을 하는 인사계가 사병들 먹을 쌀(1종)을 빼돌리기도 했다. 새벽에 정문 위병소 보초를 서다보면 당시 상사계급의 인사계가 1종을 담당하는 사병과 함께 리어카에 부대 쌀을 가득 싣고 부대 밖으로 나오는 것을 목격하곤 했다. 사병들이 먹을 군량미를 빼돌리는 것이었다. 그렇게 하면서 정작 사병들에게는 정량 배식을 하지 않은 것이다. 참으로 있을 수 없는 일이었다. 군량미를 빼돌리는 것은 이적행위로서 군법으로 최고형을 받아야할 죄질이 가장 나쁜 범죄이기 때문이다. 당시 전방에서는 그런 것도 어쩔 수 없이 그냥 묻히고 넘어갔다. 당시 전방부대의 실태가 이러했었다.

부대시설이나 기타 근무환경 또한 아주 열약했다. 겨울에는 연탄을 때서 내무반에 난방을 하는 '페치카'라는 난방시설이 있었지만 늘 춥고 어둠침침했다. 이러한 내무반에서 매일 반복해서 총기손질이나 내무반 정리를 한 후에 일석점호를 취하고 겨우 잠자리에 들었다. 당시 이 삭막하고 열약한 전방의 내무반이었지만 그래도 한 가지 조그만 낙이 있었다. 한 고참 사병이 휴가를 갔다가 귀대하면서 가지고 왔던 조그만 카세트 녹음기에서 흘러나오는 음악소리를 엿듣는 낙이었다. 당시 유행했던 노래는 '나 어떻게'란 노래와 '곡예사의 첫사랑'이란 노래였다. 비록 어두침침했지만 페치카에서 나오는 온기를 느끼며 고된 훈련으로 지친 심신을 달래주는 감미로운 화음이었던 것이다. 인생의 황금기라 할 수 있는 꽃다운 나이에 전방부대에서 이렇게 군대생활을 했다. 어느 전직 대통령이 군대생활을 썩고 나온다고 해서 당시에 많은 비난을 받았지만 이 같은 군대생활을 경험한 나로서는 썩는다는 표현이 그렇게 틀린 말은 아닌 듯싶다. 거의 3년이란 긴 기간 군 생활을 마치고 제대를 해 보니 세대가 바뀐 듯싶었고 본격적인 학업과 취업에 매달릴 수밖에 없었다.

소위 고관대작들이나 사회지도층 인사들이 국방의 의무를 다하지 않은 경우를 종종 본다. 고위 공직 후보자를 대상으로 하는 국회 인사청문회에서 군 미필이 주요 쟁점이 되는 경우가 자주 있었기 때문이다. 그때마다 다들 나름대로 그럴듯한 이유를 든다. 흔히 신체상에 무슨 결격사유가 있었다든가 가정적으로 면제사유가 있다고들 한다. 물론 그들의 항변과 이유를 믿고 싶다. 그러나 석연치 않은 경우도 많은 것 같다. 군대를 갔다 온 나로서는 솔직히 그들에게 대한민국 국민으로서 국방의 의무를 다하려는 조그만 책임의식이라도 있었는가 하는 의문이 들었다. 왜냐하면 당시만 해도 온갖 이유를 빌미로 병역의 의무를 기피하려고 했던 경우가 흔히 있었기 때문이다. 나는 병역의무를 얘기할 때마다 '노블리스 오블리제'라는 말을 떠올린다. 사회적 지위에 상응하는 도덕적 의무 말이다. 국민 된 도리로서 많은 의무가 있지만 그 중 가장 핵심적인 가치는 바로 병역의 의무이행이 아닌가 생각한다. 이 지구상에 유일하게 분단국가로 남아 남북이 첨예하게 대립하고 있고 특히 북한집단의 특수성을 감안하면 적어도 이유야 어찌 되었건 고위 공직자로서 군필은 필수사항이 아닌가 싶다. 특히 국군통수권을 행사하는 국가지도자는 반드시 군대를 갔다 와야 한다고 믿는다.

고대 로마 제국은 물론이고 근대 영국이나 미국 등 선진국들은 병역의 의무를 가장 신성시하고 가치 있는 것으로 여기고 있다. 로마시대의 귀족이나 후세 영국의 왕세자 등도 국난이 있을 경우 기꺼이 전쟁에 참여해 조국을 위해 몸을 던졌다. 국민들에게 솔선수범하는 모습을 보이기 위함이었다. 그리고 부여받은 의무를 다하기 위해서이다. 우리의 경우 소위 지도층에 있는 사람들이 그 어떤 이유로든 병역 의무를 이행하지 않은 사례가 많다는 것은 참으로 유감스러운 일이 아닐 수 없다. 그런 면에서 아직도 우리나라가 선진국으로 가야할 길은 멀다고 느껴지기도 한다. 현실적으로 꽃다운 젊은 시절에 3년 가까이 군 생활을 한 사람과 보충역이나 면제를 받아 군대를 가지 않은 사람은 엄청난 격차가 있게 마련이다. 군에서 오랜 기간을 국가를 위해 복무하고 있을 때 군대를 가지 않은 사람은 사회활동을 이미 시작했든가 아니면 학업을 계속해서 사회생활의 출발점부터 우위를 선점할 수 있기 때문이다. 군대를 가지 않아 별다른 고생도 하지 않고 그 기간 학업을 계속한다든가 해서 출발점부터 유리한 고지를 선점한 사람이 군대를 갔다 온 사람을 지휘하고 리드하는 사회지도층이 되는 것을 보고 이 사회의 '형평성'이란 것을 생각하게 한다. 군대를 필한 사람도 당시 면제를 받았다던가 보충역을 받아 학업이나 사회생활을 일찍 시작했다면 현재의 처지나 입장이 달라졌을 수도 있기 때문이다.

우리 집 7남매 형제자매 중 위로 두 분 누님은 비교적 일찍 출가를 했으나 두 분 형님들의 결혼이 늦었다. 그래서 자연히 나도 결혼이 좀 늦을 수밖에 없었다. 3년 가까이 긴 군 생활을 마치고 대학에 복학을 해서 대학을 졸업하니까 28세가 되었다. 나이 30이 다 된 것이다. 나이가 꽉 찼으니 무엇보다도 취직이 당면과제였다. 당시에는 지금과는 달리 국책은행이나 공기업 등에도 취업하기가 지금처럼은 어렵지 않았든 듯싶다. 국가경제가 나날이 발전하고 크게 성장하는 단계였기 때문에 대기업을 비롯한 산업 전반에 걸쳐 일자리가 많이 생겼기 때문이었다. 당시에는 대학 졸업생들에게 공무원은 그다지 인기가 없었다. 대기업에 비해 박봉이었기 때문이었다. 그럼에도 나는 공무원이 되려고 했다. 공무원이 되기를 원하시는 아버지 영향 때문이었다. 때문에 대학졸업과 동시에 경찰의 문을 두드려 경찰에 입문하게 되었다.

대학 다닐 때는 물론 경찰에 들어와서도 결혼을 목적으로 적지 않게 여자를 사귀어 보았지만 막상 결혼을 생각할 때는 왠지 모르게 미래의 배우자감이 선뜻 나타나지 않았다. 결혼이란 그야말로 쉽지 않았다. 서로 다른 남녀가 하나가 되어 한 가정을 이룬다는 것은 무엇보다 뜻이 깊고 또 대단한 일이다. 말 그대로 인륜지 대사인 것이다. 그런 인륜지 대사인 결혼이 나에게는 더욱 쉽지 않았다. 나에게는 우선 약점이 있었다. 그 약점은 경제적으로 집안형편이 어려워 결혼자금 즉 돈이 거의 없었기 때문이었다. 더군다나 어머니도 병상에 누워 계셨다. 나는 경찰에 들어와서 비록 박봉의 초임 공무원 월급을 받았었지만 그것이라도 부모님께 다 드렸다. 시골에 계신 부모님이 경제적으로 너무 어려웠기 때문이었다. 그러니 수중에 돈이 거의 없었던 것이다. 당시에는 공무원에 대한 인기가 별로 없었다. 특히 경찰에 대한 인기는 거의 없다고 해도 과언이 아니었다. 열악한 근무환경과 박봉이 그 주된 이유였으나 그것보다는 일제 식민지하에서 굳어졌던 경찰의 나쁜 이미지가 일부 잔존하고 있었고 특히 당시 신군부 군사정권 하에서 시국치안을 담당하는 경찰을 독재정권의 하수인 정도로 폄하하는 사회적 분위기가 있었기 때문이다. 내가 처한 현실이 이러했다. 이런 사람에게 그 어느 누가 봉사를 한다고 결혼을 하겠다고 선뜻 나서겠는가 말이다. 고생만 할 것이 뻔한데 말 탄 왕자를 그리는 처자들에게 나 같은 사람은 인기가 있을 리가 없었던 것이다.

할 수없이 나는 경찰에 들어와서도 얼마 기간을 총각으로서 홀로 지내야만 했다. 초임 근무지였던 청주에서 단칸방 하나를 월세로 얻어 겨우 생활을 이어 나갔다. 물론 식사는 경찰서 부근 식당에서 월식을 했다. 이런 상황에서 중매도 서보고 소개도 받아서 여자를 만나 사귀어도 보았지만 선뜻 결혼 상대자는 나타나지 않았다. 많은 조건을 생각했던 것은 아니지만 가치관과 사고방식이 잘 맞지 않은 경우도 있었다. 그러던 중 천안에서 초등학교 교장선생님으로 계셨던 큰 고모부님께서 한 규수를 소개해 주셨다. 같이 근무하는 동료 선생님과 친분이 있는데 천안에서 약국일을 하는 사람이었다. 연분이라는 것이 따로 있는 것인지 고모부께서 소개해 주신 사람은 어쩐지 지금까지의 그런 생각이 들지 않았다. 그래서 비록 오랜 기간은 아니지만 그 사람을 만나서 사랑의 씨앗을 키워 마침내 결혼에 이르게 되었던 것이다. 집안 형편도 어려웠고 무일푼이라 할 정도로 수중에 전혀 돈이 없었다. 그런 여건임에도 '나'라는 사람을 믿고 평생 반려자가 되어 준 아내가 참 고마웠다. 곱게 기른 딸을 전혀 가진 것도 없고 내세울 것도 없었던 사람에게 결혼을 허락해 주신 장모님 장인어른께 진심으로 감사할 따름이다.

또한 공직자 중에서도 늘 바쁘고 힘든 일을 하는 경찰관의 배우자가 되어준 아내에게 사랑한다는 말과 함께 늘 고마움을 느낀다. 아내는 조그만 약국을 운영해 경제적으로 좀 보탬이 되었지만 약국일과 애들 교육, 그리고 가정일에 늘 여유가 없었다. 아내는 딸처럼 시아버지께 모든 정성을 다해서 정말 잘해 드리려 노력을 했다. 여건상 자주 찾아뵙지는 못 했지만 시골에 홀로 계신 시아버지께 며느리로서 진정 마음으로부터 우러나오는 효를 실천하고자 노력했다. 그 점이 또한 너무 고마웠다. 아내는 참다운 효부였다. 경찰관의 아내가 되어 많은 고생을 했다. 부족한 남편 뒷바라지에 온갖 신경을 써야만 했고 특히 승진이나 보직 이동시 잠을 못 이루면서 함께 번민도 많이 했다. 남편으로서 큰 출세도 하지 못했고 남들처럼 번번한 호강도 시켜주지 못해 미안할 따름이다. 때문에 늘 고생만 시킨 것 같아 아내에게 정말 미안하다. 결혼 생활에서도 부모님의 영향이 컸던 것 같다. 부모님은 자식들 앞에서는 절대로 말다툼이나 서로 부부싸움을 하지 않으셨기 때문에 은연중 부모님처럼 부부관계를 이어나간 것이다. 그동안 성장과정이나 가정환경이 다른 만큼 사고방식에 있어 사소한 의견차는 있으나 서로 이해하고 아껴주며 행복한 결혼생활을 하고 있다. 아내는 지금도 서울 봉천동에서 조그만 약국을 운영하고 있다. 나는 퇴직 후 번번한 소일거리도 없고 해서 틈만 나면 약국에 나가 청소도 해주고 짐도 날라주는 등 일을 도와주곤 한다. 그나마 약국이라는 공간에서 일을 할 수 있다는 것이 다행이다. 그리고 우리는 아들 딸 둘을 낳아서 소박한 시민으로 커 나

갈 수 있도록 여건을 조성해 주려고 노력했다. 그 결과 아들은 내 뒤를 이어받아 현재 경찰관으로 근무하고 있고 딸은 엄마처럼 약사가 되어 모 정부부처에서 공직 약사로 근무하고 있다.

02

경찰제복을 입다

☜ 사진설명

치안본부장으로부터 졸업증서를 받는 장면

해맞이 등반(2008년 1월 1일, 거창 금원산)

대덕경찰서 음악밴드 '대덕 폴 사운드'

엽총 난사 살인사건

경찰공무원

우리 집은 할아버지께서 일찍 돌아가셨고 큰할아버지 내외분 그리고 할머니와 부모님 그리고 7남매 이렇게 3대가 한가족을 이루고 살았다. 조상 대대로 농사를 지으셨지만 이 틀을 깨고 아버지께서는 일찍부터 공무원 생활을 하셨다.

아버지께서는 종종 공직생활 중 경험하신 체험담을 들려주셨다. 특히 일제강점기 공직에 계시면서 겪었던 어려움이라든가 해방 전후 격변기에 겪었던 정치상황도 자주 들려주셨다. 일제 말 태평양전쟁 시 동네사람들이 남양군도로 징용을 끌려갔던 일과 전쟁물자 조달을 목적으로 한 놋그릇 공출 그리고 처녀공출(위안부)등에 대해서도 자세히 말씀을 해주시고 해방공간에서의 미군정과 대한민국 건국과정, 그리고 북한의 6·25침공과 그에 따른 공산치하에서 겪으셨던 체험담을 자주 들려주셨다. 6·25 전쟁 당시에 우리 고향에서 있었던 보도연맹 관련자에 대한 학살 사례라든가 공산치하에서 드러났던 지역주민 개개인의 성향이나 피난시절 겪었던 어려움 등 당시 시대상황을 생생하게 말씀해 주시곤 했다. 이와 같은 격동기 시대의 공무원은 많은 고생을 할 수밖에 없었고 처우도 아주 열악했다는 것이었다. 당시에는 국가재정이 어려워 월급을 제때 받지 못하는 경우도 있었고 때에 따라서는 월급 대용으로 쌀 서 말이나 닷 말 정도를 받을 때도 있었다고 한다. 이런 힘든 여건 하에서 공무원들은 국가와 국민을 위한다는 사명감 하나로 일을 할 수밖에 없었다는 것이다. 아버지께서도 일제 말과 해방 전후 격동기의 어려운 여건에서 공직생활을 하시다가 5·16군사 쿠데타 이후 공직을 그만 두셨던 것이다. 이유는 단지 선출직 공무원을 경험했다는 정치적인 이유였다. 즉 정치적으로 반대편이라는 이유였다. 그러나 정치적인 이유야 어찌 됐든 아버지께서는 국가관과 애국심은 남달랐다. 대한민국의 정통성을 강조하고 국가공무원으로 봉직하신 부분을 늘 자랑스럽게 생각하셨다.

아버지께서는 대한민국 건국과정을 온몸으로 체험하셨기 때문에 건국당시의 어려웠던 시대상황을 늘 말씀하시곤 했다. 해방 전후의 첨예한 좌우익 대립구도에서 국민들의 의식수준이나 경제력 등 모든 면에서 열세에 놓여있었던 우리나라가 당시 어려운 시대상황을 극복하고 자유 대한민국을 건국한 것은 정말 민족사적으로 기적에 가까웠다는 것이다. 물론 이러한 기적은 무엇보다도 이승만이라는 걸출한 지도자가 있었기 때문에 가능했다고 늘 말씀하셨다. 평생을 해외에서 독립운동에 헌신했고 해방 후에는 탁월한 국제적 감각과 혜안으로 대한민국을 건국하는데 크게 기여했으며 특히 6·25라는 민족적 비극을 맞아 미국의 지원을 이끌어내어 공산침략으로부터 풍전등화와 같았던 나라를 구할 수 있었던 것은 오로지 이승만 박사가 있었기 때문이라고 주장하셨다. 물론 이승만 박사도 건국과정에서 식민지 잔재를 일소하지 못한 부분이 있고 또 부정선거라든가 장기집권을 추구한 점 등 잘못한 부분도 적지 않지만 그래도 대한민국의 건국 대통령으로서 인정해야 할 것은 인정해야 한다는 논리였다. 때문에 아버지께서는 이승만 박사를 존경하셨다. 서울에 있는 자식들 집에 오시면 서울 동작동 국립 현충원 이승만 박사 묘소를 종종 참배하시곤 하셨다. 나는 어렸을 때부터 아버지로부터 이러한 교육을 받으면서 자랐기 때문에 자연스럽게 국가관이라든가 공직관이 일찍부터 생기게 되었던 것이다. 그리고 아버지께서는 직업을 선택할 때도 일반 사기업보다는 국가를 위해 일할 수 있는 공무원이 되기를 바라셨다. 당신의 공직경험을 살려 자식들이 장차 공직자가 되면 공직자로서 갖추어야 할 기본자세나 공직관에 대해서도 늘 말씀을 해 주셨다.

이러한 아버지의 가르침대로 나는 어려서부터 공무원이 되고자 했다. 그렇다고 처음부터 경찰을 하고자 한 것은 아니었다. 왜냐하면 경찰보다는 오히려 일반 행정공무원이 적성에 맞을 것 같다는 생각을 했기 때문이다. 물론 아버지도 일반 공무원이셨기 때문이기도 했다. 나에게 20대 젊은 시절은 정말로 어렵고 바쁜 시기였던 것 같다. 군대란 국방의 의무를 마쳐야 했고 제대 후 복학생으로서 학업도 계속 이어나가야 했기 때문이다. 나는 군 생활에서도 당시 대학생들이 받았던 교련혜택도 받지 못했다. 대학 입학하자마자 바로 입대를 했기 때문이었다. 당시 대학을 마치고 교련과목을 이수한 사람은 최대 6개월 군 복무기간 단축의 혜택을 받았다. 그렇지만 나는 만기 제대를 해야만 했다. 군대 제대 후 대학에 복학을 해서 복학생으로서 학교생활을 다시 시작했다. 제반 여건상 본격적으로 더욱 학업에 열중 할 수밖에 없었다. 나이도 20대 중반에 접어들어 시간적 여유도 없었을 뿐 아니라 집안 사정도 어려웠기 때문이었다. 빨리 취업을 해야 하는 처지가 된 것이다. 학교 도서관에서 정말로 밤낮없이 공부에 매진했다. 전공을 살려서 단단히 각오를 하고 사실은 고시공부를 하고 있었다. 물론 재학 중 원하는 시험에 합격은 못했지만 대학생활 내내 꾸준히 노력을 했기에 어느 정도의 실력수준은 되었지 않나 싶었다. 그렇다고 집안형편도 그렇고 나이도 어느덧 20대 후반에 접어들었는데 언제까지 시험공부에만 매달릴 수는 없는 노릇이었다. 그러던 중에 마침 경찰간부 후보생 채용시험이 공고된 것이다. 대학 4학년 말 졸업을 앞두고 있는 시점에서 당시 경찰에 근무하고 있었던 큰 형님께서 이 시험을 치도록 권유를 하셨던 것이었다. 큰 형님께서는 집안 장자로서 동생이 걱정이 되었던지 현실적으로 이미 나이도 들었고 집안도 어렵고 하니 일단 취업을 하는 것이 어떻겠냐고 하시면서 경찰시험을 치도록 권유를 하신 것이었다. 그러면서 경찰에 들어와서도 뜻만 있다면 얼마든지 공부를 더할 수 있으니 일단 경찰간부후보생 시험에 응시를 해보라는 것이었다.

당시 경찰간부후보생 출신 중에는 경찰에 들어와서 재직 중에 고시에 합격한 분들이 몇 명 있었기 때문이었다. 이런저런 사정을 감안해서 나는 마침내 경찰간부후보생 채용시험을 치기로 마음을 굳혔다.

그런데 문제는 시험이 이미 공고되어서 일정이 아주 촉박했던 것이다. 시험 날짜가 불과 한 달도 채 남지 않았다. 그렇지만 시험과목이 그동안 꾸준히 준비했던 과목과 대부분 일치하고 학과 실력이 어느 정도 수준은 올라와 있다고 판단이 되어 경찰간부 후보생 시험을 치기로 한 것이다. 당시에 경찰간부 후보생시험은 객관식 4과목 주관식 4과목 총 8개 과목이었다. 그동안 관련 과목에 대해 공부를 해왔다고는 하지만 시간이 절대적으로 부족했기 때문에 시험전략을 그 상황에 맞게 짜야만 했다. 우선 공부를 해도 짧은 기간에 실력배양을 기대할 수 없는 영어 과목은 평소 실력대로 시험을 치기로 했다. 사실 당시 영어 실력은 어느 정도 합격권내에는 들었다고 생각이 되었다. 왜냐하면 모든 국가시험이 영어가 관건이란 것을 알았기 때문에 복학을 해서도 영어에 중점을 두고 거의 매일 공부를 해왔기 때문이었다. 대신 암기 과목이라 할 수 있는 나머지 7개 과목에 집중해서 시험 전략을 마련했다. 그렇더라도 시간이 절대적으로 부족했다. 과목당 3~4일 만에 한번 정도 1회독을 끝내야만 했다. 하루해가 언제 가는 줄도 모르게 시험공부에 온통 몰입되어 있었다. 시간에 쫓긴 나머지 심지어 식사 중에도 시험공부를 해야만 했다. 시험을 치기로 마음을 굳힌 이상 반드시 합격을 해야만 했기 때문이다. 그렇게 공부를 하고 드디어 시험을 치렀다. 시험 후 나름대로 채점을 해보니 만족할 만큼 시험을 잘 치르지는 못했으나 일단 과락은 면할 것 같은 느낌이 들었다. 발표 날 충남도청 앞 경찰 게시판 합격자 발표 란에 내 이름이 들어있는 것을 보고 깜짝 놀랐다. 짧은 시간에 시험을 보는 것 자체가 무리라고 생각했는데 운이 좋게 합격을 한 것이다.

그 후 경찰종합학교에서 면접시험을 친 결과 최종합격이 되어 마침내 경찰간부후보생으로 경찰학교에 입교하게 되었다. 그러나 막상 경찰종합학교에서 실무교육을 받기 위해 경찰제복을 입는 순간에 실로 머릿속이 복잡할 정도로 많은 생각이 몰려왔다. 처음으로 입은 경찰제복은 군복과 같은 색깔의 기동복이었다. 입교초기에는 제식훈련이나 다중범죄 진압훈련을 해야 하기 때문에 기동복을 입었다. 나는 군대생활을 하면서 체질적으로 군이나 경찰과 같은 제복조직은 생리에 맞지 않는다고 생각해 왔다. 그런데 막상 군복과 비슷한 기동복을 입고 내가 드디어 경찰관이 된다고 생각하니 마음이 여간 복잡한 것이 아니었다. 지금도 처음 경찰제복을 지급받아 입었을 때의 기억이 생생하다. 경찰이란 직업과 나의 정체성에 대해서 많은 고민을 했다. 이렇게 의문을 가지면서도 어쨌든 하루하루 교육과정을 밟아갔다. 경찰간부후보생 교육과정을 이수하는 것은 그렇게 만만치는 않았다. 어떤 때는 군대 생활을 다시 하는 것 아닌가 하는 의문이 들기도 했었다. 간부를 양성한다는 교육을 왜 그렇게 엄하게 시켰는지 정년퇴직을 한 지금도 이해가 가지 않는다. 규율이 어떻게 엄했는지 다시 훈련병이 되어 군 신병 교육대에서 훈련을 받는 듯 했다. 우리 간부후보생 동기들은 지금도 그것을 가장 아쉽고 또 유감스럽게 생각한다. 말 그대로 경찰간부후보생 교육은 장차 조직발전을 선도하는 경찰간부를 양성하는 교육과정이다. 그럼에도 경찰간부로서의 자질과 능력을 배양하기보다는 단체생활에서 교칙위반이나 사고를 유발하지 못하도록 하는 것에만 중점을 두고 교육을 진행했던 측면이 있었다. 당시 학생과장이나 지도교관의 신상에 어떤 해가 미치지 않도록 하기 위함이었던 것 같다. 나중에 알고 보니 그런데는 배경이 있었다. 앞의 선배기수가 교육과정 중에 교칙을 크게 위반해서 당사자는 퇴교 조치되고 지도를 담당했던 간부들은 엄한 책임을 져야만 했던 것이다.

그런 과정을 거치면서 어느덧 경찰간부후보생으로서 소정의 교육과정을 무사히 마쳤다. 1년 간 경찰간부로서 필요한 실무교육을 마치고 마침내 초급 경찰간부인 경위로 임용이 되었다. 당시에 형님께서도 경찰간부로서 대전에서 근무하고 계셨기 때문에 형제가 한 지역에서 같이 근무하는 것은 서로 부담이 되고 모양새가 썩 좋게만 느껴지지 않았다. 그래서 형님이 근무하고 있는 지방은 가급적 피하려 했다. 그래서 인근 충북 경찰국 근무를 희망했던 것이다. 충북에서 당시 청주서부경찰서에 발령을 받아 순환보직 과정을 거쳤다. 이때도 처음 경찰학교 입교 당시와 같이 심적 갈등과 고민을 했다. 사고방식과 적성이 과연 경찰에 맞는가 하는 생각이 들었기 때문이었다. 당시에는 경찰에 대한 국민의 신뢰도 아주 낮았었고 인식도 그렇게 썩 좋은 편이 아니었다. 또한 경찰업무는 늘 긴장 속에서 이루어진다. 이런 경찰의 속성이 적성에 맞지 않다고 느껴졌던 것이다. 또한 근무를 해보니까 조직 내부의 직장 분위기도 내 생각과 달랐다. 공정성과 정직성이란 업무적인 측면에서도 적지 않은 회의감이 들었다.

그 시대 경찰은 국민의 신뢰를 받지도 못하고 내부적으로도 부정적인 요소가 잔존했었다. 업무 면에서도 정직하지 못했고 청렴하지도 못했다. 승진과 포상 등 내부적인 행정시스템도 비슷했다. 승진을 하려면 인사권자를 꼼짝 못 하게 할 수 있는 그 어떤 힘이 있다든지 아니면 암묵적인 뒷거래가 있어야 했다. '일 따로 승진 포상 따로'란 자조적인 말이 직원들 사이에 유행하기도 했다. 당시 경찰관들은 너무 힘들었다. 법정 근로시간을 초과해서 근무하는 것이 당연시 되었고 시대상황과 맞물려 돌과 화염병이 난무하는 극렬 폭력시위에 매달려야 했다. 당시의 시위 양태는 전쟁터를 방불케 하는 폭력적인 시위가 대부분이었다. 시위가 있을 때마다 돌과 화염병이 마치 우박처럼 쏟아지고 사과탄이나 다연발탄(일명 지랄탄)이 살포되어 최루가스가 난무했다. 경찰에 있어 집회시위 상황은 다른 무엇보다도 우선해서 처리해야 하는 중요 업무이다. 관내에서 조그만 시위 첩보만 입수되어도 직원들은 버스에서 마냥 대기를 해야 했다. 언제 끝날지 모를 상황을 기약 없이 대비해야 했던 것이다. 정말 인내와의 싸움이었다. 그렇다고 시간외 수당을 주는 것도 아니고 대체휴무를 주는 것도 아니었다. 문제는 이러한 일도 모든 직원이 형평성 있게 나누어서 하는 것이 아니라 신임 직원이나 나와 같은 초임간부들이 단지 젊다는 이유로 도맡다시피 했던 것이다.

문제는 이렇게 고생을 해도 논공행상을 정확히 따져서 그에 합당한 포상을 하는 것도 아니었다. 1987년 6·10 항쟁 당시 직선제 개헌을 요구하는 집회가 한 달 가까이 지속되었다. 당시 상황은 계엄령이라도 선포될 것과 같은 극렬시위가 전국적으로 연일 이어졌다. 당시 시위 이슈는 5공화국 정권 하에서 대통령 임기(7년)가 끝나면서 소위 '체육관 선거'라고 일컬어지는 대통령 간선제를 반대하며 국민이 직접 대통령을 뽑는 직선제를 쟁취하겠다는 것이었다. 시위는 연일 돌과 화염병 그리고 최루탄이 난무하는 폭력시위로 치닫고 있었다. 당시 시위는 학생뿐만 아니라 '넥타이 부대'라고 불리는 직장인들까지 가세한 국민 총궐기상황이었다. 이 과정에서 전국적으로 수십 개의 파출소가 피습되거나 불에 타고 곳곳에서 경찰 기동대 버스가 불탔다. 이러한 상황은 서울뿐 아니라 전국 대부분의 도시에서 동시다발적으로 이루어졌다. 청주에서도 상당수의 전경 기동대 버스가 화염병 공격으로 불에 탔고 여러 개의 파출소도 화염병 공격으로 전소되다시피 했다. 나는 당시 청주에서 기동중대의 소대장을 맡고 있었다. 데모를 막는 것이 주 임무인 기동부대의 소대장은 최일선에서 온몸을 던져야 했다. 그 과정에서 시위 군중에 포위가 되어 위기의 상황을 맞이한 것도 여러 번 있었고 돌과 화염병을 맞아 골절과 화상을 입기도 했다. 이런 위기상황에서 당시 5공화국 정부는 결국 굴복을 하고 만다. 마침내 대통령 직선제를 받아들이겠다는

6·29 선언을 전격적으로 발표하기에 이른 것이다. 이 6·29선언이 발표되자 그렇게 극렬하게 지속되었던 시위는 언제 그랬냐는 듯 잠잠해졌다.

그 후 7월 중순 경 당시 전국 각 시도 경찰국에서는 6·10 항쟁 상황을 마무리 하면서 진압 유공자에 대한 포상을 실시했다. 사상 유례가 없는 극렬한 폭력 시위사태를 맞아 그 어느 때보다도 고생이 많았던 경찰관들에 대한 논공행상을 위한 자리였다. 나는 당연히 시위 현장에서 온몸으로 돌과 화염병을 맞아가면서 진압에 공이 있는 사람들이 표창을 받을 것이라 생각했다. 그런데 막상 표창을 받는 사람은 전혀 예상외의 사람들이었다. 물론 진압부대 소대장 등 일부 유공자도 포함되기는 했지만 대부분 그렇지 못한 사람들이 유공자라고 표창을 받는 것이었다. 각 경찰서 경리계장과 장비계장 같은 사람들이 포함된 것이다. 이들은 공히 각 경찰서에서 계급은 낮지만 지역 토박이로서 말 꽤나 하는 터줏대감 같은 사람이었다. 장비계장은 당시 상황과 관련해서 진압부대에 최루탄 정도는 실어 나르기는 했지만 어떻게 보면 시위 현장하고는 거리가 먼 사람이었다. 경리계장 역시 진압 부대원들에게 도시락이나 빵과 우유 등 간식 정도는 배달해 주었지만 마찬가지로 데모 현장하고는 거리가 먼 사람이었다. 실제로 데모 현장에서 돌과 화염병을 온몸으로 막으면서 온갖 고생을 한 직원들이 많이 있는데도 이런 사람이 진압 유공자라고 표창을 받은 것이다. 이것은 경찰서 주무 기능에서 그렇게 표창상신을 했기 때문이었다.

나는 초임 간부로서 주관기능(경비과)의 이러한 행태를 도저히 이해 할 수 없었다. 그래서 주무 부서인 경찰서 경비과에 논공행상의 문제점을 제기했다. 그런데도 주관 기능에서는 반성은커녕 오히려 이해할 수 없는 이유를 들면서 상황을 적당히 덮으려고만 하는 것이었다. 경찰서 경비과에서는 온갖 집회 현장이라든가 혼잡경비 등과 같은 힘들고 어려운 일은 단지 젊다는 이유로 나 같은 젊은 사람만을 골라서 일을 시키고 정작 표창이라든가 출장 같은 것은 서내 터줏대감과 같은 사람이라든가 그들의 입맛에 맞는 사람위주로 선발하곤 했다. 당시에는 일선 경찰서의 행태가 정도의 차이는 있지만 대부분 이와 비슷했다. 나는 초임 간부로서 주변에서 이루어지는 이러한 불합리한 실상을 접할 때마다 더욱 고민을 했다. 과연 이러한 조직에서 자기발전과 보람을 느낄 수 있을까 하는 생각이 들었기 때문이었다. 근본적인 회의감이 들 때도 있었다. 그때마다 학업을 계속해서 다른 길을 택할 것도 생각했다. 여의치 않다면 은행이나 공사를 택해 전직을 할까하는 생각도 있었다. 그러나 이것도 잠시였다. 현실 업무에 매달리고 계급구조를 피부로 느끼면서 승진에 대한 욕구가 생기면서 이러한 고민은 점차 희석되어 갔다. 결국은 현실을 인정할 수밖에 없게 된 것이다. 그러나 경찰에 몸을 담고 있는 입장에서 그럭저럭 생활은 이어갔으나 근본적인 고민이 해소된 것은 아니었다. 이러한 나의 의식상의 문제는 동기들 중 비교적 선두그룹에서 중간 간부로 승진을 했으면서도 어렵게 총경으로 승진할 수밖에 없었고 경무관 등 상위계급으로 올라가지 못했던 까닭이 아닌가 하는 생각이 든다.

한편으로는 대국민 봉사정신을 실천하고 법치를 구현하는 업무적인 면에서는 오히려 경찰이란 것에 긍지와 자부심을 느끼기도 했다. 공정성과 친절함을 바탕으로 대국민 봉사정신을 구현하고 사회질서를 확립해서 법치를 실행하는 경찰업무는 오히려 나의 이상이기도 했기 때문이다. 그런 점에서 어쨌든 퇴임 전 경찰생활을 돌이켜 보면 한때 경찰관이었다는 것이 자랑스럽기도 하다. 전직 경찰관으로서 그래도 경찰이 더욱 국민의 사랑과 신뢰를 받으며 더욱 발전해 나가기를 바랄 뿐이다.

1.
경찰학교 교수

경찰종합학교에서 소정의 교육과정을 이수하고 경위로 임관이 되어 당시 충북경찰국 소속 청주서부경찰서에 발령을 받았다. 당시에는 경찰청으로 독립이 되기 전이기 때문에 중앙의 내무장관과 지방의 시도지사가 행정법상 경찰관청이었다. 중앙의 치안본부나 지방의 경찰국은 보조기관에 불과했던 것이다. 때문에 나는 내무부 장관의 발령으로 충북경찰국에 그리고 충북지사의 발령으로 청주서부경찰서에서 근무를 하게 되었다. 당시 간부후보생 출신들은 2년간 순환보직을 의무적으로 거치도록 되어 있었다. 물론 당시에는 경찰대학 졸업생은 1기와 2기생이 졸업을 했지만 군 대체복무로 전투경찰대에서 소대장으로 근무를 하고 있었기 때문에 아직 일선에 배치되지는 않을 때였다. 당시 나는 순환 보직으로 6개월씩 형사계장과 파출소장, 그리고 보안계장, 외근계장을 거쳤다.

단기 이동을 하면서도 초임 간부로서 결코 쉽지 않은 일도 겪었다. 초임 형사계장 근무 시에도 여러 큰일을 겪었다. 한번은 형사계 내 보호실에 피의자 자살기도 사건이 발생하기도 했었다. 형사계 내 보호실 화장실에서 영장대기 피의자에 대한 구속영장 집행과정에 피의자가 자살을 기도하고 송곳으로 가슴을 수차례 찌른 자해사건이 발생했던 것이다. 밤늦게 구속영장 집행 중에 피의자가 화장실을 간다고 속이고 자살을 결심하고 송곳으로 자기 왼쪽 가슴을 수차례 찌른 사건이었다. 송곳은 낮에 조사를 받을 당시 담당 형사가 피의자 신문조서를 철하기 위해 책상 위에 놓아 둔 것이었다. 그것을 몰래 품속에 숨기고 있다가 영장이 집행된다고 하자 자살을 결심하고 자기 왼쪽 가슴을 수차례 찌른 것이다. 시간이 지나도 화장실에서 나오지 않아 깜짝 놀라서 화장실 문을 여는 순간 피의자는 온몸에 선혈이 낭자한 채로 바닥에 쓰러져 있었다. 정말 끔찍한 일이 순식간에 일어난 것이다. 마침 경찰서 후정에 대기하고 있는 교통백차에 환자를 태워서 전속력으로 달려 청주시내의 한 종합병원 응급실에 도착했다. 응급치료를 해보니 다행히 송곳 상처가 심장을 가까스로 비껴가 생명에는 지장이 없었다. 십 수 일을 치료에 따른 병원감시에 매달려야만 했다. 운이 좋게도 별다른 문제없이 치료가 잘 되어 바로 검찰에 신병을 송치할 수 있었다. 정말 운이 좋았던 것이다. 이와 같은 사건은 경찰에서 4대 사고의 하나로 취급할 정도로 중요하게 취급하는 유치장 사고의 전형적인 유형이었다. 아마 지금 같아서는 언론에 대서특필되고 그에 따른 관리책임이 뒤따랐을 것이나 당시에는 다행히 언론에 크게 보도가 되지 않았고 병원감시 등 후속

조치에 만전을 기해서 운이 좋게 별 탈 없이 지나갈 수 있었다.

순환보직으로 파출소장을 할 때도 어려운 일들이 있었다. 나는 청주 공단부근에 있는 복대파출소장으로 발령을 받았다. 당시 서청주 공단 5거리는 유동인구가 대단히 많았다. 공단 근로자들이 집단 거주하고 있고 부근에 대형 유흥업소가 밀집되어 있어 치안 수요가 대단히 많았던 곳으로 이름이 나 있었던 곳이다. 당시에 나는 결혼 전이기 때문에 파출소 2층 숙직실에서 숙직을 하는 일이 종종 있었다. 매일 밤마다 주취자 등으로 파출소 내부가 아수라장으로 변하고 늘 시끌벅적했다. 직원들은 밤마다 주취자 처리에 골머리를 앓고 잦은 신고 출동으로 과중한 업무 부담을 가지고 근무를 했다. 이때도 여러 가지 큰일을 겪었다. 파출소 소속 직원이 상급기관인 경찰서 모 과장의 부정한 청탁을 받고 근무일지에 허위사실을 기재한 것이다. 즉 타 관할에서 진행 중인 형사재판에 사용될 증거를 조작할 목적으로 전혀 사실이 아닌 허위사실을 근무일지에 기재한 것이다. 알리바이를 조작한 것이다. 그 직원은 형사처벌과 함께 젊은 나이에 조직을 떠나야만 했다. 나는 당시 파출소장으로서 관리책임을 논하는 과정에서 적지 않은 곤란을 겪기도 했다. 직원의 개인적인 일이고 또 평상시에 교양을 철저히 했다는 점이 인정이 되어 그나마 무사할 수 있었다. 물론 부정한 일을 시킨 경찰서 과장은 엄중 문책을 당했다.

또 한 번은 공단부근에 있는 한 회사공원의 자취집에 침입한 절도범을 집주인이 잡아다 준 것을 담당직원이 감시소홀로 놓치는 일도 있었다. 당시 피의자는 조사 중에 화장실에 간다고 속이고 화장실 문을 이용해서 건물 밖으로 나가 담벼락을 뛰어넘어 도주를 한 것이다. 민간인 특히 집주인이 잡아다 준 범인을 감시소홀로 놓쳤으니 보통 큰일이 아니었다. 파출소 직원전체가 범인 검거에 모든 것을 걸어야 했다. 그러나 범인은 쉽게 검거되지 않았다. 범인의 주거지 주변을 매일 같이 잠복을 하고 탐문수사 등 소재 파악에 온 역량을 집중해야 했다. 문제는 범인을 잡아다 준 집주인이 나중에 이 소식을 접하고 온갖 협박을 하고 부당한 요구를 하기도 했다. 그 과정에 온갖 수모와 괴롭힘을 당하기도 했다. 참으로 부끄럽기도 했다. 차라리 상부에 보고하고 정식으로 그 사람에 대한 협박 등 책임소재를 밝힐까도 생각을 했다. 그러던 중 다행히 바로 주거지 주변에서 십 수 일을 밤낮없이 잠복을 한 결과 어렵게 범인을 검거 할 수 있었다. 그러나 집주인에 대한 기억은 좀처럼 사라지지 않았다. 그리고 이것을 교훈삼아 어디를 가든지 피의자 관리에 온 정성을 기울였다.

이렇게 바쁘게 순환보직을 거치니 어느덧 2년이 경과되었다. 경위에서 경감으로의 승진 제한 기간은 2년이었다. 순환보직 기간이 지나 어느덧 승진시험을 치를 수 있는 자격 요건이 충족된 것이다. 그때부터 승진에 관심을 두고 나름대로 시험 준비를 시작했다. 당시 경감시험은 30~40대 1의 경쟁률을 보일 만큼 경쟁이 아주 치열했다. 나름대로 준비를 했다고 생각해서 첫 시험에 응시를 했다. 그러나 당연히 낙방이었다. 시험공부를 했다고는 하지만 공부량이 턱없이 부족했고 경쟁률도 치열하여 고배를 마신 것이다. 그러나 나 같은 젊은 간부는 시험 말고는 다른 방법이 없었다. 왜냐하면 매년 승진 인원의 절반을 차지하는 심사승진은 오랜 경력을 가진 선배들이 해야 하는 것으로 알았기 때문이다. 경감승진은 각 지방 경찰국 별로 인원을 할당해서 뽑았는데 규모가 작은 곳은 1명, 좀 규모가 큰 지방은 2명 정도 승진 인원이 배정됐다. 충북은 도세가 적어 그해 1명이 배정됐다. 일반출신도 그렇지만 나 같은 간부후보생출신이나 경찰대출신은 경감 승진시험에 합격을 제때 하느냐 못하느냐가 장차 경찰생활에 있어서 고급간부가 될 수 있는지의 시금석 역할을 했다. 그 정도로 경감 승진 시험이 어려웠다. 물론 심사승진도 그에 못지않았다. 경찰국 단위에 1명 정도 T/O가 배정되니 일선 경찰서에서는 아예 경감T/O자체가 배정될 수 없었기 때문이다.

당시는 경위계급도 계급정년이 있었다. 간부후보생 선배들 중에는 경위로 임관을 한 후 경감으로 승진을 못해서 경위 계급정년(15년)으로 퇴직하는 사람들도 있었다. 나중에 경위 계급정년은 18년으로 늦추었다가 그 뒤에 경위와 경감은 아예 계급정년이 폐지되었다. 첫 승진시험에 고배를 마신 후 와신상담 이를 악물고 시험공부를 하고 있는데 그때 마침 별도 승진시험을 거쳐 경찰학교 교수요원을 선발한다는 시험공고가 발표되었다. 비록 시간은 없었지만 승진시험 과목이 비슷하기 때문에 교수요원 선발 시험에 응시하기로 마음먹었다. 경찰입직할 때와 마찬가지로 비록 짧은 기간이지만 최선을 다했다. 교수요원 승진시험에 맞는 전략을 새로 짜서 정말 하루해가 어떻게 가는 줄 모르게 온통 공부에 몰입했다. 그렇게 최선을 다한 결과 그 어렵다는 경감 승진시험에 합격을 한 것이다. 당시 교수요원은 대학이나 대학원 등 소정의 학력을 갖추고 관련분야에서 일정한 근무경력을 쌓아야 했다. 때문에 교수요원 시험은 경찰대학이나 간부후보생 출신 등 비교적 젊은 간부들이 많았다. 이렇게 해서 나는 경위 임관 후 만4년 만에 경감이 되어 신임교육을 담당하는 경찰학교 교수가 되었다. 교수로서 경찰학교 보안학과 학과장 직을 맡아 학과 소속 일반 교수요원을 관리하면서 신임 교육생들에게 실무에 필요한 과목을 가르쳤다. 당시 나이 34세였다. 맡은 교수과목은 일선 경찰관에게 꼭 필요한 경찰관직무집행법과 즉결심판절차법 그리고 경범죄처벌법이었다. 비록 공무원 교육기관이지만 실무를 가르치는 교육자가 된 것이다. 첫 강의를 위해서 모든 정성을 다해 교안을 만들었다. 교내 도서관 자료와 선배들의 경험사례 등을 수집하고 여기에 실무판례를 발췌 붙임 하여 만든 교안이었다.

그 교안을 가지고 혼자 수 없이 실전 강의연습을 했다. 그리고 학교 교장님과 교수부장님을 비롯한 학과장 등 전 교직원이 참가한 가운데 시범강의도 거쳤다. 첫 시범강의는 연습 덕분으로 어느 정도 만족할 만큼 할 수 있었다. 그런데 막상 교단에 서니 시범강의와는 다르게 뜻대로 되지 않은 것이었다. 남을 교단에서 가르친다는 것이 아, 이렇게 어렵구나! 하고 스스로 각오를 다시 해야만 했다. 시범강의는 사전 충분한 연습을 했기 때문에 그런대로 만족 할 만큼 했지만 학과 진행을 위해 교육생들 앞에서 하는 실전강의는 뜻대로 되지 않은 것이다. 물론 실전이라서 긴장도 많이 되었다. 막상 교육생들 앞에 서보니 강의내용도 잘 생각이 나지 않고 시선이나 손동작 등 자세도 부자연스러울 수밖에 없었다. 특히 눈을 어디에 마주쳐야 할지 시선 처리가 아주 힘들었다. 그동안 강의만을 들었던 입장에서 위치를 바꿔 직접 강단에 서니 생각했던 것처럼 마음대로 되지 않았던 것이다. 첫 수업을 마친 후 미흡했던 교안을 심층 보완하고 강의 내용을 달달 외울 정도로 반복해서 공부를 하고 실전연습을 했다. 그리고 시선이나 손동작 처리 등 강의자세도 혼자 거울을 보고 바로 잡아 나갔다. 이렇게 하루 이틀 시간이 지나 횟수를 거듭할수록 숙련도는 높아지고 교수로서의 틀이 잡혀가기 시작했다. 나중에는 눈을 감고도 교안은 물론 관련규칙이나 법조문을 완전히 암기할 정도로 전 과정을 내 것으로 만들었다. 점점 자신감이 생겼다. 그러나 자신감이 생겨 숙련도가 높아 갈수록 일선실무 경험이 짧아지고 매너리즘에 빠질 수도 있는 문제점이 있었다. 나름대로의 교수기법을 계발하고 학과 관련 사례나 판례를 지속적으로 발굴 보강하는 한편 일선 현장 실습을 통하여 실무 감각을 살리기 위한 노력을 기울여야만 했다.

경찰업무는 국민생활 주변에서 시시각각 전개되는 현장에서 이루어지는 특성이 있다. 때문에 경찰교육은 학문적 학설이나 이론보다는 실무능력을 배양하도록 하는 현장 위주의 교육이 필요하다. 경찰교육에서는 특히 생생한 일선 실무경험이나 사례발굴이 중요하다. 각종 관련 판례나 시사성 있는 언론보도 등 경찰관련 자료를 그때그때 수집해서 살아있는 교육이 되도록 해야 했다. 교수기법이나 교육관련 자재 개발에도 집중했다. 또한 교육의 질을 높이고 일선에서 이루어지는 경찰업무 발전을 위하여 교수과목 관련 주제를 정해서 심도 있는 연구와 함께 주기적으로 논문도 써야 했다. 흔한 경우는 아니지만 경찰관련 학회에 연구원 자격으로 참석을 하기도 했다. 이렇게 교수로서 강의와 연구를 진행하다보니 어느덧 그 분야에 대한 전문가가 된 듯싶었다. 경찰관으로서 또 교육자로서 경찰학교 교수경험은 정말 나에게 중요한 경험이고 하나의 전기가 되었던 것 같다. 오랫동안 강단에 서다보니 대중 앞에서 강의나 연설을 하는 데 있어 자신감이나 노하우도 터득을 하게 되었다. 이것은 나중에 경찰서장이 되어 무궁화포럼이나 각종 회의 시에 직원들을 상대로 소양교육을 할 때나 또는 일반 대중 앞에서 강연이나 축사 등을 할 때 많은 도움이 되었던 것 같다. 나는 경찰서장으로 근무할 때 직원들 결혼식 주례를 선 경우가 여러 번 있었다. 인생을 살면서 부족한 면이 없지 않지만 그래도 스스로 생각해 보아도 가정적으로나 직장생활에서 그렇게 커다란 흠결은 없다고 생각이 되어 직원들 부탁이 있으면 선뜻 나서서 주례를 섰던 것이다. 그야말로 인륜지 대사인 결혼식에서 주례를 서는 것은 결코 쉬운 일은 아니다. 그렇지만 진심으로 축하의 뜻을 가지고 학교 교수경험을 바탕으로 좋은 뜻이라 생각하고 주례를 섰던 것이다.

경찰학교는 교육기관이기 때문에 근무 분위기가 긴장감 속에 일사분란하게 움직이는 일선과는 사뭇 다르다. 시간적 여유를 가지고 건강을 돌보고 또한 직원들과 함께 운동이나 수석채취 등 취미 활동도 할 수 있었다. 정말 경찰학교 교수시절은 나에게 인생의 황금기와도 같은 잊을 수 없는 시간이었던 것 같다. 이러한 교수생활을 경찰학교에서 만5년을 했다. 이렇게 교수생활을 하다 보니 어느덧 경정으로의 승진 연한이 도래하였다. 교수생활 중 연구하고 학습했던 것이 바탕이 되어 무난히 경정시험에 합격을 했다. 경찰입문 후 10년 만인 40세의 비교적 젊은 나이에 경정으로 승진을 한 것이다.

지금 정년퇴임을 하고 뒤를 돌아보면 경찰학교 교수시절이 가장 의미 있고 행복했던 시기였던 것 같다. 연령적으로도 30대의 젊음이 있었고 비교적 업무 부담도 적었을 뿐더러 다음 보직에 대한 강박 관념 같은 것도 없었기 때문이다. 지금도 아내는 그때가 가장 좋았던 시기라고 말하곤 한다. 아이들도 유치원이나 초등학교에 갓 입학을 했기 때문에 교육비 등 경제적으로도 큰 부담이 없었다. 물론 아내가 조그만 약국을 운영했기 때문에 경제적으로도 어느 정도 여유도 있었다. 그때는 가족과 전국을 무대로 여행도 많이 다녔다. 길지 않은 기간이었지만 여유를 가지고 젊음을 즐길 수 있어서 경찰관답지 않은 시기를 보낸 것이다. 그러나 이것도 잠시였다. 경정 진급 후부터는 총경승진을 위해서 보직과 업무에 신경을 써야하는 고행의 연속이었다. 이때부터 본격적으로 인사시기마다 보직관리라는 강박관념 속에서 살아야 했다.

경찰학교는 본청이나 서울청의 인사 권역에 속한다. 물론 본청의 부속기관이기 때문이다. 경찰학교 근무자는 본인의 희망에 따라 경찰청이나 서울청으로 진입이 가능했다. 통상 지방근무자는 원칙적으로 서울권으로의 진입이 어렵게 되어 있었지만 예외적으로 경찰학교를 거쳐서 서울권으로 진입은 가능했던 것이다. 그럼에도 나는 경정 승진 후에 잠시 지방근무를 해야만 했다. 통상 경찰청이나 서울청에서 승진을 하면 잠시(2년 정도) 지방근무를 해야 하기 때문이었다. 경정으로 승진 후 발령을 받은 곳은 충북이었다. 과거 초임 간부인 경위계급으로 순환보직을 거쳤던 곳에서 참모로서 근무를 하게 되었던 것이다. 청주서부경찰서 방범과장과 경비과장으로 근무했다. 이것도 어떻게 보면 행운이었던 것이다. 초임 때 근무했던 경찰서에서 과장급 참모생활을 했기 때문이다. 2년간 충북생활을 마치고 마침내 경찰청으로 발령을 받았다. 당시 충북에서 모셨던 분과 인연이 되어 어렵지 않게 본청으로 진입을 할 수 있었던 것이다.

2.
힘들었던 경찰청 근무

1) 전입 동기와 자리 양보

나는 동기들보다 중간 간부로 조금 빨리 승진을 한 편이었다. 집 나이로 29살에 경찰에 들어와 1년간 간부후보생 교육과정을 이수하고 경위 임관 후 10년 만에 경감을 거쳐 경정으로 승진을 했다. 당시 경위계급은 졸업과 동시에 간부로 임용되는 경찰간부후보생이나 경찰대 출신이 아니면 일반 공채 출신들은 시험을 통과해야만 승진이 가능했다. 왜냐하면 당시 경위승진은 시험승진만 가능했고 심사제도가 없었기 때문이다. 나는 다행히 초급간부인 경위로 임용이 되어서 서른 살의 나이에 파출소장이라는 한 지역의 치안책임자로 일을 했다. 짧은 기간이지만 순환보직을 포함해서 경위계급으로 있는 동안 파출소장 1번과 지서장 2번을 거쳤다. 청주 복대파출소장, 괴산 증평지서장과 천안 목천지서장을 역임했다. 경감 승진 후에는 경찰 교육기관인 중앙경찰학교에서 실무교육을 담당하는 교수로 근무했다.

경정에서 총경으로의 승진은 심사절차를 거쳐야만 한다. 총경부터는 시험제도가 없고 심사승진제도만 있기 때문이다. 그리고 경정부터는 계급 정년(14년)이 적용된다. 경정이 되고 나면 그때부터는 극심한 계급정년의 압박감에 시달리게 된다. 특히 젊은 간부들은 더욱 그렇다. 여기서 승진에 유리한 고지를 선점하려면 어느 보직을 맡느냐가 아주 중요하다. 때문에 경정 때부터는 인사철마다 마음을 졸이며 온통 보직발령에 신경을 쓸 수밖에 없다. 나는 경정으로 승진 한 후 또다시 충북 근무를 하게 되었다. 충북은 초임 간부시절 순환보직으로 한번 근무하고 또 경정이 되어서 근무하게 되어 결국 두 번을 근무하게 된 셈이다. 나는 공교롭게도 각 지방청별로 두 번씩 근무를 하는 특이한 이력을 갖고 있다. 처음 근무했던 충북청에 두 번 근무한 것을 비롯해서 경찰청, 서울청, 인천청, 충남청, 대전청, 그리고 경찰학교에서 각각 두 번씩 근무했다. 특이한 이력이다. 희망했던 곳을 발령받아 근무했던 적이 별로 없었는데도 우연히 그렇게 된 것이다. 다만 경남청에서만 한 번 근무를 했다. 총경이 되고 난 후 경남 거창경찰서장으로 발령을 받아 근무했는데 더 이상 경남청에서 근무할 기회가 없었기 때문이다. 당시 경정이 된 후에도 충북청 소속인 청주 서부경찰서에서 두 번째 근무를 하고 있어서 경찰청으로 발령을 받게 되었다. 경찰청에서의 보직은 보안국내 보안1과 2계장이었다.

보안 분야를 희망한 것은 우선 나름대로의 신념이라 할 수 있는 안보의식이 마음속에 내재되어 있었기 때문이다. 보안업무에 대한 호기심이 있어서 국가안보관련 일을 하고 싶었던 것이다. 그리고 두 번째로는 과거 모셨던 상사와의 인연이 계기가 되었다. 경정으로 승진한 후 두 번째로 근무했던 청주서부경찰서에서 있었던 일이었다. 당시 청주 서부경찰서에 관내에는 큰 현안 문제가 하나 있었다. 그것은 다름이 아니라 청주시 당국이 추진하고 있었던 광역 쓰레기 매립장 건설 문제였다. 당시 청주에서는 기존 쓰레기매립장이 이미 포화상태였기 때문에 새로운 쓰레기매립장 건설이 시급했다. 그래서 청주시에서는 부지를 물색하던 중 마침 청주서부경찰서 관내에 있는 임야 일부를 매입하여 새로 쓰레기매립장을 건설하려던 중이었다. 그런데 이 쓰레기매립장 건설이 난관에 봉착했던 것이다. 왜냐하면 쓰레기매립장 건설이 지역주민들의 극렬한 반대에 부딪쳐서 전혀 사업추진을 진행하지 못하고 있었기 때문이다. 그것도 거의 10여년 간이나 주민을 설득하고 온갖 노력을 다 했지만 전혀 진척이 없었던 것이다. 주민들의 반대는 아주 극렬했다. 쓰레기매립장을 추진하려는 공사현장에서 줄곧 감시초소를 설치하고 밤낮없이 교대로 경비까지 서면서 공사차량 진입을 원천봉쇄 하고 있었다. 청주시에서는 언제까지 무작정 공사를 지연할 수 없었다. 막다른 골목까지 다다른 것이다. 이런 상황에서 경찰은 행정당국의 일을 보고만 있을 수 없었다. 당시 김 모 청주시장이 직접 경찰서 경비과장인 나의 사무실까지 찾아와 사업추진의 절박함을 밝히면서 경찰의 협조를 진지하게 요구했다. 경찰이 적극적으로 나서서 극렬히 저항하는 주민들을 격리시켜 공사장비가 진입할 수 있도록 길을 터달라는 요구였다. 아울러 공사재개 과정에서 혹시 있을 수 있는 물리적 충돌 등 불상사에서도 철저하게 대비를 해 달라고 요구를 하는 것이었다.

나는 관할 경찰서의 경비과장으로서 청주시 당국의 추진 계획을 이해하고 경찰로서 사업추진이 원활히 진행될 수 있도록 적극 지원해야 할 책임이 있다고 판단했다. 법치국가에서 적법한 행정행위가 더 이상 불법적인 물리력에 의해서 방해가 되어서는 안 된다고 생각했기 때문이었다. 행정당국의 지원요청을 받고 본격적인 경비대책에 나서기로 했다. 워낙 주민들의 반발이 극심하기 때문에 치밀한 경비대책을 수립해야만 했다. 경비작전에 필요한 현장상황을 파악하기 위하여 수 없이 현장을 답사하고 정보기능을 통해 주민들의 동향을 심층파악토록 하였다. 주민들의 완강한 태도는 전혀 변함이 없었다. 이런 상황 하에서 수일 동안 밤낮으로 고생하여 있을 수 있는 제반 문제점을 파악하여 최종 경비대책을 수립했다. 그리고 청주시 당국과 사전 조율절차를 거쳐 마침내 공사재개 일정을 확정했다.

공사 재개를 위한 D데이가 정해진 것이다. 공사 일정이 확정된 만큼 경비작전에 필요한 작정부대를 지방청에 지원을 요청했다. D데이를 맞아 마침내 작전이 개시되었다. 지원된 부대경력은 충남과 경기 등 인근 지방청에서 차출된 10여개 중대였다. 경비작전을 개시하면서 기본방침을 정했다. 즉 경찰은 지근거리에 위치하면서 주민들의 공사방해 행위를 원천 차단하여 공사 장비 진입을 위한 시공사 측의 장애물 철거를 적극 지원하고 이 과정에 있을 수 있는 주민들의 저항에 대해서는 최대한 인내하되 불법행위의 정도가 묵과할 수 없을 경우에는 관련법에 따라 의법 조치한다는 내용이었다. 이러한 방침 하에 경찰경력을 전격 투입하여 공사를 시작했다. 공사재개 소식을 접한 주민들은 공사현장으로 속속 몰려들기 시작했다. 어느새 수백 명으로 불어났다. 경찰은 주민들을 조금씩 조금씩 밀어내기 시작했다. 공사초기부터 예상대로 주민들의 반발은 아주 극렬하였다. 이들은 새벽부터 트랙터 등 대형 농기계는 물론 소 돼지와 같은 가축을 끌고 나와서 공사차량 진입을 막는가 하면 공사작업 인부들에게 오물을 투척하고 심지어는 공사차량에 돌과 화염병을 투척하는 등 물리적 저항이 극렬했다.

공사재개 현장에서는 곳곳에서 극심한 물리적 충돌이 빚어졌다. 고함소리와 함께 여기저기서 밀고 당기는 혼잡한 사태가 벌어졌다. 이렇게 밀고 당기는 가운데서도 경찰의 보호 하에 공사범위를 점차 넓혀 나갔다. 시간이 지남에 따라 점차 공사속도는 빨라지기 시작했다. 주민들의 반발은 계속되었지만 점차 공사속도가 붙게 되자 주민들의 저항 기세는 조금씩 꺾이기 시작했다. 그러나 경찰은 경력을 현장에서 상당기간 상주하면서 공사가 원활히 진행되도록 했다. 이런 경찰의 노력으로 많은 난관을 극복하고 지역 최대현안이었던 광역 쓰레기매립장 공사는 점점 속도를 내어 공사가 원활하게 진행되기에 이르렀다. 많은 우여곡절 끝에 청주시 광역 쓰레기매립장은 몇 개월간의 공사기간을 거쳐 마침내 완공되었다. 숙원사업이 경찰의 적극적인 지원으로 마침내 마무리 된 것이다. 법치국가에서 적법하게 집행되는 행정업무가 불법행위로 인하여 행정업무를 추진하지 못하는 일은 있을 수 없는 일이다. 때문에 법치를 구현하고 행정기관이 정당한 업무를 할 수 있도록 경찰이 적극 지원을 한 것이다. 거의 10여년 간 주민들의 반발로 전혀 진척이 되지 않았던 최대 현안사업이 경찰의 힘으로 해결 된 것이다.

이 사업추진과정은 물론 지방청에서도 현장에서 타전되는 무전내용을 청취하면서 초미의 관심을 가지고 지켜보고 있었다. 이런 가운데 지역 최대 현안 사업이 별다른 변수 없이 아주 성공적으로 추진된 것이다. 지방청 지휘부도 사업추진이 성공적으로 진행되었던 부분에 대해서 크게 안도하면서 관할 경찰서 간부들에 대한 격려를 아끼지 않았다. 당시 지방청장께서는 청주가 고향이었기 때문에 누구보다도 지역의 현안문제에 깊은 관심을 갖고 있었다. 이런 가운데 큰 불상사 없이 사업이 잘 마무리 된 것에 대해서 큰 의미를 부여 했던 것이다. 그 후 정기 인사철이 되어 당시 지방청장께서 본청 보안국장으로 영전을 하시게 되었다. 주민들의 극렬한 반대를 무릅쓰고 온갖 난관을 극복하면서 광역 쓰레기매립장이 무난히 건설되게 한 역할을 기억하고 크게 배려를 배주신 것이다. 나는 사실 보안 경력도 없었고 본청에 별다른 인맥이 없었기 때문에 본청으로의 전입이 어려운 입장이었다. 그럼에도 나를 잘 이끌어 주신 것이다. 지금도 그 국장님께 감사한 마음을 가지고 고마움을 느끼고 있다.

그러나 본청근무를 처음 하기 때문에 적응하는데 적지 않은 애로를 겪었다. 특히 보안업무는 처음이었다. 당시만 해도 보안요원들은 국가안보를 위해서 일한다는 나름대로의 자부심이 있었고 정서적으로도 끈끈한 동료의식이나 유대감이 형성되어 있었다. 그런 상황에서 본청에서 한 번도 근무한 경력도 없고 보안경과도 아닌 사람이 주무계장으로 발령을 받았으니 어려움이 따랐던 것이다. 처음에는 직원들과 동화하기가 쉽지 않았고 업무파악도 힘들었다. 나는 그럴수록 더욱 열심히 했다. 그러는 과정에 시간이 지나면서 환경에 적응을 하게 되고 직원들도 호의를 가지고 대해 주기 시작했다. 나중에는 직원들은 물론 윗분들도 점점 호감을 갖고 더 잘 대해주기 시작했다. 그런 가운데 어느덧 세월이 흘러 1년이 지났다. 연초 승진시기를 맞아 바로 옆 자리에 근무했던 서무계장인 보안1계장이 총경으로 승진을 했다. 뿐만 아니라 모셨던 과장님도 경무관으로 승진을 하는 영광을 얻었다. 한 과에서 경무관과 총경이 동시에 배출된 것이다. 상사로 모셨던 분이 승진을 하니 사무실은 정말 경사를 맞은 듯했다. 직원들 모두 들떠 있었고 내 일 같이 기뻐하며 좋아했다. 사무실 분위기는 마치 잔칫집 같았다. 조직생활을 하면서 가장 의미가 있고 기쁜 일은 모시는 상사가 잘 되시는 것이란 것을 정말 실감했다. 같은 공간에서 동고동락한 분이 승진을 하고 뻗어나가는 것이야 말로 본인은 물론 같이 근무한 사람에게도 커다란 자산이기 때문이다.

돌이켜 보면 나의 경우는 그렇지 않았던 것 같다. 운이 없어서인지 모시던 상사 분들 대부분이 영전을 해서 뻗어 나가지 못하고 정년 등으로 끝을 맺는 경우가 많았기 때문이다. 특히 본청에서 근무할 때 모셨던 역대 국장님들이 그랬던 것 같다. 그것은 진보정권하에서 보안이라는 업무가 그에 걸맞는 대접을 받지 못했기 때문이기도 했다. 그런데 본청에서 처음으로 모신 과장님이 경무관으로 승진을 하신 것이다. 더욱이 승진을 하고 이임을 하시면서 나한테는 커다란 선물까지 안겨주신 것이다. 그것은 다름이 아니라 새로 부임하신 국장님께 총경 승진으로 공석이 된 보안1계장 자리에 나를 추천해 주신 것이었다. 같이 근무를 해 보니 능력도 좀 있고 성실해서 서무계장으로 적격이라고 하면서 추천을 해 주신 것이다. 사실 1년 전 처음 본청으로 전입 했을 당시에는 내가 과장님 본인이 추천하지 않은 사람이라고 해서 아주 서먹서먹하기도 하고 눈에 보이지 않는 미움이라 할까하는 푸대접을 받기도 했던 사이였다. 그러던 분이 1년 동안 같이 근무를 해 보시더니 오히려 나를 더 인정을 해주시고 국장님께 어려움을 무릅쓰고 추천까지 해주신 것이다. 정말로 든든한 우군이 된 것이다. 나는 이런 일을 겪고 정말 매사에 성실한 자세로 바르고 열심히 한다면 그 진정성을 알아주고 결국은 인정을 받는구나 하는 생각도 했다.

나는 과장님이 그렇게까지 나를 배려 할 줄을 정말 몰랐다. 나한테 그런 말씀을 하시기 전에는 그런 전 후의 사정을 전혀 모르고 있었기 때문이다. 참 고마운 분이었다. 과장님은 국장님께 나를 추천했다는 얘기를 해 주시면서 조직생활을 하다보면 장래가 불확실한 경우가 있기 때문에 기회가 주어졌을 때 그 기회를 잘 포착하라는 당부까지 해 주셨다. 그러면서 공석이 된 보안1계장 자리로 이번에 꼭 옮기도록 간곡히 권유를 하시는 것이었다. 국내 서무계장인 보안1계장은 승진자리라 할 수 있는 주요 핵심 보직으로서 국장님을 보좌하고 국회업무를 비롯한 예산과 인사를 주관하는 자리이다. 나중에라도 승진을 하려면 꼭 거쳐야 하는 자리인 만큼 당장은 승진연한에 좀 여유가 있다고 하더라도 기회가 왔을 때 꼭 이동을 해야 한다고 하시면서 당시 새로 부임하신 국장님께 추천을 해 주신 것이다. 당시 나는 그 추천이 얼마나 고맙고 서무계장으로의 자리이동이 얼마만큼 중요한지 깨닫지 못했다. 승진년도 상 아직 여유도 있었고 바로 옆자리이기 때문에 이번에 옮기지 않아도 앞으로 얼마든지 기회가 있을 것으로 생각을 한 것이다. 돌이켜보면 이러한 안이한 상황인식이 전 경찰생활 아니 전 인생항로에 있어서 엄청난 영향을 끼친 결정적인 실수였던 것이다. 총경승진 과정에서 겪어야만 했던 실로 감내하기 어려웠던 고통이라든가 차 상위 계급으로의 승진기회 상실이라는 엄청난 불이익으로 다가왔고 결국은 조직생활 끝자락에 온갖 수모와 시련을 겪게 되었던 원인이 된 것이다. 바로 옆자리인데 언젠가는 갈 수 있지 않겠냐 하고 안이하게 생각을 한 것이 큰 패착이었던 것이다. 흔히 사람이 인생을 살면서 세 번의 기회가 주어진다고 하는데 나한테 주어진 이번의 기회가 그 세 번의 기회 중 한번쯤은 되었지 않나 싶다. 그러한 중요한 기회를 안이한 상황인식으로 포착을 하지 못했으니 정말 두고두고 후회가 될 수밖에 없는 일이다.

그런데 사실 당시 그렇게 그릇된 판단을 한 것은 나름대로 또 다른 이유가 있었던 것이다. 즉 당시 보안국내의 외청인 보안분실에 근무하고 있었던 한 동료계장인 김 모 계장의 간곡한 청을 감안했기 때문이었다. 과장님께서 경무관으로 영전을 하고 떠나시면서 나를 승진자리인 서무계장으로 추천을 하고난 다음 며칠이 지난 후 보안국 소속의 보안 분실에서 근무하는 한 동료계장이 찾아왔다. 그는 행정고시 출신으로 나이도 나와 동갑이었다. 그렇지만 그는 고시를 거쳐서 경찰에 들어왔기 때문에 경찰 입직년도 즉 경정 임용년도는 나보다 조금 빨랐다. 갑자기 나를 찾아온 이유는 다름이 아니라 서무계장 자리를 자신에게 양보를 해달라는 뜻을 전달하기 위해서였다. 자신은 승진시기가 임박해서 이번에 자리이동을 하지 않으면 안 될 위기에 놓여 있다고 하면서 간곡히 양보를 요구하는 것이다. 그러면서 국장님과의 면담 내용까지 전해 주는 것이었다. 자신의 입장을 밝히기 위해서 국장님 면담을 했더니 서무계장 자리는 이미 다른 사람으로 내정되었다고 하면서 불가입장을 보이더란 것이다. 여기서 다른 사람이라 하면 바로 나를 지칭하는 것이었다. 경무관으로 승진을 하며 떠나신 전임 과장님의 의견을 들어서 이미 나를 내정했다는 뜻이었다.

사실 나는 당시 적극적으로 서무계장으로 자리를 옮기고자 한 것은 아니었다. 왜냐하면 승진 시기를 따져 볼 때 시간적 여유도 있었고 또 대학원 입학을 위해서 이미 등록을 해 놓았기 때문이었다. 다만 앞에서 언급한 것처럼 모셨던 과장님이 승진을 해서 발령을 받아 떠나시면서 경찰동기인 국장님께 나를 추천을 했을 뿐이었다. 사실 과장님과 새로 부임하신 국장님은 경찰간부후보생 동기생으로서 아주 친밀한 관계였다. 때문에 두 분이 아주 진솔한 얘기를 나눌 수 있었던 것이다. 이런 상황에서 동료계장으로부터 자리를 양보해 달라는 요구를 받은 것이다. 나는 고민을 했다. 모셨던 상사가 인정을 해 주신 선의를 무시할 수 없는 노릇이었고 서무계장 자리가 핵심보직이기 때문에 그 후의 사정이 어떻게 변할지도 장담할 수 없는 일이기 때문이었다. 그냥 서무계장으로 자리 이동을 할까도 생각을 했다. 그러나 사정이 딱한 처지에 놓였던 동료계장의 입장을 헤아려 주는 것도 좋은 일인 것 같다는 생각이 들었다. 또 아직 시간적으로 여유가 있다는 생각이 들었다. 그래서 결국 동료 김 계장의 요구를 들어 주기로 마음을 정했다. 이렇게 내심 양보하기로 마음을 굳히고 있는 터에 또 다시 김 계장이 나를 찾아왔다. 김 계장은 국장님께 보직발령 문제로 1차면담을 한 후 걱정이 되어서 또 다시 면담을 했더니 지난번과 같은 취지의 말씀을 하시더란 것이었다. 서무계장 자리는 이미 다른 사람으로 내정이 되어 아쉽지만 요구를 들어줄 수 없다는 것이었다. 재차 이런 말을 듣고 절박한 나머지 나를 또 찾아온 것이다. 이번에도 자신의 입직경로나 임용연도 등을 설명하면서 간곡히 자리를 양보를 요구하는 것이었다. 그러면서 양보를 해 주면 은혜를 잊지 않겠다고 까지 했다.

이미 나는 자리를 양보하기로 마음을 굳혔기 때문에 김 계장의 거듭된 요구를 받고 나서 드디어 김 계장에게 나의 뜻을 전했다. 자리를 양보하겠다는 뜻을 밝힌 것이다. 아무리 승진경쟁이 치열하다 하더라도 그 사람의 딱한 처지를 그냥 무시할 수 없었기 때문이었다. 나는 결국 국장님께 면담을 해서 나의 입장을 말씀 드렸다. '여러모로 부족한 저를 인정해 주셔서 서무계장이라는 중책을 맡겨 주시기로 한데 대해 감사의 말씀을 드리고 그러나 대학원 공부 등의 개인적 사정이 있기 때문에 그냥 자리이동을 하지 않았으면 한다'고 말씀 드렸다. 국장님도 '좀 아쉽지만 나의 뜻을 받아 주겠다'라고 하시면서 그대로 현 자리에 잔류토록 해주었다. 결국 김 계장은 자신이 원하는 바대로 서무계장으로 발령을 받게 되었다. 그 결과 김 계장이 국 서무계장인 1계장, 나는 계속 2계장으로 함께 근무를 하게 되었다. 김 계장은 나이도 동년배이고 자리 양보에 대한 고마움의 표시였던지 어쨌든 선의를 가지고 나를 잘 대해주었다. 동료 계장으로서 서로 존중하고 협조하면서 1년 동안을 한 사무실에서 정말 사이좋게 잘 지냈다. 1년 동안 열심히 일도 했다. 그 보람으로 그 해 김 계장은 총경으로 승진하는 영광을 안게 되었다. 승진 후 그 사람은 몇 군데 지방의 참모와 서장을 거쳤다. 그때까지만 해도 서로 안부를 묻고 교류를 하는 사이가 유지 되었다. 그 사람은 총경 승진 후 서장과 지방청 참모를 몇 군데 거치고 바로 경무관으로 승진을 했고 이어서 치안감으로까지 승진을 했다.

경찰조직에서 승진제한 기간이 적용되지 않은 경무관 이상은 단기간에도 진급을 하는 케이스가 더러 있다. 최근 얼마 전에는 불과 2~3년 만에 총경에서 치안정감까지 오른 사람도 있었다. 그 분은 벼락 승진을 하다 보니 지방청장을 한 번 못하고 계급만 올라가서 조기 퇴직을 해야만 했다. 출신이나 지역 안배를 하다 보면 경무관 이상의 고위직은 본인 의사와는 무관하게 이렇게 초고속으로 승진을 하는 경우가 더러 있었던 것이다. 같은 케이스라고는 할 수 없지만 김 계장도 참 관운이 좋은 사람이었다. 김 계장은 모 지방의 지방청장과 본청 국장을 거쳐서 치안정감으로 승진하여 본청 차장, 그리고 마침내는 경찰청장까지 오르게 되었다. 당시 출신별 안배라든가 정치적인 요인이 작용하여 뜻하지 않게 치안총수까지 오른 아주 관운이 좋은 사람이었다. 그가 승승장구하는 동안 나는 승진은 물론 자리 이동도 하지 못하는 정말로 답답한 처지에 있었던 것이다. 인생을 살면서 사람에게는 사주팔자라든가 관운이라는 것이 있긴 있구나 하고 생각도 했다. 나한테 찾아온 기회나 관운은 다시 또 찾아온다는 보장이 없기 때문에 그 기회를 포착하는 것이 얼마나 중요한지도 알았다. 사실 김 계장이 총경으로 승진을 하고 난 후에도 나는 서무계장으로 자리를 옮기려고 여러 번 시도를 했었다. 그러나 번번이 실패를 했던 것이다. 몇 번씩이나 청장이 바뀌고 국장이 바뀌다보니 인맥이나 역학관계가 그때그때 새로 짜여 내 뜻대로 일이 풀리지 않을 것이다. 이런 틈을 타서 외부 힘을 등에 업고 전혀 뜻밖의 사람이 서무계장 자리를 차고 들어오는 경우도 있었고 보안국 내에서 다른 사람이 밀고 들어오는 경우도 있었다. 자리를 양보한 후 몇 년에 걸쳐서 서무계장으로 자리를 옮기려고 했지만 이렇게 번번이 실패를 했던 것이다. 그때마다 자리양보를 한 것을 가슴을 치면서 참 많은 후회를 했다. 나는 우여곡절 끝에 가까스로 서무계장으로 자리를 옮길 수 있었다. 그러나 이미 때는 늦었던 것이다. 서무계장으로 자리를 옮긴 후 마지막 구제 케이스로 어렵게 총경으로 승진을 했다. 그러나 나는 연령상으로 이미 더 이상의 승진이 어려운 입장이 된 것이다. 총경 승진이 너무 늦어 조정정년에 걸리기 때문이었다. 물론 나와 김 계장의 입장과 계급 차이도 하늘과 땅만큼이나 벌어졌던 것이다.

한때 같은 동료로서 정말 더없이 중요한 자리까지 양보해 준 그 사람과의 관계는 불과 몇 년 만에 하늘과 땅만큼이나 벌어지게 되었다. 경찰청장과 일개 총경이라는 신분으로 격차가 벌어진 것이다. 만약 당시 김 계장에게 양보를 하지 않고 바로 서무계장으로 자리를 옮겼다면 아마 나는 무난히 조기에 총경으로 승진을 했을 것이다. 그렇다면 연령초과로 조정정년에 걸릴 리도 없었을 것이다. 결국 경찰생활의 진로나 인생전체의 운명이 분명히 달라졌을 수도 있었던 것이다. 이런 상황에서 나를 더욱 안타깝고 후회스럽게 한 것은 계급격차가 크게 벌어지다보니까 그동안 쌓아온 인간관계가 깨지고 새로운 위계질서 속에서 인간적 정리가 없어지더라는 것이다. 공적인 조직사회에서 어쩔 수 없는 측면도 있었지만 그동안 맺었던 인간관계를 언제 그랬냐는 듯이 아예 무시하는 대우를 받았던 것이다. 당시 나는 서운함을 넘어서 인간적인 비애감마저 느꼈다. 사람에 따라 다르겠지만 의리라는 것을 전혀 모르는 사람 같았다. 사람이 인생을 살면서 각자 처한 위치는 세월이 지남에 따라서 서로 바뀌게 되어있다. 마라톤처럼 앞서거니 뒤서거니 하면서 말이다. 그렇다고 과거 맺었던 인간관계는 위치나 처한 상황이 바뀌었다고 해서 하루 아침에 바뀔 수는 없는 것이다. 이것이 바로 인간사회의 특성이기도 한 것이다. 사람이 인생을 살면서 어렵고 힘들 때를 잊어서는 안 된다. 경찰청장은 각종 치안정책을 수립 집행하고 휘하 고위간부들의 인사권을 전권으로 행사하는 조직의 총수이다. 당시 총경에 머물고 있었던 나는 당연히 경찰청장의 인사 대상자인 한 간부에 불과한 위치였다. 유감스럽게도 당시의 김 계장은 경찰청장이 되어서 과거 그 어려웠던 시절 맺었던 소중한 인연을 언제 그런 일이 있었느냐는 듯이 까마득하게 잊고 있는 듯했다.

통상 총경급 이상은 1년마다 자리이동을 한다. 우여곡절을 겪으면서 어렵게 총경이 된 나는 어느 덧 세월이 흘러 서울경찰청 소속의 어느 참모 보직으로 있었다. 마침 나는 참모 생활을 마치고 서울시내 경찰서장 발령을 받아야만 했다. 나도 인간인지라 사실 옛 추억을 되살리며 경찰청장과의 인연을 생각했다. 어려웠을 때 서로 돕고 동고동락했던 소중한 인연 말이다. 나는 사실 서울서장을 발령을 앞두고 나름대로 개인적인 사정이 있었고 또 참모 생활 중에 쌓았던 공적 등을 고려해서 서울의 어느 경찰서장 발령을 희망했었다. 이러한 나의 입장을 내부 통신망을 이용해서 진솔하게 인사권자인 경찰청장에게 전달했다. 내부통신망을 통해서 자신의 애로사항이나 희망사항을 상급자에서 전달하는 것은 일종의 고충상담으로서 아주 자연스러운 일이고 오히려 권장사항이기도 했다. 내가 가고자하는 곳은 그렇게 좋은 자리도 아니고 단지 개인 사정상 그곳을 가고자 희망했던 것이다. 그럼에도 나는 그곳을 가지 못했다. 물론 인사권자로서 많은 사람들 인사를 하다보면 개개인의 요구사항을 다 들어 줄 수는 없을 것이다. 나름대로 다 밝힐 수 없는 특수한 사정이나 어려움이 있을 수도 있기 때문이다. 그러나 당시 발표된 인사내용을 보면 나의 건의가 그리 어려운 것도 아닌 것임을 알게 되었다. 단지 의리나 성의 문제였던 것이다. 어려웠던 시절 동고동락했던 과거의 동료 한사람 쯤 고충을 헤아려 줄 수도 있었던 사안이었다. 솔직히 나는 서운함을 느꼈다. 과거 같은 동료로서의 기대감이 사라졌기 때문이다. 그리고 의리라는 것을 생각했다. '개구리가 올챙이 때 생각하지 못 한다'는 속담은 이런 때 쓰는 거구나 하는 생각도 들었다. 그 후로 그 사람과의 모든 인간관계는 끊었다.

2) 진보정권과 보안업무

돌이켜 보면 나는 경찰에서 근무하면서 관운이 없었던 것 같다. 같이 근무했던 동료나 상사 등 주변 사람들이 잘 뻗어나가 좀 힘이 되어 주어야 하는데 이상하게도 그렇지 못한 경우가 많았다. 승진이나 보직이동을 앞둔 결정적인 순간에 정권이 교체된다든가 지휘관이 바뀌는 경우도 있었다. 내가 수행하는 업무와 당시 시대적 여건이 맞지 않은 경우도 있었다. 경찰청에서 실무계장으로 일할 때도 그랬던 것 같다. 이른바 진보정권이라 할 수 있는 시기에 홀대를 받았던 보안부서 즉 경찰청 보안국에서 근무를 했기 때문이다. 경찰에서 보안이라 함은 간첩이나 안보위해사범을 수사하는 안보 및 체제 수호업무를 일컫는다. 당시 보안경찰은 남북교류나 대북원조를 정책기조로 하는 햇볕정책과는 반대 입장에서 일을 해야만 했다. 국가안보를 위한 업무지만 교류협력과 화해를 기조로 하는 당시의 대북정책과는 정서적으로 적지 않은 차이가 있었다. 간첩검거나 불순 좌익세력을 척결하기 위한 보안활동이 당시 교류협력과 남북화해라는 정책기조와 맞지 않았던 것이다. 시대상황이 이렇다보니 보안경찰은 아무리 열심히 일을 해도 칭찬이나 격려를 받기 보다는 오히려 보이지 않는 눈총을 받았을 때가 많았다. 국가안보를 위한 순수한 보안활동이 진보인사를 탄압한다는 오해를 불러오기도 했다. 남북이 첨예하게 대치하고 있는 안보현실에서 국가안보를 위한 활동은 어느 정권이든 그에 걸맞는 대우와 인정을 받아야 함에도 그렇지 못했던 것이다. 특히 당시 권력 핵심부를 장악하고 있었던 당시의 386이라고 하는 젊은 진보 정치인들로부터는 많은 오해와 괄시를 받았다. 눈엣가시처럼 여겨질 정도로 서러움을 받기고 했다. 그 결과 국가안보 관련 보안수사 활동이 오해 아닌 오해를 받아서 수사책임자가 인사 상 불이익을 당한 경우도 있었다.

당시 서울의 모 사립대학 교수가 인터넷 언론매체에 '한국전쟁은 북한 지도부가 시도한 통일전쟁'이란 칼럼을 언론에 기고 한 적이 있다. 적화를 위한 북한의 무력침공이 통일을 위한 전쟁일 수는 없는 것이다. 기고문 내용은 국가보안법상의 반국가단체 찬양 고무 및 선전 선동 혐의가 다분히 있다고 보아서 여러 보수단체에 의하여 국가보안법 위반으로 고발이 되었다. 그뿐이 아니었다. 그 교수는 또 북한을 방문하여 김일성 생가인 만경대를 방문하여 방명록에 '만경대 정신 이어 받아 통일위업 이룩하자'라는 북한의 주의주장을 찬양하는 내용으로 서명까지 했던 것이다. 그 교수는 이 서명관련 위법사항까지 추가되어 국가보안법상의 반국가단체 찬양 고무혐의로 관할 보안수사대에서 수사를 받아야만 했다. 해당 교수는 결국 구속기소되어 징역 2년에 자격정지 2년의 형을 선고받았다. 국가안보를 위하여 존재하는 보안경찰이 이런 상황에서 적법한 수사절차를 거쳐 관련 대상자를 사법처리 하는 것은 당연했다. 그럼에도 북한찬양 일색의 친북성향 인사에 대한 보안수사가 오히려 당시 정권 핵심부의 반발을 불러 일으켰던 것이다. 어려운 여건에서 정말로 국가안보를 위한 체제수호 활동이었음에도 표창을 받기는커녕 당시 386이라는 정권핵심부로부터 미움을 샀던 것이다. 결국 보안 수사대의 수사책임자가 타 지방청으로 좌천되는 일까지 벌어졌다. 어려운 여건에서 오로지 국가안보를 위한다는 신념하나로 고군분투했던 수사관계자에게 표창은 못 줄망정 오히려 불이익을 주었으니 참으로 이해 할 수 없는 일이었다. 이런 상황에서 보안요원들의 사기는 떨어질 대로 떨어졌다. 당연히 업무성과 또한 기대할 수 없었다. 사실 보안 경찰은 타 기능에 비해 서로 끈끈한 동류의식을 공유하면서 우직하다 할 정도로 충성심과 사명감으로 뭉쳐있는 조직이다. 이런 보안

경찰이 사기가 땅에 떨어졌으니 업무 성과를 기대할 수 없었던 것이다.

보안업무는 남북관계 상황변화에 따라 돌발적인 일들이 종종 발생하고 한번 일이 생기면 관심이 집중되는 대형 이슈로 발전하는 경우가 많았다. 경찰청 보안국 실무계장으로 근무할 때도 국가적으로 큰 관심을 불러온 대형 이슈들이 많았다. 당시에는 햇볕정책이 추진되었던 시기이기 때문에 금강산 관광을 비롯한 남북 간 교류가 활발히 이루어지고 당국 간 회담도 잦았다. 한번은 남북 고위급 회담이 특정 의제를 가지고 서울시내의 한 호텔에서 개최되었다. 그런데 거기서 문제가 발생했다. 다름이 아니라 회담이 열렸던 서울의 한 호텔 로비에서 당시 야당 총재를 비난하는 불온 삐라가 발견된 것이다. 북한 고위급 인사가 참가한 남북 당국자 회담장의 호텔 로비에서 야당 총재를 비난하는 삐라가 발견되었다는 것은 대공용의점 차원에서 심각한 문제였다. 당시 보안 경찰은 아주 객관적인 입장에서 관계기관과 유기적인 협조체제를 가동하면서 합동신문을 하는 등 대공용의점 규명에 전력을 기울였다. 정치적으로도 큰 쟁점이 되었다. 당시 여야 정당은 각자 정치적인 입장에 따라 원인과 수사방향을 놓고 극심한 대치 상황을 보였다. 이런 상황에서도 보안경찰은 사건의 실체적 발견을 위해 정석대로 앞만 보고 수사를 진행했다. 그러나 주어진 여건에서 최대한 노력을 한다고는 했지만 여건상 실체적 진실규명이 쉽지 않았다. 이런 상황에서 경찰이 어떤 결과를 내놓아도 정치적 이해에 따라 해석이 달랐다. 이 문제가 커다란 쟁점으로 확대되어 국회 상임위원회나 국정감사 시에 경찰 관계자들은 수도 없이 불려 다니고 곤혹을 치러야만 했다.

한 대기업 총수의 소떼 방문을 필두로 해서 분단이후 최초로 금강산 관광 사업이 이루어졌다. 금강산 관광도 준비하는 과정이나 관광이 이루어지는 중에 크고 작은 사건이 발생했었다. 그때마다 보안경찰은 상황별 대처를 하고 대비책을 강구해야 했다. 처음에는 금강산 관광을 한다고 하면서도 시행 한 달 전까지도 거의 윤곽이 잡히지 않았다. 그러다가 불과 20여일을 앞두고 시행사 측에서는 강원도 동해항에서 첫 관광선을 띄운다는 발표를 했다. 발표가 있은 후 경찰에서는 부랴부랴 확보되지도 않은 예산을 어렵게 조달해 보안검색대 등 시설을 설치해야 했고 소요인력을 긴급 차출해서 검색팀을 운영해야만 했다. 그 뒤에 시행사 측에서는 속초 동명항과 부산 다대포항에서도 관광선을 출항하여 그곳에도 검색대 등 관련시설물을 설치해야하고 검색팀을 꾸려야만 했다. 시행과정에서도 돌출변수들이 종종 발생해서 이에 대한 대응책을 강구해야 했다. 한번은 금강산 관광객이 북측에 장기간 강제 억류되어 며칠씩 밤을 새우다시피하며 상황유지를 해야만 했다. 다행히 억류되었던 관광객은 귀환했고 관광은 계속 유지될 수 있었다. 또한 황장엽 김덕홍과 같은 주요 탈북자에 대한 북한의 테러 위협이 증가되면 그때마다 보호인력을 배가하여 신변보호활동을 심층 강화해야 했다. 불온 문건이 발견되었다든가 각종 대북관련 상황이 발생하면 관계기관 합동 신문을 거쳐 대공용의 점을 심층 규명해야 한다.

이런 급변하는 안보환경에서 보안경찰은 스스로의 정체성에 대한 분석과 새로 해야 할 일들이 추가되어 기존의 업무를 조정해야 했다. 남북 간 인적교류가 증가하면서 안보위해세력의 잠입과 북한의 대남간첩 공작활동에 대한 대비책도 강구해야 했다. 또한 방북인사에 대한 신원조회는 물론 보안관찰자 등의 인적위해요인 관리에도 더욱 만전을 기해야 했다. 이러한 상황에서 공안문제연구소 문제가 불거졌다. 보안업무의 이론과 정책추진 방향을 제시함은 물론 보안수사에 필수적인 문서감정 업무를 담당하고 있었던 경찰대학 부설 공안문제연구소가 어느 순간 갑자기 '사상 감정소'로 둔갑이 된 것이다. 당시 공안문제연구소는 보안경찰 뿐만 아니라 검찰 공안부나 국군기무사 등 공안기관의 문서감정 업무를 담당하고 있었다. 이런 상황에서 국회에 제출된 문서감정 목록이 특정 언론에 처음 공개된 것이다. 더욱 감정목록은 3급 비밀로 분류된 보안문서로 언론에 공개될 수 없는 문서였음에도 공개된 것이다. 그후 각 신문을 비롯한 방송에서는 공안문제연구소의 문서 감정행위에 위법요소가 있다고 하면서 문제점을 지적하기 시작했다. 특히 문서감정을 이유로 개인의 사상까지 감정을 했다는 주장까지 들고 나오기에 이르렀다. 그러면서 민주국가에서 보장받아야 할 개인의 사상까지 감정하는 공안문제연구소는 당장 폐지해야 한다고 주장하기에 이르렀다. 소나기와도 같은 여론재판에 휘말린 것이다. 이런 상황에서는 아무리 합법을 주장해도 전혀 소용이 없었다. 소위 여론재판에 휩싸인 것이다. 결국 공안문제연구소는 '사상 감정소'라는 억울한 누명을 쓰고 전면 폐지되는 비운을 맞게 되었다. 당시 공안문제연구소는 경찰대학 부설 연구기관으로서 보안경찰활동에 이론적 뒷받침을 제공하고 보안실무에 반드시 필요한 문서감정 업무를 담당하는 순수 공안기관이었다. 보안활동에 있어서는 없어서는 안 될 중요한 기관이었던 것이다. 그럼에도 진보언론이나 좌파단체들에 의해 집중적인 공격을 받고 안보위해사범 수사 등 안보관련 업무에 필수적인 문서감정 업무가 개인의 사상을 감정하는 것으로 낙인이 찍혀 결국 폐지된 것이다.

진보 좌파단체는 마치 진돗개와 같았다. 자체적으로 인지 발굴했든 사회적으로 불거졌던 간에 그 어떤 이슈를 한번 선점해서 쟁점화하면 절대로 물러서지 않고 끝을 보고 마는 특성이 있었다. 공안문제연구소 문제도 그런 케이스에 해당한다. 진보정당 소속 국회의원이 당시 행정자치위원으로 활동하면서 소속 기관인 경찰의 업무를 감시 감독한다는 구실로 3급 비밀로 된 감정목록을 제출받아 특정 언론에 제보를 한 것이다. 있을 수 없는 일이었다. 3급으로 분류된 국가비밀 문서를 공무원 신분인 국회의원이 언론에 제보를 했으니 말이다. 진보성향의 언론에서는 마치 기다렸다는 듯이 이 문제를 1면 톱기사로 보도하기 시작했다. 그때부터 본격적으로 공안문제연구소 문제는 초대형 사회적 이슈로 떠오르게 되었다. 한번 쟁점화된 공안문제연구소 문제는 연일 신문 톱을 장식하면서 과도하게 부풀려졌던 것이다. 결국 공안문제연구소는 억울하게도(?) 이들의 공격을 이겨내지 못하고 결국 폐지되는 비운을 맞이해야만 했다.

당시에는 그것뿐이 아니었다. 이른바 진보좌파단체에서는 어떻게 하면 보안기관을 축소하고 무력화할 수 있는가에 관심을 집중하고 있었다고 해도 과언이 아니었다. 당시 진보정당 소속 몇몇 인사들은 국회의원이 되어 국회 행정자치위원회에 활동하면서 소속기관인 경찰청의 업무를 감독한다는 구실로 보안업무 관련 자료제출을 집중적으로 요청했다. 즉 경찰청에 자료요구를 하면서 극히 일부분을 제외하고는 거의 대부분 보안(대공)소관 업무자료를 제출토록 요구했다. 꼬투리를 잡기위한 시도였던 것으로 생각된다. 이렇게 제출받은 자료 중 그들의 활동에 걸림돌이 되거나 불리하게 작용되는 것은 문제를 부풀려 이를 특정 언론에 제보하여 이를 이슈화하곤 했다. 또한 보안경찰의 역량을 약화시키려는 시도도 끊임없이 이루어졌다. 한 예를 들면 업무 특성상 외부의 별도청사로 운영할 수밖에 없는 각 지방청 단위의 보안수사대를 공개된 청사 안으로 옮겨 운영하도록 집요하게 요구하기도 했다. 그런가 하면 보안 수사대의 인원과 규모를 축소하라고 집요하게 압력을 가했다. 그 결과 보안수사대 일부가 폐지되고 인원도 크게 축소되는 결과를 가져왔다.

더욱이 불행했던 역사지만 과거 민주화운동 과정에서 박종철 군 고문치사사건이 발생한 경찰청 남영동 대공 분실을 자기들 시민단체에게로 내놓으라는 요구를 하기에 이르렀다. 소위 '남영동을 시민 품으로'라는 구호를 내걸고 이를 쟁점화하기 시작한 것이다. 한번 쟁점화해서 이를 물고 늘어지면 이들의 요구를 들어주지 않을 수가 없다. 그렇다고 국가기관의 시설을 민간단체에 넘겨준다는 것은 법치국가에서는 있을 수 없는 일이었다. 이런 상황에서 경찰은 여러 가지로 고심을 하고 방안을 궁리한 끝에 먼저 선수를 치기로 했던 것이다. 그들에게 어느 정도 명분을 주어 부당한 요구를 더 이상 하지 못하게 함은 물론 경찰에서도 이를 교훈 삼아 인권의식을 고취하고자 하는 뜻에서 먼저 이를 경찰청의 인권보호기관으로 운영하기로 한 것이다. 그 결과물로 태어난 것이 지금의 경찰인권센터인 것이다. 나는 당시 경찰청 계장급인 실무책임자로서 이런 모든 현안업무를 도맡아 처리해야만 했다. 실무책임자로서 진보단체나 진보정당 소속 국회의원의 자료 제출 요구는 물론 공안문제연구소 폐지관련 뒷수습을 해야 하는 등 온갖 뒤처리에 매달려야만 했다. 문제는 온갖 뒤처리를 하면서 고생을 해도 누가 알아주는 사람도 없었다. 국회답변 자료나 언론대응 등으로 밤늦도록 일을 해도 고생한다는 격려는커녕 오히려 눈총을 받고 일을 해야만 하는 입장이었다. 당시 정권으로부터 외면을 받았던 업무 특성상 어쩔 수 없는 상황이었던 것이다.

공안문제연구소가 폐지된 후 경찰의 보안수사 역량은 크게 약화되었다. 일선 보안경찰업무 특히 보안수사에 있어 가장 기초적 절차인 문건의 이적성 분석을 제대로 할 수 없게 되었기 때문이다. 그리고 법률적으로도 이적성을 분석하는 국가공인기관이 없어졌기 때문이다. 문서에 대한 이적성 감정이 꼭 필요한 경우에는 일반 대학교수나 사설 감정기관을 이용할 수밖에 없었는데 설사 이들이 문서를 감정한다 하더라도 전문성에 문제가 있어 이적성 여부를 제대로 밝혀 내지 못함은 물론 공적 인증을 받은 기관이 아니기 때문에 재판과정에서도 증거로 채택할 수도 없었다. 이런 이유로 보안경찰 업무는 결정적 타격을 받을 수밖에 없었던 것이다. 실제로 공안문제연구소 폐지 이후 간첩 등 안보위해사범 검거실적이 현저히 감소했다. 우리의 체제를 부정하고 온갖 사회교란을 책동하고 있는 북한이라는 호전적 집단을 머리에 이고 사는 안보현실에서 체제를 수호하기 위한 활동을 제대로 하지 못한다는 것은 있을 수 없는 일이다. 국가 안보를 위해서 필요한 기관을 단지 이념상의 차이를 이유로 폐지하는 교각살우의 우를 범해서는 아니 될 것이다. 운영 상 일부 문제가 있다면 그것을 바로잡고 개선하면 될 일이다.

이런 상황에서 보안수사요원들의 사기는 크게 떨어질 수밖에 없었던 것이다. 보안경찰은 정말 사기를 먹고 산다고 할 만큼 자신들이 하는 일에 대하여 엄청난 자부심과 긍지를 갖고 일하는 조직인데 마치 서자취급을 받고 또 아무리 열심히 일을 해도 일의 성과를 기대할 수 없으니 사기가 땅에 떨어질 수밖에 없었던 것이다. 특히 공안문제연구소 폐지 이후 일을 할 수 없는 여건이 되었으니 조직 분위기는 더욱 침체되고 사기는 떨어질 대로 떨어졌다. 남북대화를 기조로 하는 정부정책과 맞지 않은 일을 하는 우리의 정체성은 과연 무엇인가라는 생각이 들었다. 더 나아가서는 근본적인 회의감이 들기도 했었다. 남북정상회담 직후 북한에서 돌아온 김대중 대통령은 공항에서 '한반도에서 더 이상의 전쟁은 없다'라는 대국민선언으로 국민들을 들뜨게 했다. 이 말을 듣는 순간 한반도에서 전쟁이 없다면 체제수호 활동을 하는 우리는 앞으로 과연 어떻게 일을 해야 하는가 하는 생각이 들었다. 과연 보안경찰의 존재가치가 있는가 하는 정체성에 대한 의문이 들었던 것이다. 다행히 안보전문가의 조언과 타 공안기관과의 의견 조율을 거쳐 바로 본래의 업무에 복귀 할 수는 있었다. 그러나 그 여파는 오래 갔다. 그리고 남북 정상회담 후 이루어진 남북합의 내용에 따라 대북심리전 활동을 비롯해서 일부 업무는 적지 않은 변화도 있었다.

보안경찰의 사기가 꺾이고 침체 국면에 이르자 내부승진이나 보직이동에도 적지 않은 어려움이 드리워졌다. 같은 조건에서 일을 해도 승진년도가 타 기능에 비해 1~2년 정도 늦어지고 승진인원도 적었다. 그러다보니 인사적체가 점차 심각해지기 시작했다. 종전 까지만 해도 인사에 대한 신뢰가 있었고 내부적으로 인사룰도 잘 지켜졌다. 그러나 인사적체가 심각해지면서 이러한 원칙은 점차 사라지기 시작했다. 통상적으로 지켜져 온 원칙 즉, 전입 순이나 승진년도 순으로 순차적으로 자리이동을 하는 인사원칙도 전혀 지켜지지 않은 것이다. 주요 보직으로 이동하는 것은 더욱 힘들어졌다. 이런 상황에서 나는 더욱 많은 어려움을 겪었다. 한자리에서 몇 년을 근무해도 다음 보직으로 이동도 할 수 없었다, 수년 전에 서무계장 자리를 양보한 후 기회가 있을 때마다 자리이동을 하려고 노력을 했으나 뜻을 이루지 못하고 번번이 실패를 해야만 했다. 상황이 이렇다 보니 순리나 정의는 온데간데없고 흔히 얘기하는 백과 이면의 거래가 난무했다. 어떤 때는 보안경과도 아니고 보안부서에 근무한 경력도 전무한 사람이 갑자기 승진자리인 국 서무계장 자리를 차고 들어온 경우도 있었다. 그는 낙하산처럼 백을 등에 업고 들어 와서 1년 만에 승진을 하고 나갔다.

그가 나간 후에도 이런 일은 몇 년 간이나 지속되었다. 전입 순이나 승진년도에 대한 고려 없이 백과 힘으로 밀고 들어오는 사례가 번번이 있었던 것이다. 비록 내부이기는 하지만 타 과에서도 몇 명이 서무계장 자리를 밀고 들어왔다. 이런 상황을 나는 지켜만 보고 있어야 했다. 그것도 바로 옆자리에서 말이다. 승진을 앞두고는 어떤 순리나 정의 같은 것은 아예 없어지다시피 했다. 수단과 방법을 가리지 않고 먼저 자리를 차지하고 과실을 따 먹는 사람이 임자고 정의였다. 인사에 있어서 어느 정도 뒷말이 있기는 했었지만 얼마 전까지만 해도 이러지는 않았다. 조직 내 사기가 살아있고 기강이 서 있었기 때문이었다. 조직내부를 지탱해 주던 그 어떤 위계질서나 기강이 무너지다보니 이런 현상이 생기게 되었던 것이다.

심한 인사적체로 경쟁이 치열해지다 보니 동료계장들 사이에서 온갖 음해와 비방이 난무하기도 했다. 각 과·계별 업무 경계선이 불분명하여 소관업무관련 자신의 의견을 제시한다든가 이의를 제기하면 업무에 대한 열정이 없다거나 일을 소극적으로 한다고 아주 좋지 않게 소문이 나기도 한다. 좀 심한 경우 같지만 감기 몸살을 앓아 병원에라도 한번 갈 것 같으면 이것을 침소봉대해서 마치 중병이라도 걸린 것처럼 소문이 나는 경우도 있었다. 승진을 앞두고는 해마다 정기적으로 주어지는 훈·포장을 수상한다든가 업무 차 해외 출장을 다녀와도 이것을 왜곡해서 소문이 난다. 승진대상자가 좋은 과실만을 독차지한다고 해서 말이다. 초임시절 얘기로만 들었던 경쟁자끼리의 비방과 음해를 당사자로서 실제로 겪었던 것이다. 상대방을 꺾어야 내가 살기 때문에 동료로서의 정감이나 의리 같은 것은 찾아볼 수 없었던 것이다.

3) 험난한 고갯마루

이렇게 이전투구와 백이 난무하는 상황에서 나는 결국 막판까지 몰리게 되었다. 승진년도나 전입 순 그리고 그동안의 이력으로 보아 이번에는 무난히 자리를 옮길 수 있을 것 같았다. 비록 내 개인적인 생각이기는 하지만 그것이 합리적 인사이고 순리라고 믿었다. 그러나 상황은 또 그렇게 돌아가지 않았다. 참여정부가 들어선 시기였다. 새로 들어선 정부에서는 각 부처 인사 방침으로 '공모'라는 제도를 처음으로 도입해 시행토록 했다. 물론 공모라는 제도를 도입한 배경은 인사의 공정성과 투명성을 높이기 위함이었다. 그럼에도 본래 취지와는 다르게 시행기관에서 실제 적용하는데 있어서는 운영상의 문제점이 적잖이 나타났던 것이다. 처음으로 시행하는 제도이기 때문에 일종의 시행착오가 있었던 것이다. 어떤 곳은 공모라 해도 사실상 내부적으로 미리 대상자를 내정해 놓고 공모라는 명분만 갖추는 식으로 운영되기도 했다. 이런 문제점이 드러났기 때문에 그 후에 공모 제도는 문제점을 시정 보완 해야만 했다.

공모라는 제도가 하달되기 전에는 이미 내부 방침으로 내가 서무계장으로 내정이 되어 있었다. 이미 나는 승진년도나 전입 순에서 소위 고참급으로 분류되었음은 물론 맨 처음 자리를 양보한 후 번번이 실패를 했고 바로 옆 내근 자리에서 고생을 많이 했기 때문이었다. 그런데 갑자기 인사를 앞두고 특정 주요 직위는 공모 절차를 거치라는 공문이 하달되었던 것이다. 하필이면 그 해부터 공모라는 제도가 시행된 것이다. 물론 우리 부서의 서무계장 직위도 공모 보직에 포함되었다. 때문에 나도 당연히 공모에 응할 수밖에 없었다. 이미 서무계장으로 자리를 옮기는 것으로 내정이 되어 있었기 때문에 공모를 거치더라도 무난히 자리를 옮기는 것으로 생각을 했던 것이다. 그런데 그 공모 절차에서 전혀 뜻하지 않은 일이 벌어진 것이다. 뜻밖에 보안 분실에서 근무하는 사람이 서무계장으로 내정이 된 것이다. 외청이라 할 수 있는 보안 분실은 직접 보안수사를 담당하는 곳이다. 외청이기 때문에 내근부서보다는 좀 여유가 있고 업무강도도 그다지 높지 않는 편이다. 그런데 이런 곳에서 근무했던 사람이 서무계장이란 직책을 맡게 된 것이다. 그 사람은 나와 경정 승진년도가 같은 사람이었다. 바로 옆 자리에서 동료 계장을 위해서 자리를 양보까지 했었고 그 후에도 그 자리를 가려고 몇 년을 고생한 사람이 있는데 이런 상식을 깨고 외청에서 수사업무를 한 사람이 발령을 받은 것이다. 발표를 보고 받은 충격은 이루 말할 수 없었다. 정말로 내가 능력이 없어서인지 관운이 없어서인지 도무지 알 수 없는 일이었다. 그러나 적어도 외적 명분상으로는 공모라는 절차를 거쳤기 때문에 나는 그 어떤 이의를 제기할 수도 없었다.

이 인사가 있은 후 나름대로 그 원인을 생각해 보았다. 처음 시행된 제도이기 때문에 운영상 문제점이 적지 않았던 것이다. 자격요건이나 선발기준이 들쭉날쭉했고 당락을 결정적으로 좌우할 수 있는 가점이나 감점 항목도 합리적이지 못했다. 그리고 기술서 등에는 심사평가에서도 주관적인 견해가 개입될 소지가 다분히 있었던 것이다. 이런 허점으로 인해서 처음 시행되는 공모제는 공정성이 100% 담보되지 못했던 것이다. 투명성과 공정성을 위해서 실시되었던 제도를 오히려 역으로 이용했을 수도 있었다. 그 개연성이 충분히 있었던 것이다. 당시 인사를 주관하는 부서의 국장과 조직의 2인자 격인 차장은 중간 간부시절에 보안 분실에서 그 사람과 함께 근무한 이력이 있었다. 때문에 서로 친분이 아주 돈독했던 것이다. 그리고 내부적으로도 각종 정보를 제공하고 편의를 제공한 조력자도 있었다. 그 사람도 마찬가지로 과거 보안분실에서 함께 근무한 이력이 있는 사람이었는데 국 서무 일을 하면서 공식 또는 비공식 모든 정보를 제공하고 온갖 편의를 돌보아 주었던 것이다. 비교적 성실하고 믿음직한 직원으로 알려졌던 사람이었는데 이면으로는 다른 행동을 했던 것이다. 그 사람도 2년이나 승진년도가 빠른 선배를 제치고 그 자리에 앉아 있는 사람이었다. 어쨌든 이런 제반 역학관계 등으로 절체절명의 중요한 순간에 또 실패를 했던 것이다.

인사가 만사라고 하듯이 모든 인사는 순리를 따라야 한다. 그동안 조직에 기여한 공로나 이력을 종합적으로 고려하여 누구나 공감하고 수긍하는 인사를 해야 조직의 존재이유에 부합하고 화합과 단결을 도모할 수 있다. 이렇듯 순리에 따른 공감 받는 인사를 주장하지만 실제로는 뒷배경이나 힘의 논리가 지배하는 것이 현실이다. 그 과정에서 나름대로 명분을 갖다 붙이고 그럴 듯하게 외양을 포장해서 형식을 갖추기는 한다. 그러나 보편성과 합리성을 바탕으로 그 내막을 들여다보면 상식적인 인사가 아니라는 것을 금방 알게 마련이다. 아마 당시의 인사도 그런 경우가 아닌가 싶다. 이런 상황에서는 어쨌든 수단과 방법을 가리지 않고 과실을 먼저 따 먹는 사람이 현명한 사람이 된다. 그러나 나는 그렇지 못했던 것이다. 절체절명의 순간에 기회를 포착하지 못하게 되자 나는 정말 심각한 상황에 직면하게 되었다. 왜냐하면 승진년도나 전입 순으로 보아도 한참 고참급 계장이 되었음에도 승진 심사에서 가장 기초자료라 할 수 있는 고과관리조차 할 수 없는 처지가 되었기 때문이었다. 승진심사에서 중요한 평가 자료가 되는 것이 근무평정인데 자리를 옮기는데 또 실패하여 근무평정을 제대로 받을 수 없게 된 것이다. 근무평정 요소 중 '양'을 받을 수밖에 없는 처지가 된 것이다. 왜냐하면 인사규칙상 강제규정으로 한 부서에서 동일계급으로 두 사람이 있을 경우에는 한사람은 '수'를 받고 한사람은 '양'을 받도록 되어 있기 때문이다. 비록 같은 년도의 승진자이지만 근무평정에서 절대적으로 불리한 위치에 있었던 것이다. 당시 상황으로는 2계장으로서 아무리 노력을 한다 해도 역학관계상 1계장에게 밀릴 수밖에 없는 구조였다. 타 국에서는 나와 함께 경정으로 승진한 사람들 중에는 이미 총경으로 승진을 한 사람도 있었고 승진을 목전에 두고 있는 사람이 대부분이었다. 그런데도 나는 그동안 내근 부서에서 고생은 고생대로 해 놓고서도 기초적인 고과관리 조차 할 수 없는 입장이 된 것이다. 근무평정에서 '양'을 받으면 승진심사에서 5배수 진입이 어렵게 되어 영원히 승진이 불가능한 절박한 위기에 직면한 것이다. 그동안 본청에서 어려운 여건에서도 나름대로 열심히 했다고 생각했는데 막다른 골목까지 다다르게 되었던 것이다. 이렇게까지 사람을 극단으로 치닫게 하는 조직을 원망하면서 경찰생활을 그만 둘까 하는 생각까지 하기에 이르렀다. 고생은 고생대로 하고서도 앞날은 캄캄한 어둠과 같았기 때문이었다. 직장생활에서 승진이 얼마만큼 중요한지를 정말로 실감했다. 왜냐하면 나의 경우는 만약 총경 승진이 안 될 경우는 경정으로 계급정년을 맞아 3년 내에 퇴직을 해야 하기 때문이다. 연령으로도 50대 초반에 직장을 그만 두어야 하는 처지가 된 것이다. 이런 상황에서 나의 심정은 정말 고통 그 자체였던 것이다. 지금도 그때의 일은 생각하기조차 싫을 만큼 마음 속 깊게 트라우마로 남아 있다. 인생을 살아오면서 많은 시련이 있었지만 그 어느 때보다도 힘들었던 순간이었던 것 같다. 너무 고심을 한 탓에 제대로 식사도 하지 못 했고 매일 밤잠을 설치기도 했다. 생각을 지울 수가 없어 잠을 깨서 일어날 때가 한두 번이 아니었다. 왜 나한테 이런 시련이 왔는가 하고 하늘을 원망해 보기도 해 보았다. 경찰에 들어온 것을 후회도 했다. 심지어는 극단적 생각도 할 때가 있었다.

그럼에도 속마음을 감추고 매일 새벽같이 출근해서 한 사무실에서 그 사람과 함께 일을 해야 했다. 그 자체가 고통이었다. 그럼에도 서로 얼굴을 마주보고 함께 회의를 하고 때가 되면 소속과장과 함께 식사를 하러 다녀야만 했다. 그러던 중 우연히 나의 심정을 그대로 표현한 노래 소리가 들려 왔다. 바로 아들에게 전화를 하는 순간 통화 전 연결음악(소위 컬러링)소리였다. 나는 그 음악소리를 듣고 깜짝 놀랐다. 어떻게 내 심정을 그대로 표현했을까? 아버지의 이런 고통을 전혀 알지 못하는 초등학교 학생에 불과한 어린 아들의 휴대폰 전화벨 음악이었다. 아마 부자지간에 이심전심으로 마음이 통했던 것 같다. 그 후 나는 일 년 내내 출퇴근 시는 물론이고 틈만 나면 그 음악을 들으며 아픈 마음을 달래곤 했다. 그 노래는 바로 가수 서영은의 '혼자가 아닌 나'라는 노래였다. 지금도 가수 서영은의 팬이 되었고 '혼자가 아닌 나'는 가장 좋아하는 애창곡 중의 하나가 되었다.

그렇게 우여 곡절을 겪으면서 또 한해가 지났다. 연초에 실시된 승진심사에서 나를 제치고 서무계장으로 근무했던 사람은 무난히 총경으로 승진을 했다. 어쨌든 능력이 있어서인지 서무계장 자리를 차고 들어와 겨우 일 년 만에 승진을 한 것이다. 그는 총경이 되고 난 후 일선 경찰서장을 두루 거치는 등 승승장구하면서 소위 잘나가는 사람 중의 하나였던 것 같았다. 그러나 사람의 일이란 참 모를 일이었다. 그는 재직 중의 불미스런 일로 정년을 다 채우지 못하고 도중에 불명예로 퇴직을 해야만 했기 때문이다. 나는 그것을 보면서 순리라든가 인과응보란 말을 다시금 되새겨 보았다. 몇 년간을 그 자리를 가려고 옆에서 갖은 고생을 한 사람이 있는데 이를 제치고 자리를 차고 들어온 것은 누가 보더라도 순리는 아니었다. 물론 본인도 살아야 하기에 그렇게 했겠지만 결과적으로는 동료에게 말로 형언할 수없는 심적 고통과 함께 앞날에 커다란 먹구름을 안겨 주었기 때문이었다. 그리고 비록 공모라는 절차를 거쳤으나 정말 그 공모가 공정하게 이루어 졌는가 하는 점도 의문이 든 것이다. 눈에 보이지 않은 그 무엇이 작용했을 수도 있기 때문이다.

그 사람이 승진을 하고 나간 후 또 서무계장 자리가 또 공석이 되었다. 이번에는 정말로 무난하게 자리 이동을 하는 것으로 알았다. 그러나 상황은 또 그렇게 전개되지 않았다. 이제는 후임들이 또 나를 제치려고 하는 것이었다. 이유는 기회가 왔을 때 그 기회를 쟁취하지 못한 소위 '똥차'는 이제 후임들에게 양보를 해야 한다는 논리였다. 아전인수식 논리였다. 본인들이 살고자 억지 논리를 만들어 선임을 배제하려는 것이었다. 정말 피도 눈물도 없었다. 이런 상황에서 마지막으로 할 수 있는 모든 노력을 다해야만 했다. 면담을 통해서 나의 처지를 진솔하게 전달도 했고 솔직히 주변 지인에게 도움을 청하기고 했다, 조직도 그동안 내가 겪었던 사정과 처해 있는 입장을 더 이상은 외면할 수 없었던 것이다. 마지막으로 천신만고 끝에 마침내 서무계장으로 자리를 옮겼다. 하마터면 또 밀릴 뻔했던 것이다. 그러나 산 넘어 산이라고 서무계장으로 옮긴 후에도 만만치는 않았다.

그렇게 자리를 옮긴 후 나는 정말 열심히 일했다. 그럴 수밖에 없는 것이 마지막 기회라고 생각이 되었기 때문이었다. 1년 동안 거의 쉬지도 못하고 새벽같이 출근해서 밤늦도록 업무를 챙겨야 했다. 이렇게 시간가는 줄 모르게 일을 하다보니까 또 다시 1년이란 시간이 흘렀다. 어느덧 승진 시기가 도래한 것이다. 그런데 여기서도 또 암초를 만나게 된 것이다. 심사승진을 바로 코앞에 두고 난데없는 순경출신 할당제(쿼터제)란 제도가 전격적으로 시행되었던 것이다. 그동안 단 한차례 시행된 적도 없고 미리 예고된 적도 전혀 없는 '순경출신 할당제'라는 것이 심사를 코앞에 두고 왜 갑자기 나타났는지 참 모를 일이었다. 명분상으로는 출신별 안배를 하고 특정 출신이 독주하는 것을 막기 위해서 순경출신을 안배하는 것은 일리가 있기는 하다. 그렇지만 이러한 중요한 정책적인 제도가 시행이 되려면 적어도 몇 년 전부터 미리 예고가 되었어야 했다. 그럼에도 갑자기 이런 뜬금없는 제도를 들고 나온 것이다. 문제는 우리 부서에도 쿼터제 적용을 받을 수 있는 순경출신이 한사람 있었다. 당시 경찰청에는 순경출신 인사 대상자가 거의 없었지만 공교롭게 우리 부서에 한사람이 있었던 것이다. 순경출신 쿼터제로 그 사람은 별 문제 없이 무난히 총경으로 승진을 했다. 나는 갑자기 날아온 순경출신 할당제에 의해 또 낭패를 당해야 했다.

그런데 문제는 이런 제도를 갑자기 들고 나온 배경이 이상하다는 것이다. 적어도 2~3년 전 부터 본청 전입 시는 물론 부서 내에서 자리이동을 할 때 이미 출신별 안배를 했어야 했다. 그래야 제도 시행으로 피해를 보는 사람이 생기지 않는 것이다. 그런데 인사를 목전에 두고 갑자기 불쑥 그런 제도를 들고 나온 것이다. 문제는 특정인을 염두에 두고 그럴듯한 명분을 포장해서 시행되었을 수도 있었다는 것이다. 실제로 일선에서는 당시 새로 부임한 경찰청장이 전 부서에서 함께 근무한 순경출신 계장 특정인을 염두에 두고 갑자기 그런 제도를 시행했다는 말이 직원들 사이에서는 오고 가기도 했었다. 어쨌든 이 갑작스런 제도로 인하여 나는 또 실패를 했다. 이제 정말 오도 가도 못하는 벼랑 끝에 서게 된 것이다. 지푸라기라도 잡는 심정으로 힘이 되어 줄 사람도 찾아 나섰지만 그것도 여의치 않았다. 솔직히 지역출신 국회의원 등에게도 부득이 인사 청탁도 해 보았다. 그렇지만 그 국회의원도 별 힘이 되어 주지 못했다. 왜냐하면 권력 핵심부가 아닌 지역 국회의원 정도는 인사권자를 꼼짝 못하게 하는 강력한 힘이 없었기 때문이다. 나중에 자기가 승진을 시켜주었다고 하면서 입장을 곤혹스럽게 하였을 뿐이다. 다행히 그동안 승진년도나 본청 전입순서 그리고 특히 서무계장으로 고생한 것이 뒤늦게 반영이 되었다. 이런 명분에 힘입어 우여곡절 끝에 가까스로 승진을 했다. 마지막 구제 케이스로 살아난 것이었다. 경정 승진 10년, 본청 전입 8년 만에 겨우 승진을 하기는 했지만 상처뿐인 영광인 셈이었다. 지금까지 본청에서 총경으로 승진한 사람 중에서 나와 같이 긴 기간을 근무한 사람은 없을 것으로 안다.

3.
제 2의 고향 거창

참으로 천신만고 끝에 가까스로 총경이 되었다. 이렇게 어렵게 총경으로 승진한 나는 경찰대학에서 주관하는 치안정책과정에 입교를 했다. 치안정책과정은 총경급이나 바로 총경으로 승진한 후보자들을 대상으로 하는 재직자 교육과정으로 기간은 6개월 동안 이어진다. 당시에는 전년도 말에 발생한 여의도 시위농민 사망사건으로 인한 문책인사로 경찰 수뇌부 교체가 있었다. 수뇌부 인사 때문에 후속 인사도 많이 지연되었다. 때문에 교육 일정도 크게 늦어져 3월 초에 교육입교를 하게 되었다. 4개월여 진행되었던 치안정책과정 교육은 나에게 참 의미 있는 기회였다. 승진이란 험난한 긴 터널을 벗어나서 심신을 단련하고 삶의 활력소를 다시 되찾는 기회였던 것이다. 인생을 알차게 설계할 수 있도록 하는 강의도 들을 수 있었고 틈틈이 경찰대학내의 체력단련장을 이용하여 골프도 정석으로 배울 수 있었다. 서예나 악기연주 같은 취미생활도 할 수 있었다. 또한 전국에서 입교한 교육생들과 의미 있는 친교를 나눌 수 있었으며 가족을 동반한 유럽 여행도 다녀올 수 있었다. 물론 가족은 개인비용이었다. 치안정책과정은 몸과 마음을 힐링할 수 있는 좋은 기회였다. 이렇게 뜻있는 치안정책과정 교육을 마치고 인천 정보통신담당관으로 첫 보직을 받았다. 정보통신업무는 처음이고 또 전문분야라서 많이 생소했다. 그래도 집에서 가까운 수도권 참모로 보내 준 것에 대해서 감사한 마음을 가지고 나름대로 열심히 일했다. 물론 조그만 관사도 있었지만 서울 집에서 그리 멀지 않았기 때문에 거의 전철을 이용해서 출퇴근을 했다. 업무에 큰 부담도 없어 홀가분한 마음으로 주어진 소임을 다할 수 있었다.

그렇게 6개월간의 인천 정보통신담당관을 마치고 경남거창경찰서장 발령을 받았다. 뜻밖의 발령이었다. 나는 비록 초임이기는 하지만 고향에서 한번이라도 근무를 하고 싶어서 고향 부근을 희망했다. 때문에 충남 공주서장이나 연기서장(현 세종서장)을 희망했었다. 하지만 희망했던 고향에는 가지 못하고 수 백리 타향 경남 거창경찰서장 발령을 받았던 것이다. 나는 거창사건이 역사적인 사건이라서 평소 거창이란 곳이 경상도 어디쯤 있겠구나 하고 생각은 했었지만 그곳이 도대체 지도 어디에 있는지 조차 몰랐다. 처음 발령을 받을 때는 기대 반 우려 반 등으로 복잡한 심정이었다. 처음으로 발령받은 경찰서장이어서 기대도 되었지만 거리가 너무 멀어서 걱정도 되었고 혼자 관사생활을 해야 하기 때문에 외로울 것이라는 생각도 들었다. 그러나 초임경찰서장으로서 나름대로의 각오와 다짐도 했다. 공무원이 발령을 받으면 어디든지 열심히 소임을 다하는 모습이 중요하지 않겠나 하고 스스로를 위로했다. 그래도 참모 보직이 아닌 경찰서장으로 발령을 내준 것에 감사하게 생각하기도 했다. 이처럼 아쉽고 한편으로는 설레는 심경을 안고 초임 서장으로 수 백리 타향에 부임하게 되었다.

통상 경찰서장은 치안책임자로서 특별한 경우가 아니면 관내에 위치해야 한다. 돌발적인 치안이라는 업무특성상 유사시 바로 대처를 해야 하기 때문이다. 그래서 경찰서장은 일단 발령을 받으면 휴가 때를 제외하고는 자유롭게 어디를 다닐 수도 없다. 심지어는 집에 한 번 다녀오기도 쉽지 않다. 개인적으로 일이 있어서 한 번 집에라도 다녀와야 할 것 같으면 정식 보고와 함께 상부의 허가를 받아야만 했다. 때문에 경찰서장은 부임을 하면서 이삿짐을 꾸리듯 기본적인 개인생활 용품을 모두 다 챙겨서 가야만 한다. 그렇게 이삿짐을 꾸려서 이를 봉고차에 싣고 2007년 1월 하순 가슴 설레는 마음을 갖고 첫 초임 경찰서장으로 부임을 하게 되었다. 대전 통영 간 고속도로가 개통이 되고 주변 도로망이 잘 갖추어졌다고는 하지만 그래도 거창은 서울에서 무려 3시간 반이나 걸리는 먼 곳이다. 이삿짐을 싣고 고속도로를 타고 멀리 하얀 눈이 쌓인 덕유산의 설산 풍경과 수많은 터널이 있는 심산유곡을 지나면서 심란한 마음을 추슬러야만 했다. 한편으로는 옛날 선비들이 유배를 떠나가는 것을 상상하면서 내 심정을 그 상황에 맞추어보기도 했다. 1월 겨울 해는 짧았다. 거창에 도착하기 전 날은 이미 깜깜하게 어두워졌다. 깜깜한 어둠 속에 수 백리를 달려 마침내 거창에 도착한 것이다. 이미 저녁때가 되었으니 저녁식사를 하기 위해서 마중 나온 직원에 의해서 어딘지 모를 식당으로 안내되었다. 식당에는 이미 경찰서 소속 각 과장들과 협력단체 간부 몇 명이 나와서 나를 반갑게 맞이 해주었다.

칠흑같이 어두운 밤에 어딘지 모를 한 식당에서 생면부지 첫 대면을 하는 입장이라 만찬장 분위기는 사뭇 서먹했고 어색했다. 또한 함께한 사람 모두 잘 알아듣지 못할 정도의 경상도 사투리 특유의 억샌 발음이 생소함을 더하게 했다. 그런 분위기에서 식사를 어떻게 했는지 모르게 간단히 저녁을 먹고 바로 부근에 있는 관사로 안내되었다. 관사는 단독 주택으로 일반 주택가에 있어서 비교적 조용했고 규모도 그리 크지 않아 아담했다. 모든 것이 생소했다. 관사에서 방에 홀로 누워서 과거 임명직 시장군수가 첫 부임을 받고 분위기에 도취되어 이게 꿈인지 생시인지 몰라 하면서 자기 살을 꼬집었다는 말이 생각났다. 나는 분위기에 도취 되었다기보다 오히려 수 백리 타향인 이곳까지 와서 깜깜한 관사에서 방에 혼자 누워있는 처지가 낯설고 어쩐지 외롭기조차 했기 때문이었다.

나의 첫 초임 경찰서장은 이렇게 시작되었다. 처음에는 억센 경상도 사투리 발음을 잘 알아들을 수 없을 뿐 아니라 지역의 정서나 관습도 모두 낯설었다. 저녁에 퇴근을 하면 적막한 관사에서 혼자 고독감이 몰려오고 많은 상념에 잠기기도 하였다. 지방근무를 하면 가장 어려운 것이 식사문제이다. 물론 점심은 경찰서 구내식당이나 행사가 있다든가 하는 경우에는 외부 식당에서 직원들 또는 지역의 외부 인사들과 하지만 아침이나 저녁은 내 스스로 해결해야 했다. 나는 어디를 가든지 직원들 부담을 주지 않기 위해서 아침과 저녁식사는 거의 스스로 관사에서 밥을 지어 먹었다. 때문에 아내는 주말마다 밑반찬을 마련해서 관사로 와야만 했다. 처음 관사생활은 많이 외로웠다. 적막감과 외로움을 느끼면서 솔직히 과연 내가 이곳에서 임무를 잘 수행할 수 있을까 하는 부담을 갖기도 했다. 이러한 가운데 하루 이틀이 지나고 한 달이 가고 두 달이 가면서 나도 모르게 어느덧 이 곳 분위기에 적응해 가고 있었다. 그러면서 서서히 이런 생각이 드는 것이었다. 아! 이곳도 사람 사는 환경이 꽤 괜찮은 곳이구나! 하고 점차 생활에 적응을 해가고 어느덧 주민들에게 친근감도 생겼다. 그리고 그분들과 운동이나 등산도 함께 하면서 교류의 폭을 넓혀 나갔다. 그리고 점차 여가시간을 이용해 관내에서 조금씩 골프도 하고 색소폰 등 취미생활도 하게 되었다.

1) 색소폰을 배우게 되다.

학창 시절에 노래 솜씨는 좀 있다는 말을 들었다. 초등학교 때는 비록 어릴 때이지만 음악시간 마다 앞에 나와서 노래를 부르기도 했었다. 그러나 중고등학교 이후 에는 입시위주의 교육에 치중하다보니 음악이나 예체능은 자연히 멀어질 수밖에 없었던 것이다. 오랫동안 접하지 않아서 음악이라는 것은 왠지 낯설고 어려웠다. 그런데 거창에서 우연히 색소폰을 접하게 되었다. 거창은 서부 경남의 최북단에 위치한 작은 군 단위 도시이지만 전국적으로 널리 알려진 교육도시이자 문화도시였다. 문화도시답게 전통적으로 서화나 문예활동이 활발했던 곳이기도 하다. 이런 문화적인 정서의 영향으로 경찰서에서도 직원들끼리 동호회를 조직해 체육이나 문화 활동을 많이 하는 편이었다. 축구나 야구는 물론 등산을 비롯해서 영화 관람이나 서예 등 동호회가 유독 많았다. 그 중에서도 특히 직원들끼리 밴드 동아리를 만들어서 음악 활동을 활발하게 하고 있는 것이 퍽이나 인상적이었다. 거창은 군청과 경찰서가 인접해 있으면서 울타리도 없이 왕래가 자유로웠다. 마치 한 가족 같은 분위기로 양 기관 간 협조가 긴밀하게 이루어지기도 하였다. 군 단위 지역사회이기 때문에 양 기관 직원들끼리는 대부분 학교 동창이나 단체에 소속되어 있어 교류도 활발하게 이루어졌다. 군청과 경찰서는 아주 우호적인 분위기에서 그 어느 곳보다도 협조가 잘되고 있었다.

그런 흐름 속에 군청에서는 경찰서의 음악 동아리 활동을 적극 지원해주고 있었다. 지방비를 활용해서 대여 형식으로 드럼을 비롯해서 트럼펫, 키보드, 색소폰 등 악기도 지원해주고 있었다. 경찰서 음악동아리는 이렇게 군청에서 지원한 악기를 가지고 운영되었다. 또 경찰서 빈 지하공간에 방음 시설을 갖춰 이를 연주실로 활용했다. 음악동아리는 이 연주실에서 시간이 나는 대로 틈틈이 연습을 해서 상당수준의 연주 실력도 갖추고 있었다. 주민들도 이런 경찰서의 동아리 활동에 대해 대체로 긍정적으로 좋은 평을 하면서 지역사회의 행사에 출연요청까지 할 정도였다. 그런데 이런 가운데에서도 문제가 발생하였다. 지역 시민단체에서 군청에서 경찰서에 악기를 지원해준 것에 대해서 문제를 제기하고 나선 것이다. 군 예산은 쌈짓돈처럼 아무렇게 써도 되느냐 하면서 말이다. 회계 관련 규정을 엄격히 따지면 문제의 소지가 있을 수도 있는 사안이었다. 상황이 이렇게 전개되자 군청에서도 난감한 처지가 될 수밖에 없었던 것이다. 문제의 소지를 원천 차단하기 위해서는 명분이 필요했다. 명분은 다름 아닌 경찰서 음악동아리 밴드단의 실력을 더욱 배양해서 음악으로 지역주민에게 봉사활동을 하는 것이었다. 음악동아리 밴드단은 연주 실력을 배양하기 위해서 틈만 나면 연주실에 모여서 모두가 열성을 가지고 연습에 임했다.

지역 시민단체로부터 비판에 직면한 군청에서는 경찰서 음악동아리 활동에 더욱 깊은 관심을 가질 수밖에 없게 되었다. 은연중 경찰서장이 좀 더 관심을 갖고 동아리 활동을 격려하고 지원을 해주기를 바라는 입장이었다. 이런 상황에서 색소폰을 접하게 된 것이다. 악기를 다루면서 밴드단원들의 연습을 독려하고 조금이라도 관심을 보여주기 위한 목적이었다. 이 과정에 직원들의 적극적인 권유도 있었다. 특히 당시 수사과장이 적극적으로 권유를 하는 것이었다. 물론 수사과장 본인도 이미 색소폰을 하나 구입해서 연습에 몰두하고 있었다. 이런 저런 이유로 뜻하지 않게 색소폰을 연습하기 시작했다. 그렇게 멀게만 느껴졌던 악기를 비로소 접하게 된 것이다. 우선 저렴한 악기를 하나 구입해서 퇴근 후 여가 시간을 활용해서 읍 소재지에서 색소폰 학원을 운영하는 레슨 강사에게 레슨을 받았다.

음악 기초이론과 색소폰 악기의 특징과 제원을 익히고 연주법을 배우기 시작했다. 그러나 중년의 나이가 되어서 악기를 배운다는 것은 말처럼 그렇게 쉽지 않았다. 어릴 때와 달리 움직임이나 손가락 동작 하나하나가 더디고 음악적 감흥도 잘 살아나지 않았다. 그러나 이런 어려운 순간순간을 극복하고 거창을 떠날 때까지 거의 1년여 동안을 끈기 있게 열심히 레슨을 받았다. 아울러 점심시간이라든가 퇴근 후에 시간을 할애해서 개인연습도 열심히 했다. 그렇게 하다보니까 나도 모르게 연주 실력이 늘기 시작했다. 이때부터 나도 직원들과 함께 밴드 단원의 일원으로 활동을 할 수 있게 되었다. 관내 행사에 초청되어 직원들과 함께 연주를 하고 아니면 특별히 독주로 무대에 서기도 했다. 풍광이 수려하기로 유명한 거창의 금원산(1,353m) 여름 휴양지에서 직원들과 함께 피서객들을 상대로 감미로운 음악선율을 선보여서 관중들로부터 큰 호응을 받기도 했고 거창의 가을 축제인 '아림제'에서 늦은 가을밤 유유히 흐르는 강물을 끼고 수백 명이 모인 관중 앞에서 이애리수의 '타향살이'를 독주해 큰 박수갈채를 받기도 했다. 이제 색소폰은 나에게 없어서는 안 될 만큼 중요한 생활의 일부가 되었고 취미 생활이 되었다.

이런 것을 생각할 때마다 인간만사 새옹지마라는 말을 생각한다. 내가 가고자 했던 고향부근 어느 경찰서를 발령받아 갔다면 과연 나한테 이런 기회가 있었을까? 아마 다른 것을 했을 수도 있었겠지만 이렇게 악기를 접할 수 있는 기회가 없었을지 모른다. 지금도 색소폰이란 악기를 접할 수 있는 기회를 가진 것에 대해서 더 없는 행운이자 나에게 주어진 축복이라고 생각한다. 취미생활로 악기를 하나 연주할 수 있다는 것은 일상생활에서 기분전환과 정서함양을 위해서도 더 없이 좋은 취미이다. 장차 노후 생활에도 큰 도움이 될 것이라 믿는다. 그 이후에도 가는 곳마다 연주 실력을 기르기 위해 나름대로 많은 노력을 했다. 일선 서장을 할 때는 관내 행사에 초청을 받아 무대에서 연주 실력을 뽐내기도 했다. 실제로 악기 연주는 경찰서장으로서 직원들에 대한 교양자료로 활용 할 수 있었고 지역주민과의 소통 측면에서도 아주 중요한 기재로 활용할 수 있었던 것이다. 나의 색소폰 취미활동을 하는 것을 보고 아내도 덩달아 따라서 하겠다고 나섰다. 처음에는 플룻을 하더니 호기심을 갖고 색소폰을 배우기 시작한 것이다. 지금은 비록 아마추어지만 부부가 같이 연주를 할 정도로 어느 정도 실력을 갖추었다.

거창에서는 색소폰을 배운 것 외에도 운동이나 등산도 열심히 했다. 그동안 본청에서 오랜 기간 업무적으로 시달리고 승진하기까지 심한 스트레스를 받았기 때문에 일종의 반사적인 심리가 작용했던 것 같다. 치안정책과정 교육을 이수할 때 교육 프로그램으로 과정으로 골프과목을 이수했기 때문에 그것을 기초로 해서 골프도 틈틈이 했다. 실내 연습장은 물론 인근 골프장에도 종종 나가서 골프를 치기도 했다. 다행히 당시에는 참여정부 말기여서 골프운동에 대해서는 어느 정도 묵인을 해주는 분위기였다. 그러나 골프는 아직도 정서적으로 공직자가 즐기기에는 예민한 면이 없지 않기 때문에 공무원 복무규정에 저촉되지 않도록 늘 신경을 썼다. 운동을 한다 해도 거의 관내를 벗어나지 않았고 비용이 저렴한 퍼블릭 코스를 주로 이용했다. 또 휴가 때 경찰대학 체력단련장도 종종 이용했다. 그리고 경찰서 내에는 겨울철에 스키를 즐기는 직원이 꽤 있었다. 스키장이 있는 무주 리조트가 거창에서 가까이 있었기 때문이다. 그 덕분에 직원들과 함께 스키도 탈 수 있었다. 거창에서 무주리조트까지는 승용차로 불과 40분 정도의 거리에 있다. 거리가 가깝기 때문에 일과 후 구내식당에서 간단히 저녁을 먹고 리조트까지 이동을 해서 야간 스키를 탈 수 있었다. 처음 배운 스키지만 겨울동안 내내 연습을 했기 때문에 중급자 코스를 탈 수 있는 스키실력은 된 것 같다. 그리고 거창은 소백산맥 줄기에 있기 때문에 남부지방이지만 지대가 높아 유명한 산이 많다. 남덕유산을 비롯해서 덕유산 중봉, 수도산, 미녀봉 등 1,000미터가 넘는 산이 열 개 이상이나 된다. 나는 거창에 근무하고 있는 동안 관내의 유명한 산을 거의 다 섭렵했다. 시간이 허락하면 주말에 서울에서 온 아내와도 함께 관내의 산에 종종 오르기도 했다.

2) 인심 좋은 제2의 고향 거창

나는 거창을 잘 몰랐다. 지리에 관심이 많은 편에 속했지만 경남 중부지방 어디쯤 있는 줄 알았다. 다만 역사적으로 거창양민학살 사건이 큰 사건이었기 때문에 이름은 많이 들었던 곳이다. 그런 낯선 곳으로 발령이 난 것이다. 통상 나는 발령을 받으면 새로운 환경에 적응하는데 많은 어려움을 겪는 편이었다. 거창은 더욱 그러했다. 주변 환경은 물론 주민들의 억양도 강하고 관습도 낯설었다. 많은 이질감을 느꼈다. 그러나 하루 이틀 시간이 지남에 따라 나도 모르게 환경이 익숙해지기 시작했다. 나중에는 아, 거창이란 곳이 아주 좋은 곳이구나! 하는 느낌을 받기 시작했다. 처음에는 전혀 기대하지 않았는데 뜻밖의 상황이 온 것이다. 경찰서 협력위원들과도 점점 친밀감이 생기고 환경도 익숙해지기 시작했다. 공기 좋고 물 좋은 아름다운 고장에서 근무하는 것이 나한테 주어진 행운이라는 것을 알게 되었다. 거창에 근무하면서 많은 추억을 쌓았다. 지역주민들과도 친분을 쌓아가며 아주 잘 지냈고 틈틈이 여가시간을 이용해서 취미생활도 즐길 수 있었다. 돌이켜보면 지금까지 경찰생활을 하는 동안 전국을 다니면서 많은 곳에서 근무를 해 보았지만 가장 기억에 남고 보람 있게 생활을 한 곳이 바로 거창인 것 같다.

거창은 비록 남부 지방이지만 경남의 최북부 지역에 위치해서 지대가 비교적 높은 지리적 특성이 있다. 북쪽에 위치한 덕유산을 비롯해서 남덕유산까지 1,300미터가 넘는 고봉준령들이 마치 유럽의 알프스를 연상하리만큼 길고 높게 뻗어서 인접 군과 경계를 이루고 있을 뿐 아니라 1,000미터가 넘는 산이 열 개 이상이나 된다. 우리나라에서 네 번째로 높은 덕유산도 정상은 전북 무주군 경계 내에 있지만 남쪽 중봉은 거창과 경계를 이루고 있다. 때문에 거창주민들은 각급 학교 교가로 인용할 정도로 덕유산을 거창의 산으로 여기는 정서적 흐름이 있다. 거창은 그야말로 눈길을 두는 곳마다 산

봉우리가 감싸고 있고 그 속에는 맑은 물이 바위마다 부딪쳐 수많은 계곡과 크고 작은 폭포를 이루고 있다. 또한 개울을 지나면 아름다운 숲길이 펼쳐져 있고 숲길 끝에는 시냇물이 아담한 정자를 품고 있다. 이와 같이 거창은 산이 높고 계곡이 깊어 주변 풍경이 아름답기로 유명한 곳이다. 역설적이지만 산이 높고 계곡이 깊다보니 가슴 아픈 거창양민학살사건이 발생한 지역이도 하다. 왜냐하면 산이 높고 계곡이 깊다보니 국가위난 시에 군 작전에 어려움이 따랐고 특히 공비나 빨치산들이 활동이 드셌다. 거창에서는 6·25라는 국가적 위기 상황에서 그 어느 곳보다도 공비나 빨치산의 준동이 심했고 그와 비례하여 토벌 또한 아주 어려웠다. 당시 거창지역은 낮에는 대한민국 밤에는 인민공화국이라고 불릴 만큼 빨치산들의 준동이 극심한 지역이었다. 이와 같이 풍전등화와 같은 국가적 위난 속에서 체제를 수호하기 위한 과정에서 비극적인 사건이 발생한 것이다. 거창 양민학살사건은 우리나라 현대사에서 가장 비극적인 사건으로 1951년 2월 초 거창군 신원면 계곡에서 공비토벌 과정에 마을주민 500여명이 아군에 의해서 희생된 가슴 아픈 사건이다. 거창군 신원면에는 거창사건으로 희생된 원혼을 달래기 위한 추모공원이 조성되어 있다.

거창은 특산물도 많이 생산되는 곳이기도 하다. 맛이 있기로 유명한 거창사과를 비롯해서 거창포도와 딸기 등 특산물도 풍부한 고장이다. 그리고 쑥을 먹여 키운 소 '거창 애우'도 거창의 자랑거리이다. 또한 거창은 전국적으로 이름이 난 송이버섯 주산지이다. 산이 높고 공기가 맑아 송이버섯이 자라기 좋은 환경이기 때문이다. 거창에 근무하고 있는 동안 이런 먹을거리도 즐겨 먹을 수 있었다. 뿐만 아니라 주민과 함께 등산은 물론 스키나 골프 등 운동도 즐겨 했고 색소폰과 같은 취미활동도 보람 있게 했다. 정말로 유익한 시간을 보냈던 것이다. 거창의 자랑거리는 무엇보다도 주민들의 인심이 후덕하고 좋다는 것이다. 처음에는 경상도 특유의 억센 발음이나 무뚝뚝한 성격이 거리감을 느끼게 했으나 시간이 지나면서 오히려 의리와 정감을 느끼게 되었던 것이다. 대다수 주민들은 객지에서 온 사람을 정말 따듯하고 정답게 대해 주었다. 주민들 중 어느 한분은 객지에 홀로 와서 얼마나 외롭고 고생이 많으냐고 하면서 거의 매일 같이 퇴근 무렵에 경찰서 정문에 차를 가지고 와서 기다리기도 했다. 경찰서장이 혼자 관사에서 외롭게 저녁을 지어 먹을 것 같아서 같이 식사를 하자고 하면서 말이다. 제발 그렇게 하지 말라고 간곡히 사정을 해도 아랑곳 하지 않고 그분은 때만 되면 그렇게 정문 앞에서 기다리곤 했다. 그분은 어떤 이해관계를 가지고 그런 행동을 하실 분이 아니었다. 집을 떠나 혼자 고생하는 공무원을 위한 순수한 행동이었던 것이다. 자기 고장을 위해서 일하는 기관장을 고맙게 생각하고 또 객지에 혼자 와서 고생하는 것을 안타깝게 생각해서 지역주민의 입장에서 진정성을 가지고 하는 순수한 행동이었던 것이다.

나는 한동안 그 분의 성의를 무시 할 수도 없고 해서 서로 친분을 나누면서 종종 같이 식사도 했다. 물론 그럴수록 서로 부담을 갖지 않게 하기 위해서 식사비용은 서로 철저히 돌아가며 부담을 했다.

사고무친 객지에서 있는 사람을 안쓰럽게 생각해서 하는 진심 어린 후의였다. 나에게 인덕이라는 것이 있어서 그런지는 몰라도 거창에서 근무하는 동안 이런 분들을 많이 만났다. 당시 듬뿍 정을 베풀어 주신 최 모 경찰행정발전위원장을 비롯한 많은 협력위원님들도 정말 성의를 가지고 참 잘 대해 주셨다. 최 위원장님은 정말 잊을 수 없는 분이었다. 지역의 안정된 치안유지를 위해 고생이 많다고 하면 수시로 경찰서를 방문해서 정담도 나누고 우의를 돈독히 했다. 주말이면 같이 가족과 함께 등산도 하고 여가시간을 이용해서 운동도 많이 했다. 겨울철에는 인근 무주리조트를 이용해서 야간 스키도 함께 즐기기도 했다. 최 위원장님은 비록 경찰서 뿐 아니라 군청이나 소방서 등 다른 기관에도 적극 응원을 해주시는 분이고 또한 어렵고 힘든 이웃을 위해서 아낌없이 기부를 실천하시는 분이기도 하다. 이 분은 그동안 경찰생활을 하면서 몇 군데 경찰서장을 했지만 경찰서 협력단체장 중 가장 기억에 많이 남는 분이기도 하다. 그 외에도 거창지역에서 건설 회사를 경영하는 유 모 사장님 또한 그 못지않게 지역발전과 각 기관업무에 협조를 아끼지 않은 분이었다. 이처럼 근무 중에 가깝게 지낸 분들은 지금도 서로 소통하고 정담을 나누며 가까이 지낸다. 전국 여러 곳을 다니면서 근무를 해보았지만 지금까지 주민들과 소통하며 지내는 곳은 오직 거창뿐인 것 같다.

시골인심 그대로 경찰서 직원들도 아주 순수했다. 각자 맡은바 주어진 업무도 빈틈 없이 잘해 주었다. 사실 경찰서장을 처음 하는 입장이라서 열심히 한다고는 했지만 경우에 따라서는 본의 아니게 실수도 있었을 것이고 미숙한 점도 적지 않았을 것이다. 경찰을 대표하는 대민관계에서도 초임 경찰서장이라서 어색함이 있었을 수도 있다. 그럼에도 같이 근무했던 직원들 모두가 그런 부족한 면을 너그러이 이해해 주고 헤아려 주지 않았나 싶다. 악기 연주나 골프, 등산 등 취미활동도 보기에 따라서는 다른 시선으로 볼 수도 없지 않았지만 직원들은 그것을 다 포용해 주고 이해해 주었던 것이다. 경찰서란 공간에서 서로 부대끼다 보면 오해 아닌 오해도 할 수 있다. 특히 인사문제나 기타 공동체 생활에서 본의 아니게 서운한 감정을 가질 수도 있는 경우가 있게 마련이다. 업무수행 중의 사소한 실수를 트집 잡아 문제를 야기할 수도 있는 것이다. 그러나 거창에 재직하는 동안에는 그 흔한 진정이나 투서 한건이 없었다. 이 모든 것이 거창이었기 때문에 가능했다는 생각이 든다. 시간이 많이 흘렀지만 경찰서 직원들이 한 사람 한 사람 많은 사람이 기억에 남는다. 이처럼 계급을 떠난 동료로서 따뜻하게 잘 대해 주었기 때문이었다.

업무특성상 경찰서장은 자주 관내를 비울 수가 없다. 언제 어디서 무슨 돌발적인 일이 발생할지 모르기 때문이다. 경찰 업무 중에는 경찰서장이 직접 현장에 임장해서 사건을 지휘해야 하는 경우도 많다. 사회 이목을 끌 수 있는 강력사건이라든가 교통 사망사고, 그리고 집회시위 현장에는 대부분 경찰서장이 임장해서 지휘를 해야 한다. 때문에 경찰서장은 거주하는 집이 멀리 떨어져 있더라도 휴가 때가 아니면 집에 들를 수도 없다. 때문에 경찰서장에게는 업무에 지장이 없도록 관사가 제공되고 그리고 관용차와 각종 통신수단이 갖추어 진다. 나 스스로도 휴가 때가 아니면 거의 거창지역을 떠난 적이 없었다. 때문에 아내가 주말마다 거창에 내려와 관사에서 생활을 했다. 아내는 거창에 내려오면 함께 운동과 취미활동을 하면서 주민들과도 자주 어울렸다. 아내는 지금도 그때가 제일 즐거웠고 행복했던 시기였다고 회상한다.

그런 의미에서 거창 근무는 나에게 커다란 행운이었고 축복이었던 것이다. 새옹지마란 말과 전화위복이란 말을 이런 때 쓰는 것이 아닌가 싶기도 하다. 나는 어디를 가더라도 이것을 자랑한다. 거창 근무시절이 가장 기억에 많이 남고 행복했던 시절이라고 말이다. 임기를 마치고 떠날 때 지금은 국회의원으로 활동을 하고 있는 당시 강 모 군수로부터 거창 명예 군민증도 전수받았다. 명예 거창군민이 된 것이다. 나는 거창의 명예군민으로서 지금도 거창이란 말만 들어도 가슴이 설렌다. 고속도로를 달리다가 거창행 버스만 보아도 가슴이 뭉클하다. 통상 경찰서장은 1년이 기본 임기이다. 나는 운이 좋아서 1년을 조금 넘어서 1년 2개월 임기를 마치고 거창을 떠났다. 당시 거창을 떠나면서 나는 아쉬운 눈물을 흘렸다. 흔히 울고 왔다 울고 간다는 말을 한다. 처음 발령을 받아 부임할 때는 수 백리 타향 땅에 첩첩 산중으로 오게 되어 서러워서 울었고 갈 때는 정들었던 직원들과 또 주민들과의 이별이 아쉬워서 울었다.

3) 농민시위 위기를 모면하다

(1) 고속도로 점거

매년 11월이 되면 농민의 시름이 깊어진다. 과거 같으면 가을걷이를 끝내고 1년 중 가장 풍요로움을 느낄 때이지만 근래 들어서는 그렇지 않다. 오히려 풍년이 들면 농민의 시름은 깊어지고 민심은 더욱 반정부 입장을 띠게 된다. 생활패턴이 바뀌어 갈수록 쌀 소비량은 줄어들고 있는데 여기에 풍년까지 들어 쌀의 공급이 늘면 쌀값은 큰 폭으로 떨어질 수밖에 없다. 쌀은 수요의 가격 탄력성이 낮아 다른 공산품과 달리 공급과잉이 되면 큰 폭의 쌀 값 하락을 가져오게 마련이다. 풍요의 역설이 적용되는 케이스다. 그로 인해서 매년 가을걷이가 끝나는 11월이 되면 대규모 농민시위로 몸살을 앓는다. 내가 거창경찰서장으로 있었던 때도 마찬가지였다. 그해 11월 11일 서울 여의도에서 전국의 농민들이 총집결한 대규모 시위가 벌어졌다. 농민들의 요구사항은 쌀 수입개방 반대와 쌀값 하락에 대한 정부의 지원 대책 강구였다. 농민시위와 같이 관리가 어려운 집회는 설득과 제지 등 모든 수단을 강구해서 한 사람이라도 참석을 하지 않게 하는 것이 중요하다. 동력을 최소화하기 위함이다. 물론 당시에도 전국 경찰서에는 경찰청으로부터 집회참가 인원을 최소화하라는 특별 지시가 하달되었다. 경찰입장에서 농민 시위는 아주 신경이 쓰이고 관리하기 힘든 집회이다. 농민시위는 집행부 통제가 잘 먹히지 않을 뿐 아니라 과음을 하고 각종 농기구는 물론 소나 돼지 같은 가축을 동원하여 예상하지 못한 변수가 발생할 수 있기 때문이다. 때문에 경찰에서는 모든 노력을 기울여서 참가 인원을 최소화하려고 한다. 그런데 문제는 거창 지역은 과거부터 가톨릭농민회의 활동이 강했던 지역이었다. 그 영향으로 농민회 활동도 타 지역보다 규모가 크고 세력도 강했다. 서울 농민시위 참가 예정인원도 타 지역보다 훨씬 많아서 상경 저지에 온 경찰력을 집중할 수밖에 없는 상황이었다.

상부의 방침을 하달 받은 우리 경찰서에는 상경인원 최소화를 위해서 모든 방안을 강구했다. 여러 가지 방안을 마련하여 어느 것이 최적의 방안인가에 대해서 많은 검토도 거쳤다. 그 결과 최적의 방안으로 채택한 것은 승용차를 동원하여 차단하는 것이었다. 즉 마을마다 미리 상경 예상인원과 관광버스를 파악해서 당일 새벽에 미리 경찰력을 배치해 놓고 주민들을 태우기 위해 관광버스가 마을에 들어가면 즉시 승용차량으로 관광버스 앞의 도로를 막아 진출을 못하도록 하는 것이었다. 즉 원천봉쇄를 한 것이다. 그 결과 거창지역에서는 시위농민 단 한명도 버스를 이용해서 상경하지 못했다. 인근 진주나 산청 지역에서는 개별적으로 버스를 이용해서 상경한 농민이 일부 있었다. 그 쪽에서는 거창지역처럼 원천 봉쇄를 하지 않았기 때문이었다. 나중에 상황을 분석해보니 그 지역에서는 경찰과 지역농민들과의 상호 묵시적 이해관계 속에 상경을 적극 차단을 하지 않았던 것이다. 그런데 거창지역 농민들만 전국에서 유일하게 단 한명도 상경을 못한 것이다. 이러한 내용을 전해들은 농민들은 민감하게 반응하기 시작했다. 감정을 숨기지 않고 상경을 저지한 경찰서를 탓하기 시작한 것이다. 면 부락별로 분위기가 심상치 않게 돌아가면서 성난 농민들은 마침내 하나둘씩 읍내로 모여들기 시작했다.

군청 앞 광장에 순식간에 수백 명이 집결했다. 이들은 서서히 대오를 형성하면서 바로 88고속도로 입구로 향하기 시작했다. 농민들이 갑자기 거대한 시위 군중으로 변한 것이다. 갑자기 사태가 심각하게 돌아갔다. 나는 초임 간부시절부터 온갖 집회 시위상황에 동원되어서 데모를 막아 본 경험이 있기 때문에 직감적으로 상황의 심각성을 알 수 있었다. 고속도로 요금소 입구에 모인 농민들은 가지고 온 방송차량을 이용해 '경찰서장 이자하는 농민 앞에 사과하라'는 구호를 외치기 시작했다. 그러면서 서서히 고속도로 쪽으로 방향을 돌리는 것이었다. 경찰의 상경 저지로 여행의 자유를 침해당했다는 것이다. 그러면서 여행의 자유를 침해한 경찰서장이 농민들 앞에 나와서 사과해야 한다는 논리였다. 이제 본격적인 시위대로 변한 농민들은 요금소를 지나 고속도로 차도로 진출했다. 순간적으로 일어난 일이었다. 이런 상황을 전혀 예상치 못했기 때문에 미리 지방청에 대비경찰병력을 요청하지도 않은 상태였다. 긴급히 경찰서 직원에 대한 총동원령을 내려도 그 수가 몇 십 명에 불과했다. 2급지 경찰서라고 해도 경찰서 인원이 얼마 되지 않고 또 교대 근무자를 제외해야 되기 때문이었다. 고속도로는 순식간에 농민들에 의해서 완전 점거되었다. 고속도로에 연좌해서 본격적으로 농성에 돌입하는 상황이었다. 그러면서 계속 경찰서장 이름을 호창하면서 사과를 요구하는 것이었다.

순식간에 광주와 대구로 이어지는 88고속도로가 완전 점거됐다. 차량 통행이 전면 중단되는 대사건이 벌어진 것이다. 경찰서 직원으로 된 임시 편성부대를 현장에 투입하였지만 역부족이었다. 할 수없이 상황보고와 함께 지방청에 충분한 기동대 병력을 지원해 줄 것을 긴급 요청했다. 이때부터 나는 데모대 앞에 전면에 나섰다. 메가폰을 직접 잡고 시위 집행부에게 경고했다. 고속도로 점거는 중대한 위법 행위이기 때문에 즉시 해산할 것을 명령했다. 그러면서 만약 불응 시 관련법에 따라 의법 조치하겠다는 뜻을 전달했다. 그러나 시위대는 오히려 오늘의 사태는 상경을 저지한 경찰에 책임이 있다며 경찰서장인 내 이름을 호명해서 구호를 외치면서 계속 사과를 요구했다. 이런 상황이 어느덧 1시간 가까이 지속되었다. 그러는 동안 고속도로는 통행이 전면 중단되어 온통 아수라장으로 변했다. 어느새 신문 방송 등 지역 언론사에서도 주재기자들이 현장에 와서 점거 농성 사태를 집중 취재하기 시작했다. 당시 88고속도로는 광주와 대구 사이를 잇는 도로로서 편도 1차선에 불과했지만 교통량은 대단히 많은 편이었다. 88고속도로는 호남과 영남의 남부지역을 관통하는 도로로서 교통량이 많을뿐더러 양 지역을 잇는다는 상징성이 있는 도로였다.

경찰의 치안 상황 중 고속도로 점거사태는 엄청난 파장을 가져오는 큰 사건이다. 법을 집행하는 관할 경찰서로서는 이것보다 더 큰 문제는 없다. 이런 상황에서 지역 치안을 책임지고 있는 경찰서장으로서 온 몸을 던지지 않을 수 없었다. 문제는 농민들의 격앙된 태도로 보아 해결의 실마리가 쉽게 풀릴 것 같지가 않다는 것이었다. 대화와 타협은 설자리가 없고 단지 물리력으로 강제해산을 시키는 도리 밖에 없었다. 물리력을 동원해 시위대를 강제 해산을 하려면 많은 기동대 경찰병력이 필요했다. 지방청에 거듭 신속한 경찰병력 지원을 요청했다. 마침 점거 40분 쯤 경과 되었을 때 인근 산청과 진주에 있던 4개 중대의 기동대 경찰병력이 속속 도착했다. 고속도로 점거라는 사태를 맞아 일분일초를 지체할 수 없었다. 나는 경찰병력이 도착하자마자 현장에서 바로 중대장들을 불러 긴급 작전회의를 열어 사태의 위중함을 전하고 각 중대별 임무를 부여하였다. 아울러 부대원들의 작전에 임하는 마음가짐과 패기와 절도 있는 행동을 주문하였다. 초급간부 시절 각종 시위에 투입되어 부대를 지휘한 경험이 진가를 발휘 하는 순간이었다. 나는 경찰병력을 장악하자마자 지원 경찰병력을 도로 중앙에 2열 횡대로 나누어서 시위대를 도로 양쪽으로 밀어내기 시작했다. 메가폰을 잡고 직접 선두에 서서 부대를 지휘하였다. 경험에 의하면 통상 시위 양태는 바로 현장에서 경찰과 시위대와의 기 싸움으로 상황이 전개된다. 때문에 고속도로 점거라는 위급상황에서는 현장 지휘관의 강력한 의지와 함께 진압 경찰병력의 패기와 절도 있는 행동이 절실했던 것이다. 나는 전면에서 더욱 큰 소리로 병력을 지휘했다.

확성기 방송과 부대의 절도 있는 동작으로 지휘관의 확고한 의지와 공권력의 엄중함을 보여주려고 했다. 이에 맞추어서 지원 중대경찰병력도 패기와 절도 있는 행동으로 아주 일사분란하게 움직여 주었다. 지휘관과 부대경찰병력의 합심으로 마침내 농민들을 도로 바깥쪽으로 밀어내기 시작했다. 절도 있는 행동에 기선이 제압되자 시위대는 도로 양쪽으로 조금씩 조금씩 밀려났다. 그때를 맞추어서 바로 양방향 차량을 동시에 진입시켜 통행을 시켰다. 그리고 도로 옆에 양쪽으로 일열 횡대로 경찰병력을 배치해서 재진입하는 것을 철저히 차단했다. 기선이 제압된 농민들을 더 이상 도로 점거시도를 할 수 없게 되었다. 교통마비를 가져온 고속도로 점거 사태가 어느 정도 정리되는 순간이었다. 고비를 넘기자 나도 모르게 한 숨이 저절로 나오고 온 몸에 힘이 쭉 빠지는 것을 느꼈다. 긴장이 풀리기 때문이었다. 고속도로 점거라는 최악의 사태를 맞아 온몸을 던져 긴박했던 상황을 마무리하는 순간이었다. 그러나 고속도로 점거는 워낙 큰 사건이기 때문에 나중에라도 책임 문제가 불거질 수 있었다. 때문에 불안한 마음을 가지고 이번 사태에 대한 책임을 질 각오도 했다. 다행히 고속도로 점거시간을 최대한 단축했고 해산과정에서 별다른 변수가 없는 점 등이 고려되어서 별다른 책임은 지지 않았다. 천만다행이었다. 온 힘을 다해서 큰 변수 없이 마무리를 한 것이 정상으로 참작이 된 것이다. 이 사건으로 각종 돌발적인 사안을 대처해야 하는 경찰로서는 언제든지 책임을 진다는 각오로 온몸을 던져 일을 해야 한다는 것도 깨닫게 되었다.

⑵ 경찰서 정문 앞에서의 위기

고속도로에서 밀려난 농민 시위대들은 해산을 한 것이 아니라 다시 집결하여 이번에는 경찰서 정문 앞으로 몰려들기 시작했다. 농민들에게 쌓였던 불만이 풀리지 않은 것이다. 시위대는 오히려 고속도로 점거 때보다 크게 불어나 수백 명에 달했다. 그 동안 군 단위 농촌에서 집단 시위상황을 대처해본 경험이 없는 우리 경찰서는 이런 큰 상황은 처음 접해보는 것이었다. 문제는 경험도 없었지만 이를 효과적으로 대비할 경력(警力)이 없다는 것이었다. 앞서 고속도로 점거 상황 시 동원되었던 4개 중대의 기동대 경력은 상황이 종료 된 후 타 경찰서 치안에 투입되기 위해서 바로 철수를 했다. 때문에 대비 경력이라곤 경찰서 직원 밖에 없는 실정이었다. 나는 경찰서에 전 직원들을 대상으로 다시 긴급비상을 걸어 경찰서 앞마당에 집결시켰다. 경찰서의 임시편성부대 인원이 적어 극도로 격앙된 농민 시위대를 방어하는 데는 역부족이었다. 그렇다고 고속도로 점거 상황 시 동원되었던 기동대 경력을 또 다시 지원해 달라고 요청하는 것도 무리였다. 시간이 없었고 거리도 멀었다. 이런 상황에서 점차 시위군중들은 분위기가 고조되고 점점 더 격앙되어 갔다. 이들의 주장은 앞서 고속도로 점거시의 요구 그대로였다. 상경을 하지 못하도록 차단한 것에 대해서 경찰서장이 직접 시위군중 앞에 나와서 사과하고 책임을 지라는 것이다. 경찰과 농민시위대간의 팽팽한 긴장감은 계속되었다. 오후 내내 정문에서의 대치는 지속되었다. 이런 가운데 시위군중 일부는 마침내 경찰서장실로 쳐들어가자고 선동하는 사람도 나타나기 시작했다. 그때그때의 군중심리에 따라 움직이는 시위상황에서 이런 선동적 발언이 나왔다는 것은 향후 어떤 상황이 전개될지 모르는 일이었다.

더욱이 이를 효과적으로 대비할 경력도 없는 상황에서 분위기는 점점 심각하게 돌아가고 있었다. 이때쯤 정보과장과 경무과장이 다급하게 서장실로 허겁지겁 들어왔다. 과장들은 초긴장을 하고 위급한 현장상황을 보고하면서 시위대가 경찰서로 밀려오면 서장실이 점거될 수도 있다는 것이었다. 서장실이 점거돼서 농성이라도 돌입하게 되면 정말 큰일이기 때문에 일단 시위대 앞에 나가 유감표명 정도는 하는 것이 좋겠다는 의견이었다. 과장들은 시위현장의 심각성을 고려해서 참모로서 의견을 개진한 것이다. 그러나 나는 과장들의 건의를 받아들일 수 없었다. 사실 과장들의 의견도 일리가 있었다. 시위 군중들의 수가 워낙 많고 감정이 극도로 격앙되어 있어서 어떤 돌발적인 행동을 할지 모르는 상황이었기 때문이었다. 더욱이 대비경력도 없어 시위대가 경찰서로 밀려오면 최악의 경우 서장실이 점거될 수도 있는 위기 상황이었다. 그렇지만 그럴수록 신중을 기해서 대응해야 한다고 생각했다. 왜냐하면 경찰에게는 지켜야 할 중요한 가치가 있기 때문이다. 경찰은 공권력의 상징이다. 공권력의 상징인 경찰책임자가 불법시위대 앞에 나서서 그 어떤 타협이나 협상을 할 수는 없기 때문이다. 더욱 그들이 요구하는 사과나 유감표명은 더욱 그렇다. 만약 시위대 앞에 서게 되면 적어도 유감표명 정도는 하지 않을 수 없는 것이다. 법치국가에서 법을 집행하는 경찰서장이 불법시위대에게 사과나 유감표명을 한다는 것은 있을 수 없는 일이다. 그래서 더욱 시위대 앞에 설 수 없었던 것이다. 나는 의도적으로 과장들을 심하게 질책했다. 분위기 반전을 위한 의도된 행동이었다.

이런 상황에서 지휘관으로서 판단의 어려움과 외로움도 느끼는 순간이었다. 경찰서장이 혹시라도 판단을 그릇되게 한다든가 처신을 잘못하면 공권력이 수모를 당하고 그 권위가 무너지기 때문이었다. 때문에 과장들이 염려하는 최악의 상황이 온다고 가정하더라도 불법시위대 앞에 설수는 없었다. 이미 시위대는 집시법 상의 신고나 금지사항을 어기고 있는 불법 시위대일 뿐이었다. 이런 불법 시위대에게 사과는 물론 유감표명조차 할 수 없는 노릇이었다. 그래서 나는 서장실에서 자리를 지키고 있었다. 저녁 무렵까지 시간이 많이 지났지만 사태 해결의 기미는 보이지 않았다. 양측이 팽팽하게 긴장을 유지하며 대치 상황은 지속되었다. 그러나 시간이 지나서 어둠이 깔리면서 시위대 내부에서 웅성웅성하는 소리와 함께 대열이 흐트러지는 징후가 나타나기 시작했다. 이런 상황에서 타협안이 들어온 것이다. 대표단 몇 명이 서장실로 나를 찾아와서 면담을 하겠다는 것이었다. 잠시 후 대표단 5~6명이 내 사무실로 들어왔다. 나는 더욱 의연히 대처해야 하겠다고 마음먹고 자리에서 미동도 하지 않고 앉아 있었다. 다분히 의도된 행동이었다. 면담에서도 그들의 주장은 한결 같았다. 다른 지역은 농민들 상경을 어느 정도 묵인해 주었는데 왜 유독 거창지역에서는 한 사람도 상경을 못하도록 막았느냐는 것이었다. 그 부분이 잘못이기 때문에 농민들에게 책임자인 서장이 사과하라는 것이다. 나는 대표단의 요구에 대해 경찰의 입장을 분명히 전했다. 불법이 예견되는 상황에서 법을 집행하는 경찰은 이를 예방할 책임이 있고 상급기관인 경찰청으로부터 적법한 지시를 받아 관련법과 원칙에 입각해 적법한 공무수행을 했을 뿐이라는 점을 밝혔다. 즉 농민들의 상경저지는 적법하고 불가피한 조치였음을 분명히 밝힌 것이다. 더 나아가서 농민들은 불법집회를 하고 있는 것이니 만큼 즉시 해산해 줄 것을 요구했다.

나의 진솔한 얘기를 듣고 또 경찰의 기존 방침에 변화가 없음을 느낀 대표단은 할 수 없다는 듯이 태도가 변하기 시작했다. 처음과는 다르게 말투나 억양이 부드러워지기 시작했다. 나는 직위를 떠나서 농민대표단에게 참 인간적인 면을 보여주려고 노력했다. 분위기 반전을 위해서 나 자신도 경찰관이기 이전에 농촌에서 나고 자란 농민의 아들이라는 사실을 얘기하면서 경찰의 입장을 진솔하게 전달했다. 농민 여러분들의 입장을 충분히 이해하고 오히려 심정적으로는 농민 편이라는 것도 밝혔다. 다만 경찰관으로서 주어진 책무가 있다 보니 상부의 지시와 관련법규에 따라 불가피한 조치를 할 수밖에 없었음을 설명했다. 그러면서 억양이나 말투도 신경을 써서 최대한 성의를 다해서 겸손한 태도로 임하려고 노력했다. 이런 나의 태도를 본 대표단은 아직도 과격한 면을 보이고 있었지만 어느덧 조금씩 분위기가 바뀌어가고 있었다. 직감적으로 대표단이 한발 물러서고 있다는 것을 알 수 있었다. 대표단은 그렇다면 자신들에게 시위

군중들 앞에서 자신들이 얘기할 명분이라도 달라고 하기에 이르렀다. 그러나 대표단의 요구가 일리가 있다 하더라도 현실적으로 내가 할 수 있는 일은 앞서 언급한 사항들을 반복해서 얘기 할 수밖에 없었다. 인간적으로는 농민 편에서 얘기를 하고 싶지만 동시에 경찰서장이란 직분을 마음속에 새기며 나의 입장을 전달할 수밖에 없었기 때문이다. 같은 얘기가 반복되고 또 별 다른 진전이 없음을 알게 된 대표단은 자리를 뜰 수밖에 없었다. 대표단은 드디어 시위군중 앞에 서서 경찰서장의 진솔한 면과 치안책임자로서의 경찰서장의 입장을 전달했다. 그래도 농민들 사이에서는 잠시 함성을 지르고 격앙된 분위기가 있었지만 경찰의 완고한 입장을 전달받은 시위대는 하는 수 없이 서서히 해산을 하기 시작했다. 서장실이 점령될 수도 있는 위기국면이 끝나는 순간이었다.

나는 이 사태를 겪고 많은 것을 느꼈다. 사태가 위중할수록 중심을 잡고 판단을 신중하게 해야 한다는 것이었다. 군중심리가 작용하는 집단시위는 현장 리더의 선동과 외적 자극에 의하여 크게 바뀔 수 있다. 만약 시위대의 요구 또는 과장들의 의견을 들어서 내가 시위대 앞에 섰다면 사태가 어떻게 전개됐을지 모른다. 만약 시위대 앞에 섰다면 군중 심리가 지배하는 현장에서 아마 그냥 물러설 수는 없었을 것이다. 최소한 유감표명이라든가 아니면 사과를 할 수밖에 없었을 것이다. 적당히 타협하고 유감표명이라도 했으면 공권력의 위상은 어떻게 되었을까? 비록 타 지역의 예이지만 몇 년 뒤 제주 강정마을 해군기지 반대집회 시 연행자 석방을 요구하는 시위대와 적당히 타협해서 관할 경찰서는 엄청난 후폭풍에 휘말린 적이 있었다. 치안책임자인 경찰서장이 그에 따른 문책성으로 인사 조치되고 관련 과장 등 참모들도 그에 상응한 처분을 받은 적이 있다.

나는 비록 위중한 상황이지만 책임론을 떠나 최소한 법집행기관으로서의 경찰의 기본 책무를 생각했다. 때문에 결코 시위군중 앞에 설수 없었던 것이다. 융통성이 없다고 할지 모르지만 가치를 지킨다는 것이 참 쉽지 않았다. 법을 집행하는 입장에서 법치를 구현하고 공권력의 위상을 바로 세운다는 것이 얼마나 힘든 것인지도 알게 되었다. 지금도 나는 당시 상황이 어렵고 힘들었지만 끝까지 원칙을 지킨 것이 타당했다고 생각한다. 다만 한편으로는 마음이 무거웠다. 농민들의 입장을 이해하기 때문이다. 피땀 흘려 농사를 지어도 쌀값은 떨어져 점점 경제적으로 어려워지는 농민들의 현실을 이해한다. 심정적으로는 오히려 농민들의 편에서 그들의 요구를 들어주고도 싶었다. 그러나 법치를 구현하고 이를 집행하는 가치 또한 그 못지않게 중요하다고 생각했다. 당시 나는 솔직히 이 양면의 가치를 어떻게 실천하고 균형 있게 행동할 수 있는가에 대해서 많은 고민을 했던 것이다. 그러나 지금 생각해보면 내가 너무 고지식했던 면도 없지 않았던 것 같다. 상부로부터의 지시만을 고지식하게 따랐기 때문이다.

4.
서풍(署風) 좋은 대전 대덕

1) 뜻하지 않은 인사발령

인사는 뜻대로 되지 않았다. 그동안 30년 넘게 경찰에 몸담으면서 원하는 보직에서 근무한 경우는 그리 많지 않았다. 흔히 '앉은 자리가 꽃자리'라고 하는 말도 있지만 누구나 본인이 가고자 하는 자리에서 일을 해야 하고자 하는 의욕도 생기고 보람도 있게 마련인데 나는 그렇지 못했던 같다. 원하는 보직을 못 찾아가는 원인은 아마 기본적으로는 누구한테 아쉬운 얘기를 하지 못하는 성격 탓도 있고 또 남들처럼 술수나 요령이 부족해서 그런 것 아닌가 하는 생각이 든다. 경찰생활 중 같이 근무했던 선배나 동료 몇몇 사람은 어떻게 그렇게 양지만 찾아서 자기가 원하는 보직을 잘 찾아가는지 참으로 부럽기도 하고 한편으로는 신기하다고 느낀 경우도 있었다. 그들은 타고난 재주가 비상했던 것 같았다. 솔직히 나는 그런 재주나 능력이 없었던 것이다. 대전 대덕서장 발령받을 때도 그런 경우에 해당된다. 당시 나는 서울경찰청에서 보안1과장 직책을 마쳤기 때문에 당연히 경기지역 어느 경찰서장 발령을 받을 것으로 알았다. 물론 자격 요건이 충족되었기 때문이다. 서울서장은 총경 승진 후 일정기간이 경과되어야 하기 때문에 비록 서울청 참모를 거쳤다 하더라도 자격요건도 갖추지 못 했기 때문에 서울서장은 애초부터 기대하지 않았다. 그리고 내 입장도 그렇게 일찍 서울서장을 나갈 이유도 없었다. 그래서 당시 경기지역 어느 경찰서장을 지원했었다. 그런데 이게 웬일인가? 인사발령 안이 발표되기 직전 과거에 같이 근무했던 본청의 모 국장님께서 전화를 걸어와 왜 대전을 희망했느냐고 묻는 것이었다. 그 얘기를 전해 듣고 깜짝 놀라서 웬 대전이냐고 되물었더니 이번 인사에서 대전 대덕경찰서로 발령이 난다는 것이었다. 전혀 뜻밖의 일이 벌어진 것이었다. 서울청에서 참모 보직을 거쳤는데 웬 대전권 서장이란 말인가? 막상 발표된 인사안을 받아보니까 미리 전해들은 그대로였다. 전혀 뜻하지 않은 충청권의 대전 대덕경찰서장으로 발령이 난 것이다.

통상 서울에서 참모를 거치면 서울서장 발령을 받게 되고 나같이 서울서장 자격요건이 안되면 경기서장을 가는 것이 일반적이었다. 그런데 대전까지 또 나를 내려 보내다니 참 기가 막히고 어이가 없었다. 경찰인사에서는 종종 인사권자와 친분이 없다든가 누구한테도 인사 청탁을 하지 않고 가만히 있으면 이렇게 뜻하지 않는 발령을 받는 경우가 있었던 것이다. 그러니 내가 너무 순진했던 것이다.

자격요건이 됐다고 해서 내신 희망서만 제출해 놓고 전혀 누구한테 도움을 청하거나 부탁을 하지 않았기 때문이다. 흔히 말하는 '백'을 쓰지 않았던 것이다. 경찰인사는 외부 입김이 많이 작용하는데 전혀 인사 청탁을 하지 않았으니 어찌 보면 당연한 일일 수도 있었던 것이다. 이것이 경찰인사의 실상이었던 것이다. 그러나 일단 발령이 난 이상 어찌할 도리가 없었다. 인사 대상자 입장에서 인사 불만을 표출해도 별 소용이 없었다. 불만을 표출해도 발령이 다시 날 수도 없는 것이고 오히려 불평 불만자로 낙인만 찍히는 결과가 초래될 것이기 때문이다. 그러니 이런 일을 당해도 약자 입장에서 눈물을 머금고 이를 현실로 받아들일 수밖에 없었다. 이렇게 뜻하지 않은 인사발령을 받고 착잡한 심정으로 2009년 7월 초 대전 대덕경찰서장으로 부임했다. 2년 전 총경 승진 후 초임 거창경찰서장 발령을 받고 내려갈 때의 심정과는 전혀 다른 느낌이었다. 너무 순진했던 내가 원망스럽기고 했고 몸담고 있는 경찰조직에 대해서도 많은 서운함을 느꼈다. 대전은 물론 고향부근이고 학창생활을 했던 곳이라 생소함은 덜했지만 장차 경찰생활을 위해서는 결코 바람직스럽지 않은 인사발령을 받은 것이다. 때문에 이삿짐을 싸들고 또 다시 낙향을 하는 길은 착잡함 그 자체였다.

당시에 대전경찰청은 충남경찰청에서 분리된 지가 얼마 되지 않았다. 관내 경찰서도 5개에 불과했다. 발령을 받아 근무하면서 제일 먼저 느낀 것은 지방청 전체 분위기가 허전하다는 것이었다. 왜냐하면 이름 그대로 일선 경찰서장 회의를 해도 참석한 경찰서장은 불과 5개 서장에 불과하고 지방청 과장급 참모가 배 이상으로 훨씬 많기 때문이었다. 경찰서장 회의를 한다고 하면서 서장은 고작 5명에 불과하고 참모급 과장이 그 두 배가 넘으니 배보다 배꼽이 크다고나 할까하는 분위기였던 것이다. 이런 현상을 보고 효율적인 치안행정이라는 명분을 가지고 별도 지방청으로 분리는 되었지만 불과 5개의 경찰서를 가진 별도의 지방청이 필요한지 의문이 들었다. 그것이 국민과 경찰조직을 위하는 길인가 하는 생각이 들었다. 경찰에 몸담았던 사람으로 이 같은 얘기를 하면 조직 발전을 위해서 바람직스럽지 않은 주장이라고 생각할 수 있다. 그러더라도 솔직히 지방청 신설이 자리를 하나라도 더 만들기 위한 위인설관이 아닌가 싶었다. 공직생활을 하다보면 이런 경우를 흔히 본다. 명분이야 그럴 듯하게 포장을 하지만 이면으로는 자신이 속해 있는 소속기관이나 단체 혹은 고향만을 위한 정책을 고수하는 경우가 많기 때문이다. 국민을 위한 경찰활동을 강화하기 위한 것이라면 지방청 분리보다는 오히려 경찰서를 하나 더 신설하는 편이 훨씬 명분에 맞는 일일 것이다.

나는 근무하는 경찰서마다 순경부터 장관까지 오른 모 전임 장관님을 연사로 초청해서 전 직원들을 대상으로 특강을 실시했다. 그분은 내가 존경하는 분으로 충남경찰국장과 충남도지사를 역임하신 입지전적인 분이다. 개인적으로 친분이 있고 존경하는 경찰 대선배이시기 때문에 후배들에게 좋은 말씀을 해주십사 하고 초청을 한 것이다. 노구에도 불구하고 후배들을 위해서 기꺼이 특강에 임해서 경험담이라든가 국가관 그리고 공직자로서의 본분에 대해 아주 좋으신 말씀을 해주시곤 하시는 분이다. 그 장관님도 당시 특강을 하시고 난 다음 당시 경찰국장과 도지사를 역임하신 경험담을 얘기하시면 나와 똑같은 말씀을 하시는 것이었다. 진정 국가를 생각하고 국민의 안전을 위한 치안강화가 목적이라면 겨우 몇 개의 경찰서를 가진 지방청 독립보다는 집행기관인 경찰서나 지구대 파출소를 신설하는 것이 더 취지에 맞는 일이 아닌가하는 고견을 밝히신 것이다. 참으로 구구절절이 옳으신 고견이었다. 나는 그 말씀을 듣는 순간 이런 분이 정말로 공직자의 표상이고 진정한 애국자가 아닌가 싶었다. 대부분 위정자들이 겉으로는 국가와 국민을 얘기하고 정의를 부르짖지만 대부분 이면으로는 자신은 물론 소속 정파의 이해타산 때문에 그러는 것이 아닌가 하는 생각이 들기 때문이다. 어쨌든 원치 않은 발령을 받아 대전지방청 소속의 대덕경찰서장으로 근무를 시작하게 되었다. 어디든 원치 않은 발령을 받으면 초기에는 섭섭함을 느끼지만 일단 업무를 시작해서 몰입을 하다보면 그러한 마음은 금방 잊혀 지게 마련이다. 나는 경찰생활 중 인사발령을 받으면 갑자기 바뀐 환경에 적응하는데 시간이 걸리고 적응에 애로를 좀 겪는 편이었다. 그런데 다행히 대덕경찰서에 와서는 그러하지는 않았다. 생각보다 비교적 적응이 빨라서 취임과 동시에 바로 생동감 있게 업무를 추진할 수 있었다. 대전은 고향인 세종시와 인접해 있고 또 대학시절 학창생활을 했던 곳이라 지리감이 있고 친구를 비롯한 지인이 많아 비교적 적응을 쉽게 했던 것이다.

2) 시설 개선과 '대덕 폴 사운드' 창단

대덕경찰서는 대전 신탄진과 회덕을 포함하는 대전 북부지역에 위치하면서 치안수요가 비교적 적은 편에 속했다. 경찰서는 충북과 시도경계를 접하면서 공단지역에 위치하고 있어 주위 환경도 썩 좋은 편은 아니었다. 부임을 해서 보니 전반적으로 경찰서 건물이 아주 낡고 시설 또한 많이 노후되어 있었다. 정상적으로 업무를 수행할 수 없을 정도였다. 사무실 공간도 많이 부족하였다. 환경적 요인으로 경찰서 직원들의 사기나 의욕도 많이 침체되어 있었다. 경찰서 시설 대부분이 수리가 시급했다. 경찰서 청사는 건축된 지가 20여년 밖에 되지 않았지만 건축당시부터 예산부족 등으로 워낙 날림공사를 해서인지 경찰서 전체가 남루하고 협소했다. 특히 1층 수사과 강력계, 형사계 사무실은 그 정도가 더욱 심했다. 창문은 빨갛게 녹이 슬어서 아예 열리지도 않았고 담배연기에 찌든 벽과 커튼은 새까맣지 못해 노란색을 띨 정도였다. 겨울에는 열리지 않는 창문사이로 찬바람이 들어와 늘 춥고 어두컴컴해 음침했다. 당직원 숙직실도 사무실 한 구석에 겨우 합판으로 칸막이로 막아서 쓰고 있는 실정이었다. 때문에 수사과 사무실 환경개선은 경찰서에서 오랜 기간 최대 현안사업 중의 하나였다. 그런데도 역대 서장 그 누구도 적극적인 개선의지를 보이지 않았다는 것이다. 그렇게 말을 하면서 직원들은 내심 서운한 감정을 감추지 않는 것이었다. 물론 예산확보가 쉽지 않은 상황에서 그 누구도 어쩔 수 없었을 것이란 현실을 이해하면서 말이다. 나는 이런 환경에서 민원인을 대할 때 어떻게 친절한 경찰상을 보여주고 경찰관으로서의 자부심과 긍지를 가지고 일을 할까 하는 생각이 들었다. 이런 심각한 시설 문제를 보고 경찰예산이 과연 적재적소에 투입되어 쓰이는지 의문이 들었다. 그리고 경찰행정의 경직성 문제를 생각했다. 문제는 이런 현실 앞에도 상급청인 지방청에서조차 예산타령만 할 뿐 개선하겠다는 성의를 보이지 않았던 것이다. 즉 예산이 없다는 얘기만 할 뿐 적극적으로 시설개선을 해주고자 하는 뜻이 없었던 듯싶었다.

나는 시설 개선의 시급성을 설명하면서 지방청에 수차례 환경개선을 해 주십사 하고 완곡하게 건의를 하였으나 그때마다 지방청에는 예산 타령만 할뿐 전혀 개선의지가 없었다. 경찰서장인 내가 직접 나서서 지방청 경리담당과 과·계장을 상대로 설득과 호소를 해도 전혀 소용이 없었다. 이런 상황에 직면한 나는 다급한 나머지 직접 본청에 하소연을 했다. 물론 본청의 주무부처 책임자인 재정과장은 과거 본청에 근무할 때부터 개인적으로 친분이 있는 사람이었다. 나는 재정과장에게 간곡히 요청했다. 경찰서 시설이 하루도 정상적인 업무를 할 수 없을 정도이니 한번이라도 현장실사를 와 주십사 하고 간곡히 요청을 했다. 나의 요청을 받은 본청 재정 과에서는 바로 실사단을 내려 보냈다. 본청 재정과의 조치에 고마움을 느꼈다. 특히 재정과장이 고마운 분이었다. 현장을 확인해본 결과 실사단은 경찰서의 낡은 시설을 보고 깜짝 놀랐다. 이런 시설에서 어떻게 지금까지 일을 해왔는지 의아하다는 반응이었다. 그야말로 시설

개선의 절박함을 느낀 것이다.

사정이 얼마나 딱했던지 현지 실사를 한 후 돌아가서 바로 2억 원이라는 거금을 특별히 지원해 주었다. 현지 실사 후 환경 개선의 시급성을 인정하고 한정된 예산범위 내이지만 최대한 예산을 우선 지원을 해준 것이다. 그동안 경찰서의 환경 개선이 시급하다고 지방청에 수없이 요청을 했었음에도 전혀 진척이 없었는데 본청의 특별 배려로 이 문제를 한 번에 해결할 수 있었던 것이다. 상황이 이 지경까지 온 것은 조직문화의 경직성에도 그 원인이 있었다. 조직문화가 경직되어 실제 상황 보다는 건축년도나 내구연한 같은 형식적인 요건과 절차규정만을 따진 것이다. 그러다 보니 이처럼 개선이 아주 시급한 곳임에도 불구하고 사업추진이 계속 후 순위로 밀렸던 것이다. 어쨌든 본청에서 하달된 특별예산을 최대한 활용해서 1층 수사과와 바로 옆 청문감사관실 사무실 전체를 아주 깨끗하게 새 단장을 할 수 있었다. 비록 1층에 국한해서 개선을 했지만 그래도 경찰서가 전체가 새로 바뀐 느낌이었다. 쾌적한 환경에서 근무하면서 너무나 좋아하는 직원들을 보고 나는 참 보람을 느꼈다. 전후 사정을 알고 있는 경찰서 전 직원들은 고마움을 표시하곤 했다. 나는 관리책임자로서 당연히 할 일을 했을 뿐인데 말이다. 경찰서를 떠난 후에도 미담으로 얘기하면서 직원들은 종종 감사의 뜻을 전하곤 한다.

이렇게 경찰서 시설물 중 일부가 개선은 되었지만 그래도 전체적으로 경찰서가 노후 되고 주변 환경이 썩 좋지 않았다. 환경이 그러니 직원들의 정서도 메마른 느낌을 주었다. 그래서 주민들의 경찰에 대한 치안고객 만족도가 타 경찰서 보다 현저히 떨어져 성적이 그리 좋지 않았다. 나는 경찰서 시설이나 환경 그리고 직원들의 사기를 그대로 두고는 일을 제대로 할 수 없다는 생각을 하기에 이르렀다. 그래서 많은 고민 끝에 생각을 한 것이 음악 동아리였다. 음악동아리를 만들어서 경찰서 구내에서 악기연주나 노래 소리가 들리면 왠지 딱딱하고 경직된 경찰서 분위기가 좀 바뀔 수도 있을 것 같은 생각이 들었던 것이다. 물론 이런 생각을 하게 된 것은 전임지에서 이미 경험이 있었기 때문이었다. 거창경찰서 근무 시에 직원들이 자발적으로 음악 동아리를 결성해서 대민활동 등에 활용한 결과 민경친선은 물론 경찰서 분위기를 밝게 이끌어 주었던 생각이 났던 것이다. 그래서 거창경찰서의 음악동아리를 모델로 삼고자 했다. 음악활동을 통해 대민관계도 좋아지고 더 나아가서 친근한 경찰상을 심어주는 것이 아주 인상적이었고 가슴에 와 닿았던 것이다. 나는 음악동아리 창단을 결심하고 일단 직원들의 의견을 들어 보았다. 일련의 전후 사정과 나의 뜻을 밝히면서 과·계장과 서무업무를 담당하는 직원들의 의견을 들어 본 것이다. 그런데 직원들은 뜻밖에도 대부분 긍정적인 반응을 보이며 적극 지지 입장을 보였다. 그러면서 직원들 중에는 누가 악기에 재능이 있고 노래 솜씨가 있다고 하는 등 각자 의견을 내놓기도 하였다.

음악동아리 창단을 위해서 1차적으로 직원들을 상대로 동아리 참가 희망자를 조사해 보니 생각보다 지원자가 많았다. 그리고 드럼이나 피아노, 색소폰 등 악기를 다루어 본 직원들도 꽤 있었다. 평소 음악활동을 하고는 싶었으나 어떤 동기나 활동공간이 없었던 것이다. 이것을 일깨워 주고 동기를 만들어 준 것이다. 다행스럽게 생각하고 이를 적극 추진하겠다고 생각했다. 악기별로 재능이나 특기가 있는 사람도 많았고 하고자 하는 의욕도 있어 처음부터 잘 될 것 같은 예감이 들었다. 뜻밖에 동아리 싱어로 노래를 하겠다는 희망자도 몇 명이나 되었다. 희망자 중 기량이나 근무여건 등 일정한 심사기준을 만들어 단원을 선발하여 마침내 음악동아리 밴드 결성을 순조롭게 완료하였다. 그 후 밴드단 이름도 직원들에게 아이디어를 공모하여 경찰서의 이미지를 살릴 수 있는 뜻으로 '대덕 폴 사운드'라고 명명했다. 지금도 인터넷 검색창에 '대덕 폴 사운드'를 치면 그 활동상을 알 수 있다. 악기는 대부분 고가이고 또 소요 비용이 만만치 않기 때문에 부득이 직원들이 개인 별로 사용했던 악기를 각자 가져오도록 했다. 그러나 이런 긍정적인 측면이 있지만 경찰서에서의 음악활동은 보는 시각에 따라서 달리 받아들일 수도 있는 측면도 있었다. 치안을 담당하는 경찰서에서 무슨 음악이냐는 일부 다른 의견이 나올 수도 있기 때문이다. 때문에 하나하나 세세한 것까지 신경을 써야만 했다. 일과 후라 하더라도 음악소리로 당직업무나 기타 직원들에게 피해를 줄 수 있기 때문에 방음공간도 필요했다. 마침 경찰서 4층의 코너에 그동안 창고로 사용하던 빈 공간이 하나 있었다. 이 공간에 어느 정도의 방음 시설을 갖추어서 연주실로 사용토록 했다.

단원구성이 완료되고 악기는 물론 연주실까지 마련하였으니 이제는 팀워크를 이루어 연습을 하는 것만 남았다. 단원이 함께 모여서 약 1개월 정도 아주 열심히 연습을 했다. 나도 많은 관심을 갖고 격려도 하고 최대한 지원을 아끼지 않았다. 그렇게 약 2개월 동안 열심히 연습을 하고 난 후 마침내 경찰서 회의실에서 창단식 겸 최초 연주회를 갖게 되었다. 창단식은 매월 전 직원이 참여해서 실무 교양 위주로 이루어지는 무궁화포럼 시간을 이용했다. 통상 경찰서에서 직장훈련이라고 하는 무궁화 포럼은 상부의 업무지시를 전달하고 당면 현안사항을 교양하는 직장교육 시간으로 딱딱하고 왠지 엄숙한 분위기 속에 이루어지는 것이 보통이다. 대부분 같은 내용의 지시가 반복적으로 이루어지고 내용도 업무적인 것들이라서 통상 지루하고 피곤하다는 선입견이 있었다. 이런 틀에 박힌 직장훈련 분위기를 깨고 음악소리가 들린 것 자체가 엄청난 파격이었다. 연주단원은 물론 참석한 직원들 모두 깜짝 놀랐다. 실무적인 교양위주의 판에 박힌 듯이 이루어지는 형식을 깼다는 것 자체가 직원들에게는 큰 충격이었던 것이다.

반신반의했던 직원들 모두 '우리에게 이런 면도 있었구나' 하는 반응을 보이면서 스스로 놀라는 표정들이었다. 누구의 도움도 없이 경찰서 직원들끼리 만든 동아리 밴드에서 자아내는 감미로운 선율과 화음이기 때문에 더욱 값진 결과였다. 침체된 분위기가 정말로 확 달라지는 느낌을 받았다. 뿐만 아니라 '우리도 할 수 있다'는 또 다른 가능성을 스스로 확인한 일이었다. 자아의 또 다른 발견이기도 했다. 당시 경찰서 직원 중에는 문단에 등단한 수필가가 한 명이 있었다. 그 직원은 퇴직을 불과 몇 년 밖에 남겨 놓지 않은 고참 직원인데 일상생활에서 느끼는 문학적 감정이나 정서를 그때그때 수필 형식으로 써서 언론에 기고도 하고 수필집을 펴내기도 하는 중견 문인이었다. 그 직원이 이 창단 연주회에 감동을 받고 당시의 분위기를 느낀 그대로 표현하면서 '경찰서 분위기가 확 달라졌어요!'라는 제목으로 글을 써서 경찰청 블로그인 '폴인 러브'에 기고한 바 있다. 수필가로서 현장에서의 생생한 느낌을 담은 이 글은 당시 전국적으로 큰 관심과 반향을 불러오기도 했다. 나는 이 음악동아리를 더욱 활성화시켜서 직원들의 문화 활동 기재로 활용함은 물론 주민과 함께하면서 봉사하는 친근한 경찰상을 알리는 홍보대사로 활용하기로 했다.

직원들의 적극적인 관심과 참여로 창단 연주회가 기대 이상의 성공을 거두자 단원들 또한 하고자 하는 의욕과 사기도 크게 올랐다. 이렇게 분위기가 고조되자 경찰서 행정발전위원회를 비롯해서 다른 협력단체에서도 많은 관심을 가지고 적극 후원을 하겠다고 나서기에 이르렀다. 경찰서 협력단체의 운영취지를 살려 관련 규정이 허용하는 범위 내에서 반주기를 비롯해서 부족한 장비를 지원해 주겠다고 스스로 나선 것이었다. 이렇게 자신감과 가능성이 생기고 주변 분위기가 고조되자 단원들은 비록 바쁜 일과 속에서도 최대한 짬을 내서 더욱 열성적으로 연습을 했다. 연습에 따라서 연주 실력도 물론 일취월장했다. 처음으로 관내 양로원에서 어르신들을 위해서 공연을 해 달라는 섭외가 들어왔다. 단원들은 신이 났다. 공연날짜가 잡히자 스스로 악기를 손질하고 서로 간 의견을 교환하면서 모두

들 열성적으로 연습을 했다. 마침내 단원들 모두는 경찰관으로서 단정히 정복을 차려입고 드디어 첫 무대에 서게 되었다. 첫 공연은 긴장감으로 약간의 실수도 있어 부자연스런 면도 간혹 있었지만 시간이 지남에 따라 점점 자신감을 갖고 감미롭고 흥겨운 화음을 자아냈다. 노래 제목도 물론 어르신들 취향에 맞는 장르의 음악을 선택해서 첫 연주를 했다. 첫 연주를 하면서 점차 분위기가 무르익자 어르신들은 무대 위로 올라 와서 덩실덩실 춤을 추기 시작했다. 대부분 어르신들이 손뼉을 치고 함께 노래도 따라 부르는 등 여흥이 절정에 달했다. 평소 경찰하면 딱딱하고 왠지 거리감이 있다고 믿어왔는데 직접 양로원까지 찾아와 정복을 입은 경찰관들이 악기를 연주하고 거기서 감미로운 선율이 나오니까 신기하기도 하고 한편 고맙기도 했던 것이었다. 양로원 측에서는 거듭 고마움을 표했다.

첫 외부공연이 뜻밖의 성공을 이룬 것이다. 첫 공연이 성공적으로 이루어지자 단원들은 한층 더 고무되었다. 이런 소식이 전해지자 다른 곳에서도 문의가 들어오기 시작했다. 경찰서 관내의 보훈병원을 비롯해서 양로원이나 고아원 등 시설에서 요청이 들어오기 시작한 것이다. 나는 음악동아리 밴드를 운영하면서 몇 개의 큰 원칙을 정했다. 물론 아마추어로서 순수성을 유지하기 위해서이다. 내용은 철저히 내부직원들 위주로 단원을 정하고 외부공연은 반드시 어렵고 힘든 불우시설에 한정해서 하도록 원칙을 정한 것이다. 이와 관련 지침까지 만들어 철저히 이를 지키도록 했다. 음악동아리 밴드를 운영하면서 전문가라고 할 수 있는 외부 인사를 한두 명 정도 끼워 넣는 경우도 있다. 그렇게 되면 우리가 추구하는 의미가 퇴색이 되고 순수성을 잃을 수가 있다. 그래서 좀 부족하지만 철저하게 직원들로만 구성토록 했던 것이다. 또 경우에 따라서는 경찰이 그 시간에 순찰을 돌고 주민의 안전을 위해 본연의 일을 해야지 무슨 음악이냐는 의견이 나올 수도 있다. 그렇기 때문에 외부공연은 철저히 어렵고 힘든 불우이웃을 상대해서만 하도록 지침까지 만들어서 반드시 이를 지키도록 했던 것이다. 그리고 연습 등 공연은 근무시간을 피해서 꼭 휴게시간을 활용해서 하도록 했다. 이렇게 지침을 철저히 준수하고 정말로 어렵고 힘든 분들을 찾아가 위문활동을 하니까 이에 대한 대외적 반응은 더욱 호의적이고 여론 또한 눈에 뜨이게 좋아졌다. 드디어 지역방송이나 신문 등 언론에서도 점차 관심을 보이기 시작했다. 물론 대부분 지방 언론이지만 경우에 따라서는 중앙 일간지 지방난이나 지역 방송에서도 경찰서 음악동아리 활동내용이 잇따라 특집 형식으로 보도되기 시작했다.

방송에는 직접 동아리 밴드 단장을 비롯한 멤버들을 출연시켜 동아리 활동배경이나 활동사항 그리고 연습내용을 자세히 소개했다. 신문에서는 사진과 함께 멤버들을 소개하고 주요 활동사항 그리고 경찰서장인 나의 말을 인용하면서 대부분 미담사례 형식으로 보도하였다. 이렇게 되자 경찰서 동아리 밴드는 경찰서의 명물이고 대표적 상징물이 되어갔다. 언론의 관심과 조명을 받기 시작하자 단원들 또한 하고자 하는 의욕과 사기도 더불어 올라갔다. 방송이나 신문과 같은 언론을 통해서 긍정적인 경찰관련 뉴스를 자주 접하게 되자 지역민들의 경찰에 대한 인식과 신뢰가 높아져 체감안전도가 눈에 띄게 올라갔다. 경찰의 업무가 주민들이 범죄나 각종 사건 사고로부터 안전하게 생활을 영위하게끔 역할을 다하는 것이라고 볼 때 체감안전도의 상승은 아주 중요한 의미가 있는 것이다.

그동안 우리 경찰서가 비교적 치안 수요가 적고 대전의 북부 지역에 위치하여 교통여건이 불편했다. 이러한 불리한 지리적 여건과 전체적인 침체 분위기 때문에 대전권 경찰서 중에서 치안성과 성적이 늘 좋은 편이 아니었다. 치안성과 등급은 직원들의 성과급에 직접 반영된다. 때문에 치안성과 등급향상은 직원들 입장에서도 지대한 관심사항이 될 수밖에 없다. 그런 상황에서 음악동아리 활동이 지역 언론의 집중 조명을 받고 중점 보도되자 자연스럽게 경찰의 활동내용이 주민들에게 알려지는 홍보효과를 얻은 것이다. 결국 이러한 언론의 홍보로 주민들의 체감 안전도가 획기적으로 올라가는 결과를 가져온 것이다. 성과관리에서 가장 중요한 체감안전도가 높아짐으로써 경찰서 창설 이래 최초로 최고의 성과등급을 받는 성과를 가져왔다. 나는 이것을 계기로 주민들이 경찰을 믿고 신뢰하는 것은 순찰이나 신고출동 등 기본적인 업무를 충실히 하는 것도 중요하지만 그에 못지않게 경찰활동을 효과적으로 잘 알리는 것도 더 없이 중요하다는 것을 깨닫게 되었다. 왜냐하면 주민들 입장에서는 경찰이 항상 생활주변에 있다는 존재감을 인지할 때 믿음이나 안정감을 느끼기 때문이다. '생각을 바꾸고 발상을 전환하면 미래가 보인다'는 말이 있듯이 경찰서에서는 멀게만 느껴지고 또 경찰업무와는 관련성이 없는 것처럼 보였던 음악동아리 활동이 조직 내 활력을 불어넣음은 물론 직원들의 사기와 의욕을 북돋아 성과등급의 향상을 가져오는 결과를 낳았던 것이다. 이는 문화경찰이 지향하는 감성치안의 한 모범 사례라고 할 수 있다.

3) 여성승객 연쇄살인범 검거

대전 대덕경찰서 관내는 경부선과 호남선의 철도와 고속도로가 관통하는 교통의 요충지이다. 따라서 유동인구가 많기 때문에 여행성 범죄가 많이 발생하는 지역 중의 하나이다. 또 인접한 충북과 도계를 이루어 인접서 간 수사 공조 등 원활한 협조 체계가 긴요한 지역이기도 하다. 특히 유사시 범인 검거나 수사공조를 위해서 도계를 이루는 구간은 임시 검문소를 운영하거나 CCTV를 설치하는 등 치안인프라 구축이 긴요한 지역이기도 하다. 충북과의 도계는 동쪽에서 서쪽방향으로 흐르고 있는 금강을 기준으로 한다. 도계를 이루고 있는 이 금강을 건너기 위해서 몇 개의 다리가 설치되어 있는데 그 다리 중에는 신탄진과 충북 청주시 현도면을 잇는 현도교라는 다리가 하나 있다. 현도교라고 명명한 것은 건너편의 충북 청주시 현도면의 지명을 따서 다리 이름을 현도교라 불렀던 것이다. 이 현도교는 치안 상 아주 중요한 목 역할을 하는 곳이다. 대전시와 충청북도를 잇는 다리로서 교통량이 대단히 많은 곳이기 때문이다.

마침 당시 도로관리를 책임진 당국에서는 이 현도교를 잇는 간

선도로 확포장 공사를 하고 있었다. 그런데 시공사 측에서는 공사에 방해가 된다는 이유로 비록 잠정적이지만 현도교 다리위에 설치된 CCTV를 폐쇄한다는 것이다. 이러한 내용을 CCTV 활용기관인 경찰과 아무런 사전 협의절차도 거치지 않고 일방적으로 통보를 해온 것이다. 그러나 CCTV를 철거해서는 절대 안 되는 일이었다. 왜냐하면 충북과 경계지점에 위치한 다리 위의 CCTV를 철거하면 치안 상 중요한 문제가 생기기 때문이었다. 비록 공사기간이라 해도 CCTV 철거는 있을 수 없는 일이었다. 나는 CCTV 철거 소식을 수사팀장으로 보고를 받고 처음 알았다. 팀장으로부터 그 보고를 받고 즉시 경찰의 폐쇄불가 입장을 전달하도록 했다. 부득이하게 폐쇄를 해야 한다면 일부의 차선이라도 꼭 커버할 수 있도록 1개라도 반드시 존치하도록 시공사 측에 강력히 요청을 하도록 했다. 이렇게 경찰에서 반대가 강하다 보니 시공사측에서는 마지못해 CCTV일부를 그대로 남겨 둔 채로 공사를 진행하고 있었다.

그 후 2개월여가 지난 즈음 관내에서는 뜻밖의 사건이 발생하였다. 그날은 우리 국민 모두를 경악하게 한 천안함 폭침사건이 발생한 날이었다. 2010년 3월 27일 새벽이었다. 당일은 토요일이었지만 천안함 폭침으로 국가적으로 엄청난 충격 속에 온 국민은 시시각각 들어오는 뉴스에 촉각을 세우고 있는 상황이었다. 경찰에서도 당일 아침 긴급으로 국가 안보관련 전국지휘관 화상회의를 열고 경계강화 등 경찰로서의 대비책 강구에 골몰하고 있었던 위중한 시기였다. 나도 경찰서에 출근하여 화상을 통해 실시된 전국 경찰 지휘관회의에 참석해서 국가적 위기 상황에서 경찰의 대처방안을 들었다. 나는 화상회의를 마치고 이러한 국가적 위기상황에서 우리 경찰서에서도 대북경계태세 확립과 민생치안활동 강화 등 제반 후속조치를 취했다.

이어서 경찰서 상황실에 들러 직원들 근무상태를 점검하고 길목에 있는 지구대를 순시한 후 바로 관사로 퇴근을 했다. 경찰서장은 비록 휴일이라 하더라도 관내에서 중요한 현안 문제가 발생하면 언제든지 사무실에 나가서 일을 마무리한 후 퇴근하는 경우가 종종 있다. 그런데 막 관사로 들어오자마자 경찰서 상활실장으로부터 긴급 전화가 걸려왔다. 관내 사건사고를 종합 처리하는 상황실장 전화는 무슨 일이 있다는 것이다. 아니나 다를까 관내의 공단 부근에서 여성 변사체가 발견되었다는 보고였다. 보고를 듣고 상황이 심상치 않다는 것으로 판단되어 즉시 현장으로 달려갔다. 현장에 도착해서 상황을 접해보니 경찰서에서 그리 멀리 떨어져 있지 않은 공단 내의 한 음료회사 담벼락 밑에 20대 후반으로 보이는 한 여성의 변사체가 발견된 것이다. 우리 경찰서가 있는 대전 북부 지역에는 대전 4공단이 위치해 있었다. 변사체는 손과 발이 노끈으로 묶여 있고 상의가 가슴 부위까지 젖혀져 있는 채로 하늘을 보고 누워 있었다. 이것은 분명히 살인사건이었다. 변사체의 상태로 보아 숨진 지 얼마 되지 않은 것 같았다. 부임해서 그동안 관내 치안이 비교적 안정되고 조용했는데 이런 살인사건은 처음이었다.

이런 중요한 사건은 즉보 사건이었다. 나는 즉시 지방청장에게 중요사건 발생 상황보고를 하고 이어서 긴급히 수사과장과 수사과 계·팀장 전원을 소집해서 대책을 논의했다. 사건의 심각성을 인지하고 서로간의 의견교환과 조기 범인검거를 위해 모든 노력을 다할 것을 주문하고 아울러 철저한 현장보존과 변사체와 그 주변에 대한 정밀감식을 지시했다. 특히 수사팀에게는 모든 가능성을 열어두고 하나하나 단계적으로 착안사항을 빠짐없이 체크하도록 했다. 그 중에서도 현장감식과 주변 CCTV를 철저히 판독하도록 했다.

그런데 다행스럽게도 수사에 착수한 후 바로 변사체 발견 현장 바로 옆에서 감시용 CCTV 하나를 발견한 것이다. 음료회사 측에서 설치한 감시용 CCTV였다. 다행히 그 CCTV는 설치된 지 얼마 되지 않았다. 때문에 해상도가 비교적 좋은 편이었다. 전문 감식 팀은 CCTV를 정밀 분석하기 시작했다. 분석은 시간이 오래 걸리지 않았다. 다행히 분석 자료에 중요한 장면이 찍힌 화면이 확보되었다. 화면에는 변사체가 발견된 현장에서 한 밤중인 새벽 2시경에 한 남자가 나타나 주변을 두리번두리번 살피고는 잠시 사라지는 것이었다. 그런데 그 사람이 사라진 후 이어서 승용차 한대가 뒷부분부터 진입하더니 잠시 전의 그 남자가 차에서 내리는 것이었다. 이어서 그 사람은 뒤 트렁크를 열고 사람 사체로 보이는 물체를 팔로 감싼 채로 질질 끌어내려 공장 담벼락 밑에 유기하는 모습이 찍힌 것이다. CCTV에 찍힌 이 화면은 가로등 불빛이 흐려서 뚜렷하게 보이지 않았지만 여러 장면이 희미하게나마 판독이 되었다. 그런데 여기서 아주 중요한 장면이 또 하나 판독이 된 것이다. 그것은 다름이 아니라 자동차 트렁크 덮개를 위로 들어 올릴 때 노란 실선이 보였던 것이다. 이 노란 실선은 바로 승용차 번호판이었다. 반대편에서 사선으로 비추어지다 보니 실선으로 보인 것이다. 노란 번호판이었다. 노란 번호판을 부착했다면 차종은 택시일 가능성이 높았다. 사체를 유기한 시간대가 특정이 되었고 차종 또한 택시로 판독이 된 것이다. 수사 초기에 이 두 가지 단서가 특정된 것은 천운이라 할 만큼 운이 좋았던 것이다. 결정적인 단서가 확보되자 수사팀은 정말 발 빠르게 움직이면서 수사는 더욱 활기 있게 돌아가고 있었다. 범행에 이용된 차량을 택시로 특정이 되었기 때문에 그 시간대 현장을 빠져나간 택시를 추적하는 것도 시간 문제였다. 전 수사팀은 CCTV에 찍힌 범행 시간대에 현장을 빠져나간 택시를 추적하기 시작했다. 현장주변 곳곳에 설치된 CCTV를 하나도 빠짐없이 저인망식으로 하나하나 분석해 나갔다. 사체가 발견된 지점에서 각 방향별로 거리를 측정한 다음 이동 간 걸리는 시간을 산출해서 동일 시간대에 그 지역을 통과한 택시를 추적하기 시작한 것이다.

수사 인력을 총 동원하여 같은 시간대에 현장 부근을 통과한 택시를 하나도 빠짐없이 체크해 나갔다. CCTV를 저인망식으로 확인한 결과 마침 충북과 경계를 이루는 현도교 위에 설치된 CCTV에 의심스런 택시 한대가 지나간 것이 확인되었다. 택시 번호판 네 자리 숫자 중 두 자리가 가려진 번호판의 택시가 지나간 것이다. 번호판이 가려진 택시가 동일 시간대 현도교를 통과했다는 것은 이 살인 사건과 관련성이 있다는 의심이 들기에 충분했다. 그런데 공교롭게도 택시 번호판이 찍힌 CCTV는 약 2개월 전 도로공사를 이유로 폐쇄하려 했다가 경찰의 불가통보로 존치했던 그 CCTV였다. 당시 경찰서에서는 치안 상 필요로 도로 시공사 측에 CCTV 존치를 강력히 요구했었다. 그 CCTV에 결정적 증거자료가 찍힌 것이다. 당시 시공사측의 요구대로 CCTV를 완전 철거했더라면 이 사건 수사가 어찌 되었을까? 정말 CCTV를 존치토록 한 결정이 얼마나 다행스런 일인지 스스로를 대견스럽게 생각했다. 전문 과학수사팀으로 하여금 두 자리가 가려진 번호판을 정밀감식 토록 한 결과 본래의 택시 차량 네 자리 번호판을 완전 복원할 수 있었다. 이어서 차적 조회를 해 본 결과 택시의 소재지도 바로 확인할 수 있었다. 문제의 택시는 충북 청주시내의 한 택시회사 소유로 밝혀졌다. 곧바로 핵심 수사진을 청주의 모 택시회사로 급파했다. 택시회사를 상대로 탐문수사를 한 결과 문제의 택시기사 신원도 어렵지 않게 파악할 수 있었다. 이제는 택시기사가 이 사건의 범인으로 지목이 된 것이다. 범인은 청주의 한 주택에 살고 있는 30대 후반의 이혼남이었다. 범인의 신원과 주거가 밝혀지면서 수사는 더욱 활기를 띠게 되었다. 정말 범인 검거는 시간 문제였다.

전 수사팀은 일사 분란하게 움직였다. 전 수사진은 각 팀별로 구역을 나누어 범인 집주변을 겹겹이 잠복했다. 오전부터 잠복을 하면서 범인이 나타나기만을 기다렸다. 그러던 중 밤 11시 쯤 되어 택시 한 대가 들어오는 것을 발견했다. 늦은 시간에 범인 집 쪽으로 들어오는 택시는 범인의 것임이 틀림없었다. 수사팀은 긴장이 되었다.

이윽고 집 앞에 택시가 주차되더니 택시 운전기사가 바로 차에서 내려 집으로 들어가려 하였다. 뒷모습이 범인임이 틀림없었다. 즉시 수사팀은 일시에 범인의 뒤를 쫓았다. 순간 수사팀의 추적을 알아차린 범인은 급히 오던 길로 방향을 바꿔서 전 속력으로 도주를 하는 것이었다. 수사팀은 도주하는 범인을 전속력으로 추격하여 범인을 넘어뜨렸다. 넘어져서도 범인은 심하게 반항을 했다. 격투 끝에 수사팀은 범행사실과 미란다 원칙을 고지하고 마침내 손에 수갑을 채울 수 있었다. 막상 검거되자 범인은 부인으로 일관했다. 오히려 억울함까지 호소하는 것이었다. 그러나 CCTV에 찍힌 모습이나 번호판과 같은 꼼짝 못할 증거를 들이대자 범인은 끝내 범행일체를 자백할 수밖에 없었던 것이다. 자칫 하면 수사과정에 난항을 겪을 수도 있는 사건을 다행히 변사체발견 후 하루 만에 범인을 검거한 것이다.

사건이 발생한 관할 경찰서에서도 피해여성의 실종신고를 접수하고 며칠째 수사를 벌이고 있는 중이었다. 관할 경찰서에서는 실종신고를 접수하고 사건의 심각성을 깨닫고 바로 형사사건으로 전환하여 대대적인 수사를 펼치고 있었던 것이다. 그럼에도 우리 경찰서에서 범인을 검거한 것이다. 흔히 이런 경우 관할 경찰서는 자존심이 크게 상하게 되고 한편으로는 부여된 책임을 다하지 못했다는 부채의식을 갖게 마련이다. 상황이 이렇게 된 데에는 운도 따랐지만 나름대로의 이유가 있었던 것이다. 그것은 우리 경찰서관내에서 변사체가 발견이 되었다는 점과 또 하나는 사체발견 현장과 현도교 다리위에 각각 감시 카메라가 설치되었기 때문이었다. 특히 다리 위의 감시카메라가 큰 역할을 했다. 그런데 그 감시카메라는 2개월여 전에 도로공사 시공사측에서 철거를 하고자 했던 것이었다. 만약 당시 도로 확포장 공사 시공사측 요구대로 CCTV를 폐쇄했더라면 사건이 어떻게 전개될지는 모를 일이었다. 아마 그 CCTV가 없었더라면 이렇게 신속히 범인을 검거할 수는 없었을 것이다. CCTV 하나 철거하지 않고 존치한 것이 이런 결과를 가져온 것이다. 그동안 경찰생활을 하면서 이런 경우를 많이 경험했다. 비록 사소한 것 같았지만 그것을 꼼꼼히 챙겨서 자칫 어려운 상황에 처해 있을 수 있는 위기국면을 모면한 경우가 여러 번 있었다. 그 중에는 이번 사건과 같이 범인을 검거해서 중요한 사건을 조기에 해결한 경우도 있었다. 그런 경험을 살려서 공사현장의 CCTV를 철거하지 못하게 한 것이었다. 그럼에도 직원들은 내가 무슨 예지력이나 있는 것처럼 달리보고 놀라기도 하는 눈치였다.

수사팀은 범인을 상대로 범행 동기나 배후 그리고 여죄 부분을 집중 수사했다. 범인은 택시기사로 일하면서 자신이 운행하는 택시를 범행 도구로 이용한 것이다. 이번 사건도 처음부터 범행을 계획하고 자신의 택시에 피해 여성을 태우고 범행을 실행에 옮긴 것이다. 심야 시간대에 시내 중심가에서 범행 대상을 물색하여 젊은 여성 승객을 골라 태운다. 그리고 일단 직업을 묻는다. 직업을 묻는 것은 수중에 금품 소지여부를 파악하기 위함이었다. 승객이 직장인이라고 하면 수중에 현금을 소지하고 있을 것으로 판단하고 한적한 외곽지역으로 끌고 가 금품을 빼앗고 성폭행 후 목을 졸라 살해하는 수법을 쓴 것이다. 살해까지 한 것은 신고를 하지 못하게 하기 위함이었다는 진술이다. 이번 사건도 똑 같은 수법을 썼다. 청주시내의 가장 번잡한 본정 통에서 피해 여성을 태우고 여성이 직장인이라고 하자 한적한 외곽으로 끌고 가서 돈을 빼앗고 성폭행 후 살해한 것이다. 그 후 사체를 2~3일 동안 차 트렁크에 싣고 다니다가 우리 경찰서 부근까지 와서 사체를 유기한 것이다.

피해자는 당시 25세 된 꽃다운 여성이었다. 미처 피지도 못하고 비명에 간 것이다. 안타깝게도 충주 소재의 한 대학을 졸업한 후 비정규직으로 청주 공단의 한 회사에 취직한 지 5일 만에 끔찍하게 변을 당한 것이다. 퇴근 후 회사 동료들과 회식을 마치고 노래방에서 여흥을 즐기고 귀가를 위해 택시를 탔다가 불귀의 객이 된 것이다. 이 사건은 단순한 살인 사건이 아니었다. 불특정 다수인이 이용하는 택시의 기사가 택시를 범행 수단으로 이용했다는 점에서 문제가 심각했다. 누구든 심야에 버스가 끊기면 어쩔 수 없이 택시를 이용할 수밖에 없는데 택시 기사가 이런 끔찍한 일을 저질렀으니 택시를 마음 놓고 이용 할 수 없게 된 것이다. 그런 면에서 이 사건은 택시 운수업체에도 당장 심각한 과제를 안겨주었다. 심야에 누구나 안전하게 택시를 이용할 수 있도록 대책을 강구해야 했다. 그리고 당장 많은 여성들이 불안한 나머지 택시 타기를 꺼릴 것이기 때문에 경영상의 어려움도 따를 수밖에 없었다. 당시 천안함 폭침 사건으로 전국적인 그 파장은 그리 크지 않았지만 그래도 지역사회에서는 그 여파가 상당했었던 것이다.

그런데 문제가 더욱 심각한 것은 이번 사건이 단발사건이 아닐 수도 있다는 것이었다. 왜냐하면 범인의 수법으로 보아 여죄가 더 있을 수도 있기 때문이었다. 나는 충분히 다른 여죄가 있을 것 같은 예감이 들었다. 때문에 사건 수사팀으로 하여금 여죄를 철저히 캐도록 지시했다. 그런데 이와 관련해서 순간적으로 문득 큰 사건이 하나 머릿속에 떠올랐다. 범인이 거주하는 청주지역에서 몇 개월 전에 큰 사건이 발생했었다. 일명 무심천 사건이었다. 청주시내 한 복판을 흐르고 있는 무심천의 천변에서 한 중년여성이 손발이 묶인 채 변사체로 발견된 것이다. 이 사건은 관할 경찰서에서 몇 개월째 수사본부를 차리고 대대적인 수사를 벌이고 있었으나 별다른 수사 진척이 없어 자칫 영구 미제사건으로 남을 수도 있는 사건이었다. 오랫동안 범인을 검거하지 못하자 지역사회 민심이 좋지 않게 돌아가고 지역 언론에서도 연일 경찰 수사팀에 대한 비난 수위를 높이고 있는 중이었다. 한마디로 무심천 여성 변사사건은 청주 지역사회에서 가장 크게 이슈화가 된 강력사건이었다. 관할 경찰서는 아주 곤혹스러운 처지에 놓이게 되었다.

그런 상황에서 나는 이 사건의 범인이 어떤 형식으로든 무심천 사건과의 연계 가능성이 있을 것이라는 생각이 들기 시작했던 것이다. 처음에는 전혀 생각지 못했지만 수사가 진척되면서 점점 이번 택시기사 사건이 무심천 사건과 연결고리가 있을 수 있다는 생각이 들었다. 처음 수사실무 팀에서는 여죄와 관련해서는 적극적 반응을 보이지 않았다. 수사팀은 긴박하게 돌아가는 수사단계에서 미처 여죄를 생각할 겨를이 없었기 때문이다. 그리고 타 경찰서 관할 사건이라서 적극적으로 여죄를 캐려는 의지도 사실 부족했던 것이다. 그러나 나는 수사를 지휘하면서 점점 여죄수사가 아주 중요한 수사 포인트라는 것을 직감적으로 느꼈다. 왜냐하면 처음부터 피해자가 여성이고 손과 발이 노끈으로 묶여 있는 점 등의 수법이 특이하다고 생각했기 때문이다. 수법이 비슷했기 때문에 이번 사건의 범인이 무심천 사건의 범인일 수 있다고 판단했던 것이다. 그 후 수사가 진척되면서 수사팀원들도 내 지시가 일리가 있다고 생각을 해서인지 점차 여죄 수사를 강도 높게 진행하고 있었다. 그러던 중 수사 실무책임자였던 조 모 팀장한테 긴급보고가 들어왔다. 범인의 집을 수색한 결과 방안에서 특이한 모자를 발견했다는 것이다. 그러면서 그 모자가 청주 무심천 사건의 수배전단지 상의 범인이 눌러 쓴 모자와 비슷하다는 것이다. 당시 수배 전단지에는 무심천 사건의 범인이 모자를 쓴 채 마스크로 얼굴을 가리고 현금 인출기에서 현금을 인출하는 장면이 찍혀있었다.

직감적으로 이번 사건의 범인이 무심천 사건의 범인과 동일범으로 확신했다. 정밀감식 결과 범인의 집에서 발견된 모자는 전단지에 나오는 그 모자로 확인되었다. 수사는 아주 급박하게 돌아가고 있었다. 그러나 모자를 가지고 범인을 상대로 무심천 사건의 범인여부를 집중 추궁하였지만 범인은 철저히 부인으로 일관했다. 그러나 수배 전단지의 모자와 방안에서 발견된 모자가 동일한 점을 들이대면서 끈질기게 추궁했다. 그래도 범인은 자기는 무심천사건과는 전혀 관련이 없다고 지속적으로 전면 부인하는 태도를 보이는 것이었다. 그러나 수배전단지 상의 모자가 동일한 점을 들어 지속적으로 심리적 압박을 가하고 한편으로는 인간적이고 감정적인 면을 자극해 끈질기게 추궁을 한 결과 드디어 범인은 자신이 무심천 사건의 범인이라고 자백을 하기에 이른 것이다. 모자가 발견된 지 하루만이었다. 막상 범인이 자백을 하자 설마 하던 수사팀은 그 엄청난 사건의 범인이 바로 눈앞에 있다는 것이 실감이 가지 않는 눈치였다. 물론 어려운 수사를 담당하면서 '마침내 해냈구나! 하는 성취감을 느끼고 있었다. 범인의 수법은 거의 같았다. 자신이 운행하는 택시를 범행수단으로 이용해서 여성을 심야에 택시에 태우고 금품을 빼앗고 성폭행하고 살해한 후 무심천변에 유기한 것이다.

무심천사건 범인검거는 지역사회는 물론 전국적으로 엄청난 관심을 불러오기에 충분했다. 범인검거 소식이 알려지자 청주지역 언론에서 특히 예민한 반응을 보이기 시작했다. 무심천 사건발생 후부터 몇 개월째 수사사항을 추적하면서 많은 관심을 가져왔기 때문이었다. 폭발적인 반응이었다. 범인검거 소식이 전해지자 방송 중계차까지 동원해서 카메라 기자를 비롯해서 수십 명의 기자들이 우리 경찰서로 몰려들기 시작했다. 시간이 지남에 따라 점점 중앙의 각 방송사와 주요 일간지 취재기자들까지도 경찰서로 몰려들어 수사사항 취재에 열을 올렸다. 당시에는 천안함 폭침으로 국민적 관심이 그쪽으로 쏠려 있었지만 이 사건 또한 사회적으로 엄청난 파장을 불러온 사건이었기 때문이다. 취재 열기는 점차 강도를 더해 전화통이 불이 나기 시작했다. 나한테도 문의 전화가 빗발쳤다. 경찰서 앞마당은 취재차량으로 온통 난리법석이었다. 그렇지만 경찰입장에서는 그럴수록 대언론 취재에 신중을 기해서 응해야 했다. 수사가 진행 중이어서 객관적 사실을 더 확인해야 할 사항이 있었고 또 관할경찰서에서도 수사를 하고 있었기 때문에 상호간 의견 조율을 거쳐야 했다. 언론 특성상 수사과정에서의 문제점이나 실수가 있다면 그것을 부각해서 보도하는 경향이 있기 때문이다. 확인되지 않은 사항이라든가 인접 경찰서의 수사사항을 잘못 얘기하면 경찰의 신뢰는 물론 인접경찰서와의 수사 공조상의 문제점이 불거져 나올 수 있는 상황이었다. 때문에 나는 브리핑 자료를 포함해서 수사사항을 하나하나 꼼꼼히 챙겼다. 또한 대언론 창구도 일원화해서 수사책임자인 수사과장으로 하여금 언론취재에 응하도록 했다. 그리고 취재기자들이 궁금해 하지 않도록 수사사항을 사실대로 중간 중간 브리핑하도록 조치하였다.

이와 같이 무심천 사건을 해결했지만 사건 경과는 여기서 그치지 않았다. 왜냐하면 범인의 범행수법으로 보아서 무심천 사건 말고도 또 다른 여죄가 있을 수 있었기 때문이었다. 사건이 점점 심각하게 진행되고 있었다. 나는 수사팀에 또 다시 다른 여죄여부를 모두 밝히도록 특별 주문을 했다. 수사팀에서도 사건초기와는 다르게 무심천사건의 여죄가 추가로 밝혀졌기 때문에 강도 높은 수사를 하고 있었다. 그러던 중 대전에 있는 국립과학수사연구원 중부분소에서 또 다른 중요한 단서가 포착된 것이다. 즉 국립과학수사연구원에 의뢰한 미제사건 샘플 DNA와 범인의 DNA를 대조한 결과 내용이 일치한 결과를 얻었다고 통보가 온 것이다. 미제사건이라 함은 약 6년 전 연기군(현 세종시) 전동면에서 발생한 변사사건이었다. 당시 연기군 전동면의 한 하천변에서 손과 발이 노끈으로 묶여져 숨져있는 채로 한 여성의 변사체가 발견된 것이다. 그 여성의 변사체에서 나온 DNA가 이번 사건 범인의 DNA와 일치한다는 통보를 받은 것이다. 당시 연기군 살인 사건도 몇 년째 수사본부를 차리고 수사를 했지만 수사 진척이 없어서 영구미제사건으로 남겨놓은 사건이었다. 그런데 놀랍게도 이 영구미제사건의 변사체에서 나온 범인의 DNA가 이번 사건의 범인 DNA와 일치한 것이다. 수사기법 상 DNA가 일치한다는 것은 범인일 확률이 99%로서 거의 범인이라 단정해도 된다는 뜻이다. 이번 사건의 범인도 전과가 많아 어느 정도 수사관련 지식을 알고 있었기 때문에 DNA의 정확성을 알고 있는 모양이었다. 수사진이 DNA가 일치한다는 증거를 가지고 범행을 추궁하자 이번에는 별 다른 저항이나 변명을 하지 못하고 바로 범행을 순순히 시인한 것이다.

이 사건을 수사하면서 범행수법의 중요성을 다시금 깨달았다. 범인은 각자 가지고 있는 범행 수법을 이용하는 경향이 있기 때문이다. 초임 형사계장 시절에 사건현장에서 범행수법을 아주 중요한 수사 자료로 활용했던 것이 생생하다. 그리고 과거 형법과 형사정책을 공부할 때 인간이 과연 어떤 존재인지 하면서 의문을 품었던 때가 생각났다. 인간이 선한 존재인지 아니면 악한 존재인지에 대해서 말이다. 또 이렇게 사람이 끔찍한 일을 저지를 수도 있고 악한 존재로 남을 수도 있구나 하는 생각을 해보았다. 자기의 이기심이나 쾌락을 위해서 무고한 사람을 이렇게 잔인하게 살해할 수 있는 것이 또한 인간이기도 하구나 생각했다. 어쨌든 CCTV와 DNA 덕분으로 자칫 영구미제사건으로 남을 수도 있는 사건들을 해결한 것이다. 수사기법이 현재와 같이 발전되지 않았던 과거에는 영구미제 사건이 종종 있었다. 지금과 같이 CCTV와 같은 각종 수사 인프라가 갖춰져 있지 않았었고 통신 수사나 DNA와 같은 과학 수사기법이 발달하지 않았기 때문이다. 이 사건도 사실 그 많은 영구 미제사건의 하나쯤으로 간주하고 점점 잊혀져가는 사건들이었다. 이번 사건은 택시기사 한 사람이 세 사람의 여성승객을 성폭행 후 살해한 끔찍한 사건이었다. 언론에서는 한 사람의 택시기사에 의해서 저질러진 엽기적 연쇄 살인사건이라고 연일 대서특필하고 택시의 안전성을 집중 보도했다.

그런데 사건은 또 이것으로 끝나지 않았던 것이다. 수사팀은 이어서 또 한 건의 살인 미수사건이 있음을 밝혀낸 것이다. 이번 사건이 발생하기 몇 개월 전에 같은 수법으로 자신의 택시에 한 여성을 태우고 살해하려다 미수에 그친 사건이다. 피해여성이 범인의 택시에 탔다가 범행을 하려는 순간 놀랄 만한 기지를 발휘해 가까스로 탈출 한 사건이다. 극적으로 위기를 모면한 것이다. 그 여성은 수사 중 다른 피해사실을 전해 듣고 몸서리를 쳤다. 정신적으로 얼마나 충격이 컸겠는가? 경찰은 그 피해여성의 정신적 충격을 감안해서 언행에 세심한 주의를 기울였고 관내 병원을 안내해서 정신적 트라우마를 치유토록 적극 도와주었다. 결국 이 사건은 우범자로서의 기질을 가진 택시기사 한명이 자신의 택시를 이용해서 여성 승객 세 명을 성폭행 후 살해하고 한명은 살인미수에 그친 끔찍한 사건이었다. 앞에서도 언급했듯이 이 사건은 사회적으로 엄청난 파장을 불러일으키고 많은 숙제를 안겨 준 사건이었다.

당시는 마침 북한의 천안함 폭침으로 인해 전 국민 모두 엄청난 충격을 받고 안보상황이 위중한 시점이었다. 때문에 온 국민의 관심이 국가적 위난이라 할 수 있는 안보상황에 쏠려 있었다. 때문에 국민의 관심도나 언론보도가 평상시 때와는 상대적으로 크게 관심을 끌지는 못했지만 이 택시기사 연쇄살인 사건도 사회에 큰 충격을 준 사건이었다. 택시기사의 선발과 교육 등 전반적인 택시의 안전성에 대하여 많은 과제를 안겨준 사건이기도 했다. 이런 끔찍한 네 건의 살인 및 살인미수 사건을 신속히 해결한 것은 무엇보다도 치밀한 수사와 인접 경찰서와의 긴밀한 공조가 큰 역할을 했다. 더 나아가서 수사팀에 대한 반복훈련과 교육 그리고 수사에 임하는 수사팀의 하고자 하는 의욕과 사명감이 있었기 때문에 가능했다. 그리고 초동수사 당시 결정적 단서를 제공한 CCTV의 역할이 컸던 것이다. 범인 조기검거로 추가 범행을 예방함은 물론 자칫 영원히 미제 사건으로 남을 뻔한 사건을 해결해서 피해자의 억울한 죽음을 밝혀낸 것이다. 이 사건을 해결하고 한 지역의 치안을 책임진 경찰서장으로서 주어진 임무를 다했다는 생각과 함께 스스로 경찰관이 된 것에 대해 큰 보람을 느꼈다. 범인을 조기에 검거하지 못했다면 범인은 이번 사건 후에도 또 다른 범행을 저질렀을 것이다. 범인의 진술로 미루어 보면 만약에 조기 검거에 실패했으면 또 다른 희생자가 있을 수도 있었던 사안이었다. 조기 범인검거로 추가로 있을 수도 있는 불특정인의 희생을 막은 것이다. 아울러 젊은 나이에 억울하게 흉악범의 희생물이 되어 불귀의 객이 된 고인들의 영혼을 조금이나마 위로해 주었지 않나 하는 생각도 했다.

이 사건은 정말 수사진을 비롯한 경찰서 전 직원이 경찰관으로서 보람과 자부심을 느끼게 한 사건이었다. 직원 한 사람 한 사람 경찰관으로서의 사명감과 소명의식을 갖고 모두가 열심히 뛰어준 결과이었기에 더 값진 교훈을 얻었던 것이다. 그리고 관리자는 직원들이 열심히 일을 하도록 여건을 만들어 주는 것도 중요하지만 열심히 일을 한 직원들에게 그에 상응한 보상을 해 주는 것도 관리자로서의 중요한 책무라는 것도 일깨워 주었다. 나는 이번 대형사건을 해결한 후 수사에 공이 있는 유공자에 대한 특진이나 포상에 대해서도 많은 신경을 써야만 했다. 즉 경찰서장이란 관리자로서 직원들 모두 열심히 뛰어준 결과에 대해서 충분한 보상을 받도록 하는데도 소홀함이 없도록 최선을 다하려고 했다. 택시기사가 여성승객 세 명을 성폭행 후 살해하고 한명을 살인 미수에 그친 사건은 아주 큰 사건이다. 이런 사건을 해결했으므로 나는 주공자는 적어도 경위 정도 특진이 가능하다고 생각했다. 그러나 뜻하지 않게 유공자를 선발하는 과정에서 일부 이견이 노출되고 지방청 및 본청의 당시 어수선한 분위기로 인해서 겨우 경장 한명을 경사로 특진하는데 그쳤다. 통상 큰일을 해결하고 나면 으레 논공행상이 문제가 되어 오히려 직원들 간 갈등을 불러오고 사기가 저하되는 경우가 종종 있다. 때문에 큰 사건을 해결하고 난 후에는 논공행상 또한 아주 중요한 과정 중의 하나이다. 사건해결에 기여한 점을 아주 객관적으로 평가해서 그에 상응한 보상을 해주어야 뒷말이 없고 조직의 사기를 높일 수가 있기 때문이다. 조직 관리자인 경찰서장은 이것 또한 만만치 않은 일이다.

영원히 미제 사건으로 남을 수도 있는 큰 사건들을 해결하는 데는 누구보다도 담당팀장의 역할이 컸다. 오랜 수사베테랑으로서 솔선수범과 열성으로 팀을 이끌면서 치밀한 수사 활동을 펼쳐 신속히 범인을 검거토록 하였으며 특히 자칫 소홀히 할 수 있는 유족의 아픈 마음을 잘 보듬어주었다. 슬픔에 잠겨 있는 유족들이 궁금해 하는 수사사항을 그때그때 알려 주는 등 정신적 충격을 조금이라도 덜어주기 위해서 모든 노력을 다했다. 그러면서도 자기의 공을 내세우지 않고 오히려 후배 직원들에게 양보를 하는 미덕까지 보여주었다. 나는 사실 처음에는 제일 역할이 컸던 담당팀장인 조모 경위를 경감으로 특진시키고자 했다. 그럼에도 직원들 간의 논공행상에 이견이 노출되었고 또한 당시 수뇌부 인사 등 어수선한 분위기로 인하여 겨우 실무자 한 사람을 경장에서 경사로 특진시키는 데 만족해야만 했다. 누구보다 고생한 담당 팀장을 특진시키지 못한 점이 못내 아쉬웠다. 담당팀장은 많이 서운하겠지만 그래도 내색 한 번 하지 않은 속이 깊은 경찰 간부였다. 그럴수록 나는 팀장에 더욱 미안한 마음을 갖지 않을 수 없었다. 언젠가 기회가 되면 반드시 보상을 해 주어야 하겠다고 마음먹었다. 나는 얼마 후에 있을 정기 승진심사를 생각했다. 이런 큰일을 한 공적은 충분히 연초 정기 승진심사에 중요한 고려사항이라고 믿었기 때문이다. 몇 개월 시간이 흐르고 해가 바뀌어서 마침 정기 승진심사가 있었다. 그런데 경감 승진심사는 지방청에서 주관하기 때문에 지방청에 이러한 사정을 설득력 있게 알리는 것이 아주 중요했다. 문제는 지방청장과 차장 등 지휘부가 교체되었기 때문에 몇 개월 전에 있었던 일을 자세히 알린다는 것이 쉽지 않았다.

그러나 다행히 청장, 차장 모두 서울청에서 같이 근무한 분들이었기 때문에 개인적으로 친분이 있었다. 다행으로 생각하고 그 분들에게 소상히 사건개요와 그 후의 미흡한 보상 등을 자세히 보고하면서 이 점을 정기 승진심사에 꼭 반영을 해 줄 것을 간곡히 요청하였다. 나의 요청이 너무 간곡했기 때문에 다행히 지방청장께서도 이점을 충분히 이해하고 적극 반영 하겠다는 뜻을 보였다. 당사자인 담당팀장 조 경위는 이러한 전후 사정을 전혀 모르고 있었다. 전적으로 내 스스로 생각하고 추진한 일이기 때문에 당사자는 알지 못했던 것이다. 마침내 정기 승진심사에서 이런 공적이 반영되어 조 담당팀장은 경감으로 승진하는 영예를 안게 되었다. 팀장본인은 전혀 기대하지 않았는데 승진이란 영예를 안은 것이다. 나중에 전후 사정을 알고 팀장은 진심으로 고마워했다. 지금도 조 경감은 기회가 있을 때마다 고마움을 전하곤 한다. 그러나 나는 할 일을 했을 뿐이라고 믿었다. 관리자로서 직원들이 열심히 일을 하도록 여건을 조성해주고 또 열심히 일한 직원에게는 그에 상응하는 보상을 해주는 것은 당연한 책무이기 때문이다. 이번 사건을 해결함으로써 경찰서장으로서의 직분을 다함은 물론 불귀의 객이 된 분들의 영혼을 달래주고 또 열심히 일한 직원들에게는 승진이라는 영광을 안겨줄 수 있어서 나름대로 보람도 많이 느꼈다.

5.
조용한 서울 방배

1) 부임 초 진정투서 사건

서울 지하철경찰대장을 마치고 2012년 7월 초에 있었던 정기인사에서 서울방배경찰서장으로 발령을 받았다. 통상 총경급 인사는 상·하반기로 나뉘어서 이루어지는데 1월 중순경에 실시하는 상반기 인사와는 달리 7월 초의 하반기 인사는 인사 폭이 크지 않다. 당시도 인사 폭이 크지 않아서 서울시내 경찰서장은 몇 군데 밖에 자리가 나지 않았다. 사실 다른 곳을 지원했지만 내신서만 써내고 누구에게도 인사 청탁을 하지 않아서인지 서울시내에서 가장 조용하고 규모가 작은 곳으로 발령을 받았다. 방배서장 전에는 지하철의 안전과 치안을 담당하는 서울 지하철경찰대장으로 1년 간 근무했다. 흔히 얘기하는 일복이 많아서인지 지하철대장으로 근무 할 때는 다른 때보다 일이 많았다. 그만큼 고생도 따랐다. 당시에 세계정상들이 참여한 핵안보정상회의가 서울에서 개최되었기 때문이다. 핵안보정상회의는 2012년 3월 26일부터 3월 27일까지 양 일간 핵 테러 차단을 위한 국제공조 등의 의제를 가지고 세계 53개국 국가원수가 참여한 대규모 국제회의였다. 회의는 서울 코엑스에서 개최되었다. 우리나라에서는 사상 처음으로 열린 대규모 국제회의였다. 2년 전에 있었던 G20 국제회의보다 훨씬 규모가 큰 회의였다. 미국 대통령을 비롯한 세계 각국 국가원수 50여명이 입국해서 대규모 국제행사를 개최한다는 것은 신변경호와 안전업무를 담당하는 경찰 입장에서는 엄청난 부담이 될 수밖에 없었다. 미국 대통령 한사람이 방문해도 안전을 책임진 경찰입장에서는 초비상 상태에서 근무할 정도로 업무 부담이 많은데 이렇게 많은 국가원수가 동시에 입국해서 행사에 참석한다는 것은 정말 엄청난 부담을 가질 수밖에 없었다. 당시 경찰에서는 각국 국가원수에 대한 경호 뿐 아니라 국가 중요시설에 대한 대테러 경비에도 온 신경을 집중하고 있었다.

테러 관련해서는 사실 지하철이 가장 취약한 부분이다. 지하철의 안전과 치안업무를 담당하는 지하철경찰대장은 혹시 있을지도 모를 테러 차단에 엄청난 부담을 안고 몇 개월 전부터 이에 대한 대비를 해야 했다. 당시 지하철 경찰대는 전 직원 모두가 지하철 테러 예방을 위해서 촉각을 곤두세워서 밤낮없이 일을 했다. 지하철공사 측과 협조체제를 가동해서 거의 하루도 거르지 않고 테러 예방을 위한 시설 점검에 나서야 했고 테러 대비 추진사항을 일주일에 두 세 번씩 서울시내 관련 경찰서장과 참모들이 참석한 경비대책회의에 보고해야만 했다. 물론 행사장소 관할서장은 물론 지방청 관련 참모들도 각자 소관 추진사항을 함께 보고했다. 이러한 경찰의 노력으로 당시 핵안보정상회의는 안전하게 성공적으로 개최되었다. 준비과정에서 관할 경찰서와 지방청 관련부서도 많은 고생을 했지만 그 중에서도 특히 지하철 공간의 안전 확보와 치안을 책임진 지하철경찰은 그 어느 부서보다도 고생이 심했다. 당시 서울경찰청장께서도 이런 점을 감안하여 공식석상은 물론 기회 있을 때마다 지하철경찰대의 노고에 대해서 치하와 격려를 아끼지 않았다. 당시 서울청장은 차기 경찰청장으로 영전이 기대 되었으나 출신이나 지역안배 그리고 당시의 정치적인 이유로 아쉽게도 해경청장으로 자리를 옮긴 분이었다. 어쨌든 나는 큰 국제적인 행사를 치루면서 나름대로 최선을 했고 제반 여건이 충족이 되었기 때문에 다른 변수가 없으면 희망하는 곳으로 무난히 발령을 받을 줄 알았던 것이다. 그런데 전혀 희망을 하지 않은 서울방배서장 발령을 받은 것이다. 발령 소식을 전해 듣고 해경청장께서 밤에 바로 위로의 전화를 걸어왔다. 지하철에서 핵안보정상회의 시 그토록 고생을 많이 했는데 희망하는 곳으로 발령을 받지 못해서 많이 서운하겠다면서 위로의 인사를 전하는 것이었다. 그 분은 서울경찰청장으로 계실 때 핵안보정상회의를 준비하면서 지하철 경찰의 노고를 익히 알고 있었기 때문이었다.

당시의 인사권자인 경찰청장은 10여년 전 경찰청 보안국에서 계장으로 근무 시 자리를 양보하고 한 동안 함께 근무한 사람이었다. 비록 사적 인연이지만 인사권자로서 과거의 인간적인 정리를 생각해서 어느 정도 내 입장을 배려해 줄 것으로 알았다. 아니 그런 사적 인연이 아니더라도 핵안보정상회의 시에 밤낮으로 고생한 점을 감안해서라도 희망하는 곳으로 발령을 내 줄 것으로 믿었던 것이다. 그럼에도 희망하는 곳으로 가지 못하고 뜻밖의 방배경찰서장으로 발령을 받은 것이다. 나보다 몇 년 후배 되는 사람들은 모두 강남을 비롯해서 사람들이 선호하는 경찰서로 발령을 받기도 했다. 사실 서울 방배경찰서는 치안이 안정돼 있어서 직원들은 비교적 선호하는 경찰서 중의 하나지만 지휘관인 경찰서장급들은 그렇지 않았다. 서장들은 경찰서 규모가 크고 치안수요가 많은 곳에서 근무하는 것이 승진이나 다음 보직발령에 유리하기 때문이다. 미루어 짐작컨대 외부청탁이나 그 어떤 보이지 않는 힘에 의해서 다른 사람에게 밀리지 않았나 하는 생각도 들었다. 통상 경찰인사는 외부의 입김이 많이 작용하기 때문이다. 누구나 조직생활 중에 원하는 보직을 맡는 경우는 그리 많지 않다고들 한다. 나 또한 그런 경우가 한두 번이 아니기 때문에 이런 저런 마음을 접고 어쨌든 주어진 소임 완수에 최선을 다하겠다고 다짐했다. 그것이 조직인 으로서의 도리이기 때문이다.

원하지 않는 곳이라도 누군가는 그 부서에서 같은 일을 해야 한다. 새옹지마란 말이 있듯이 조직생활 30여년을 하고 퇴직을 하고 생각을 해보면 좋은 것도 없고 나쁜 것도 없다는 말이 일리가 있다는 것을 깨닫게 되었다. 아는 사람들 중에는 마치 경찰서장이 직업인 것처럼 연속서장을 하는 사람도 있었고 또 참모생활도 정보과장이나 외청의 어디 대장만을 골라서 하는 사람들이 있다. 그러나 호사다마라 할까? 그렇게 양지만 찾아다닌 사람들이라 할지라도 거기서 좋지 않은 일을 겪는 것을 종종 보았다. 또 경찰업무라는 것이 거의 대동소이하기 때문에 선호하는 자리와 그렇지 못한 자리의 편차가 그렇게 심하지 않다. 따라서 공직자는 어떤 보직을 맡느냐 보다도 얼마나 성심을 다해서 어떻게 일하느냐가 가치가 있고 중요한 것이다. 이런 마음을 가지고 가급적 빨리 현실에 적응하면서 경찰서장으로서의 본분을 다하겠다고 다짐했다.

그런데 서울 방배경찰서장 발령을 받아서 근무를 해보니까 서울이지만 지역 치안이 비교적 안정돼 있고 강남의 부유층이 거주하는 곳이라서 주민들 의식수준도 높고 그만큼 경찰에도 아주 우호적이었다. 서울답지 않게 인심도 좋았다. 마찬가지로 경찰서 직원들도 온순하고 분위기(서풍)도 비교적 좋은 편이었다. 나는 집에서 출근거리도 가깝고 경찰서 분위기도 좋아 오히려 방배경찰서 발령을 받기를 잘 했다는 생각이 들었다. 첫 발령을 받고부터 모든 감정을 떨쳐버리고 경찰서장으로서 부여된 직분에 충실해야 하겠다고 생각했다. 그러던 중에 부임 3주째 되는 어느 날 경찰서 참모 중의 한 사람인 청문감사관이 상기된 얼굴을 하고 내 사무실로 급히 들어왔다. 그가 온 용건은 다름이 아니라 우리 경찰서 소관사항과 관련해서 지방청 감사실에 한 통의 투서가 접수되었다는 보고였다. 발령을 받고 부임한지 불과 2주가 지났을 뿐인데 업무관련 투서라니 순간 깜짝 놀라며 보고내용을 들어본 바 투서내용은 다름이 아니라 '경찰서장이 사무실을 개조해서 악기 연주용 연주실을 만들고 있다'라는 내용이었다.

참 기가 막혔다. 경찰서장으로서 그렇게 분별없이 경찰서 공용 사무실을 개조해 개인용 악기 연주실을 만들 수가 있을까 해서이다. 투서내용이 도저히 이해가 되지 않았고 솔직히 불쾌하기 이를 데 없었다. 부임 초에 청사를 순시하면서 경찰서 4층에 위치해 있는 경찰서 소속 방범순찰대 부대 내에 노래방 기기가 한 대 있음에도 설치공간이 없어 보관만 하고 전혀 활용을 하지 못하고 있는 것을 보았다. 이 노래방 기기는 부대원들의 복지향상을 위해서 모 단체로부터 합법적으로 기증을 받은 것이었다. 그럼에도 설치장소가 마땅치 않아서 창고에 그냥 묵혀 두고 있었던 것이다. 처음 순시를 돌면서 이런 내용을 보고 받고 의경들 복지향상을 위해서 노래방 겸 음악실을 만들면 어떻겠냐고 방범순찰대장과 경리계장과 의논을 한 적이 있었다. 지휘관으로서 당연히 대원들의 복지를 위해서 할 수 있는 조치였다. 그럼에도 이것을 전혀 다른 뜻으로 왜곡해서 지방청 감사실로 투서를 한 것이다. 그것도 부임한지 채 1개월도 되지 않아서이다. 당시 부임하자마자 경찰서간 직원들 전출입 명단이 하달되어서 부득이 몇 사람에 대한 인사를 단행했었다. 누구든 인사를 앞두고는 인사권자이든 인사 대상자이든 부담이 되고 신경을 쓸 수밖에 없는 입장이 된다. 인사가 만사라고 하듯이 조직의 단합과 갈등과 같은 모든 문제가 인사에서 비롯되기 때문이다. 그만큼 인사는 조직생활에서 그 무엇보다 중요한 일이다. 나 또한 많은 신경을 쓰면서 최대한 개인의 희망을 반영해서 합리적으로 인사를 하고자 노력했다. 그러나 인사라는 것이 모든 사람을 100% 만족을 시킬 수는 없는 것이다. 당시에도 인사 대상자는 비록 소수였다고는 하지만 부득이 한 두 사람에 대해서는 희망사항을 들어 주지 못했던 것이다. 뜻하지 않은 투서를 접하고 나니 이 부임초의 인사와 관련이 있다는 감이 들었다. 즉 인사 관련 불만이 있는 직원이 앙심을 품고 그런 짓을 한 것 같았다.

치안도 안정되어 있고 직원들도 온순해서 직장 분위기가 좋기로 소문난 경찰서에서 이런 좋지 않은 일이 발생했으니 경찰서장으로서는 여간 난감한 일이 아니었다. 부임 후 한 달이 채 안됐는데 사실을 이렇게 왜곡해서 투서를 할 수 있는가 해서 한편으로는 어이가 없을 뿐더러 기분도 많이 언짢았다. 솔직히 내심 당황도 됐다. 그러면서도 나 자신을 돌이켜 보았다. 비록 부임 후 얼마 되지는 않았지만 그동안 처신에 오해의 소지가 없었는지 해서 말이다. 사실 나는 그동안 어디를 가더라도 항상 몸가짐이나 처신에 늘 신경을 써왔다. 많은 사람의 주목을 받는 입장에서 공사 간에 도덕적으로 흠이 되지 않도록 스스로에게 엄격해지려고 부단히 노력해 왔다고 믿었다. 그런데도 이런 불미스런 일이 발생했으니 그 충격은 이루 말할 수 없었던 것이다. 그러나 한편으로는 이런 일을 계기로 해서 나 자신을 한 번 더 뒤돌아보고 직원들의 성향이나 의식구조도 파악하는 계기가 되기도 했다.

사람이 인생을 살면서 또 조직생활을 하면서 완전무결할 수는 없다. 사람인지라 때로는 실수나 잘못을 할 수도 있다. 그렇게 더러 잘못을 하더라도 하지 말아야 할 금도가 있다. 그것은 바로 타인을 근거 없이 비방하고 음해하는 일이다. 특히 직장에서 상사나 동료를 비방하고 음해하는 진정이나 투서를 하는 행위는 해서는 안 된다. 인간의 존엄과 인권을 말살하는 비열한 행위이기 때문이다. 어느 경우든 설령 잘못이 있다든가 모순이 있다면 정정당당히 이름을 밝히고 이를 바로잡고 시정하려고 하는 것은 적극 권장해야 할 일이다. 그러나 비열하게 뒤에 숨어 사실을 왜곡해서 남을 음해하고 모함하는 진정 투서는 절대 있어서는 안 된다고 믿었다. 또 그것을 용납해서도 안 된다. 왜냐하면 그것이 끼치는 해악이 너무 크기 때문이다. 나는 어려서부터 오랜 기간 공직생활을 하신 부친으로부터 생전에 이 말씀을 귀에 못이 박히도록 들으며 자랐다. 생전에 부친께서는 늘 말씀하기를 '공직에 있는 사람이 하지 말아야 할 것이 몇 가지가 있는데 그 중에 가장 해서는 아니 될 것이 무고나 진정투서 행위다' 라고 늘 말씀하셨다. 어릴 때부터 이런 교육을 받으며 자란 나는 정말로 진정이나 투서행위를 정말 나쁘게 보았다. 진정 투서의 사실 여부를 떠나 그 자체만으로도 일종의 혐오감을 가질 정도였다. 흔히 부패나 비리 척결이라는 명분으로 내부자 고발을 이용하고 심지어는 권장하고 있으나 나는 이 자체도 그다지 좋아하지 않았다. 왜냐하면 긍정적인 측면보다는 부정적인 면이 너무 크기 때문이다. 진정 투서가 있으면 조직 내 화합은 물론 인간적 정리를 해치고 상호간에 서로를 믿지 못하는 불신풍조를 낳는다. 즉 인간미가 떨어질 대로 떨어진다. 그것은 결국 조직 내 활력을 떨어뜨려 본연의 업무수행에 커다란 지장을 초래하기도 한다.

불미스런 투서가 있은 후 경찰서 분위기는 많이 뒤숭숭했다. 그러나 노래방기기 설치는 전혀 문제가 없기 때문에 대원들 복지 향상을 위해서 그대로 설치해 이를 사용하도록 했다. 최초의 투서가 있은 후에 한 동안 잠잠했다. 그런데 투서행위가 잊혀 질만한 시기에 문제가 또 불거졌다. 불만요인이 계속 내재돼 있었던 것이다. 그 후 몇 개월이 지나 정기 인사철을 앞두고 또 다시 서장실로 익명의 편지 한통이 배달 된 것이다. 편지내용은 자신을 마치 제3자인 것처럼 묘사하고 지난 번 투서 내용을 기술하면서 서로 간 갈등과 반목이 심한 경찰서 내의 어느 특정과를 지칭해서 그 과 어느 누가 투서를 했을 것이라는 것을 암시하는 내용이었다. 그러면서 그 과를 그냥 두어서는 안 되고 이번 인사에서 합당한 조치를 해야 한다는 내용이었다. 나는 이 익명의 편지를 받고 참으로 기분이 언짢았다. 아무리 불만이 있고 또 자신의 주장이 옳다고 해도 뒤에 숨어서 꼭 이렇게 해야 되는가 생각했다. 또 생각했던 것 이상으로 직원들끼리의 파벌과 갈등이 심각함을 알 수 있었다. 그리고 왜 이런 일이 발생했는지 지난 일들을 곰곰이 생각했다. 그러다보니 나름대로 감이 잡히는 것이 있었다. 경찰서 내 출신 간의 다툼과정에서 서장에게 은연 중 접근하여 서장의 지휘권을 자신들에게 유리하게 이용하려 하였으나 서장이 중심을 잡고 전혀 한편에 치우치지 않게 하니까 이런 형식으로 투서를 하는 것으로 판단했다. 이 문제를 어떻게 처리할 것이냐에 대하여 많은 생각을 했다. 그렇다고 이것을 누구한테 얘기할 수도 없었다. 지휘관으로 참 고독하고 외로움을 느꼈다. 그냥 무시하고 덮어두는 것이 좋은지 아니면 사실관계를 밝혀 그에 따른 상응한 조치를 해야 하는지 판단이 쉽지 않았다. 후자와 같이 했을 경우 사실이 밝혀진다는 보장도 없을 뿐 아니라 엄청난 후유증이 남을 수도 있을 것 같았다. 그러나 많은 고심을 한 끝에 나는 결심을 굳혔다. 어려울 때일수록 원칙대로 해야 한다는 선배들의 경험담을 새기면서 나는 이 사건을 정공법으로 처리하기로 방침을 정했다.

일주일 쯤 되던 날 아침 나는 경찰서 계·팀장급 이상 전원을 경찰서 회의실에 불러 들여 긴급회의를 소집했다. 회의에 앞서 갑자기 회의를 개최하게 된 배경을 설명하고 이어서 얼마 전 경찰서에 좋지 않은 투서가 있었다는 사실을 언급하며 회의를 시작했다. 약 1주일 전에 직접 서장실로 익명의 투서가 전달되었음을 알리고 이 투서를 어떻게 처리해야 되는지 나름대로 많은 생각을 했지만 결국 이렇게 투서내용을 여러분 앞에 밝혀서 정공법으로 해결할 수밖에 없다는 방침을 밝혔다. 그리고 바로 청문감사관으로 하여금 익명의 투서를 보이며 겉봉투부터 전체 내용을 낭독하도록 지시했다. 청문감사관이 투서를 낭독하자 참석한 과장, 계·팀장들은 순간 놀라며 정말 어이가 없다는 반응이었다. 참석자들이 놀라는 이유는 익명의 투서 행위를 이렇게 공표하는 것 자체가 뜻밖의 일이라는 반응이었고 투서내용 공개로 인한 후유증을 걱정하는 눈치였다. 투서내용이 다 밝혀지자 직원들은 나름대로 판단을 하는 듯 했다. 대부분 경찰서의 어느 특정과 내부에서 직원들 간 반목과 갈등이 있음을 알고 있었기 때문에 그 과의 직원들 중 한 사람이 투서를 했을 것이라는 감을 잡는 분위기였다.

어쨌든 회의까지 소집해서 투서내용을 밝혔지만 그렇다고 익명으로 된 투서를 누가 했는지를 밝히는 것은 쉽지 않은 일이었다. 내부 감찰이나 정식 수사절차를 거쳐야 하는데 그럴 경우에도 사실이 밝혀진다는 보장도 없고 자칫 잘못하면 직원들 간 반목과 갈등을 증폭시킬 수도 있는 사안이었다. 정말 뜨거운 감자가 된 것이다. 다만 이렇게 투서내용을 공개한 것은 직원들 간의 반목과 갈등에 대한 경종을 울리고 문제 해결의 공감대를 이끌어 내는데 목적이 있었다. 그리고 그 공감대 위에서 해결의 실마리를 찾고자 했던 것이다. 해결의 실마리는 다름 아닌 쇄신인사였다. 쇄신인사라 함은 그동안 경찰서 내에 널리 퍼져 있던 출신별 파벌이나 불만 등 갈등요인을 잠재우고 조직 분위기를 일신하여 열심히 일하는 경찰서를 만들기 위한 방안이었다. 문제는 쇄신인사의 기준을 어떻게 만드느냐가 관건이었다. 나는 인사 담당자와 함께 여러 가지 방안을 놓고 심도 있는 검토를 거쳐 나름대로 혁신적이라 할 수 있는 인사기준 안을 만들었다. 기준안 골자는 근무기간의 상한선을 두어서 한 부서에서 일정기간 이상 근무한 사람은 전원 교체하고 교체된 인원은 원칙적으로 일선 지구대나 파출소에 배치한다는 것이었다. 아울러 반목과 갈등으로 분란을 야기한 부서는 공동책임을 물어 필수 인원만 남기고 전원 교체키로 했다. 그리고 무기창 등 특수부서는 사안별로 건강이 안 좋은 사람이나 정년임박 등을 고려 배치키로 했다. 이런 마당에 마침 지방청에서도 같은 취지의 인사지침이 하달되었다. 즉 조직 운영상 갈등을 야기하고 화합과 단결에 문제가 있는 직원은 교체하라는 지침이었다. 이렇게 경찰서 사정과 지방청 인사방침을 참고해서 최종 인사기준안을 확정지었다. 확정된 인사기준안은 일정기간 공고기간을 거쳐 그 기준에 따라 원칙대로 시행되었다.

예년에 없던 혁신적인 인사가 전격 단행되자 직원들은 대부분 놀라워하는 반응이었다. 대부분 공감을 하는 입장이었으나 불이익을 당했다고 생각하는 사람은 실망감과 함께 심한 섭섭함을 토로하기도 했다. 이런 마당에 투서 행위자로 의심을 받고 있는 직원은 오히려 잘못한 것이 없다고 항변하면서 억울함까지 호소하는 것이었다. 이제 자신이 설자리가 없게 된 만큼 경찰생활을 그만 두겠다고 하는 등 심한 불만도 토해내기도 했다. 투서 당사자로 의심을 받고 있지만 그에 아랑곳 하지 않고 자기의 억울함만 토로했다. 나는 참 안타까웠다. 평소 동료들로부터 받고 있는 평가라든가 투서행위자로 지목되고 있는 본인의 처지를 전혀 모르고 있기 때문이었다. 당시에는 열심히 일하는 분위기를 조성한다는 취지로 특진제도를 확대하여 시행하고 있었다. 매분기마다 할 수 있도록 심사기회를 넓히고 특진추천도 소속 기관장이 할 수도 있고 기관장의 추천을 받지 못할 경우에는 스스로 공적조서를 작성해서 자기 자신을 추천하는 '자기추천'이란 제도를 이용할 수도 있었다. 그 사람은 승진을 하고자 매분기마다 추천을 올리는데 지휘관 추천을 받지 못하면 반드시 '자기추천'으로도 특진을 올리는 사람이었다. 그때마다 특진심사에서 누락이 되면 지방청 주무과장이나 부장, 그리고 차장실까지 찾아가 '왜 내가 특진에서 떨어졌느냐'고 항변하다시피 떨어진 이유가 무엇이냐고 하면서 문제를 제기하곤 했던 사람이다.

그런데 본인은 그렇게 생각하지 않은 듯했다. 본인 스스로는 일을 열심히 한다고 생각을 하고 승진에 대한 욕심이 많았다. 그러기 때문에 문책성 인사조치가 있으면 심한 반발이 있을 것이라는 것이 예견이 되었다. 이런 마당에 일선 지구대로 문책성 인사 조치를 당하게 되니까 억울하다고 하면서 크게 항변을 하는 것이다. 사실 그 사람은 그동안 이 외에도 여러 가지로 문제를 야기했었다. 경찰서 분위기와 조직의 안정을 고려해서 기회를 주고 기다렸던 것으로 보이나 진작 조치를 했어야 했다. 이런 마당에 투서라는 불미스런 일이 발생한 것이다. 때문에 더 이상은 인내 할 수는 없다고 판단하여 부득이 문책성 인사 조치를 한 것이다. 지방청은 물론 타 경찰서의 같은 기능에 근무하는 사람들은 그 사람에 대한 소문이 이미 널리 퍼져서 있어서 이런 내막을 거의 알고 있었다. 뜨거운 감자 같은 사람을 과연 어떻게 조치하는가 하고 관심 있게 지켜보고 있었던 것이다. 이런 터에 우리 경찰서 인사안이 내부망에 게재되자 많은 전화가 걸려오고 조회건수가 큰 폭으로 늘어나는 등 큰 관심을 불러 오기도 했다.

2) 초등학교 괴한 흉기 난동 사건

2012년 9월 말이었다. 그 날은 마침 경찰서 보안협력위원회 월례회의가 있는 날이었다. 약 한 시간에 걸쳐 참석한 외부 위원들과 주요 안건에 대한 토의를 마치고 오찬을 하기 위해서 경찰서 인근식당으로 자리를 옮겼다. 그런데 협력위원들과 함께 막 오찬을 시작하려는 순간 휴대전화 벨이 울렸다. 반포지구를 관할하는 파출소장으로부터 걸려온 전화였다. 다급한 목소리였다. 조금 전에 한 괴한이 관내의 한 초등학교에 침입해서 난동을 부리고 수업 중인 학생에게 흉기를 마구 휘둘러 다수의 학생들이 다쳤다는 것이었다. 난데없이 괴한이 학교 교실에 침입해서 수업중인 학생들에게 흉기를 휘둘러 학생들이 다쳤다니 웬 날벼락인가? 그동안 수많은 사건사고를 경험했지만 이런 일은 처음이었다. 무엇보다도 어린 학생이 다쳤다니 정말 큰일이란 생각이 들었다. 궁금해서 사건의 구체적인 사항을 추가로 물었으나 파출소장 역시 우선 개략적인 사항만을 알고 있었다. 나는 식사를 중단하고 즉시 사고 현장으로 달려갔다. 현장에 도착해보니 수업중인 교실은 그야말로 아수라장 그 자체였다. 책상과 걸상이 여기저기 나뒹굴고 있었고 바닥에는 학생들이 흘린 피가 낭자해 있었다. 이미 여러 명의 학생이 병원으로 긴급 후송되었고 나머지 학생들은 교실 여기저기서 서있는 채로 잔뜩 긴장을 하고 떨기만 할 뿐이었다.

담임선생님도 반사적으로 난동을 제지하다 범인이 휘두른 흉기에 다쳐서 병원으로 후송되었다는 것이었다. 다른 반 선생님들을 비롯한 교직원들 또한 갑자기 당한 일이라 우왕좌왕하고 어찌 할 바를 모르고 있었다. 학생과 교사 모두 망연자실 그 자체였던 것이다. 이런 상황에서는 우선 심적 안정을 되찾는 것이 중요했다. 때문에 경찰서장을 비롯한 다수의 경찰관들이 바로 여러분 곁에 와 있다는 것을 알리고 겁에 질려서 떨고 있는 학생들을 일일이 손을 잡고 위안을 시켜주었다. 현장에 즉시 출동한 파출소 직원들과 형사팀원들도 여기저기를 왔다 갔다 하며 현장 상황정리에 부산하게 움직였다. 그때 갑자기 바깥에서 큰 소리가 들리는 것이었다. 출동한 경찰관이 학교 선생님과 함께 젊은 청년 한 사람을 끌고 왔다. 학교 후문을 통해 도망가는 청년을 뒤 쫒아가 격투를 벌여 붙들어 왔다는 것이었다. 다행히 범인을 잡아온 것이다. 범인은 고등학교 학생 또래의 젊은이였다. 나는 바로 학교 휴게실로 이동을 시켜 범인을 상대로 몇 가지 질문을 해 보았다. 간단한 인적사항과 학교 교실까지 침입해서 난동을 부린 이유를 물었다. 그러나 의외로 그 범인은 몸을 떨기만 할 뿐 전혀 대답을 하지 않는 것이었다. 어떠한 질문을 해도 말을 하지 않았다. 나는 직감적으로 범인이 정신 상태에 문제가 있다고 판단했다. 출동한 강력계 형사들에게 일단 경찰서로 범인을 데리고 가 심적 안정을 취한 다음 필요한 조사를 하도록 지시했다.

무엇보다도 학생들의 부상정도가 어느 정도인지가 초미의 관심사였다. 부상정도가 어느 정도인지를 파악하려 하였으나 피해상황 파악이 여의치 않았다. 아직까지 병원에서도 응급 진료 중이었고 현장도 어수선하여 피해정도가 쉽게 파악이 되지 않았던 것이다. 다만 옆 반 선생님들의 설명에 의하면 범인이 휘두른 흉기로 다수의 학생이 팔과 머리에 부상을 입고 병원으로 후송되었다는 개괄적인 내용만 전해들을 수 있었다. 그러나 시간이 좀 지나자 사건의 윤곽은 점점 잡히기 시작했다. 사건은 4교시 수업이 진행 중인 11시 50분 경 1층 4학년 교실에 복면을 한 범인이 갑자기 침입해서 모의 권총으로 위협을 가하면서 미리 가지고 온 야전삽을 수업중인 학생들에게 무차별 휘둘렀다는 것이다. 서울의 한 복판에 있는 초등학교 교실에 한 괴한이 무단 침입해서 수업중인 어린 학생들에게 야전삽을 휘둘렀다니 정말 기상천외한 사건이었다. 나는 사건현장을 있는 그대로 보존케 하고 어쩔 줄 몰라 하는 학생들과 교직원들을 일단 진정시키고 곧바로 교장실로 이동해서 교장 선생님으로부터 그때까지의 상황에 대하여 설명을 들었다.

이어서 나는 학교 측에 경찰의 조치 사항을 설명하고 범인 주변에 대한 신속하고 철저한 수사를 약속했다. 피해 초등학교는 천주교 재단의 사립학교였다. 때문에 교장선생님도 수녀 선생님이 맡고 있었다. 학생들 대부분이 고위 공직자들을 비롯해서 재벌과 같은 소위 사회지도층 자녀가 다니는 명문 사립초등학교였다. 그런 학교에 이런 끔찍한 사건이 백주의 대낮에 벌어진 것이다. 얼마간의 시간이 지나면서 학생들의 피해상황이 속속 들어왔다. 무엇보다도 초미의 관심사였던 학생 피해상황과 관련해서는 다행히 한 학생이 얼굴 안면 턱 부위가 5센티 정도가 찢어지고 다른 학생이 팔에 골절상을 입었을 뿐 나머지 학생은 큰 부상 정도는 아니라는 것이었다. 나는 안도의 한숨을 내쉬었다. 일부 학생이 다치기는 했지만 다행히 생명에 지장은 없고 나머지 학생들도 큰 부상이 아니라니 얼마나 다행인가? 천만 다행이었다. 나머지 학생들은 부상정도가 그리 심하지는 않았던 것이다. 그러나 어린 학생들이 갑자기 끔찍한 일을 당하였기 때문에 큰 외상은 없다 하더라도 심한 정신적인 충격으로 대부분 정신과 치료를 받아야 했고 일부 학생은 입원까지 해야 했다.

초동 수사결과 범인은 인천에 거주하는 젊은이로서 정신질환 병력이 있는 고교 2학년 중퇴생이었다. 가정불화가 있는 집안에서 성장하면서 아버지로부터 심한 가정폭력을 당하면서 고등학교를 중퇴하고 세 차례나 자살을 기도할 정도로 우울증이 심한 정신질환자였던 것이다. 또한 자신이 처한 현실에 대한 극단적 비관과 함께 막연히 사회에 대한 심한 증오심을 갖고 있었다. 특히 사회지도층이나 부유층에 대한 강한 적개심을 갖고 있었다. 수사결과 범인은 처음에는 민의의 전당인 국회를 공격대상으로 삼았다고 한다. 그 후 공격을 실제로 실행하기 위해서 국회의사당의 위치까지 확인해 두었던 것이다. 만약 국회가 여의치 않을 경우 부유층에 대한 공격을 실행하기 위해서 서울 강남의 부유층 자녀가 다니는 피해 학교를 표적으로 해서 인터넷으로 학교 위치까지 확인했던 것이다. 범행을 구체적으로 실천에 옮기기 위해서 당일 아침 인천에서 전철을 타고 서울로 무작정 상경해 첫 공격대상인 국회에 도착해서 내부 진입을 시도하려 했다. 그러나 국회 경비요원에 의해서 제지를 당하자 바로 전철을 이용해서 피해 학교로 이동을 한 것이다. 범인은 학교에 도착해서 공사 중인 후문 쪽으로 침입한 후 바로 교실로 들어와 수업중인 학생들에게 무차별 린치를 가한 것이다.

당시 피해 학교는 최첨단 보안시스템을 잘 갖추고 있어 경비가 삼엄한 것으로 유명한 학교였다. 그런데 마침 해당학교는 후문 쪽에 건물 신축공사가 진행 중이었다. 때문에 공교롭게 후문이 열려 있었던 것이다. 범인은 이 후문을 통해서 아무런 제지 없이 무단으로 침입했던 것이다. 그리고 무작정 교실로 침입해서 수업 중인 학생들에게 미리 준비한 야전삽을 마구 휘두르며 무차별 공격을 가한 것이다. 정말 끔찍한 사건이었다. 이 사건은 사회에 불만을 가진 정신질환자가 학교에 무단 침입해서 수업중인 학생들을 대상으로 무차별 린치를 가했다는 점에서 여러 가지로 큰 후유증을 낳았다. 정진질환자의 체계적인 관리문제는 물론 각급 학교의 방호나 경비 등 학생들의 안전문제가 큰 이슈로 떠올랐다. 그날 주요 방송사는 저녁메인뉴스 시간대에 사건내용을 주요뉴스로 보도했고 중앙 일간지를 비롯해서 모든 언론매체에서 큰 관심을 갖고 대대적으로 보도했다. 매스컴 보도는 거의 일주일 정도 연속으로 보도되었다. 언론에서는 연일 정신질환자의 관리문제나 학교의 경비나 방어시스템에 대한 문제를 다루었다. 그 후 피해학교는 학생들의 안전을 위해서 방어시스템 등 시설을 대대적으로 보강했다. 교육당국에서도 전국 각급 학교를 대상으로 경비와 안전에 더욱 관심을 갖게 되는 계기가 되기도 했다.

3) 위기의 지뢰밭을 넘다

경찰은 언제 어디서 무슨 돌발적인 일이 벌어질지 모르기 때문에 늘 긴장 속에서 즉응태세를 갖추고 있어야 한다. 특히 일선 집행기관인 경찰서와 지구대, 파출소는 항상 깨어있어야 한다. 경찰이란 조직에서 30년을 넘게 몸담고 있다 보니까 나도 모르게 생활습관이나 성격까지도 경찰관답게 변한 것을 느낄 수 있었다. 늘 긴장 속에서 무엇을 대비해야만 할 것 같고 무슨 일이든지 생기면 좀 더 꼼꼼히 챙기고 철저해지려고 하는 성향으로 바뀌어졌다. 그런 가운데 나는 어느덧 방배경찰서에 부임한 후 부임 초에 있었던 진정 투서 사건과 초등학교 묻지 마 흉기난동사건 등 크고 작은 사건사고는 있었지만 그래도 관내 치안이 비교적 안정된 가운데 경찰서장으로서의 임기를 거의 마쳐가고 있었다. 경찰서장은 통상 1년이 임기이다. 늘 그러했지만 특히 임기가 끝날 즈음 되어서는 다음 어느 보직을 맡을 것이냐가 중요한 관심사가 될 수밖에 없었다. 때문에 당시에도 다음 보직을 고민하는 임기 마지막 단계에 와 있었다. 그렇게 임기가 다 되어 갈 즈음인 2013년 6월 중순 어느 날이었다. 오전 업무가 거의 끝나 갈 때인 11시쯤 한 통의 전화를 받았다. 경찰내부의 경비전화였다. 전화를 받아보니 자신을 상부의 모처에 근무하고 있는 행정관이라고 소속과 이름을 밝히면서 전하고자 하는 내용을 말하는 것이었다. 내용은 다름이 아니라 '잠시 후에 상부의 모처에 근무하는 한 행정관이 서장님을 찾아갈 것이니 어렵더라도 그 행정관의 업무를 적극 협조해 달라'는 내용이었다. 그러나 말이 협조지만 그가 경찰 업무를 관장하는 기관 소속의 행정관이기 때문에 받아들이는 입장에서는 부담을 느끼지 않을 수 없었다. 상부 모처의 부탁이고 또 업무적으로 협조를 구한다기에 별다른 생각 없이 '잘 알겠다' 말하고 전화를 끊었다.

그리고 전화통화 후 약 20여분이 지나자 소개를 받은 상부의 모처에 근무하고 있다는 행정관이라고 하는 사람이 나를 찾아왔다. 명함을 서로 교환하면서 수인사를 한 다음 곧바로 그는 자신이 찾아온 내용을 말하기 시작했다. 그런데 그의 말은 논리적으로 앞뒤가 맞지 않았다. 왜냐하면 자기가 하는 일이 무엇인지 그 내용을 모른다는 것이다. 그러면서 업무관련 해서 협조를 구한다는 것이다. 모른다고 하면서 업무관련 협조를 구한다는 것은 전혀 앞뒤가 맞지 않는 말이었다. 어쨌든 그가 요구하는 내용은 경찰서에서 학교 전담경찰관(스쿨폴리스)으로 근무하고 있는 사람이 있으면 한 사람 소개해 달라는 것이다. 그러면서 학교 전담경찰관은 가급적 여경이었으면 좋겠다고 하는 것이었다. 당시 우리 경찰서에는 학교 전담경찰관으로 몇 명이 근무하고 있었는데 전부 남자 직원이고 마침 여경은 한사람도 없었다. 학교 전담경찰관이라 함은 최근 학교폭력이 커다란 사회적인 문제로 대두되면서 학교를 담당하는 경찰관을 지정하여 담당경찰관이 학교를 주기적으로 방문하여 범죄예방 교육은 물론 가·피해학생 상담과 선도업무를 담당하는 경찰관을 일컫는 말이다. 행정관은 또 다시 자신도 사건의 구체적 내용을 잘 알지 못하며 경찰서장인 나도 자신이 하는 일에 대해서 알 필요가 없다는 점을 다짐하듯이 얘기를 하는 것이다. 그리고 행정관에게 여성 학교 전담경찰관이 없는 경찰서의 사정을 얘기하니까 순간 난감해 하면서 그러면 학교 전담경찰관이 아니라도 관련부서에 근무하는 여경이라도 있으면 한 사람 소개해달라는 것이다.

마침 우리 경찰서에는 학교 전담경찰관은 아니지만 학교폭력 업무를 담당하는 부서에 미혼여경인 이 모 경장이란 사람이 있었다. 나는 이 경장을 급히 서장실로 불렀다. 서장의 갑작스런 호출을 받은 이 경장은 놀라는 표정을 지으며 허겁지겁 서장실로 들어왔다. 이 경장에게 전후 사정을 얘기하면서 바로 옆에 있는 행정관을 소개하고 업무적으로 이 경장의 협조가 필요하다고 하니 잘 협조해 드리도록 당부했다. 이 경장을 소개 받자마자 그 행정관은 지체할 시간이 없다고 하면서 곧바로 이 경장을 데리고 인사도 건네지 않고 휙하고 그냥 나가는 것이었다. 서장실을 나서는 그 행정관의 뒷모습에서 상급기관에서 근무하는 거만함이라 할까하는 모습을 발견할 수 있었다. 그 행정관의 언행으로부터 어떤 예의나 공손함 같은 것을 찾아볼 수 없었기 때문이었다. 행정관이 이 경장을 데리고 나간 직후 내 머릿속에 퍼뜩 스쳐지나 가는 그 무엇이 있었다. 나는 순간적으로 이래서는 안 되겠다는 생각을 했다. 아무리 상부의 모처에서 업무적으로 필요한 일이라 해도 경찰서장이 부하직원에게 일을 시키면서 하는 일이 무엇인지 전혀 내용을 모른다는 것은 있을 수 없는 일이라 생각했기 때문이다. 그래서 방금 나간 행정관에게 명함에 적힌 전화번호를 이용해 전화를 걸었다. 그 사람에게 할 말이 있으니 사무실로 좀 와줄 것을 정중히 요구했다. 전화를 받고 행정관은 바로 나의 사무실로 들어왔다.

행정관에게 완곡하게 나의 입장을 밝혔다. '아무리 일이 중요하고 비밀사항이라 해도 소속직원으로 하여금 일을 시키면서 경찰서장이 내용은 차치하고 그 일의 윤곽 정도도 모르고 일을 시킬 수는 없는 것 아닙니까? 어렵더라도 어떤 일을 하는지 일의 개요 정도는 알아야 하겠습니다'라고 하면서 완고하게 나의 입장을 전했다. 그럼에도 그 사람은 전과 같은 방식으로 자신도 일의 성격이나 내용을 모른다고 하면서 나 또한 내용을 알 필요가 없다는 입장을 되풀이하는 것이었다. 이런 말이 몇 번 오고갔다. 마지막까지 내가 뜻을 굽히지 않자 그 행정관은 갑자기 '바로 이겁니다' 라고 하면서 자신의 스마트폰을 내 얼굴에 들이대는 것이었다. 그 스마트폰의 메모난에는 조그만 메모가 적혀 있었다. 그 메모난에는 다름이 아니라 우리 경찰서 관내에 있는 모 사립초등학교에 재학 중인 한 학생의 이름이 적혀 있는 것이었다. 그러면서 그 행정관은 '이 학생의 사진을 찍어오는 일입니다'라고 하는 것이었다. 나는 순간 깜짝 놀랐다. '불법으로 학생 사진을 찍는다고?' 순간적이지만 그렇게는 할 수 없다고 판단했다. 법을 집행하는 경찰이 위법을 하라니 그건 안 되는 일이었다. 법치국가에서 아무리 권부의 핵심이라고 해도 어떻게 이런 일을 요구할 수 있을까? 아무리 중요한 일이라 하더라도 절차가 적법해야 한다고 생각했다. 나는 조용하면서도 완고하게 그 행정관에게 다시 말했다. '법을 집행하는 경찰이 불법을 할 수는 없습니다'라고 하면서 거부 의사를 명확히 했다. 나의 입장을 확인한 그 행정관은 한참을 말없이 있다가 '그럼 경찰에서 협조가 안 되는 걸로 상부에 보고 하겠습니다'라고 약간은 언짢은 말투로 얘기를 하는 것이었다. 그러면서 '이 일은 없는 것으로 하겠습니다'라고 하고 처음 인사 때 건넨 명함을 도로 달라고 하여 건네받고는 떠난다는 인사도 나누지 않고 휑하니 서장실을 나가는 것이었다.

나는 그 사람 언행 특히 '경찰에서 협조가 안 된다고 상부에 보고하겠습니다'라고 하는 말에 기분이 많이 언짢았다. 귀에 상당히 거슬리는 말투였기 때문이다. 인사나 어떤 신분상의 불이익이라도 줄 것 같은 느낌을 받았다. '아무리 핵심 권부에서 왔다고 하더라도 기본적인 예의는 있어야 하는 것 아닌가? 자기 명함을 도로 빼앗아 가면서 인사도 없이 반 협박성 언사를 하면서 사무실을 나갈 수 있을까?' 하루 종일 그리고 퇴근 후에도 내내 기분이 찜찜했다. 경찰생활을 오래 하다 보니 별 일을 다 겪는구나 하고 스스로 위로를 할 수밖에 없었다. 그런 일이 있고난 뒤 얼마 후에 있었던 정기인사에서 나는 경찰청 항공과장으로 자리를 옮겼다. 항공분야는 나에게는 낯설고 생소했다. 처음 접해보는 업무이기 때문에 업무파악에 적지 않은 애로를 겪었다. 그렇기 때문에 더욱 많은 노력을 기울일 수밖에 없었다. 발령을 받자마자 각 지방청 항공대 점검 등 정말 바쁘게 시간을 보내야만 했다. 그렇게 분주하게 일을 하다 보니 어느덧 2개월여의 시간이 흐르고 있었다. 그러던 중 9월 초순 어느 날 우연히 나는 한 중앙일간지에 보도된 기사를 접하게 되었다. 모 신문 1면 톱난에 'OOO △△총장 혼외자 숨겼다'라는 기사를 접하게 된 것이다. 여느 때처럼 별다른 문제의식 없이 기사내용을 읽어나갔다. 기사를 읽으면서 공직자로의 기본자세 등 여러 가지를 생각했다.

그런데 기사를 읽어가던 중 나는 무릎을 치고 깜짝 놀랐다. OOO △△총장의 혼외자가 다닌 학교가 당시 우리경찰서 관할에 위치한 한 사립초등학교였다는 것이다. 그리고 그 학생이 최근에 외국으로 유학을 갔다는 내용이 기사 중간에 실려 있었다. 그 기사를 읽으면서 순간 머릿속을 빠르게 스쳐지나가는 그 무엇이 있었다. 무심코 읽어 가던 중에 몇 개월 전에 있었던 그 일이 퍼뜩 생각이 났던 것이다. 모처에서 근무하는 행정관이라고 하는 사람이 찾아와서 여자 학교전담관으로 하여금 한 학생의 사진을 찍어 줄 것을 요구했던 그 일 말이다. 그 일이 생각나면서 '아~그 학생이었구나!' 결국 OOO △△총장 혼외자가 사립초등학교를 다녔다면 사진을 찍어 달라던 학생은 그 학생이었던 것이다. 당시 OOO △△ 총장 혼외자 사건을 내사하면서 그런 내용을 요구했던 것을 알게 되었다.

사실 일선 경찰서장 입장에서 다른 곳도 아니고 최고 권력기관에서 나온 행정관 요청을 거절한다는 것은 쉽지 않은 일이었다. 특히 경찰을 관리 감독하는 기관 소속의 다른 행정관으로부터 잘 좀 봐달라는 사전 연락이 있었다. 더욱이 나에게 직접 찾아와서 부탁을 한 행정관의 고압적인 언행이나 태도는 대단했다. 그럼에도 나는 요청을 들어주지 않았다. 실제로 내가 협조를 거부하자 그 행정관은 경찰에서 협조가 안 된다고 상부에 보고한다고 하면서 어떤 불이익이나 줄 것 같은 격한 반응을 보이기도 했었다. 그것은 거의 협박수준에 가까웠다. 아무리 최고의 권력기관에서 일을 한다고 해도 최일선에서 일을 하는 경찰서장에게 어떻게 저런 안하무인의 태도를 보이는가? 참 기분이 상당히 언짢았다. 아직도 특권의식을 갖고 일선 공무원이나 국민 위에 군림하는 특권층이 존재하고 있구나! 아무리 최고의 위정자들이 국민을 얘기하고 온갖 좋은 말 좋은 소리 같은 미사여구를 구사해도 실제로 그 저변에 흐르는 그곳의 분위기나 정서는 저러구나 하는 생각이 들었다. 그러면서 우리나라가 선진 법치국가로 가기에는 아직도 먼 여정이 남아 있구나 하는 씁쓸한 생각을 하기도 했다.

여러 정황으로 위기 상황을 순간적으로 잘 극복하고 슬기롭게 대처한 부분에 대해서 내 스스로를 대견스럽다고 느꼈다. 솔직히 당시 7월 초 총경급 정기 인사를 코앞에 두고 경찰을 관장하는 상부기관의 요청을 거부했기 때문에 인사상 불이익을 당하는 것이 아닌가 하는 우려도 했었던 것이다. 당시의 행정관의 언행으로 보아서 충분히 그럴 개연성도 있을 수 있다고 믿었다. 그러나 돌이켜 보면 그 당시 어떻게 그런 결정을 했는지 나 자신에게 고마웠다. 경찰에 몸담고 일하면서 꼼꼼히 확인하고 챙기는 업무 스타일이 그런 결과를 가져오지 않았나 싶다. 만약 그때 그 행정관의 요구를 들어주었으면 어떻게 되었을까? 상상만 해도 정말 끔직한 일이었다.

그 후 얼마간의 시간이 흐른 11월 초순 쯤 OOO △△ 총장의 혼외자라고 지목된 학생의 개인정보가 유출되어 그것이 큰 문제로 부각되었다. 결국 유출경위에 대하여 검찰의 대대적인 수사가 이어져 신상정보를 유출시킨 혐의로 관할 구청 박 모 국장과 정보기관의 김 모 조정관이 개인정보보호법 위반으로 불구속 기소되고 1심 재판에서 실형이 선고되어 법정 구속되었다. 나는 그분들이 당한 일들이 남의 일 같지가 않았다. 사실 나는 같은 지역에서 일을 하면서 관할 구청 국장이나 정보기관 조정관도 업무차 여러 차례 접촉이 있었기 때문에 안면이 있는 사이였다.

그분들 관련 뉴스를 접할 때마다 당시 내가 취했던 행동이 다시 생생히 떠올랐다. 그러면서 참 안타까움과 함께 동병상련의 아픔을 느꼈다. 그리고 사건이 잘 마무리되기를 진심을 담아 기도했다. 그분들도 여러 상황을 신중하게 판단해서 행동했을 텐데 그러한 엄청난 일이 벌어질 줄을 상상이나 했겠는가 말이다. 만약 나 자신도 순간적으로 판단을 잘못해 그 행정관의 요구를 들어주었다면 아마 나한테도 그런 일이 없다고 단정할 수 없었을 것이다. 참 등골이 송연해지기도 했다. 지금 생각하면 그 사건이 나에게는 개인적으로 일생일대의 가장 위중한 사건이었던 것이다. 순간적 판단이지만 그 행정관의 요구를 거부한 것이 얼마나 다행스런 일인지 가슴을 쓸어내렸다. 원칙과 소신 있는 행동으로 갑자기 찾아온 일생일대의 가장 위험한 지뢰밭을 모면한 것이었다. 그 사건은 정말 나에게는 잊을 수 없는 큰 사건이었다.

그러나 나름대로의 느낌이지만 그 사건이 그 후 항공과 근무 시

부하직원의 금품 수수사건 관련 감독책임을 논하는 과정에 있어서 하나의 인과관계로 작용했을 수도 있었던 것이다. 상급기관의 요청에 무리한 면이 있다고 하더라도 일선 경찰서장이 자기 입장과 원칙만을 고집해서 그 요청을 거절한 것에 대해서 그리 달갑지 않게 생각한 사람도 분명히 있었을 것이다. 합법적이지는 않지만 국정 수행에 필요한 상급기간의 협조사항을 일선 경찰서장이 법과 원칙만을 고집해서 협조요구를 감히 거부했다고 판단하지 않았을까 하는 생각이 들기 때문이다. 솔직히 괘씸죄 같은 것도 있었을 것이다. 그때 당시 상부기관에서 경찰을 관장하는 부서에서 비서관으로 근무했던 사람이 나중에 경찰의 인사권과 징계권을 전권으로 행사하는 경찰총수가 되어 공교롭게도 항공과 뇌물사건을 총지휘했으니 이러한 나의 추측이 크게 어긋나지는 않았을 것이라는 생각이 든다.

6.
고향이자 행정중심 세종

2014년 하반기 인사에서 나는 세종경찰서장으로 발령을 받았다. 사실 연초에 있었던 상반기 인사에서 공주경찰서장을 가려고 했었으나 뜻을 이루지 못하고 6개월 후 인근 세종서장 발령을 받은 것이다. 내가 태어난 세종시 장군면 용암리는 행정중심복합도시인 세종시가 들어서기 전에는 행정구역상 공주시 의당면 용암리였다. 세종시가 탄생하면서 행정구역이 세종시로 편입된 곳이다. 우리 고향인 장군면 용암리는 공주와 조치원의 중간 지점에 위치하고 있다. 각각 30리 떨어진 중간 지점이다. 때문에 당시 행정구역은 달랐지만 우리 고장에서 공주 쪽과 조치원 쪽 공히 왕래가 빈번했다. 그 중에서도 자녀들 학교 진학은 교육도시인 공주 쪽을 많이 택했고 5일장 등 경제교류는 연기 즉 조치원 쪽을 많이 이용했다. 비록 행정구역은 달랐지만 인적왕래나 경제적 교류는 사실 조치원 쪽이 더 많았다고도 할 수 있다. 전통 5일장 등 인적 경제적 교류가 잦다보니 자연스럽게 지역 주민들 대부분이 조치원 즉 과거 연기군 서면(세종시 연서면) 쪽에 일가친척이 많았다. 그것은 우리 집도 예외가 아니었다. 할머니, 어머니 친정이 모두 연기 쪽이고 물론 고모님들도 모두 연기 쪽으로 시집을 가셨다. 그리고 외갓집이 그쪽이다 보니 이모님들은 말할 것도 없었다. 어렸을 때 외갓집이나 고모님 이모님 댁을 다니면서 사촌 형 동생들과 함께 겨울철에는 눈싸움도 하고 여름철에는 개천에서 물놀이를 하면서 놀던 때가 기억에 생생히 남아있다. 조치원과 연기군은 나한테 그런 곳이었다.

이런 곳에 행정중심복합도시가 들어선 것이다. 국토 균형발전이라는 명분으로 행정수도 이전이 추진되고 행정수도 이전 위헌판결 등 여러 가지 우여곡절을 겪으면서 행정중심복합도시인 세종시가 들어서게 되었던 것이다. 세종시 관할 구역이 확장되면서 옛 연기군과 접경을 이루고 있었던 우리 고장은 세종시의 외곽지역으로 편입되었다. 그래서 우리 고향은 세종시 장군면 용암리라는 다소 생소한 이름으로 세종시 일부가 되었던 것이다. 때문에 나는 세종도 고향이고 공주도 고향인 셈이 된 것이다. 결과적으로 세종경찰서장 발령을 받았으니 고향 경찰서장으로 발령받은 것이나 마찬가지가 되었다. 경찰생활을 하면서 그래도 한번은 고향에서 일을 하고자 했던 조그만 소망을 이룬 것이다. 사실 직장생활을 하면서 고향을 자주 방문하지 못했다. 추석이나 설 명절을 쇠러 갈 때나 아니면 특별한 일이 있어 부모님을 뵈러 갈 때를 제외하고는 거의 고향을 찾지 못했던 것이다. 잘해야 일 년에 한두 번 정도 고향을 찾았던 것이다. 특히 직장생활은 한 번도 고향에서 근무를 하지 못했다. 따라서 한번이라도 고향에서 근무하는 것이 그나마 작은 소망이었는데 이번에 그 소망을 이룬 셈이 된 것이다.

그런데 지역 치안책임자로서 발령을 받아 오랜만에 고향에 와서 근무를 해 보니 옛날 한적한 시골의 고향이 이미 아니었다. 말 그대로 상전벽해를 넘어 천지개벽 그 자체였다. 행정중심복합도시의 탄생으로 행정기관이 대대적으로 이전되고 도시화가 이루어지면서 옛날 지형지물은 흔적도 없이 사라졌기 때문이다. 도로망 확충으로 수도권이 한 시간대로 좁혀지고 그 옛날 어렸을 때 멀게만 느껴졌던 마을들도 도로가 새로 뚫리고 확포장 되면서 바로 눈앞에 있는 동네처럼 거리개념 조차 없어졌다. 지명도 옛날 지명이 아니었다. 세종시란 이름에서도 나타났듯이 '세종대왕의 뜻을 기린다'는 의미로 새로 생긴 지명도 거의 한글 이름으로 지어졌다. 솔직히 나는 고향 사람으로서 동네 이름이 한글로만 붙여진 것이 그렇게 좋게 보여 지지는 않았다. 아무리 한글 전용이라 하더라도 그 지역의 오랜 전통이라든가 역사성을 표현하자면 한자 표기가 불가피한 경우도 있기 때문이다. 한글 전용을 고수하다보니 족보 없는 가문처럼 역사 없는 도시가 된 듯싶기도 싶었다. 어떤 기준과 명분을 가지고 지명을 새로 짓고 부르고 하는지 잘 이해가 가질 않았다. 또한 기존의 지명도 고유명사라고 할 수 없는 이름으로 바꾸어 부르고 있었다.

한 예로 우리 고향 면은 새로 장군면이란 이름으로 부르고 있다. 기존 장기면에 장군봉이란 산이 있었고 관내에 김종서 장군 묘가 있다고 해서 그렇게 부르게 되었다는 것이다. 솔직히 '장군'이란 단어는 보통명사로서 고유명사가 될 수 없을 뿐 아니라 왠지 억양이나 발음에 있어서도 어색하다는 느낌을 지울 수가 없었다. 고향사람으로서 고향이 장군면이란 이름으로 불리는 것이 썩 그리 내키는 것이 아니었다. 지역주민의 여론을 수렴하고 또한 지역의 역사성이라든가 특성을 감안하여 좀 더 고민을 했더라면 하는 아쉬움이 있었다. 그 외에도 여러 곳에서 이런 경우를 발견할 수 있었다. 그래서 역시 고향에 애착심을 갖고 있는 고향사람이 옛 고향의 정서를 대변하고 이를 행정에 반영할 필요가 있음을 절실히 느꼈다. 세종시가 행정중심 복합도시라는 정책적인 특수성을 가지고 탄생한 도시라 해도 그 지역을 기반으로 조상대대로 생활해왔던 원주민들의 정서나 이익을 어느 정도 반영할 필요가 있다고 생각했다. 그리고 주민들도 낯선 사람들이 많았다. 외지에서 대량의 인구가 유입되어 고향은 이제 옛날 시골 정서가 아니었다. 또한 시장과 국회의원을 비롯한 관공서의 기관장들도 대부분 객지서 온 외지 사람이 많아 어색함을 더했다. 통상적으로 시장이나 군수, 국회의원 등은 그 지방 출신들이 대부분이지만 세종시는 지역 특성상 그렇지 않았다. 나는 고향사람으로서 솔직히 그 분들이 앞에서 언급한 것처럼 과연 이곳의 역사적 배경이라든가 지역 정서를 얼마나 이해하고 주민을 위한 행정을 펼칠까 하는 일말의 의구심이 들기도 했던 것이 사실이다. 세종시가 아무리 그 특수성이 있다고 하더라도 이러한 현상이 그리 좋게만 보여 지지 않았다. 그리고 솔직한 심정으로 고향사람으로서 일말의 자존심도 상했다.

1) 고향 경찰서장으로서의 노력

몇 십 년의 세월이 흘러 강산이 바뀌고 사람이 바뀌었지만 후덕한 인심은 고향의 정취를 느끼기에 충분했다. 발령 당시에도 고향 주민들은 곳곳에 축하 현수막을 걸고 나의 발령을 축하해주고 환영해 주었다. 전혀 뜻밖이었다. 오랜 객지생활로 고향을 위해서 크게 기여한 것도 없는데도 지역주민들이 이렇게 큰 환대를 해줄 줄은 몰랐기 때문이었다. 그것은 나에 대한 환영의 뜻도 있었지만 지역에 신망을 받으신 부친과 형님의 영향이 컸던 것이 아닌가 하는 생각이 들었다. 앞에서 언급한 것처럼 부친은 고향에서 민선면장을 하셨고 큰형님께서도 경찰에 들어와 공주경찰서장과 세종경찰서의 전신인 조치원경찰서장을 역임하신 바 있기 때문이다. 형님도 경찰관 같지 않다는 말을 들을 정도로 주민들이나 직원들로부터 신망을 받았던 분으로 전형적인 선비스타일이었다. 이런 환대 속에 경찰서장으로서 고향 분들을 위해서 봉사하고 일한다는 것은 나에게는 그 무엇과도 비견 될 수 없는 영광이었고 보람이었다. 커다란 행복감도 느꼈다. 자연스럽게 다른데서 느낄 수 없었던 진정성이 스스로 우러났던 것이다. 나는 이 진정성 속에서 더욱 겸손하고 낮은 자세로 직원들에게는 물론 지역 주민한테도 모든 정성을 다해야겠다고 다짐했다. 경찰이라는 특성상 일정한 한계가 있을 수밖에 없지 않지만 말이다. 의무감으로 형식적으로 하는 것과 마음으로부터 우러나오는 진정성을 담은 행동은 상대방에게 느낌으로 바로 전달되기 때문이다.

경찰서 민원인 중에는 사건 당사자로서 억울해서 온 사람도 있고 경찰의 힘이 필요해서 오는 사람도 있다. 법을 집행하고 사회정의를 위해서 일하는 경찰서에는 처지가 어려운 민원인이나 사회적 약자가 찾아오는 경우가 흔히 있다. 의지할 데 없고 어디 호소할 데 없는 사회적 약자가 찾는 곳이 바로 경찰이기 때문이다. 경찰은 이름 그대로 민중의 지팡이이다. 때문에 마음에서 우러나오는 진정성을 가지고 어렵고 힘든 사람을 위해서 일해야 한다. 마찬가지 나 자신도 비록 미력이나마 경찰에 주어진 본분을 이해하고 소임을 다하려고 노력했다. 지금까지의 인생 항로에서 겪었던 많은 우여곡절과 희로애락을 밑바탕으로 나름대로의 진정성이 우러났기 때문이다. 또 그것을 타산지석으로 삼아 경찰생활에 적용을 하려 했던 것이다. 사실 간접경험은 스스로 겪은 경험과는 본질적으로 차이가 있다. 많은 우여곡절을 겪으며 어렵고 힘든 상황을 온몸으로 경험한 사람과 유복한 가정환경에서 그다지 큰 실패나 어려움 없이 생활한 사람의 사고방식과 행동은 같을 수가 없기 때문이다. 돈 많은 재벌이나 고관대작 가문출신 사람들은 아무리 노력을 한다고 해도 일반 서민의 애환이나 아픔을 자기의 것으로 이해하고 따르는 데는 한계가 있을 수밖에 없다. 직접 몸으로 체험하지 않고 간접적으로 보고 들은 것은 진정한 경험이 아니기 때문이다. 이것은 비록 권문세가의 출신은 아니라 하더라도 머리가 좋아서 일찍 출세가도를 달린 사람에게도 적용되는 것이 아닌가 싶다. 소위 '소년 급제'라는 신조어가 생겨난 것처럼 20대 초반의 나이에 고시에 합격하여 '영감' 소리를 들으며 권위주의와 엘리트 의식이 몸에 밴 사람이 과연 못 배우고 가난한 서민들의 애환을 얼마나 이해하고 공감하겠는가 하는 것이다. 인생을 살 만큼 살았고 공직자로서 어느 정도의 경험이 있는 입장에서 이해할 수 없는 것이 있다. 그것은 바로 국가의 인재 등용방식이다. 물론 머리가 좋고 영리한 사람이 판단력이나 추진력이 뛰어날 수는 있다. 그렇다고 복잡하게 이해관계가 얽혀 있어 수많은 상황을 고려해야 하는 국가정책을 추진함에 있어는 꼭 머리가 좋은 사람이 업무를 잘한다고 할 수는 없다. 머리가 좋다고 어렵고 힘든 사람들의 아픔을 이해하고 그것을 정책에 반영할 수 있는 넓은 안목과 식견을 가졌다고는 볼 수 없기 때문이다. 나는 역대 정부에서 엘리트 특히 법률가 위주로 인재를 등용하는 것을 보고 이런 마음을 갖게 되었다. 물론 머리가 좋아서 일찍 고시라는 관문을 통과했을지는 몰라도 그렇다고 복합다기할 데 이를 데 없는 국사를 논함에 있어 넓은 안목과 식견을 가지고 포용력을 발휘할 수 있을까하는 의문이 들었기 때문이다. 비록 초야에 묻혀 있을지라도 동서양 고전은 물론 철학과 학문을 두루 겸비하고 인생항로에서 많은 어려움과 시련을 몸소 체험한 인재를 발굴하여 삼고초려라도 해서 등용했으면 어떠할까 하는 개인적인 생각을 많이 했다.

건국과 6·25라는 민족적 참화를 겪은 50년대와 60년대는 정말 어려운 시절이었다. 잘사는 사람과 못사는 사람 차이가 어느 정도 있었지만 대부분 국민들은 어렵게 살던 시기였다. 이러한 현상은 물론 우리 고향도 마찬가지였다. 고향주민들 대부분이 어렵고 고단한 삶을 살았다. 나도 그런 환경에서 유년시절을 보냈다. 그런 고향에 엄청난 변화가 찾아온 것이다. 바로 행정중심복합도시가 들어선 것이다. 몇 십 년이 지난 지금에는 행정중심복합도시가 들어서면서 마을 앞까지 도로망이 갖추어지고 낯선 사람들이 오고 가고 땅값이 뛰고 하는 등 어딘지 모르게 분주하게 돌아가는 상황이 된 것이다. 그렇더라도 나는 그 시대를 살았던 고향주민의 한 사람으로서 옛날 고향 풍경이 생생히 그려졌다. 어느덧 중년을 넘어 초로의 노년에 접어들었지만 어렸을 때 형 동생하며 지냈던 고향사람들과 정답게 옛이야기도 할 수 있었다. 비록 공무를 수행하는 입장이었지만 주민의 한사람이 된 것이다. 때문에 과거 어렸을 때 추억을 되살려 주민들과 정서적으로 쉽게 동화할 수 있었다. 짧은 기간이었지만 고향에서 일하는 동안은 정말 보람이 있고 행복했던 시간이었던 것이다. 나한테 고향은 그런 것이었다.

그러나 한편으로는 한 지역의 치안을 담당하는 책임자로서 공정한 법집행을 통해서 공권력의 위상을 확고히 하고 질서를 확립한다는 것은 그 무엇보다도 중요하다고 생각했다. 비록 고향이지만 이것은 경찰의 존재 이유이자 가장 기본적인 임무이기 때문이다. 그 중에서도 악성 민원인이나 공무를 방해하는 공무집행 사범에게는 법의 잣대를 엄정하게 적용해 법치를 실천하려 했다. 어디든지 그렇지만 세종관내에도 악성 민원인이 더러 있었다. 흔히 있을 수 있는 직원들의 사소한 말실수를 확대하거나 정당한 공무수행상의 절차를 본인 입장에서 아전인수식으로 해석하여 상습적으로 진정이나 투서를 하는 악성 민원인도 종종 있었다. 전화를 받는 태도라든가 사소한 말꼬리를 트집 잡아 담당직원을 상대로 진정을 하고 괴롭히는 악성 민원인도 있었다. 고향이지만 나는 이들에게는 엄정하게 실정법을 적용하여 조치하였다. 왜냐하면 법치국가에서 법의 잣대는 똑같이 적용되어야 하고 공권력의 권위는 어디서든지 인정을 받아야 한다고 생각했기 때문이었다. 나는 평소에도 고향이라고 해서 음주단속도 하지 않고 선심성 법집행을 한다는 말을 아주 싫어했다. 다른 곳에서 근무할 때와 똑 같이 음주단속을 했다. 그런데 특이한 것은 음주단속을 해도 고향 분들 그 누구도 나의 입장을 곤란하게 하지 않았던 것이다. 사실 고향에서 근무하면 규제와 단속업무가 많은 경찰업무의 특성상 고향주민들의 부탁이나 곤란한 민원이 있을 것을 우려했던 것이 사실이었다. 그러나 이런 우려는 기우였다. 고향 경찰서장으로 근무하는 동안 단 한 번도 무리한 청탁이나 민원을 받아 본적이 없기 때문이다. 고향 주민들은 오히려 고향사람이 치안책임자이기 때문에 더욱 솔선수범해서 단속에 협조하고 경찰의 업무를 도우려하는 입장을 보여주었다. 내가 스스로 놀랄 정도였다. 이 점에 나는 정말로 고향 분들에게 고마움을 느꼈다. 고향주민들의 협조에 다시금 감사하고 더 나아가서는 우리 국민들의 준법의식과 시민정신을 고향에서 느끼는 계기가 되기도 했던 것이다.

세종 정부청사 주변에는 해당 부처를 상대로 전국 각지에서 버스를 이용해 집결한 시위대의 민원성 집회가 끊이지 않는다. 주말을 제외한 평일에는 거의 매일 같이 크고 작은 집회가 이루어진다. 치안을 책임진 경찰 입장에서는 그 무엇보다도 변수 없이 집회관리를 하는 것이 아주 중요하다. 비록 고향이지만 치안책임자로서 집회관리도 법과 원칙에 따라 엄정히 대응하고자 했다. 공권력을 확립하고 법치를 구현하기 위해서는 엄정한 집회관리가 우선시되기 때문이다. 불법폭력 집회 시에는 최대한 준법을 유도하고 상황이 여의치 않은 경우 현장에서 바로 연행해서 조치하였고 그것이 어려울 때는 증거 수집을 통해서 사후에라도 반드시 관련법에 따라 처벌하였다. 또한 현장에서도 소음기준이나 폴리스라인을 철저히 준수토록 해서 평화적 집회시위 문화 정착에 노력하였다. 어쨌든 이런 노력으로 세종 관내에서는 1년 동안 농민시위 몇 건을 제외하고는 불법폭력 집회는 거의 발생하지 않았다.

한편으로 경찰서란 조직의 관리자로서 직원 입장에서 직원들의 애로나 의견을 듣고 가능하면 최대한 이를 들어주려고 하였고 열심히 일할 수 있도록 근무환경을 개선하려고 하였다. 다행히 세종경찰서는 청사가 신축된 지 얼마 되지 않은 건물이기 때문에 처음에는 비교적 깨끗하고 공간도 여유가 있었다. 하지만 세종시 출범과 함께 인원이 갑자기 증가하면서 식당이나 사무실이 비좁아 직원들이 근무하는데 적잖은 애로가 있었다. 고향에서 의욕적으로 일을 한다고 하지만 소기의 성과를 올리려면 무엇보다도 중요한 것이 직원들이 그 뜻을 공감하면서 이해하고 성의를 가지고 동참을 해 주어야 한다. 때문에 직원들과도 격의 없는 소통의 장을 마련해서 직원들의 애로점이나 의견을 듣고자 노력했다. 주기적으로 직원들과 허심탄회하게 식사를 겸한 간담회를 갖고 때에 따라서는 땀을 흘리며 등산이나 족구 등 운동을 하면서 직원들과 호흡을 같이 했다. 동시에 직원들 사기를 높이고 일하는 데 불편이 없도록 근무환경을 개선하고 식당이나 운동시설을 보완 확충하는 등 후생복지에도 많은 노력을 기울였다.

직원들과 함께 호흡을 하고 현장에서 근무상의 애로나 기타 어려운 점을 하나라도 더 알기 위해서 함께 잠복근무도 하고 순찰도 돌고 신고출동도 나가고 했다. 경찰은 계급사회의 특성상 본질적으로 위계질서나 계층제의 원리가 많이 작동하지만 그래도 가급적 권위의식이나 계급의식보다는 다 같은 동료로서 직원들을 대하려 했고 스스로 낮은 자세로 직원들과 함께 공감하면서 일하려고 했다. 그리고 대외적으로는 치안 책임자로서 경찰서 입장과 경찰활동에 대한 홍보를 위해서 관내 주요 행사는 불가피한 경우를 제외하고는 거의 참석하려고 노력했다. 통상적으로 관내 주요 행사시에 경찰서장은 소개정도만 하고 축사나 다른 발언은 하지 않는다. 그러나 나는 그렇게 하지 않았다. 왜냐하면 치안이라는 막중한 업무를 담당하는 경찰의 위상을 고려해 볼 때 그렇게 해서는 안 된다고 믿었기 때문이다. 더 나아가서 경찰활동 상황을 홍보할 수 있는 더 없이 좋은 기회라고 생각했다. 따라서 나는 관내 기관행사 시에는 시장이나 의회의장, 교육감 등과 동등하게 보조를 맞추어서 거의 축사나 발언을 해서 경찰의 입장을 대변하고자 했다. 후술하는 바와 같이 세종시는 광역자치단체이기 때문에 기초 치안책임자인 경찰서장이 그 광역자치단체장들과 격을 맞추어서 활동을 한다는 것에 적지 않은 어려움도 있었던 것이 사실이었다. 그리고 한편으로 고향이기 때문에 다른 뜻으로 오해의 소지가 없도록 아주 신중하게 처신도 했다. 아무리 경찰입장을 대변하고 홍보하기 위해서라 하더라도 적극적인 대외활동이 자칫 정치적인 행동으로 오해할 수도 있기 때문이다. 다행히 다른 기관장이나 주민들도 이를 본래의 뜻 그대로 받아들여서 오히려 기관 간 협조도 그 어느 때보다도 잘되었고 분위기도 좋았다. 그분들에게 진심으로 감사를 드린다. 어쨌든 고향 세종서장 1년은 경찰 생활 중 가장 보람 있는 시기였다.

2) 전 세종시 경계 135Km를 걸어 완주하다

경찰 대선배 한 분이 언젠가 나에게 해 주신 말 가운데 가슴에 와 닿는 구절이 하나 있다. 공직자는 어디를 가든지 그 곳이 바로 고향이고 삶 자체라는 진정성을 가지고 일해야 한다는 말이었다. 그렇게 해야 맡은 바 직분을 다할 수 있고 주민을 진심을 다해서 섬길 수 있기 때문이었다. 나는 이 말에 진심으로 공감했다. 재직 중 전국을 무대로 여러 지역을 다니면서 근무를 했지만 그때마다 잠시 왔다 가는 것이 아니라 바로 여기가 내가 태어난 고향이라고 생각했다. 그 지역과 주민을 위해서 마음으로부터 우러나오는 진정성을 가지고 일하려고 노력했다. 여기가 정말 내 고향이고 삶을 다할 때까지 그곳에서 산다는 마음을 가지고 주민 한 사람 한 사람을 대하고 주어진 소임을 다하려고 했다. 희망하던 고향에서 근무를 하게 되었으니 그런 뜻이 더 간절했던 것이다. 풀 한 포기 나무 한 그루가 더 정답게 느껴졌고 어렸을 때의 정답던 추억이 아련히 떠오를 때가 많았다. 그래서 관내의 지형지물에 관심이 많았고 어디든 다 가보고 싶었다. 또한 언제 무슨 일이 발생할지 모르는 경찰업무의 특성상 사안별 사건사고에 효과적으로 대처하기 위해서는 관내 지형지물은 물론 지리감이나 경계를 구석구석 세밀한 부분까지 숙지한다는 것은 더없이 중요하고 또 의미가 있다고 생각했다. 그래서 부임 초부터 결심한 것이 비록 쉽지는 않겠지만 근무하는 동안 나의 고향이고 관할 구역인 우리경찰서 경계를 걸어서 끝까지 완주하겠다는 뜻을 가지게 되었다.

그래서 관내 지도와 나침판을 구해서 경계지점 등을 하나하나 분석하고 검토하여 '세종시계 종주계획'을 수립하였다. 통상 군계나 시계는 산이나 하천을 경계로 하는 경우가 많다. 그러나 세종시는 정부청사 이전으로 과거의 연기군 경계보다 크게 확장되고 그 과정에서 주민들의 첨예한 이해관계를 고려하여 인위적으로 경계를 조정하다 보니 경계선이 산이나 하천으로 뚜렷이 구분되지 않은 곳이 많았다. 들판이나 마을을 인위적으로 나누어 경계를 나누기도 하였다. 그렇기 때문에 시의 경계를 정확히 구분해서 찾아간다는 것은 결코 쉽지 않았다. 종주하는 동안 특별한 일이 없는 한 매주 토요일을 정해서 또 무리하지 않기 위해서 전 구역을 일정한 간격을 두고 단계별로 순차적으로 실시하도록 계획을 수립하였다. 우리와 같이 종주 산행하는 사람들을 위해서 '세종경찰서 세종시계 종주'라는 리본을 나뭇가지에 부착했다. 또 종주 기간 중 관내에서 언제 어디서 무슨 일이 발생할지 모르기 때문에 늘 비상연락망을 유지하는 것도 잊지 않았다. 평생을 경찰에 몸 담아온 사람 특유의 감각적 조치였다. 그리고 종주 중 안전사고가 없도록 그때그때 상황에 따라서 장비를 갖추는 등 안전에도 많은 신경을 썼다.

시계확보를 위해서 낙엽이 떨어질 시기인 12월초에 첫 스타트를 끊었다. 왜냐하면 하절기는 수풀로 인하여 시계확보가 어려울 뿐 아니라 뱀이나 해충 등으로 안전에 지장이 있기 때문이었다. 직원들에게 부담을 주지 않기 위해서 필수 의경대원 몇 명과 함께 시작을 했다. 남이 하지 않고 가지 않은 길을 간다는 것은 결코 쉽지 않았다. 가시덤불과 앞을 분간할 수 없는 숲속에서 길을 잃고 헤맨 경우도 많았다. 낙엽이 떨어진 겨울철을 이용하여 시작했기 때문에 해가 짧아서 시간조정에 애를 먹었고 또 한겨울에는 강추위와 눈보라 속에서 추위와 배고픔을 겪는 등 어려움도 많았다. 그리고 야생 짐승들도 많이 맞닥뜨렸다. 산토끼 고라니는 물론 노루 멧돼지도 떼를 지어 다니는 것을 목격하고 맞닥뜨린 경우도 여러 번 있었다. 이러한 어려움을 이겨내며 몇 주 동안 종주 산행을 할 무렵 직원들도 몇 명이 같이 하겠다고 따라나섰다. 아마 경찰서장이 매주 산행을 하니까 궁금하기도 하고 또한 미안한 마음도 들었던 것 같기도 했다. 한편으로는 경찰서 구성원으로서 평소 자신들도 경찰서의 관할지역에 관심이 있었고 호기심도 있던 차에 같이 참여하게 된 것이다. 그때부터 자연스럽게 시계 종주단이 구성된 셈이 되었다. 인원은 나를 포함해서 총 6명이었다. 한 번 결성된 시계종주단은 거의 한 사람도 빠지지 않고 끈끈한 동지애를 발휘해서 끝까지 행동을 함께했다. 이때부터 종주단은 매주 토요일 간단한 음료와 도시락을 준비하고 경찰서에 나와서 간단한 티타임을 마치고 구간별로 나누어 종주를 이어 나갔다. 종주단은 각자 지도 분석, 거리측정, 사진촬영, 그리고 리본 부착 등 임무가 자연스럽게 부여 되었다. 산행을 하면서 마주친 주민들과도 허심탄회한 대화를 나누거나 잠시 함께 막걸리도 마시면서 주민들의 경찰의 치안정책에 대한 의견과 바람 등 여과 없는 여론을 들을 수 있었다. 또한 도로망이나 지리감은 물론 지형지물 등 치안활동에 도움이 되는 관내 사정을 보다 정확히 파악할 수 있었다. 이중 경계표시나 교통표지 판이 잘못된 부분을 발견하여 지자체와 협조 이를 시정토록 하였으며 특히 심한 악취와 분진을 배출하는 채석장이나 유해환경 사업장에게는 책임자를 불러 개선하도록 조치하기도 했다. 우리 지역에 고찰을 포함한 문화유적이 이렇게 많이 산재해 있는 것도 처음 알았고 도로망이나 경계구역 중 취약지점이 어느 곳인가도 자연스럽게 알게 되었다.

관내 지형지물을 답사하고 경계를 확인한 것은 업무에도 많은 도움이 되었다. 2015년 2월 25일 주요 언론에 연일 톱뉴스로 취급될 정도로 당시 사회적 큰 충격파를 안겨준 엽총살인 사건이 관내인 세종시 장군면에서 발생했다. 관내 장군면에서 치정과 재산문제로 갈등을 겪어오다 엽총을 이용해서 동거녀의 가족 등 3명을 살해한 끔찍한 사건이 발생한 것이다. 당시 사냥용 엽총으로 주민 3명을 살해한 사건임에도 관할 경찰서에서 별 다른 문제없이 사건을 처리 할 수 있었던 것도 사실 사전에 지형지물을 파악한 시계종주가 큰 도움이 되었던 것이다. 직접 걸어서 종주를 했기 때문에 구석구석까지 거리감이나 지형지물을 훤히 숙지할 수 있었기 때문이었다. 그 덕분에 당시 혼잡한 상황에서도 범행 장소나 범인의 예상 도주로 그리고 차량발견 지점을 신속히 파악하고 곧바로 추적할 수 있었다. 어쨌든 이렇게 약 5개월 동안 매주 일정 목표구간을 세워서 산과 들판을 한발 한발씩 답사한 결과 마침내 세종시 경계구간 135Km를 걸어서 완주하는 대기록을 세웠다. 나는 전임지에서도 등산을 많이 했지만 전 경계구간을 이어서 종주를 하지는 못했다. 아마 세종시계를 종주한 것은 특히 고향이라는 애향심이 있어서 가능했지 않나 싶다. 고향에서 근무를 하면서 자기 고장의 경계구역을 걸어서 종주한다는 것은 참으로 의미가 있고 경찰 생활 중 가장 보람 있는 일 중의 하나였다. 종주단원들도 같은 마음이었다.

그러다 보니 종주단원들끼리 자연스럽게 친목 모임이 결성되었다. 땀을 흘리며 많은 어려움을 극복하고 시계종주를 해냈다는 자긍심이 있었고 그 과정에서 단원들끼리 끈끈한 동지애를 느꼈기 때문이었다. 지금도 종주단원들은 서로 안부를 묻고 가끔씩 만나기도 한다. 단원들은 긴 기간 동안 많은 어려움과 난관을 무릅쓰고 시계를 종주한 것을 늘 자랑으로 삼고 있다.

3) 기본을 지키려는 노력과 좌절

세종시는 정부 청사 이전으로 갑자기 외지인들이 대거 유입되고 탄생 과정부터 많은 우여곡절을 겪은 도시이다. 때문에 새로 이주한 이주민들과 기존 원주민들과의 정서적 이질감이 내재돼 있고 개발 단계에 있기 때문에 인접지역인 공주나 천안 등과 같은 전통적인 도시모습이 아니었다. 한마디로 도시와 농촌 그리고 원주민과 이주민이 공존하는 복합적인 특성이 있었다. 때문에 각종 선거에서의 정치적 성향도 이미 기존의 연기군 정서를 벗어나 있었다. 한마디로 원주민들의 애향심보다는 세종시 탄생과정에 누가 더 많이 기여했는가가 중요했다. 그러다보니 국회의원과 시장 등 선출직 공무원들도 지역 출신보다는 타 지역 출신이 배출되는 경우가 많았다. 국회의원과 시장은 물론 교육감도 지역출신이 아니고 시의원들도 지역출신이 아닌 사람이 다수 있었다. 당시 세종시 국회의원은 야당대표와 국무총리를 역임한 정치인 출신이었다. 나는 국회의원과의 관계에서 각 기관간의 역할이나 의전, 예우 등에 있어 결례가 없도록 나름대로 많은 신경을 썼다. 어찌되었든 국회의원은 일국의 국무총리를 역임한 사람이니만큼 그에 걸맞는 예우를 해야 한다고 생각했다. 국회의원이 과거 국무총리로 재직할 때는 나 자신도 그 밑에서 근무를 하는 입장이었기 때문에 이런 과거의 관계를 전혀 무시 할 수도 없었다. 그러면서도 지역사회이기 때문에 기관장으로서 맡은 바 역할에 충실하려고도 했다.

그러던 중 2014년 10월 초 어느 날 아침이었다. 일일회의를 마치고 일상 업무를 챙기고 있는데 갑자기 부속실 여직원이 들어왔다. 여직원은 방금 지역 국회의원 사무실에서 전화를 받았다고 하면서 나를 의원사무실로 시간을 정해서 그 시간까지 들어오라는 내용을 전달하는 것이었다. 나는 그 보고를 받는 순간 기분이 많이 언짢았다. 왜냐하면 국정을 논하는 중앙 정치무대에서는 다르겠지만 지역사회에서는 국회의원과 경찰서장은 지역을 위해서 각자 맡은 일을 하는 기관장일 뿐인데 국회의원이 부하직원 호출하듯이 시간까지 못 박아서 일방적으로 자신의 사무실로 들어오라고 하는 것은 있을 수 없는 일이기 때문이었다. 순간적으로 법집행기관으로서의 경찰의 입장이 과연 어떠한 것인가를 생각했다. 그리고 치안책임자로서 경찰서장이 어떻게 처신을 해야 하는지를 곰곰이 생각했다. 그런데 더욱 심각한 것은 내용이었다. 수사책임자인 경찰서장으로 하여금 경찰에서 수사하고 있는 사건의 수사내용을 보고하라는 것이었다. 사건이라 함은 불과 몇 개월 전에 있었던 지방선거관련 사건이었다. 법치국가에서 수사를 지휘하는 수사 책임자가 수사 대상기관에 불려가서 수사진행 사항을 보고한다는 것은 있을 수 없는 일이었다. 법치국가에서 법치를 구현하고 이를 집행하는 대표적 기관이 바로 경찰이다. 법을 집행함에 있어서는 지위의 높고 낮음이 고려 대상이 될 수 없다. 수사를 받고 있는 상대방이 국회의원이고 또 전관이 국무총리급이라 해도 일단 수사를 받는 입장이기 때문에 수사 책임자가 그 의원실에 들어가서 수사사항을 보고한다는 것은 전혀 있을 수 없는 일이다.

당시는 불과 얼마 전에 지방선거가 있었기 때문에 우리 경찰서에서는 관할 선거관리위원회에 의해서 고발된 선거법 위반사건을 수사하고 있었다. 그 사건은 다름이 아니라 지난 지방선거 시 있었던 국회의원 소속 정당의 시의원 후보 경선에서 당원명부가 조작되었다는 것이다. 그 당원명부 조작으로 인해서 경선에서 패했다고 주장하는 사람이 지역 선거관리위원회에 당원명부 조작사건의 진실을 밝혀달라고 진정을 했던 것이다. 사건은 다시 지역 선거관리위원회에서 검찰에 고발되고 검찰은 사건을 다시 경찰에 이첩한 것이다. 경찰서에서는 검찰로부터 이첩 받은 사건을 수사하면서 수사 필요에 따라 경선과정에 관여한 사람들을 참고인으로 불러 관련 진술을 들었던 것이다. 그리고 당원명부 조작여부가 핵심 쟁점이기 때문에 당원명부를 열람하게 하도록 협조를 구했고 가능하면 복사를 해줄 것도 요구했다. 그런데 경찰에 소환된 참고인 중에는 국회의원 사무실 소속 여비서도 포함되었던 것이다. 비록 국회의원실 소속의 비서이지만 수사팀에서는 수사상 필요하다고 판단이 되어 참고인으로 불러 조사를 했다. 이 과정에서 나는 사실 국회이원의 여비서를 소환조사한 것을 알지 못했다. 물론 보고를 받지 못했기 때문이다. 유감스럽게도 직원들의 실수가 있었던 것이다. 사건이 불거지고 사실을 알고 난 뒤 나는 담당직원과 계장, 과장을 불러 보고를 하지 않은 점에 대해서 잘못을 지적하고 주의를 주었지만 그것은 전적으로 내부 문제였다. 경찰서장에게 보고를 하지 않았다 하더라도 수사 절차상에 어떤 하자나 문제는 전혀 없었다. 비록 사건이 불거진 후의 보고였지만 보고 과정에서 나는 수사팀으로 하여금 법과 원칙에 따라 흔들림 없이 공정한 수사를 하도록 특별히 지시하였다.

만약에 여비서를 소환 조사한 사실을 보고를 받고 사전에 알았다면 어쨌든 지역사회이기 때문에 사전에 예의를 갖추어서 국회의원에게 양해를 구하고 수사협조를 정중히 요청했을 것이다. 같은 지역사회에서 각 기관 간 기본적인 예우나 절차에 실수나 허점이 있어서는 안 되기 때문이었다. 국회의원실에서 문제를 삼고 있는 것은 여비서 소환한 것에 대한 것이었다. 즉 경찰에서 의원실 여비서를 소환한 것은 마치 국회의원 본인이 어떤 의혹이나 있는 것처럼 비춰질 수도 있고 소환방법이나 절차에 있어서도 문제가 있었다는 것이다. 특히 당원도 아닌 여비서를 소환 조사한 것은 업무방해행위가 될 수도 있다는 것이다. 그러면서 비밀로 취급하고 있는 당원명부를 어떻게 열람·복사까지 요구를 할 수 있느냐 하는 것이다. 결국 여비서를 소환한 것은 지금까지 그 누구보다도 바르고 정직하게 정치를 해온 국회의원 본인이 어떤 의혹이나 있는 것처럼 오해를 불러 올 수 있다는 것이다. 경찰서장에게 이런 점을 따지겠다는 것이다. 그러나 수사를 하고 있는 경찰에서는 수사상 필요에 의해서 여비서를 단지 참고인으로 소환 조사를 했을 뿐 소환과정에서 실정법을 어겼다거나 기타 절차상의 문제가 있었던 것은 전혀 아니었다. 더욱이 수사상 필요로 참고인으로 소환한 것이 업무방해가 되지도 않는다.

그럼에도 국회의원은 앞에서 적시한 것처럼 여직원 소환이 부당하다고 하면서 이를 따지기 위해서 수사 책임자인 경찰서장을 자신의 사무실로 부른 것이다. 그것도 시간까지 특정을 해서 사무실로 들어와 수사사항을 보고하라는 것이다. 이런 요구를 받고 나는 전관을 고려해서 예의를 갖추는 것과 법적절차를 지키는 것은 전혀 별개의 문제라고 판단했다. 그래서 나는 의원실에 가지 않았다. 또한 갈 수도 없었다. 오히려 바로 사건담당 수사팀을 포함한 수사과 전 직원을 회의실에 긴급 소집했다. 그리고 나의 입장을 밝혔다. 법치국가에서는 누구든 평등하기 때문에 예외가 있을 수 없다는 점을 강조하면서 이번 선거법 위반사건 수사지침을 하달했다. 우선 사건의 행정적 절차와 관련하여 선거법 관련사건은 중요보고 사건임에도 서장에게 보고를 결략한 점에 대하여 지적과 함께 주의를 상기시키고 향후 지켜야할 수사방향을 제시했다. 수사방향은 철저하게 기본과 원칙에 입각해서 실체적 진실을 밝히도록 엄정수사를 강조하고 수사 중 그 어떤 외압에도 흔들리지 말도록 각별히 주문했다. 나는 그 어떤 수사관련 지시도 하지 않을 것이며 외압이나 외풍이 있더라도 그것은 경찰서장이 막아 줄 것이니 수사팀은 더욱 소신을 갖고 엄정수사를 하도록 당부하였다.

그 후 오후 5시쯤 국회의원한테 휴대폰으로 전화가 걸려왔다. 나는 결례가 되지 않도록 정중히 전화를 받았다. 국회의원은 앞에서 언급한 것처럼 전화로 여비서 소환과 관련해서 하나하나 문제점을 제기하는 것이었다. 지금까지 본인이 오랜 기간 정치를 하면서도 정말 바르고 깨끗하게 해왔기 때문에 한 점 부끄럼이 없다고 전제하고 그럼에도 이번에 그 어떤 통보도 없이 소속 여비서를 전격 소환 조사하는 것은 납득할 수 없다는 논리였다. 그러면서 본인의 여비서를 소환 조사하는 것은 본인이 어떤 문제가 있는 것으로 오해할 수도 있지 않느냐 하는 것이었다. 물론 의원 입장에서는 그렇게 생각할 수도 있을 것이다. 그러나 경찰입장에서는 사전 양해를 구하지 못한 점은 있으나 수사상 꼭 필요하다고 해서 조사를 한 것이고 그 과정에서 절차를 어겼다든가 위법을 저지른 것은 전혀 아니다. 또한 소환이 업무를 방해한 것은 더욱 아니다. 나는 의원의 주장에 대해 이런 점을 들어 이해를 구하고 유감을 표명하였다. 그럼에도 의원은 전혀 납득을 하지 않고 점점 격정적으로 본인의 주장을 되풀이하는 것이었다. 그럴수록 나는 최대한 예의를 지켜서 얘기를 했다.

같은 취지의 내용을 반복해서 전화는 약 50분 정도까지 오래 이어졌다. 통화는 점점 격하게 이어져 갔다. 그러면서 나에 대해서 과거 어디서 근무를 했고 주요 근무경력은 무엇인가 등 이력을 따지며 심지어 어느 출신인지를 묻기까지 하는 것이었다. 심지어는 이번 사건과 관련하여 경찰서장으로서 처분에 대하여 자신이 있고 떳떳하냐고 하면서 나를 감찰에 회부해서 조사를 받도록 하겠다는 것이었다. 이런 발언을 듣고 나는 참 기분이 매우 언짢았다. 그동안 경찰생활을 하면서 여러 곳에서 경찰서장도 해보고 참모생활도 해보았지만 같은 지역에서 국회의원이 경찰서장을 감찰에 회부하겠다는 말은 처음 들었다. 오로지 수사상 필요에 의한 적법한 직무행위를 오히려 감찰에 회부하겠다니 정말 어이가 없었다. 나는 그 어떤 부끄러움이나 잘못이 없기 때문에 마음대로 하시라 하면서 내 입장을 거듭 밝혔다. 그런 말이 오고가던 중 당시 경찰청장도 과거 본인과 함께 근무했던 사람이었다고 하면서 경찰청장과의 전화를 연결하라고 직원에게 지시를 하는 것이었다. 바로 경찰청장과 전화가 연결되었다.

경찰청장과 통화 중에도 종전의 주장을 되풀이 하면서 소속 여비서 소환조사의 문제점을 얘기를 했다. 통화 중에 나와의 전화는 일방적으로 끊어졌다. 국회의원과의 전화가 끊긴 후 약 20여분이 지난 뒤에 마침내 경찰청장으로부터 전화가 걸려왔다. 나는 직속상관인 경찰청장 전화를 예의를 갖추어서 받았다. 그러나 경찰청장의 지시내용은 전혀 뜻밖이었다. 경찰청장은 국회의원과의 과거 관계를 얘기하며 중앙에서 일을 하려면 국회의원의 협조가 절대적으로 필요하고 조직운영에도 큰 영향력을 행사할 수 있으니만큼 어렵더라도 국회의원에게 수사사항을 설명해 주라는 것이었다. 그러면서 경찰청장은 국회의원에게 설명한 결과를 자신에게 보고하라고 하면서 본인의 전화번호까지 직접 알려주는 것이었다. 처음 전화를 받을 때에는 일선에서 고생하는 경찰서 수사팀을 격려하면서 국회의원을 잘 설득했으니 수사팀은 더욱 분발해서 법과 원칙에 입각해서 엄정한 수사를 독려하는 줄 알았다. 나는 순진하게도 그것을 기대했었던 것이다. 그런데 경찰청장은 오히려 국회의원실에 가서 수사사항을 설명해주라고 지시를 하는 것이었다. 순간 어안이 벙벙했다.

오후 내내 시간 가는 줄도 모르게 이런 논쟁을 벌이고 온갖 신경을 쓰다 보니 어느덧 퇴근 무렵이 되었다. 마침 그날은 관내 한 사찰에서 큰 행사가 있는 날이었다. 장군면에 있는 사찰인 영평사에서는 매년 가을철에 맞추어 구절초 축제를 개최하는데 마침 당일은 본 행사 개막식 날이었다. 이 행사에는 시장과 의장 그리고 교육감 등 관내의 모든 기관장이 참석하기로 되어 있었다. 경찰서장도 당연히 참석을 해야 함에도 이런 뜻하지 않은 일로 참석을 할 수 없었던 것이다. 일과가 끝난 후 바로 관사로 퇴근을 했다. 그리고 밤을 하얗게 지새우면서 고민을 하였다. 나는 국회의원의 요구도 있을 수 없는 일이었지만 더욱 경찰청장의 지시는 이해 할 수 없었다. 조직의 총수라면 이 같은 상황에서 수사팀을 격려하면서 어렵더라도 원칙에 입각해 최선을 다하라고 하는 것이 도리라고 생각했다. 그럼에도 서장이 국회의원실에 들어가서 수사사항을 설명(보고)하라는 지시를 하니 이런 지시를 따라야 하는가 해서 밤새 고민을 했던 것이다.

경찰생활도 얼마 남지 않았는데 내 스스로 바르다고 생각하는 길을 갈까? 아니면 적당히 타협하고 현실을 수용할까? 참 외로웠다. 조직에 몸담으면서 나름대로 옳다고 생각하는 대로 뜻을 관철시킨다는 것이 참 힘들구나 하는 것을 알았다. 경우에 따라서는 현실을 적당히 받아들이고 타협도 해야 되는데 원칙에만 매달려 융통성이 없었는지 내 스스로를 뒤돌아보기도 했다. 지금까지의 경찰생활이 그런 성격 때문에 더욱 힘들고 어렵지 않았나 하는 생각도 들었다. 다음날 아침 일찍 무거운 마음으로 출근을 해서 수사과장과 정보과장을 불러 밤새 고민한 내용을 언급하면서 과장들의 의견을 들었다. 과장들 의견은 예상한바 그대로였다. 경찰이란 조직에서 수장인 경찰청장의 지시를 따르지 않을 수는 없다는 것이었다. 어렵더라도 의원실에 실무자와 함께 다녀오는 것이 좋겠다는 의견이었다. 착잡한 마음을 숨기고 내키지 않은 발걸음을 할 수밖에 없었다. 조직 구성원으로서 현실을 인정할 수밖에 없었던 것이다.

그 다음날은 마침 시내 종합운동장에서 추계 시민체육대회가 있는 날이었다. 이날 행사에는 시장을 비롯한 의장, 교육감 등 모든 기관장들이 참석을 했다. 물론 국회의원도 참석을 했다. 나는 행사에 참석한 국회의원과 정중히 인사도 나누었다. 명분상 지역 기관장으로서 해야 할 도리를 다해야 했기 때문이었다. 체육대회 행사를 마치고 나는 담당계장을 대동하고 내키지 않는 발걸음을 했다. '법을 집행하는 책임자가 수사를 받는 기관의 책임자에게 불려가고 수사사항을 설명(보고)해야 하다니? 참, 마음이 착잡했다. 그렇지만 이를 어찌하겠는가? 조직의 수장인 경찰청장의 지시고 명령인데 조직인의 한사람으로서 그 지시를 따르지 않을 수는 없는 노릇이었다. 나는 국회의원실에 갔다. 국회의원실에 도착해서 나는 기본적인 몇 마디 외에는 시종일관 아무 말도 하지 않고 침묵으로 일관했다. 대면하는 자리에서도 어제 전화로 얘기했던 말이 다시 되풀이되었다. 국회의원은 녹음기를 꺼내놓고 본인 주장을 약 1시간 가까이 이어나갔다. 내용은 어제와 대동소이했다. '지금까지 수십 년 동안 자신은 누구보다 바르고 정직하게 정치를 해왔는데 자신의 여비서를 소환한 것은 자신이 어떤 불법이라도 저지른 것처럼 오해를 불러일으키도록 한 것이 아니냐'면서 여비서 소환의 부당성을 거듭 주장했다. 그러나 나는 마음이 내키지 않아 기본적인 말 몇 마디만 이어가고 계속 침묵으로 일관했다. 주로 동석한 팀장이 경찰의 입장을 설명했다. 같은 말이 오고 가면서 시간이 많이 지나자 팀장이 어쨌든 지역에서 불편한 상황이 전개된 부분에 대해 유감을 표명했다. 국회의원은 이런 대화내용을 모두 녹음까지 했다. 그때까지 거의 같은 말이 오갔다. 시간이 많이 지체되고 어쨌든 경찰의 입장이 전달되고 난 후 사무실을 나섰다. 사무실을 나서는 나의 발걸음은 참 무거웠다.

사무실을 나서면서 한 사람의 경찰관으로서 내가 경찰이란 것이 부끄러웠다. 경찰이 처한 현실이 이렇게 밖에 안 되는구나하고 한탄을 하기도 했다. 솔직히 그런 지시를 내린 경찰청장이 너무 원망스러웠다. 그런 뜻에서 경찰수장의 덕목을 생각해 보았다. 다른 기관이라면 몰라도 적어도 법을 집행하고 사회 정의를 위해서 일하는 경찰의 수장이라면 최소한의 자존심과 소신이 있어야 한다. 더 나아가서는 조직을 보호하고 직원들의 방패막이가 되어 주어야 한다. 그러지는 못하더라도 일선에서 이런 가치를 지키기 위해 애쓰고 있는 부하직원들에게 힘은 못되어 줄망정 적어도 부담은 주지 말아야 한다. 그러나 당시 경찰청장은 그러지 못했다. 오히려 원칙을 지키려고 고군분투하는 일선 경찰서장과 수사팀에게 수치심과 함께 치욕감을 맛보게 했다. 그는 과거 부서는 달랐지만 한때 같은 계급을 달고 있었던 분인데 초고속으로 승진을 하여 어느덧 조직의 총수가 되어 있었던 것이다. 경찰청에서 동료계장으로서 서로의 처지를 고민했던 것이 엊그제 같은데 어느 덧 격차가 그렇게 벌어졌던 것이다. 물론 전적으로 나의 능력이 부족한 탓이기도 하다. 수사대상 정당의 국회의원실에 가서 수사사항을 보고하라는 그런 꺾임의 아량이나 도량이 부족하기에 그런 것이 아닌가 하는 생각이 들었다. 그는 임기 말에 같은 대학선배의 한 경무관으로부터 공개적으로 비판을 받기도 했다. '조직을 생각하기보다는 자신의 안위와 자리보전에만 매몰되어서 권력자에 지나치게 굴종적인 자세를 보인 푸들과 같은 존재'였다고도 했다. 또한 그는 '같은 대학출신이라는 것이 부끄럽다'고 하면서 '조직이 어려움에 처해 있을 때는 적어도 경찰의 수장이라면 자신이 몸을 던지는 모습을 보여줘야 한다'는 것이었다. 그는 자리보전에 급급한 나머지 현실과 적당히 타협하고 권력에 굴종적인 태도로 일관했다는 평이 지배적이었던 것이다. 이를 뒷받침이라도 하듯이 실제로 경찰관련 한 시민단체에서 전·현직 경찰관들을 대상으로 실시한 설문조사에서 역대 경찰청장 중 최악의 청장으로 선정되기도 했었다. 당시 설문에 참여한 사람들은 그가 지나치게 정권의 눈치를 보고 의식을 했다고 하면서 말 그대로 존재감 제로로써 임기를 꽉 채웠다는 게 업적의 전부라고 혹평을 하기도 했었다.

우리나라는 법치국가이다. 법 앞에 누구든 평등하다. 법집행 대상자가 국무총리 출신이든 장관 출신이든 또한 거대 재벌총수이든 법을 적용함에 있어서는 그 잣대가 똑같이 적용되어야 한다. 그렇게 되면 법을 집행하는 입장에서는 자연히 강자에게 강하고 힘없고 약한 사람에게는 겸손한 민중의 지팡이로서의 역할을 다하게 되는 것이다. 이것이 진정 법치국가이다. 우리나라에서의 법치는 많은 부분이 경찰 몫이다. 때문에 법치를 위해 일하는 경찰의 수장이라면 적어도 이러한 법언을 이해하고 이를 지키려는 의지가 확고히 확립되어야 한다. 그런데도 경찰수사 책임자가 수사 대상자한테 수사사항을 보고하라니 있을 수 없는 일이다. 그렇기 때문에 검찰과의 수사권 조정 문제라든가 경찰에게 부여된 소신 있는 법집행은 처음부터 어려웠던 것이 아닌가 생각이 된다. 그런 의미에서 경찰조직에 있어 큰 불행이었던 셈이다. 나는 이 사건을 처리하면서 경찰의 민낯을 보는 것 같았고 출세와 자리보전을 위해서는 체면도 구길 줄 알아야 한다는 것을 알았다.

4) 엽총 난사 살인사건

고향에서 치안책임자로 일하다보니 시간가는 줄도 모르게 몇 개월의 세월이 흘렀다. 어느덧 고향경찰서장으로 부임한지도 약 8개월이 지나가고 있었다. 해가 바뀌고 어느덧 2월에 접어들어 계절적으로 봄의 문턱에 접어들었다고는 하지만 날씨는 여전히 쌀쌀했다. 2015년 2월 25일 아침 8시 40분경이었다. 그날도 여느 때처럼 각 과장들이 참석한 가운데 하루 일과를 시작하는 아침 일일회의를 하고 있었다. 그런데 회의 중에 상황실장이 급하게 들어와서 관내에서 큰 총기 사고가 났다며 긴급 상황보고를 하는 것이었다. 보고내용은 다름이 아니라 관내인 세종시 장군면 금암리에서 총기 살인사건이 발생했다는 보고였다. 장군면은 과거 공주시 장기면과 의당면 일부가 세종시로 편입되면서 김종서 장군의 묘소가 있다고 해서 장군면이란 이름으로 새로 생긴 지역이다. 나의 고향이 의당면이었는데 의당면이 장군면이란 이름으로 통합이 되었기 때문에 장군면은 나의 고향이기도 한 지역이다. 그런데 상황보고가 긴급 제1보였기 때문에 구체적 사건개요는 아직 파악되지 않았다. 즉 언제 어떻게 누구에 의해서 사건이 발생했는지는 적시되지 않은 것이다. 경찰의 사건사고 보고체계는 긴급한 경우 보고사항이 들어오는 대로 1보, 2보 등 추보 형식으로 보고된다. 전체 개요는 아직 정확히 파악이 되지 않았지만 일단 제1보가 총기 살인 사건이라고 명시되어 있으므로 사건의 심각성을 바로 알 수 있었다. 따라서 사건의 위중함을 간파하고 즉시 상황실로 이동해서 시시각각 들어오는 사건보고를 받으며 상황을 장악해서 지휘하기 시작했다. 보고가 횟수를 거듭할수록 사건의 전체적인 내막도 점차 윤곽이 잡히기 시작했다.

사건 개요는 당일 아침 8시경 경기도 수원에 거주하는 범인 강모 씨(50)가 자신의 엽총으로 세종시 장군면 금암리에서 일가족 2명을 포함한 주민 3명을 살해하고 편의점에 방화를 한 사건이었다. 계속 이어지는 추보를 토대로 사건 개요를 좀 더 확인할 결과 범인 강씨는 새벽 6시경에 인근 공주경찰서 신관지구대에서 영치되었던 자신의 엽총을 찾아서 곧바로 범행현장으로 이동을 했다. 현장에 도착한 범인은 마을 편의점 앞에서 주민 김 모(50)씨가 회사에 출근하기 위해 차를 타고 출발하려는 순간 운전석 옆으로 다가가 운전석에 앉아 있는 피해자를 엽총으로 정조준해서 한 발을 발사 1차로 김 씨를 살해한 것이다. 이어서 범인은 살해된 김 씨 집으로 이동을 해서 마침 안방에서 아침식사 중이던 김 씨의 아버지 김 모(74)를 또 엽총을 쏴서 현장에서 살해했다. 일가족 2명을 엽총을 쏴서 살해한 후 범인은 이어서 바로 옆 편의점으로 가서 편의점 주인 송 모 씨(52)를 마찬가지로 엽총을 발사해 살해한 것이다. 편의점에서는 주인 송 씨를 살해하고 바로 준비한 휘발유를 편의점 바닥에 뿌려 방화까지 했다. 편의점은 순식간에 완전 전소되었다. 연쇄적으로 살인과 방화를 저지른 범인은 총기를 소지한 채로 자신의 차를 타고 불상지로 도주했다.

거의 유례가 없을 정도로 엄청난 사건이었다. 나는 점차 사건 윤곽이 드러나면서 순간적으로 이 사건이 사회적으로 엄청난 충격을 줄 것을 예감하고 초긴장 속에 온 신경을 곤두세워서 발 빠르게 움직였다. 사냥용 엽총으로 한꺼번에 주민을 세 명씩이나 살해하고 방화를 했으니 보통 큰 사건이 아니었다. 또 총기를 소지하고 도주했기 때문에 추가 범행의 우려도 있어 상황은 정말 긴박하게 돌아가고 있었다. 나는 상황파악과 동시에 전 경찰서에 비상령을 발동했다. 그리고 전 수사요원은 물론이고 모든 지구대 파출소에 주요 목 지점에 긴급 목 검문소를 설치하도록 했다. 아울러 범인이 총기를 소지하고 있으므로 만약의 사태에 대비, 근무자에게 지급된 방탄복을 착용토록 지시했다. 당시 방탄복은 각 순찰차별로 2벌씩 지급되어서 항상 차량에 싣고 다니고 있었다. 물론 수사팀도 필수 인원은 반드시 방탄복을 착용토록 했다. 이어서 나는 바로 수사과장과 경비과장을 대동하고 즉시 현장으로 향했다. 전속력으로 달려 약 20분 후에 현장에 도착했다. 현장은 건물이 모두 불에 탄 나머지 매캐한 연기가 계속 피어오르고 인근 주민들이 삼삼오오 모여 당황한 가운데 어찌할 바를 모르고 있었다. 그야말로 아수라장 그 자체였던 것이다. 사건은 대략적인 개요 정도만 파악되었고 범인의 주거지나 인적사항 그리고 범행 동기, 피해규모 등이 거의 파악되지 않은 상태였다.

무엇보다도 범인이 총기를 소지하고 도주했기 때문에 총기를 이용한 추가 범행을 막는 것이 급선무였다. 그래서 일단 형사 전원을 소집해서 범인의 차량번호와 인상착의를 알려 주고, 이어서 CCTV 등을 분석해서 예상 도주로를 파악해서 범인을 추격하도록 긴급 지시했다. 그런데 문제는 나 자신이 사건 전모를 보고서를 통해서 개괄적인 정도로만 알고 있고 아직 상황을 상세히 파악하지 못하고 있었다. 그래서 관할 치안센터장과 마을이장 등을 상대로 해서 사건의 전모 파악에 주력하였다. 이때부터 본격적으로 언론사 기자들이 몰려들어 취재에 열을 올리기 시작했다. 본격적인 취재가 시작된 것이다. 나는 당시 현장에서 경찰 근무복을 입었기 때문에 기자들에 쉽게 경찰서장이란 신분이 바로 인식이 되었다. 때문에 정확한 사건개요를 취재하기 위해서 정복을 입은 나한테 순식간에 수십 명의 기자들이 모여들기 시작했다. 기자들의 집중 질문이 이어지는데도 정작 나 자신도 사건의 정확한 내막을 파악하지 못해서 답답함을 더했다. 수사책임자인 경찰서장이 사건개요가 정확히 파악되지 않은 상태에서 선불리 추측성 내용이나 미확인 내용을 얘기할 수는 없었다. 잘못하면 오보로 이어져 큰 문제가 생길 수 있기 때문이다.

하지만 급박하게 돌아가는 사건현장에서 사건의 전반적 내용을 단시간에 파악하기란 쉽지 않았다. 현장 지휘 책임자인 경찰서장은 언론취재에 사실에 근거한 내용으로 책임 있게 답변해야 하기 때문에 선불리 예단을 해서 얘기를 할 수도 없었다. 그래서 부득이 기자들에게 오후 3시에 경찰서에서 전반적인 사건개요에 대한 브리핑을 하겠다고 발표했다. 현장에서 가장 시급한 것은 범인이 엽총을 소지하고 있었기 때문에 추가 범행을 막기 위해서 범인을 추적 검거하는 일이었다. 때문에 현장에서의 세부적인 조치는 일단 뒤로 미루고 시급성으로 인하여 곧바로 범인추적에 나설 수밖에 없었다. 이렇게 현장상황을 가까스로 추스르고 범인을 추적하기 위해서 금강변을 달려가고 있는 중이었다. 그런데 가는 도중에 갑자기 범인 차량을 발견했다는 긴급보고가 들어오는 것이었다. 범인을 뒤쫓고 있던 수사팀이 범인의 차량을 범행 장소에서 그리 멀지 않은 금강 변의 이면도로에서 발견한 것이다. 보고를 받자마자 차량 발견지점으로 신속히 달려갔다. 차가 발견된 곳은 사건 현장으로부터 약 2km 떨어진 지점이었다. 발견된 지점은 갈대숲으로 우거진 금강변 둔치를 가로지르는 한적한 도로였다.

차량은 SUV 차량으로서 짙게 썬 팅을 해서 바깥에서는 차량내부를 들여다 볼 수 없었다. 때문에 내부수색에 더욱 조심스러웠다. 극도의 긴장 속에 조심스럽게 차량내부를 수색한 결과 범인은 차안에 없는 것으로 확인되었다. 차량 문을 열고 내부를 수색했으나 차안에서는 범인이 지참한 엽총은 발견되지 않았다. 차량 발견 및 수색상황을 종합하여 판단한 결과 범인은 차를 버리고 엽총을 소지하고 어디론가 사라진 것으로 보였다. 차를 버리고 갔다면 틀림없이 범인은 차량이 발견된 부근에 있을 것 같은 예감이 들었다. 때문에 전 수사요원은 물론이고 모든 수색 팀에게도 일단 차량발견 부근을 정밀 수색하도록 긴급 지시했다. 아주 조심스럽게 범위를 한발 한발 넓혀가면서 정밀 수색을 하도록 했다. 물론 나도 수사팀과 함께 부근을 수색하기 시작했다. 그러던 중 약 20분 정도 수색을 하고 있는데 부근 30m지점에서 형사 수색 팀이 '범인을 찾았습니다' 라고 크게 외치는 소리가 들렸다.

나는 바로 옆에서 수색을 하고 있다가 범인을 찾았다는 소리를 듣고 바로 신속히 현장으로 달려갔다. 현장에 도착해 보니 현장 모습은 참혹함 그 자체였다. 범인은 머리 부분에 심한 총상을 입고 숨진 채로 하늘을 향해 반듯이 누워 있었다. 엽총은 바로 사체 위에 놓여 있었으며 위력을 말해주듯 착용한 것으로 추정되는 모자는 멀리 날아가 있었고 주변에 피가 흥건히 괴어 있었다. 이러한 중요한 현장을 직접 목격한 나는 지체 없이 바로 지방청장에게 긴급 상황보고를 했다. 상황이 위중한 즉보 사항이었기 때문이었다. 그때는 이미

지방청도 사안의 중대성으로 초긴장상태에서 범인수색을 위해서 도내 전 기동 중대를 동원토록 지시해 놓은 상태였다. 그리고 공중 수색을 위해 헬기까지 막 출동시키려는 참이었다. 이런 상황에서 현장에 있던 경찰서장이 바로 사체발견 상황을 보고하니 지방청장도 깜짝 놀라며 일단 안도를 하는 것이었다. 그러면서 현장에서 진두지휘를 하고 있는 경찰서장의 최초 보고를 의미 있게 받아들이는 것 같았다. 왜냐하면 현장 지휘관인 경찰서장이 범인사체를 직접 발견하고 최초로 보고를 했기 때문에 위급한 상황에서 현장 지휘관의 솔선수범에 대해서 높이 평가를 했던 것이다. 아울러 사건을 보고받고 지방청장은 대언론 브리핑 등 사건수습에 만전을 기하라는 당부를 하였다. 범인이 사체로 발견되었기 때문에 더 이상의 추가 범행우려는 없어졌다. 사안이 워낙 위중했기 때문에 한시도 지체할 수 없었다. 나는 수사팀에 철저한 현장 보존과 함께 빈틈없는 검시 등 후속조치를 지시하고 바로 경찰서로 향해야만 했다. 브리핑을 준비해야 하기 때문이었다. 미리 약속한 시간이 다가와 잠시도 지체할 여유가 없어 부랴부랴 사무실로 갈 수밖에 없었다.

경찰서 소재지에서 20여Km 정도 떨어져 있는 사건현장에서 전속력으로 달려 사무실에 도착해 보니 어느덧 정오가 되었다. 그러나 심각한 것은 그때까지 해당 기능에서는 브리핑 준비가 전혀 되지 않았다. 담당 수사부서에서 나름대로 브리핑 자료를 작성했다고 하는데 사건의 객관적 사실관계나 문장구성과 논리 등 보고서 내용이 너무 미흡했다. 기대했던 수준이 아니기 때문에 내가 직접 브리핑 자료를 작성할 수밖에 없었다. 오후 3시에 브리핑이 예정돼 있는데 정말로 시간이 없었다. 1분 1초가 아쉬웠다. 누구에게 맡길 상황이 아니었다. 시간이 급박하고 현장에서 직접 상황을 파악했기에 직접 브리핑 보도 자료를 작성하기 시작했다. 절대적으로 시간이 부족했지만 사건의 중대성을 감안하여 상황 전개과정에서의 내용을 그때그때 마을이장과 치안센터장 그리고 수사팀을 상대로 일일이 확인했다. 그리고 총기관련 규칙 등 제반사항은 총포관련 과·계장을 불러 철저하게 확인 검토를 했다. 비록 짧은 시간이지만 초긴장 속에서 총력을 기울여 브리핑 자료를 마침내 완성하였다. 그리고 그것을 토대로 실제 브리핑 상황을 가정하여 몇 차례 예행연습을 하여 태도나 발음 등을 교정하였다. 이렇게 가까스로 브리핑 준비를 완료하고 마침내 3시 정각에 브리핑 장소인 경찰서 소회의실에 들어갔다. 회의실에 들어서자 수많은 카메라가 동시에 터지면서 장내는 입추의 여지가 없을 정도로 기자들로 꽉 차 있었다. 나의 현장 브리핑 상황은 실시간으로 전국에 생중계되었다

브리핑은 초긴장 속에서 약 20분 간 진행됐다. 우선 준비한 자료를 토대로 전체적인 사건개요와 피해상황을 설명했다. 이어서 범인의 주변 정황과 범행동기 등을 설명하면서 살해된 김 씨의 여동생 김 모 씨와 내연관계로서 사실혼 관계를 유지하다가 파경을 맞은 후 재산분할 다툼에서 생긴 원한으로 인한 계획된 살인임을 밝혔다. 그리고 총기관련해서는 허가와 반출 전 과정을 소상하게 설명하고 그에 따른 법적 문제는 없다는 점을 분명히 해서 논란의 소지를 원천

차단했다. 사실 이 사건의 핵심은 총기 반출의 적법성 여부였다. 기자들도 이 문제에 초점을 맞추어서 집중 질문을 하였다. 총기관련해서는 브리핑 자료를 준비하면서 시간적 여유가 거의 없었음에도 실무 과·계장을 참여시켜 총기 반출상의 적법성 등 제반 문제점을 심층 검토를 해놓은 상태였다. 그래서 총기반출의 적법성 문제는 전혀 규정상 문제가 없다는 것을 자신 있게 밝힐 수 있었다. 브리핑이 끝나고 나서도 범행 동기나 피해규모 그리고 특히 총기관련 반출 상의 의문점 등에 대해서 집중 질문이 이어졌지만 현장을 직접 지휘했고 또 브리핑 자료를 손수 작성했기 때문에 막힘없이 답변을 할 수 있었다.

공식 브리핑이 끝났어도 기자들은 자리를 떠나지 않고 기사작성 송고에 여념이 없었다. 실시간으로 전국에 생중계되었지만 브리핑 내용은 각 방송사별로 저녁 TV 뉴스시간에 메인 톱뉴스로 집중 보도되었다. 나는 이 사건을 처리하면서 언론 특히 TV의 영향력을 실감할 수 있었다. 왜냐하면 TV를 지켜 본 수많은 지인들께서 '사건을 해결하느라 정말 수고 많았다'며 격려성 전화를 해주셨기 때문이다. 사회적 파장이 엄청난 사건임에도 후속 보도가 며칠간 이어졌으나 전반적으로 브리핑을 기점으로 일단락되었다. 엽총으로 일가족 등 3명을 살해한 사건임에도 비교적 빨리 진정국면으로 접어들었던 것이다. 비록 범인이 비극적으로 자살을 했지만 추가 피해가 없었고 총기관련 문제도 없었기 때문이었다. 그러나 뒷수습은 잘 되었지만 한 지역의 안전을 책임진 치안책임자로서 관내에서 이러한 불행한 사건이 발생한 것에 대해서 커다란 책임감과 함께 불행을 당한 분들께 속죄의 마음도 갖게 되었다. 경찰입장에서는 불가항력적인 면도 있었지만 어쨌든 관내에서 이런 끔찍한 일이 발생했기 때문이다. 더 큰 추가 피해가 없었던 것을 불행 중 다행으로 생각했다. 경황 중에 작성한 브리핑 자료였지만 논리적으로 내용에 있어서도 전혀 문제가 없었고 또 브리핑 형식이나 발표자세 등에 있어서도 무난했다는 평가를 받았다. 실제로 당시의 브리핑 상황은 위기관리 측면에서나 언론 대응 측면에서 잘된 모범사례로 평가되어 전국 경찰관서 홍보담당자 워크숍에서 경찰청의 교육용 자료로 채택되기도 하였다.

5) 공감 받는 인사방침 실천

세종서장으로 있는 동안 기억에 남는 것이 또 인사문제였다. 1년 재임기간 동안 그 어느 때보다도 특진자를 포함해서 승진인원이 많았다. 근린치안 평가에서 전국 4위를 차지해 한 번에 경위 1명 경사 1명 경장 2명의 특진 T/O를 따낸 것을 비롯해서 정기 심사승진에서도 경감 2명을 포함해서 총 6명의 승진 자를 배출했다. 과거 경사 1명 정도 승진한 것에 비교하면 획기적으로 많은 승진 자를 배출한 셈이다. 물론 세종시 탄생 후 치안수요 급증으로 그에 따른 증가폭이라 해도 이렇게 대폭 승진인원이 늘어난 것은 처음이었다. 예년에 비해 이렇게 많은 동료가 한 계급씩 승진을 하자 직원들 모두 자기 일처럼 좋아하며 들떠 있었다. 직원들이 좋아하고 분위기가 바뀐 것은 예년보다 많은 사람이 승진을 한 것도 중요한 원인이지만 한편으로는 누구나 공감하는 사람이 대부분 승진을 했기 때문이기도 했다. 때문에 '인사가 만사'라는 말을 정말 실감했다. 나는 경찰에 몸담으면서 직장생활에서 가장 중요한 가치는 누구나 공감하는 인사를 하는 것이라고 늘 생각해 왔다. 누가 말하지 않더라도 음지에서 묵묵히 일하면서 그 성과에 대하여 다른 동료로부터 인정을 받고 공감을 받는 사람이 승진과 포상을 받아야 한다. 이것이 바로 인사정의라고 생각해 왔다. 그러나 유감스럽게도 누구나 다 100% 만족시킬 수 있는 인사를 한다는 것은 현실적으로 불가능하다. 때문에 어떻게 하면 구성원이 최대한 공감할 수 있는 최대 공배수를 만들어내는가가 중요하다. 이 과정에서 가장 중요한 것은 인사권자의 철학과 의지라고 생각한다. 모든 걸 내려놓고 사심 없이 객관적 입장에서 구성원들의 의견을 수렴하려고 노력해야 한다. 왜냐하면 인사는 인사권자의 권한이라기보다는 책임이라는 면이 강하기 때문이다. 나는 그동안 경찰생활을 하면서 인사 관련해서 누구보다 많은 시련과 아픔을 겪었다. 때문에 이를 반면교사로 삼아 적극적 의지를 가지고 정말 이 가치를 실천하고자 노력했던 것이다. 때문에 정기 승진심사를 앞두고 어떠한 청탁이나 외압을 배격하고 정말 열심히 일하는 사람이 승진이 되도록 했다.

승진 대상자 중 내가 생각하는 사람이 과연 직원들에게도 공감을 받고 있는지도 중요한 일이었다. 그래서 이것을 확인하는 과정도 철저히 거쳐야 했다. 때문에 정기 승진인사를 앞두고 아무도 모르게 각 계급별로 자기가 생각해서 승진대상자라고 할 수 있는 적임자를 기재할 수 있도록 일정한 양식을 만들어 놓았다. 승진 심사를 앞두고 좀 더 객관성을 확보하기 위해서 직원들의 의견을 수렴해 보고자 했던 것이다. 인사 직전에 아무 예고를 하지 않은 채로 마침내 계·팀장급 이상 회의를 소집했다. 회의석상에서 '인사가 만사'라는 나의 경험철학을 밝히고 이번 정기 승진심사에서는 그야말로 투명하고 공정하게 인사를 한다는 인사방침을 천명했다. 때문에 공감 받는 인사구현을 위해서 여러분들의 의견을 듣고자 하니 여러분들이 승진 적격자라고 생각하는 사람을 각 계급별로 한사람씩 적어내도록 했다. 그러면서 미리 만들어 놓은 양식을 나누어 주었다.

회의에 참석한 간부들은 순간 깜짝 놀라며 의아하다는 반응을 보이는 사람도 있었다. 그런 경험을 처음 하기 때문인 것 같았다. 망설이는 사람도 있었다. 그러나 모두 각자 자신이 평소에 느끼고 생각했던 사람을 양식에 적어서 제출했다. 설문지를 회수해서 확인한 결과는 놀랍게도 내가 생각하는바 그대로였다. 인사 관련하여 인사권자와 주요 구성원들이 생각하는 공감대가 일치한 것이다. '경찰서라는 공동체에서 근무하는 같은 구성원은 서로 생각하는 상황인식이나 정서가 거의 같고 또한 일체감을 갖게 되는 구나' 하는 생각을 했다. 그런 면에서 나는 크게 안도했다. 내가 생각했던 승진 대상자와 직원들이 평소 생각했던 승진 대상자가 거의 일치한 결과였던 것이다. '사람을 보는 눈은 거의 같구나' 하는 것을 느꼈다. 인사권자인 나와 구성원인 직원들이 함께 공유한 이 공감대와 가치는 그 어느 누가 청탁이나 외압을 가해도 바꿀 수 없는 대명제라고 생각했다.

마침내 승진시기가 다가와서 지방청으로부터 인사 T/O가 내려왔다. 놀랍게도 승진T/O가 예년보다 큰 폭으로 늘어났다. 특히 경감급이 2명이나 됐다. 지난해까지만 해도 세종경찰서에 겨우 경위급이나 경사급에서 한명 정도 내려왔는데 경감급 T/O가 2명이나 내려온 것이다. 세종시의 폭증하는 치안수요나 그 중요성을 감안했다고는 하지만 그렇더라도 예상외의 T/O가 내려온 것이다. 모두가 열심히 일한 결과라고 생각하기도 했다. 그런데 지방청에서 인사 T/O가 하달되면서 동시에 추천서를 올리라고 하면서 별도 지침이 하달되었다. 승진심사는 물론 지방청에서 하지만 규정상 지휘관의 의견을 반영하도록 되어 있었기 때문에 경찰서장의 의견을 담은 추천서를 올리게 되었던 것이다. 그런데 문제는 지방청에서 인사지침을 하달하면서 경감급 2명 중에서 2번은 특정인을 지목해서 추천해 달라는 것이었다. 특정인을 순위까지 지정해서 추천서를 올리라는 것은 인사추천의 취지에도 맞지 않을 뿐더러 인사정의에 반하는 일이다. 특히 그 특정인으로 지목된 사람은 비록 승진년도는 빨랐으나 경찰서 전입이나 업무기여도 그리고 업무량 등 모든 면에서 실적이 턱없이 부족했다. 때문에 직원들의 공감도 전혀 받지 못하는 직원이었다. 사전에 실시한 설문조사에서도 과·계 팀장급 단 한사람도 추천하지 않은 사람이었다. 그런데 그 사람을 일방적으로 지정해서 추천을 하라는 것이었다. 특정인을 지목해서 심사권 내 순번으로 올리라고 하는 것은 그 사람을 미리 승진자로 내정을 한 것이 아닌가하는 생각이 들었다. 경찰 조직체계상 지방경찰청은 경찰서의 상급기관이다. 하급기관은 상급기관의 지시나 명령을 따라야 할 의무가 있지만 이러한 불합리하고 사리에 맞지 않는 지시를 따라야 하는지 고민을 하지 않을 수 없었다.

그러나 아무리 지방청의 지시라고 해도 내 양심 상 그것은 도저히 따를 수 없다고 판단했다. 지시를 따르지 않아 어떤 불이익을 당하더라고 말이다. 경찰조직에서 통상 인사권자는 그 권한이 전권인 것처럼 생각하고 좀 무리가 있다 하더라고 자기 뜻대로 밀어붙이는 경우가 종종 있다. 자기 자신의 거취문제까지도 좌지우지할 정도의 피할 수 없는 외부인사의 청탁이라면 더욱 그렇다. 이런 상황에서 지방청의 지침을 따른다면 나의 공직철학이라 할 수 있는 공감 받는 인사를 실천하지 못하는 결과가 나올 것이 뻔했다. 결국 승진을 해야 될 사람이 승진을 하지 못하는 억울한 희생자가 나오게 된다. 사실 나 자신도 이런저런 이유로 해서 엄청난 인사상의 불이익을 당해본 사람이다. 그런 쓰라린 경험을 했기 때문에 아무리 상급기관의 지시라 해도 나는 그런 불합리한 지시를 따를 수 없었다. 그래서 결국 나는 그 지시를 따르지 않기로 했다. 왜냐하면 내가 직원들과 함께 공유한 가치는 그 무엇과도 바꿀 수 없는 대명제였기 때문이었다.

이 일을 겪으면서 그동안 내가 겪었던 아픔이 순간 떠올랐다. 겉으로 들어나지 않은 경찰의 민낯을 보면서 말이다. '다들 겉으로는 인사정의를 부르짖고 공감 받는 인사를 떠들어도 뒤 내막으로는 이런 편법이 난무하는구나' 하는 생각이 들었다. 승진문제 때문에 나 자신도 얼마나 밤잠을 못자며 고민했던가? 나는 바로 지방청으로 전화를 했다. '그렇게는 할 수 없습니다'라고 하면서 지시를 따를 수 없는 이유를 소상히 밝혔다. 심사를 앞두고 과·계장 등을 대상으로 실시한 설문조사 내용을 포함해서 당사자의 근무실적 그리고 평판 등 관련 상황을 조목조목 설명했다. 지방청 지침을 따를 수 없는 입장임을 분명히 했다. 지방청의 지시를 거부한 것이다. 경찰조직의 생리상 아마 이런 일은 처음일 것이다. 그러면서 지시를 이행하지 않아서 송구스럽지만 그렇게 하는 것이 결국은 관할 경찰서장으로서 지방청장을 올바로 보좌하는 길이고 조직을 위하는 길이라는 것을 밝혔다. 이렇게 해서 내 뜻을 관철시켰다. 그 후 내가 생각했고 또 직원들이 생각했던 바대로 인사안이 그대로 결정되고 결과가 발표되었다. 인사가 발표되자 직원들 모두 될 사람이 되었다고 공감하면서 좋아했다. 그 사정을 아는 협력단체 구성원을 비롯해서 주민들도 한결 같이 승진자를 축하해주고 기뻐했다. 전 직원은 물론이고 주민들조차 공감하는 인사였다. 그 후 인사 관련해서 그 어떠한 이론이나 불평 등 일체의 잡음도 없었다.

6) 광역 자치단체에서 경찰서장의 역할

세종특별자치시는 지금까지 행정단위의 위상과 역할 측면에서 전례가 없는 행정 체계로 운영되고 있다. 광역지방자치단체임에도 일선 집행기관인 시·군·구의 기초 행정단위가 없다. 말 그대로 특별자치시인 것이다. 따라서 세종시에서 읍·면·동을 관할하여 집행기능을 직접 수행하고 있다. 마찬가지로 시의회나 시교육청 등도 시·도 단위의 광역 행정기관으로서 기초자치단체의 임무를 동시에 수행하고 있다. 농협, 한전, 소방 등 유관 기관들도 이와 유사하다. 광역자치단체의 직급과 조직체계를 점차 맞추어가면서 기초단체 임무를 겸해서 하고 있는 것이다. 세종시가 특별법에 근거한 행정중심복합도시로서 광역행정단위인 특별자치시이기는 하나 아직도 기초자치단체 수준의 면적과 인구를 유지하고 있는 과도기인 셈이다. 때문에 본래의 광역행정도시가 되기 위해서는 앞으로 많은 시간과 정부의 지속적인 지원이 필요하다.

이렇게 시청을 비롯해서 시의회, 교육청 등 타 행정기관은 향후 증가할 것으로 예상되는 시세를 대비해서 광역행정 시스템을 갖추고 조직과 인원을 지속적으로 늘려가고 있다. 그럼에도 치안을 담당하고 있는 경찰은 아직도 기초치안 조직단위인 경찰서 체제를 그대로 유지하고 있다. 그렇다고 지방청을 신설하는 것도 현실적으로 어려움이 따른다. 지방경찰청은 청장과 차장 그리고 각 과·계장을 비롯해서 수많은 관리 인력을 필요로 한다. 또한 그에 따른 막대한 예산도 수반된다. 현재도 한 개의 경찰서에 불과하고 앞으로 지속적으로 시세가 커진다 해도 2~3개나 크게는 4~5개 경찰서에 불과할 것으로 예상되는 치안수요를 가지고 관리 조직체인 별도 지방청을 설치 운영한다는 것도 합리적이지 못하다. 현재도 자치단체장이나 국회의원 등 지역사회에서는 별도 지방경찰청 설립을 주장한다.

그러나 특별자치시라는 세종시의 특성을 감안한다하더라도 지역 치안책임자를 역임한 당사자 입장에서 그 의견에 전적으로 뜻을 같이 할 수는 없다. 지방청을 별도 설치하려면 차라리 그 인력으로 경찰서를 하나 더 설치하여 운영하는 것이 효율적일 것이다. 효율적인 인력관리 측면에서 경찰서장을 경무관 정도로 보하여 지역 중심경찰서로 운영을 하면 되지 않을까 하는 생각이 든다. 어쨌든 세종시는 과도기에 있기 때문에 기초치안 책임자인 경찰서장이 일반 행정기관과 보조를 맞추어서 기초치안 행정과 동시에 광역시의 치안책임자 역할을 동시에 수행할 수밖에 없는 위치에 있다.

주민 입장에서 경찰이 담당하고 있는 치안문제는 그 무엇보다도 중요하고 일상생활과 밀접한 관련을 가지고 있다. 그럼에도 세종시에서는 경찰이 조직체계상의 문제점으로 인하여 비록 과도기이기는 하지만 그 중요성이나 영향력만큼 인정을 받지 못하고 있는 측면도 있다. 이것은 각종 대외적 행사나 활동측면에도 나타나고 있다. 경찰의 역할과 기능이 그 무엇보다도 비중이 크고 중요함에도 경찰서장이 기초치안 책임자라고 해서 각종행사에서 의전에서 후순위로 밀려나는 경우가 흔히 있었다. 광역자치단체 기관장이 아니라는 이유에서이다. 단순한 직급이나 그에 따른 서열만을 고려하다보니 축사나 발언권도 주어지지 않는 경우가 허다했다. 이것은 경찰서장 개인의 문제가 아니라 조직 전체의 위상과 직원들의 사기와도 직결되는 문제이기도 하다. 나는 이런 불합리한 관행을 합리적으로 시정하고 바로잡으려고 노력했다. 즉 경찰서라는 법규상의 위상보다도 경찰이 수행하는 기능과 역할 그리고 주민에게 미치는 영향 등 중요성을 판단해서 경찰의 본래의 모습을 되찾고자 했던 것이다. 즉 경찰서장이 자신이 비록 기초치안 책임자이긴 하지만 기능과 역할이란 면에서 광역치안 책임자의 위치에서 경찰의 역할을 다하려고 했다. 때문에 각종 행사에 초청장이 오면 업무에 지장이 없는 한 반드시 참석했고 축사나 기타 발언권도 타 기관장과 대등한 위치에서 경찰의 입장을 대변하려고 노력했다.

7.
뜻하지 않은 여러 경험

1) 행운의 연령 정년을 맞다

경찰에 입문한 후 경위 4년 경감 5년 경정 11년 총경 11년을 각각 근무했다. 경정 이상만 20년이 넘는 기간이었다. 비교적 이르게 경찰의 중견간부인 경감, 경정 계급으로 승진을 했다. 때문에 정상적으로 승진시기에 맞추어서 승진을 했더라면 계급정년을 맞아서 연령정년을 다 채우지 못하고 50대 초·중반 정도에 퇴직을 했을 것이다. 경무관 이상의 계급까지 승진을 했더라도 조정정년으로 인하여 50대 후반에 명예퇴직을 했을 것이다. 다행스럽게도(?) 경정계급으로 무려 11년을 근무하고 뒤늦게 총경으로 승진을 했기 때문에 결과적으로 연령정년을 꽉 채워서 퇴직을 할 수 있었다. 그것도 총경 계급정년과 연령정년을 거의 맞게 퇴직을 했다. 행운인지 불행인지는 모르지만 어쨌든 연령정년을 맞아 퇴직을 했던 것이다. 과거 경찰청에서 실무계장으로 근무할 때 당시 계급정년으로 부득이 50대 초반에 퇴직을 해야 했던 어느 고시출신 국장께서 했던 말이 생생하다. 일찍 퇴직을 하는 마당에 가장 부러운 것은 정년까지 근무하면서 퇴직하는 사람이라고 했던 말이다. 그분은 행정고시를 합격한 후 경찰에 들어와서 30대 후반에 총경계급을 달고 경찰서장을 할 정도로 젊은 나이에 승승장구 했던 분이다. 그 후 경무관을 거쳐 치안감까지 오른 후 계급정년으로 일찍 퇴직을 하는 입장이 된 것이다.

가늘고 길게 정년까지 근무하는 것이 어떻게 보면 행복일 수도 있는 것이다. 그런 뜻으로 본다면 나는 행운아일 수도 있다. 60세 정년까지 다 채워서 정년을 맞이했기 때문이다. 그것도 총경 계급정년과 맞게 말이다. 경찰조직에서 더 많이 승진을 하지 못해서 아쉬움과 미련이 남아 있기는 하지만 오히려 그것이 행운일 수도 있다는 생각을 한 것은 퇴직 후의 일이다. 왜냐하면 퇴직 후의 삶을 크게 좌우하는 공무원 연금 때문이었다. 연령 정년 때까지 오래 근무를 하고 퇴직을 하느냐 아니면 계급정년으로 일찍 퇴직을 하느냐에 따라 공무원 연금의 규모가 적잖이 차이가 나기 때문이다. 나는 높게 진급을 하지 못했지만 그 대신에 연령정년을 맞아 퇴직을 할 수 있었다. 그만큼 연금 수혜 상으로는 오히려 유리했던 것이다. 이러한 지나간 나의 이력을 반추해 보면서 인간 만사 새옹지마라는 말을 다시금 실감했다. 나는 우여 곡절을 겪으면서 늦게 진급을 했지만 총경 11년 동안 많은 곳을 다니면서 근무를 했다. 경찰서장 4번을 하면서 그 사이 많은 참모 보직을 거쳤다. 총경 근무기간에 비하면 경찰서장을 한 번이나 두 번 정도 더 할 수도 있었지만 그러지 못한 것은 연속으로 참모 보직을 맞는 경우도 있었고 또 조직생활 끝자락에 찾아온 항공정비사의 불미스러운 일이 원인이 되었던 것이다. 2006년 총경이 된 이후 6개월간의 치안정책과정 교육을 마치고 인천 정보통신담당관을 시작으로 해서 대전 홍보담당관, 서울 보안1과장, 인천 외사과장, 서울 지하철경찰대장, 경찰청 항공과장, 충남 청문감사관 등 여러 곳의 참모 보직을 거쳤다. 이 중에는 통상의 임기라 할 수 있는 일 년을 다 채우지 못하고 짧게는 3개월이나 6개월 만에 자리 이동을 한 경우도 있었다. 희망했던 곳은 한두 개의 보직에 불과했고 거의 대부분이 뜻하지 않은 보직이었다.

2) 뜻하지 않은 여러 참모보직

경남 거창서장을 마치고 대전청 홍보담당관 발령을 받았다. 당시 대전청은 충남청에서 분리된 지가 1년 밖에 되지 않아서 조직 분위기도 어수선하고 청사도 대전 중구 선화동의 한 건물을 임차해서 임시청사로 쓰고 있는 형편이었다. 대전권에서는 처음으로 근무하게 되었던 것이다. 당시 나는 서장임기를 마치고 본청이나 서울청의 참모 보직을 희망했지만 힘이 미치지 못했는지 뜻하지 않게 홍보담당관 발령을 받은 것이다. 홍보담당관 발령을 받고 처음에는 낯설기도 했지만 6개월 간 홍보 관련 일을 하면서 많은 경험을 했다. 일반적으로 직장생활에서 통상 기자를 지칭해서 하는 말이 '불가근불가원'이라는 말을 많이 쓴다. 기자들은 아주 가까이 할 수도 없는 존재이지만 그렇다고 멀리만 해서도 안 된다는 뜻인 것이다. 특히 경찰 입장에서는 더욱 그러한 것 같다. 왜냐하면 사건중심으로 이루어지는 업무 성격상 국민에게 내용을 신속 정확히 실상을 알리려면 언론의 도움이 절대적으로 필요하기 때문이다. 홍보 관련 업무를 하면서 많은 기자들과 교류의 폭을 넓힐 수 있었고 기자들의 생리라든가 언론의 특성을 파악할 수 있었다. 그리고 홍보기법을 익히고 홍보의 중요성 등도 알게 되었다. 비록 얼마 되지 않은 기간이지만 홍보업무를 한 것은 이후 경찰생활에 큰 도움을 주었던 것 같다. 대전 대덕경찰서장 근무 시 '대덕 폴 사운드'라는 음악동아리의 활약상을 주민들에게 널리 알려 치안고객 만족도의 향상을 가져오고 친근한 경찰상을 심어 주도록 한 것도 홍보업무의 경험이 큰 도움이 되었던 것이다. 대전 홍보담당관 근무 중에 서울 보안1과장으로 발령을 받았다. 많은 보직을 희망과 거의 무관하게 발령을 받았었으나 이번만은 내가 가려고 한 보직이었다. 연속으로 참모를 생활을 하게 되었지만 나의 전문분야라 할 수 있는 보안 관련 업무를 할 수 있게 되어 다행으로 생각하고 나름대로 열심히 일을 했다. 국가 안보를 위태롭게 하는 조직사건 지휘도 하고 사이버상의 안보위해세력의 활동을 예방하고 단속에도 많은 노력을 기울였다. 그리고 황장엽 선생과 같은 탈북자 안전업무에 등 안보관련 업무에 보람을 느낄 수 있었다.

그 뒤에 이어진 보직은 거의 나의 의지와는 무관하게 움직였다. 대전 대덕서장을 마치고도 희망하는 곳을 가지 못했다. 경찰청이나 서울지방청을 희망했지만 뜻밖의 인천청 외사과장 발령을 받은 것이다. 처음에는 많이 서운하기도 했지만 이런 일이 한두 번이 아니기 때문에 바로 현실을 받아들일 수밖에 없었다. 한편으로는 외사업무는 하고 싶었던 일 중의 하나였다. 그래서 바로 마음을 가다듬고 주어진 자리에서 열심히 일을 해야겠다고 생각했다. 더욱이 인천은 그 어느 곳보다 외사업무 비중이 큰 곳이었다. 인천 국제공항이 있고 연안에 국제항만이 있어 외국인의 왕래가 그 어느 곳보다 잦은 곳이다. 뿐만 아니라 남동공단과 부평공단을 비롯해서 관내의 크고 작은 기업체에는 동남아 등 수만 명의 외국인들이 산업체 근로자로서 일을 하고 있다. 때문에 인천은 2개의 외사수사대를 운영할 정도로 외국인관련 사건수사 등 외사 업무 비중이 크다. 비록 짧은 기간이었지만 외사과장으로 근무하면서 외국인 산업스파이와 폭력조직에 가담한 외국인을 다수 검거하기도 했다. 이를 계기로 정말 우리나라도 빠른 속도로 국제화가 진행되는 것을 피부로 느끼고 치안과 관련하여 외국인관련 대책을 근본적으로 강구해야 한다는 것도 깨닫게 되었다.

인천 외사과장을 마치고 서울 지하철경찰대장 발령을 받았다. 뜻하지 않게 연속으로 참모 보직을 맡게 된 것이다. 서울 지하철경찰대 근무도 아주 중요한 경험이었다. 서울은 지상 치안과 대비되는 개념으로 지하철 치안이라는 말이 쓰일 정도로 지하철 내에서의 경찰활동이 중요시되고 있다. 지하철 노선이 1호선부터 9호선까지 연결 되어 있고 또 분당선과 신분당선 그리고 공항철도에 이르기까지 수백 개의 역이 설치되어 있다. 하루 천만 여명의 시민이 지하철을 이용한다. 지하철 공간에서는 성범죄를 비롯한 온갖 사건사고가 발생한다. 특히 출퇴근길 혼잡한 지하철 내에서는 성추행 사건이 많이 발생한다. 주요 환승역 에스컬레이터에서 여성의 주요부분을 몰래 카메라로 촬영한다든가 출퇴근 시 혼잡한 객실 내에서 의도적인 신체접촉이나 노골적인 추행을 하는 경우도 많다. 하루 수십 명의 성추행범이 검거되는 경우도 있다. 검거된 성추행범 중에는 소위 사회지도층이라 할 수 있는 사람들도 종종 있다. 군인, 경찰, 공무원 등은 물론 판사나 대학교수 등 사회 저명인사가 검거된 사례도 있어 놀라움을 더하고 있다. 워낙 많은 사람들이 이용하다보니 지하철 내에서는 성추행사건 외에도 절도나 소매치기 그리고 폭력사건도 빈번하게 발생한다. 특히 지하철 내에서는 정신이상자의 돌출행동도 많이 발생하여 승객들이 불안함을 느끼는 경우도 많다. 그리고 지하철은 그 특성상 테러에 아주 취약하다. 혼잡한 지하공간에서 조그만 사고라도 발생하면 그 피해는 이루 말할 수 없을 정도로 커진다. 특히 화재나 테러는 말할 것도 없다. 단적인 예가 2002년 대구 지하철 화재참사이다. 정신이상자나 국내 잠입한 외국인 테러분자에 의한 불상사가 언제든지 일어날 수 있기 때문이다. 지하철 내의 치안과 안전을 위해서 일하는 지하철 경찰대의 역할이 점점 그 중요성을 더하고 있다. 그래서 지하철경찰대는 인원이나 조직 등 그 규모가 매년 커지고 있다. 지하철경찰대장은 직제 상 참모보직으로 분류되어 있으나 업무특성이나 조직체계 그리고 인원 등 규모로 볼 때 경찰서장 못지않은 지휘관으로서의 역할을 한다. 실제로 중요 행사나 돌발적인 일이 발생하면 서울 전역에 설치되어 있는 지하철 수사대나 출장소, 센터가 지하철경찰대장의 지휘 하에 일사분란하게 움직인다. 서울 지하철경찰대장으로 근무한 것은 경찰생활 중 아주 유익했고 보람도 있었던 경험이었다.

그 후 서울 방배서장을 마치고 또 뜻하지 않게 본청 항공과장 발령을 받았다. 항공 업무는 일반 경찰과는 전혀 다른 그야말로 생소한 분야 중 하나였다. 그렇지만 나는 항공과장으로 근무하는 동안 나름대로 항공경찰의 발전과 항공운항의 안전을 위하여 열심히 노력했다. 항공 업무를 수행하다 보니 자연히 헬기도 많이 타보았다. 기종별 특성이 있기 때문에 필요에 의하여 여러 기종의 헬기를 타보았고 임무 수행을 위해서 전국을 무대로 여러 곳도 가보았다. 연평도 백령도를 비롯해서 울릉도나 독도 등도 여러 번 가보았다. 오랜 기간 항공과의 최대 현안이라 할 수 있는 러시아와의 헬기교환 사업도 마무리 지었다. 이를 위하여 직접 모스크바를 비롯해서 상트페테르부르크와 카잔시의 헬기 제작사도 방문했었다. 항공요원의 멋을 살린 항공복제를 개선하였고 헬기운항의 근본지침인 항공운항규칙을 전면 개정하기도 했다. 항공과라는 낯선 분야에서 정말 일도 많이 했고 많은 경험을 한 것 같다. 그러나 전혀 뜻하지 않는 시련도 겪어야만 했다. 정비 담당 직원의 수억대 규모의 독직사건이 터진 것이다. 주무 감독책임자로서 정년을 코앞에 두고 많은 시련을 겪어야만 했다. 그러나 이것 또한 나의 관운이고 운명이었던 것 같다. 당시에는 참으로 참담함을 느끼고 억울하다고도 생각을 했지만 나중에 생각을 해보니 그런 것도 그렇게 헛된 것만은 아니란 것을 알게 되었다. 참 많은 것을 배웠고 스스로 한 단계 성숙하게 된 계기가 되기도 했다. 스스로를 단련시키고 그것으로 인하여 값진 경험을 했다고 생각이 들었다. '인생을 살면서 좋은 일도 없고 나쁜 일도 없다'는 말이 일리가 있다는 것을 깨닫게 되었다.

세종서장을 마치고 충남청 청문감사관 발령을 받았다. 사실 나는 경정 이하 실무자급일 때는 감찰 감사부서에 근무한 적이 없었다. 때문에 일선 직원들의 잘잘못을 따지고 그에 따른 책임을 부과하는 감찰이나 감사관련 업무를 한번쯤은 하고 싶었던 것이다. 그러던 중 청문감사관 발령을 받은 것이다. 비록 짧은 기간이었지만 청문감사관으로서 정말 진정성을 가지고 직원들의 실수나 잘못에 대해서 억울함이 없도록 실체적 진실을 발견하려고 했고 그에 상응한 책임을 따지려고 노력했다.

3) 이런 놀랄 일이? 고향서장이 갑자기 비명에…

나는 우여곡절 끝에 총경으로 진급을 하기는 했지만 때는 이미 너무 늦었던 것이다. 더 이상 진급이 어려울 뿐 더러 막상 한 계급 승진을 하더라도 별 다른 의미가 없게 된 것이다. 당시에는 조정정년이란 제도가 있었다. 조정정년이라 함은 경찰에서만 있었던 제도로써 경무관 이상은 후배들을 위해서 정년퇴직에 앞서 3년(57세) 일찍 용퇴케 하는 제도를 말한다. 때문에 나의 경우는 혹시 경무관으로 승진을 한다 하더라도 승진을 하자마자 용퇴를 해야 하는 처지가 된 것이다. 때문에 나는 총경 이상의 계급으로 승진하는 것이 별 의미가 없게 된 것이다. 조직생활에서 승진을 더 이상 할 수 없다는 것은 꿈이나 희망이 없다는 것일 수도 있다. 마치 생명이 없는 무정란처럼 말이다. 당시 나도 그런 처지였던 것이다. 그런 가운데서도 그나마 하나의 조그만 소망을 찾는다면 고향에서 경찰서장 한번 하는 것이다. 그래서 정년도 얼마 남겨 놓지 않은 입장에서 고향 경찰서장 한번 하는 것이 그나마 조그만 꿈이었다. 사실 생소한 경찰청 항공과장을 가게 된 것도 고향에서 서장 한번 하겠다는 뜻이 담겨 있었던 것이다. 경찰청 항공과장으로 발령받은 후 약 6개월이 끝나갈 즈음인 2013년 12월 하순경 나는 경찰청장 면담을 신청했다. 물론 고향서장을 가고 싶다는 뜻을 전달하기 위해서였다. 면담자리에서 경찰청장께 정년퇴직을 불과 얼마 남겨 두고 있지 않는 입장을 전하면서 이번 인사에서 고향 경찰서장을 한번 발령을 내주십사 하고 간곡히 부탁 말씀을 드렸다. 외부 제3자가 아닌 직속 상사인 인사권자에게 자신의 고충을 말하며 인사상담을 하는 것은 전혀 문제가 될 수 없는 당연한 권리인 것이다. 물론 인사 청탁이 아니기 때문이다. 그리고 당시 공주서장은 1년 임기가 되어서 인사이동 대상자였다.

면담을 받은 경찰청장은 나의 요구가 명분상 충분히 일리가 있기 때문에 '한번 검토를 하겠다' 하면서 요구를 들어 줄 것 같은 긍정적인 반응을 보였다. 그래서 나름대로 기대를 가지고 경찰청장 집무실을 기분 좋게 나왔다. 그런데 이게 웬일인가? 그날 저녁 퇴근을 한 후 인사담당관으로부터 전화가 걸려왔다. 다름이 아니라 이번 인사에서 공주서장 발령은 어렵다는 뜻밖의 통보였다. 그 말을 듣는 순간 깜짝 놀랄 수밖에 없었다. 정년을 앞두고 경찰청에서 고생하면서 참모로도 근무를 했고 승진까지 포기하면서 고향서장 한번 하겠다고 하는데 그것이 안 된다니 도무지 이해가 되지 않았기 때문이었다. 나는 왜 그런가하고 물었다. 그러자 이유는 묻지 말라고 하며 일방적으로 그렇게 알고 있으라는 말만을 전하는 것이었다. 그런데 나름대로 대화 중 느낀 것은 공주경찰서장 발령 대신 그 부근의 다른 곳으로 발령을 받을 수도 있을 것 같은 예감이 들었다. 당시 공주 부근 어디로 발령을 받으면 공주나 세종서장은 영원히 기회가 없어지게 된다. 왜냐하면 재직기간이 얼마 남지 않았기 때문이다. 그래서 6개월 후에 발령이 있는 세종서장이라도 가려면 일단 현재의 자리에 유임을 해야만 했다. 때문에 나는 항공과장에 그냥 남아 있겠다고 하면서 유임이라도 해달라는 뜻을 전했다. 느낌으로는 그날 경찰청장은 면담을 통해서 알게 된 나의 고충을 받아 줄려고 하였으나 그 후 상황에 큰 변화가 있었던 것이다. 면담 후에 외부 핵심 권력층의 뜻을 전달 받고 부득이하게 다른 사람으로 내정을 했기 때문에 인사담당관이 통지를 해 주는 것 같았다. 보통 경찰인사에서는 인사권자인 경찰청장이 일방적으로 발령을 내는 것이 보통이고 사전에 인사 대상자에게 가부를 통보해 주는 사례는 그리 많지 않다. 그런데 나한테는 친절하게도 내가 희망한 곳 발령이 불가하다는 내용을 통보 해 주는 것이다. 왜 그랬을까를 나름대로 생각해보니 명분상 나를 발령을 내줘야 하지만 외부의 청탁을 받고 명분이 맞지 않는 사람으로 발령을 내니까 미리 통보라도 해줘야 한다는 양심상의 부담을 느꼈던 것 같았다. 경찰청장은 명분에 맞지 않는 인사를 해야만 하는 피치 못할 사정이 있었을 것이다. 그렇다면 외부인사 누구의 부탁을 받고 나의 그러한 정당하면서도 간곡한 요구를 들어 줄 수 없었을까?

서운하기도 하고 도저히 이해할 수 없었다. 승진을 시켜달라는 것도 아니고 이제 경찰생활을 마무리하면서 마지막으로 고향에서 봉사하고 싶다고 고향서장 좀 보내 달라고 했는데 그것도 안 된다니 말이다. 통상적으로 경찰에서는 정년 임박 자들에게는 마지막으로 이런 요구 정도는 기꺼이 반영해주는 것이 관례였고 또한 실제로 대부분이 그렇게 운영되고 있었다. 그런데 왜 그렇게 유독 내가 가려고 하는 그 자리만은 안 된다는 말인가? 본청 참모 중 나와 조건이 같은 다른 과장은 고향인 대구지역의 경찰서장 발령을 내면서 말이다. 그렇다고 발령을 내는데 있어서 어떤 규정이나 명분상 문제가 있는 것도 아니고 또한 나에게도 어떤 하자나 결격사유가 있는 것도 아니었다. 정말 이해가 되지 않는 일이었다. 그러나 어찌하겠나? 경찰조직 특성상 인사권자가 일단 발령을 내면 이에 대해서 불만이 있어도 이의를 제기한다든가 반발하는 모습을 보일 수도 없었다. 따라서 인사안에 대해서 도저히 이해가 안 되고 억울했지만 더 이상 어떤 이의를 제기할 수도 없었다. 또 실제로 그렇게 해서도 안 된다.

할 수 없이 약자 입장에서 꿈을 접는 방법 밖에 도리가 없었다.

마침내 얼마 후에 경찰 총경급 인사안이 발표되었다. 나는 그대로 항공과장으로 유임은 시켜주었다. 나는 궁금했다. 도대체 내가 희망했던 공주경찰서장 자리에는 누가 발령을 받았는지 말이다. 이름도 잘 모르는 사람이었다. 얼마 후 우연히 신문지상을 통해 얼굴 사진을 보니 어디서 좀 안면은 있는 것 같기도 했지만 내가 아는 사람은 아닌 것 같았다. 그러면 그 사람이 공주 경찰서장을 오게 된 이유는 무엇인가? 나중에 들은 바로는 그 사람은 고향도 공주가 아니었고 다만 학교를 그 곳에서 나왔을 정도 인연이 있다는 이야기가 전언으로 들려왔다. 그렇다면 나를 제치고 왜 그 사람이 발령을 받았는지 아무리 생각해도 이해할 수 없는 일이었다. 나는 이제 고향에서 봉사할 기회가 영원히 없게 된 것을 아쉬워했지만 어쨌든 그 사람이 우리 고향에 발령을 받은 이상 고향 분들에게 인정을 받아가며 무사히 임무를 잘 마치기를 바랐다. 그 후 나는 나름대로 현실을 인정하며 항공과장으로 주어진 일을 열심히 할 수밖에 없었다.

그러던 중 이게 웬일인가? 인사가 있은 후 한 달 정도가가 지난 어느 월요일 아침이었다. 당시 경찰청은 월요일마다 전 국장과 과장이 참석하는 확대 간부회의가 열렸다. 그 날도 확대 간부회의가 있어 회의 참석을 위해 막 회의실 문을 들어가는데 모 국장님이 갑자기 '어이, 이 과장!' 하면서 나를 부르는 것이었다. 뒤를 돌아보며 '왜 그러십니까?' 하고 물으니 국장님이 하는 말이 '오늘 새벽에 갑자기 공주서장이 죽었어!' 라고 하면서 믿기지 않는 비보를 전해 주는 것이었다. 그 말을 듣는 순간 '이럴 수가 있을까' 하며 까무러치게 놀라며 말을 이을 수가 없었다. 물론 그 국장님은 내가 그 자리를 가려고 했다는 것을 잘 알고 있었다. 그러기 때문에 나한테 제일 먼저 비보를 전해 주는 것이었다. '이럴 수가 있을까? 내가 가려고 했던 고향 경찰서장이 갑자기 죽었다니?' 비명에 간 사람은 나이도 젊고 장래가 유망한 사람이었다.

그런 사람이 그렇게 갑자기 비명에 갔다니 참으로 놀라지 않을 수 없었다. 순간 너무 안타깝기도 하거니와 인간만사에 정말로 운명이라는 것이 있는 것인지 하는 생각을 했다. 만약 내가 그 자리에 갔다면 나는 어떻게 되었을까? 인간 만사가 다 새옹지마고 사람이 죽고 사는 것은 하늘의 뜻이겠지만 이것은 너무 기막힌 운명이구나 생각했다. 그리고 내가 그 자리를 가지 않은 또 다른 그 무엇이 있었구나 하는 생각도 하게 되었다. 그분은 관사에서 홀로 잠을 자다가 갑자기 변을 당해서 안타까움을 더했다. 그런 비보를 접하고 말로 형언할 수 없는 복잡한 심정이 가슴을 짓눌렀다. 나는 정말로 고인의 명복을 빌었다. 그리고 아침회의를 간단히 마치고 내실로 들어가 한참 동안을 누워서 정말 많은 생각을 했다. 운명이야 하늘의 뜻이겠지만 일단 생사를 떠나서 내가 그 자리를 갔다면 적어도 세상을 떠들썩하게 했던 항공과 뇌물스캔들에 대한 가혹한 감독책임은 면했을 지도 모른다. 왜나하면 항공과 비리가 터져 나에게 쓰인 책임의 상당부분이 공주서장 발령이 무산된 후부터 주로 이루어졌기 때문이다. 그렇다면 책임의 범위에서 벗어나 인사상 불이익도 없었을 것이다. 참! 인생이란 한치 앞을 볼 수도 없고 미리 정해진 운명에 따라서 삶을 살아가는 존재라는 것을 실감했다.

나는 당시 인사권자가 극히 타당성과 명분이 있는 인사고충 사항을 왜 들어 주지 않았는가에 대해서 많이 서운했다. 그러나 인사권자도 나름대로 피하지 못할 특별한 사정이 있었을 것이다. 외부 핵심 권력층의 영향력이 작용하지 않나 싶은 것이다. 순리를 어긴 것이다. 고향사람이 평생을 경찰조직에 몸담으면서 이제 정년을 얼마 남겨놓지 않은 입장에서 마지막으로 고향에서 봉사 좀 하겠다는데 왜 하필이면 고향도 아닌 외지의 젊은 사람이 그 자리를 와야 했던가 말이다. 그리고 그 사람이 죽었다니 이게 어찌된 일인가 말이다.

이제 우리나라는 모든 면에서 선진국의 문턱을 넘고 있다. 특히 선거제도는 세계 어느 나라보다도 선진 시스템을 갖추고 있다. 정확성은 물론이고 공정성이나 투명성 신속성 등 모든 면에서 뛰어난 선거관리 시스템으로 각종 선거를 치르고 있는 것이다. 문맹률이 높아 막대기 모양으로 후보자의 기호를 표시하고 고무신과 막걸리가 오고가는 혼탁한 시대도 있었다. 그런 어두운 시대를 겪었던 우리나라가 이제는 최첨단 선거시스템으로 그 어느 나라보다도 공명정대한 선거를 치르는 나라가 된 것이다. 이제 선거 시스템이나 투개표 장비 등을 외국에 수출도 할 수 있는 나라가 된 것이다. 과거에는 우리 경찰도 선거관련해서 많은 오해와 물의를 일으킨 적이 있었다. 경찰하면 부정선거가 떠오를 정도로 말이다. 3·15 부정선거가 그것이었다. 그러나 오늘의 경찰은 전혀 그렇지 않다. 이제 우리 경찰은 정치적 중립에 관해서는 추호도 의심할 여지가 없는 대표적 법집행기관이 된 것이다. 그런데 누가 경찰서장을 한들 관련이 있다고 경찰 인사에 영향력을 행사하려고 하는지 참 이해할 수 없는 일이다. 그렇다고 볼 때 비명에 가신 분이나 조직생활 끝자락에 어려움을 겪었던 필자나 이런 순리를 거스른 잘못된 행태에 의한 또 다른 피해자가 아니겠는가 하는 생각이 든다.

4) 세월호 참사 당일 경찰청 항공과에서 있었던 일

2014년 4월 16일 나는 평소와 마찬가지로 아침 일찍 서울 관악구 봉천동 집에서 750번 시내버스를 타고 출근했다. 버스에서 내려 경찰청 정문을 막 들어서려 할 때 지휘부를 태운 경찰청 버스가 경찰청 앞마당에서 어디를 가려고 막 출발하고 있었다. 아침 일찍부터 어디를 가는가 하고 궁금했다. 나는 목례로 예의를 표하고 7층 사무실로 바로 출근을 했다. 확인을 해보니 그날은 충남 아산의 경찰교육원에서 제 62기 경찰간부후보생 졸업식이 있는 날이었다. 경찰 지휘부를 태운 버스는 아산 경찰교육원에서 개최되었던 경찰간부후보생 졸업식에 참석하기 위해 출발했던 것이었다. 순간 간부후보생 출신인 나도 30년 전의 경찰학교 졸업식을 연상하면서 세월의 빠름과 함께 그동안 경찰생활이 주마등처럼 머리를 스쳐 지나갔다. 그런 생각을 하면서 평상시와 같이 하루 일과를 시작했다. 통상 청장이 부재중일 경우 차장 주재 일일회의를 하는데 차장 주재회의는 좀 일찍 끝나는 것이 보통이다. 그날도 여느 때보다는 좀 일찍 회의가 끝나서 9시 조금 넘어 모든 회의 일정이 끝났다.

국장주재 회의와 이어서 항공과 자체회의를 막 끝내고 있는데 갑자기 경비국내의 같은 과장급인 위기관리센터장으로부터 한통의 전화가 걸려 왔다. 긴급 경비전화였다. 전화내용은 '지금 긴급 상황이 발생했으니 헬기를 이용할 수 있게 해 달라'는 것이었다. 상황은 다름이 아니라 '지금 남해안에서 여객선이 가라앉고 있는 위급한 상황이 발생했다'고 하면서 '경찰간부후보생 졸업식 행사에 참석 중인 안전행정부장관이 현장으로 급히 출발해야만 한다'는 것이었다. 나는 즉시 항공과 헬기 운항담당직원으로 하여금 기상조건이 헬기출동이 가능한지 여부를 확인토록 했다. 왜냐하면 헬기는 안개나 바람 등 기상조건이 나쁘면 출동이 불가능하기 때문이다. 기상조건을 확인한 결과 충청 이북지역인 서울, 경기, 인천항공대 헬기는 이륙이 불가능하다는 보고였다. 물론 안개 때문이었다. 공교롭게도 그날은 안개가 많이 끼었다. 그러나 충청 이남지역은 안개가 좀 덜 끼어서 어느 정도 무리가 있지만 헬기를 띄울 수는 있다는 보고였다. 이러한 보고를 접하고 나는 아산과 가장 인접해 있는 충남지방청 항공대 소속 7인승 헬기를 아산으로 신속히 이동해서 임무를 수행토록 지시했다. 충남청 항공대는 대전에 위치해 있다.

그렇게 하고 난 후 상황의 긴박함을 느끼고 즉시 전국의 항공대에도 출동 대기 지시를 해놓았다. 전남 진도 앞바다의 위급상황을 알리고 각 항공대 헬기가 출동해야 하는 상황이 올 수도 있으니 즉시 시동을 걸어놓고 출동태세를 갖추도록 했던 것이다. 왜냐하면 헬기는 시동을 거는데 거의 10분의 시간이 소요되기 때문이다. 한편 출동지시를 받은 충남청 소속 7인승 헬기는 즉시 아산 경찰교육원으로 출발했다. 그런데 여기서도 문제가 생겼다. 안개 때문이었다. 대전을 출발한 헬기는 경찰교육원으로 이동하던 중 짙은 안개를 만나서 천안 인근의 차령고개를 넘지 못하고 부득이 세종시 조치원읍 소재 육군 항공대대에 착륙할 수밖에 없었던 것이다. 안개가 끼었다든가 야간일 경우에는 공항이나 군 항공대에만 착륙이 가능하다. 안전행정부장관은 부득이 43번 국도를 이용해서 아산 경찰교육원에서 조치원 항공대대까지 승용차로 이동해서 헬기를 이용할 수밖에 없었다. 때문에 안전행정부장관은 상당한 시간이 지체된 뒤인 12시 경에야 겨우 조치원 항공대대를 이륙해 사고 현지로 출발할 수 있었다.

한편 전남경찰청 항공대에서는 본청 항공과 지시를 받고 헬기 시동을 켜고 즉시 출동이 가능하도록 출동대기 중이었다. 그런데 마침 서해해경청으로부터 긴급 요청을 받았다. 요청내용은 해경 특공대원들이 서해해경청에서 출동 대기 중인데 이들을 사고 현장으로 긴급 이송할 수 있도록 경찰헬기를 지원해 달라는 요청이었다. 당시 해경헬기는 2대가 있었는데 그 중 한 대는 사고 즉시 현장에 이미 출동을 하였고 나머지 한 대는 불법 조업을 하는 중국어선을 단속 중이었던 것이다. 당시 전남경찰청 항공대는 3대의 헬기를 보유하고 있었다. 헬기기종은 5인승, 14인승, 15인승이었으나 이 중 바다 해역을 운항할 수 있는 것은 14인승과 15인승 2대 뿐이었다. 왜냐하면 해상 비행 중 비상시에 바다 위에 긴급 착륙할 수 있는 비상부주라는 장치를 장착한 헬기만이 해상비행이 가능하기 때문이었다. 전남경찰청 항공대에서는 해상비행이 가능한 신형 국산 헬기 15인승 참수리호를 서해해경청으로 급히 출동시켰다.

서해해경청에 도착한 경찰 참수리호는 바로 서해해경청에 대기중인 해경 특공대원 8명을 태우고 세월호 침몰 현장으로 이동하였다. 배는 90도 가까이 기울고 있는 위급한 상황이었다. 사고 현장에 접근한 경찰 헬기는 침몰하고 있는 세월호 선상 바로 위에서 특공대원들이 배 위로 낙하 투입할 수 있도록 헬기를 고정시켜 정지비행(하버링)을 했다. 그런데 그 순간 뜻하지 않은 상황이 벌어진 것이다. 뜻밖에도 해경 특공대 요원들은 정지비행을 하고 있는 헬기에서 직접 배 위에 뛰어내리지 않은 것이었다. 경찰헬기는 단지 특공대원들을 신속히 사고현장으로 이동시키는 입장이었으므로 특공대원들을 강제로 투입케 할 수는 없었다. 절체절명의 위기상황에서 구조임무를 띠고 동원된 특공대원들이 배위로 직접 투입을 하지 않은 것이다. 당시 기울어져 있는 배의 상황이라든가 기상상황 등 그 어떤 돌발적인 상황이 전개되었는지는 알 수 없지만 어쨌든 위기상황에서 특공대원들이 투입되지 못한 것은 참 안타까운 일이 아닐 수 없다.

할 수 없이 전남경찰청 헬기는 해경특공대원들을 사고현장에서 멀리 떨어져 있는 섬(서거차도로 기억함)으로 이동해서 그들을 내려줄 수밖에 없었다. 서거차도에 내린 특공대 요원들은 그때서야 배편을 이용해서 사고현장에 도착했다. 그때는 이미 배가 거의 기울어져 있는 상황이었다. 사고현장에 상당한 거리의 섬까지 이동해서 헬기에 내려 배를 갈아타고 다시 사고현장에 도착했으니 배는 점점 더 기울어진 상태가 된 것이다. 절체절명의 위기상황에서 참으로 이해할 수 없는 일이 벌어진 것이었다. 당시 모든 국민이 안타까워하고 국가 전체가 정신적 패닉상태일 정도로 세월호 참사의 충격은 이루 말할 수 없을 정도로 컸다. 참사의 직접적 책임이 있는 선주는 물론 구조책임이 있는 정부에 대해서도 많은 불신감을 갖게 되는 상황이었다. 한사람이라도 더 구조해야 할 위급한 상황에서 응급 구조에 나선 특공대원들이 헬기에서 침몰 중인 배위로 직접 투입되지 못한 것은 정말 이해할 수 없는 일이다. 안타까운 일이지만 극히 예민한 사항이기도 했다. 이 사실이 알려질 경우 사회적으로 엄청난 후유증을 낳을 수 있는 일이었다.

따라서 당시 경찰에서는 이 사안을 보다 신중하게 처리할 수밖에 없었다. 물론 경찰내부 상급자에게는 보고를 했지만 선불리 외부에 공개할 수는 없었다. 나는 이 내용을 기술함에 있어서 재직 중에 취급한 민감한 부분을 과연 공개하는 것이 옳은 일인가에 대해서 많은 고민을 하였다. 왜냐하면 재직 중은 물론 퇴직 후라도 국가 비밀에 관련된 사항은 신중히 다루어야 할 책임이 따르기 때문이다. 물론 이 내용은 비밀로 분류된 사항은 아니다. 그러나 역사의 현장에 있었던 이러한 안타까운 일들이 이쯤에서 바로 알려져 반성의 계기로 삼는 것도 중요하고 또한 의미가 있다고 생각했다.

03

마지막 어려움

☜ 사진설명
취항식 후 러시아제 Mi-172 및 국산 참수리호 서울상공 시험비행

1.
불운의 경찰청 항공과장

1년간의 서울 방배서장 임기를 마치고 2013년 하반기 인사로 경찰청 항공과장으로 자리를 옮겼다. 통상 하반기 인사는 인사 폭이 크지 않다. 당시에도 서울시내 경찰서장은 물론이고 본청이나 서울청의 참모 보직이 몇 개의 자리 이동에 그쳤다. 이런 저런 이유로 경찰 고유의 업무와는 거리가 먼 경찰청 항공과장으로 발령을 받게 되었다. 당시 항공과장 자리는 내가 적극적으로 희망을 했던 보직은 아니었다. 그럼에도 항공과장이라도 갈 수밖에 없었던 것은 나름대로 이유가 있었던 것이다. 정년을 얼마 남겨 놓지 않은 입장에서 고향서장이라도 한번 하려면 그래도 본청 참모를 거치는 것이 낫다고 생각했기 때문이다.

통상 고향사람들끼리는 푸근한 고향의 정을 느끼며 가깝게 지내는 것이 일반적일 것이다. 고향이라는 매개체가 있기 때문이다. 그러지만 개인별로 특수한 이해관계가 있다든가 신념이나 사고방식

등의 차이가 있을 경우는 고향사람이라는 것이 오히려 부담스럽게 여겨지는 경우가 있을 수 있다. 나는 경찰 선배들 중에도 같은 고향사람들끼리 이렇게 두 가지의 유형으로 나뉘어져 인간관계를 맺어오는 것을 보아왔다. 고향사람들끼리 서로 도움을 주고 끌어주는 경우도 있는가 하면 그 반대의 경우도 있는 것이다. 솔직히 나에게도 이런 두 가지 유형의 인간관계가 없지 않았던 것이다. 이런 저런 이유로 해서 정년을 앞두고 고향에서 경찰서장이라도 한번 하려면 어쨌든 충남청보다는 본청이나 서울청에서 참모를 하는 것이 낫지 않을까하는 판단을 하게 된 것이다. 그래서 발령을 받은 곳이 경찰청 항공과장이었다. 항공분야는 정말로 낯설고 생소했다. 업무파악에 많은 어려움을 겪어야만 했다. 조종사나 정비사들의 정서나 사고방식도 일반경찰과는 많이 달랐다. 대부분 군 항공분야에서 오랜 기간 근무를 한 군출신 전문 엔지니어들이다. 처음부터 어떤 신념이나 의욕을 가지고 경찰이란 직업을 택한 것이 아니라 30대나 40대 중년의 나이에 경력자로 특채된 사람들이다. 비록 제복을 입고 경찰이라는 조직에서 동료로서 근무를 하지만 처음부터 경찰을 시작한 일반경찰관과는 달리 의식이나 행태 면에서 적지 않은 차이가 있음을 느꼈다. 비록 항공이라는 매개체를 가지고 같은 공간에서 근무를 하지만 그들로부터는 그 어떤 동료의식이라든가 하는 정서적 동질감은 솔직히 느낄 수 없었던 것이다. 공식적인 위계질서가 작동을 하지만 비공식적인 측면에서는 물과 기름과도 같았다. 당시 경찰청 항공과는 과장인 나를 포함해서 예산을 담당하는 여직원을 빼고는 전부 조종사와 정비사들로 구성되어 있었다.

나는 이런 여건 하에서 정말 미지의 분야인 경찰청 항공과에서 관리자로서 업무를 시작했다. 때문에 처음부터 막연한 불안감 같은 것도 있었던 것이 사실이다. 그리고 경찰에서 경찰청 항공과장은 솔직히 주요 보직이 아니다. 승진이나 다음 인사 발령 시 주요보직으로의 발령을 목표로 하는 사람은 적극적으로 가고자 하는 자리는 아니다. 나도 사실 앞에서 언급한 것처럼 특수한 사정이 있어서 발령을 받았지만 그렇게 썩 기분 좋게 시작을 한 것이 아니었다. 그런데 이런 우려 섞인 기분이라 할까 하는 느낌이 그대로 맞아떨어졌다. 항공과장으로 발령을 받기 훨씬 전부터 경찰청 항공과에서는 이미 엄청난 일이 벌어지고 있었던 것이다. 속이 곪을 대로 곪아가고 있었다. 정비를 담당하고 있는 직원이 엄청난 일을 저지르고 있었던 것이다. 고도의 전문성을 이용해서 정비업자로부터 거액의 뇌물을 수수해온 것이다. 철저하게 상사나 동료들을 속이고 말이다. 그 직원은 이미 내가 부임하기 훨씬 이전부터 자신과 거래하는 특정업체에 일감을 몰아주고 수억 원에 달하는 거액을 받아 온 것이다. 그것도 차명계좌를 이용해서 말이다. 이른바 항공과 독직사건이 잉태되고 있었던 것이다.

나는 이런 내막을 전혀 알지 못했다. 전문분야의 특성상 구조적으로 전혀 알 수 없는 입장이었다. 이것도 모르고 나는 주어진 일만 열심히 하려 했다. 후술하는 바와 같이 그동안 한 번도 시도하지 않은 일들을 한 것이다. 헬기안전은 물론 항공경찰의 발전을 위해서 꼭 필요한 일들도 다수 있었다. 열심히 일한 결과 어느 정도 성과도 있었고 보람도 있었다. 그런데 그것이 문제였다. 그렇게 성과와 보람이 있었던 일들이 오히려 나한테는 부메랑이 되어 돌아왔기 때문이었다. 거액의 금품을 수수한 직원은 계층상의 여러 감독자들을 철저히 속이고 그렇게 열성적으로 추진했던 일들을 오히려 자신이 금품을 받는 통로나 수단으로 이용했던 것이다. 전문식견을 가진 정비담당 직원이 비전문 관리 감독자를 철저하게 속인 것이다. 근래 들어서 경찰청 항공과장들은 모두 일반출신 비전문가들로 채워진다. 전문성이 없는 일반출신으로 항공과장을 보임할 수밖에 없는 이유는 나름대로 이유가 있다. 조종사나 정비사를 채용할 때에 관련 분야에 상당기간의 근무경력을 조건으로 요구하다 보니까 구조적으로 관리 감독자를 일반출신으로 보임할 수밖에 없었던 것이다. 왜냐하면 채용 당시부터 어느 정도의 연령대(40대 중반)에 도달한 항공전문가를 일정한 계급 즉 경위(정비사는 순경)계급으로 특채를 하여 구조적으로 이미 항공과장 계급(총경)으로의 진급이 불가능하게 되어 있다. 40대 초반에 경위계급으로 채용된 사람이 연령상으로 총경으로의 진급이 불가능했던 것이다. 때문에 비전문가지만 부득이 일반출신으로 항공과장을 보임할 수밖에 없었던 것이다. 이렇게 발령을 받은 항공과장은 아무리 주의 의무를 다해서 노력을 한다하더라도 관리감독에 일정한 한계가 있을 수밖에 없다. 철저하게 비전문가이기 때문이었다. 그러한 약점을 이용해서 정비담당 직원은 직속상사들을 속이고 정비업자로부터 정기적으로 금품을 받아온 것이다. 정비일감을 몰아주고 그 대가로 수억대의 리베이트를 받아 챙기고 더 나아가서 과운영비까지 대납토록 한 것이다. 공직자가 더구나 제복을 입은 경찰공무원이 직무와 관련하여 몇 백 만원 아니 몇 천 만원도 아닌 수억대의 뇌물을 받아먹은 것이다. 비극이었다. 꿈도 꾸지 못할 비극이 눈앞에서 벌어진 것이다. 이 엄청난 비극 앞에서 나는 무릎을 꿇고 속죄해야만 했다. 그리고 책임을 져야만 했다. 그런데 어느 때보다도 일을 많이 했던 나는 그것에 비례하여 더욱 무거운 책임을 져야만 했다. 그동안 추진했던 여러 업무를 뇌물수수의 기회로 활용했기 때문이었다. 의욕적으로 추진했던 일에 대한 대가를 혹독하게 치른 것이다.

2.
내가 겪은 항공경찰의 행태

1) 의식 행태 등 구조적 문제

처음 항공과장으로 부임을 해보니 첫 인상은 정말로 어느 외딴 섬에 홀로 떨어져 있는 느낌 그 자체였다. 인사교류가 없어 직원들도 생면부지 초면이었고 분위기도 일반경찰과는 전혀 달랐기 때문이었다. 또 용어 하나하나가 전혀 알아들을 수도 없을 정도로 생소할 뿐더러 직원들의 정서도 일반경찰과는 판이하게 달랐다. 분위기 파악은 물론 업무는 더욱 익히기가 쉽지가 않았다. 뿐만 아니라 조종사와 정비사들은 대부분 군 출신을 대상으로 특별 채용되었기 때문에 경찰관으로서의 의식이나 사고방식도 일반 경찰과는 많은 차이가 있었다. 항공이라는 고도의 전문기술 분야를 담당하고 상당기간을 군대에서 근무한 경력자들이다 보니 전문기술자로서의 고집이나 폐쇄적인 특성도 있었다. 그리고 오랜 기간 군대생활을 한 사람들이기 때문에 군대 조직의 심리나 생활패턴도 그대로 남아 있었다. 자연히 이들에게는 경찰에게 부여된 막중한 소명의식이나 이해도가 부족할 수밖에 없었다. 좀 심하게 얘기하면 제복만 경찰복을 입었지 내면은 그대로 전문 엔지니어나 군인을 접하는 듯싶었다. 주위에 있는 모든 사람이 그렇다보니 어떤 때는 나 자신이 젊은 시절 군복무를 했을 때를 연상케 하기도 했다. 20대 젊은 나이에 경찰을 천직으로 알고 시작하는 일반출신 경찰관과는 다르게 경찰조직에 대한 이해도나 충성도 그리고 애착심도 많이 부족함을 느꼈다. 전문 엔지니어들이이기 때문에 공무원으로서의 기본자세는 물론 직무의 청렴의식, 그리고 공적영역과 사적영역을 구분하는 윤리의식도 많이 부족했다. 이들이 그 많은 예산을 집행하고 고가의 물품조달을 하다 보니 애초부터 위험요소를 내포하고 있었던 것이다.

그뿐 아니라 공직자로서 근무자세도 문제가 있었다. 그로 인해서 근무기강 위반사례도 종종 발생하곤 했다. 과거 항공경과 출신 항공과장이 투명하지 못한 일처리로 불명예 사직을 한 사례가 있었고 정비담당직원도 물의를 일으켜 종종 교체되곤 했다. 지방의 각 항공대에서는 공히 조종사나 정비사가 대기하는 시간이 많다. 헬기 출동이 생각하는 것처럼 그렇게 많지 않고 가끔 들어오는 신고나 자체훈련이 있는 경우 외에는 대부분 항공대 내에서 대기를 하기 때문이다. 이렇게 많은 대기 시간에 불미스런 일들이 종종 발생했던 것이다. 몇 년 전에는 지방의 모 항공대 에서 근무시간을 막론하고 상습적으로 거액의 도박을 하다 내부 대원의 신고로 적발된 예가 있었다. 당시 이 사건은 도박의 규모나 횟수 등으로 볼 때 문제가 심각했다. 공무원으로서 있을 수 없는 규모의 판돈을 걸고 밤낮을 가리지 않고 상습도박을 하다 적발된 것이다. 당시 대대적으로 감찰조사를 받고 관련자 대부분이 무거운 징계처분과 함께 문책성 인사 조치를 받았다.

그뿐이 아니었다. 각 지방 항공대에는 시설경비나 업무보조를 위해서 몇 명씩 의무경찰(의경) 대원이 배치되어 있었다. 그런데 이 의경들을 마치 개인비서처럼 밤낮을 가리지 않고 개인세탁과 취사 등 온갖 사적 심부름을 시켜 의경들의 불만을 사는 등 크게 문제가 된 적이 있었다. 최근에 사회적으로 크게 문제가 된 소위 '갑질'의 전형적인 예인 것이었다. 일반 전경대나 방범순찰대에서는 기간요원이나 선임들에 의해서 저질러졌던 가혹행위나 개인 심부름 등 과거의 악습은 이미 사라진지 오래다. 그럼에도 소속 의경대원에 대한 비인격적 대우는 물론 시도 때도 없이 '라면 끓여 와라, 빨래(속옷 등) 빨아라 등 온갖 사적 심부름을 시켰던 것이다. 이뿐 아니라 일부 직원은 야간 대리기사로 취직해 공무원의 겸직금지 의무를 위반하는 사례도 있었다. 업무전종 의무가 있는 공무원이 밤에 대리기사로 일을 한다는 것은 상식적으로 이해할 수 없는 일이다. 밤을 지새운 사람이 어떻게 헬기조종을 하고 정비를 할 수 있을까? 이들에게는 직무전념 의무라든가 겸직금지 의무가 있다는 것조차 모르는 것 같았다. 그리고 일부 지방 항공대에서는 경내에 골프 연습장을 설치해 놓고 근무시간을 가리지 않고 골프연습을 하다 적발된 사례도 있었다. 공공기관인 경찰관서에 골프 연습장을 설치한다는 것은 있을 수 없는 일이다. 각 지방 항공대는 거의 외부 독립청사로서 떨어져 있다. 또한 항공은 고도의 전문분야이다. 이런 이유로 관리감독이 제대로 이루어지지 않은 것이다. 관리감독의 사각지대인 것이다. 모두 관리감독의 사각지대에서 제 기능이 제대로 작동하지 않아 벌어지는 일탈 사례들인 것이다.

항공과 뇌물 스캔들은 2명의 항공정비사 출신이 오랜 기간에 걸쳐 정비업체로부터 억대의 금품을 수수한 사건이었다. 그것도 5억이란 거액을 정기적으로 받았다. 당연히 당사자들은 구속 파면되었다. 이 금품수수 사건은 경찰은 물론 사회적으로도 엄청난 파급효과를 불러왔다. 이들의 범죄수법은 공무원으로서 도저히 생각할 수 없는 수법을 썼다. 경찰청으로 전입 후부터 수년에 걸쳐서 특정업체에 정비 일감을 몰아주고 그 대가로 업자로부터 뇌물을 받은 것이다. 그것도 차명계좌를 개설하여 정기적으로 월급 받듯이 받았다. 공직사회에서 특히 제복조직인 경찰에서 이런 일이 일어 날 줄은 상상도 할 수 없는 일이었다. 이들에게는 공무원으로서의 공복의식은 제쳐두고라도 일반 형사범에서도 있을 수 있는 양심의 가책조차도 찾아볼 수 없었다. 문제가 불거지자 반성은커녕 부하직원으로서 최소한의 양심도 져버리고 자기의 잘못을 상사나 동료들에게 떠넘기기에 급급했다. 정비란 전문영역에서 정비사 단독으로 저지른 범행이었음에도 말이다. 계장·과장 등 계층상의 감독자들은 이들의 비위사실을 전혀 인지하지 못했다. 사실 동료나 각급 상사들은 자신들의 잘못으로 피해를 입은 피해자일 뿐이다. 백배 사죄를 해도 부족할 터인데도 상사나 동료들에게 책임을 떠넘기기에 급급했다. 형사적인 책임을 논하는 과정에도 별다른 실익이 없는데 왜 그런 짓을 했는지 도무지 이해가 가지 않는다. 독단적으로 엄청난 비리를 저질러 놓고 문제가 불거지니까 전혀 근거 없이 모든 걸 보고했다고 덮어씌운 것이다. 의례적인 식사비나 사소한 선물도 상납형태로 이루어진 것처럼 허위주장까지 했다.

반장과 계장 그리고 일반출신 과장 등 감독자들은 부하직원이 그 엄청난 금품을 수수한 현실 앞에서 유구무언이었다. 더 나아가서는 감독부실에 대한 책임을 통감할 수밖에 없었다. 나도 그랬다. 꿈도 꾸지 못할 그 엄청난 사건 앞에서 정말로 참담한 심정 그 자체였던 것이다. 그러나 불행하게도 실체적 진실을 밝히는 과정에 커다란 문제가 있었다. 그것이 너무나 안타깝고 억울했던 것이다. 이 뇌물수수 사건은 결코 우연히 발생한 일이 아니었다. 그동안 구조적으로 이어져 온 부패 고리가 오랜 기간 지속되다 보니 꼬리가 잡힌 것이다. 그러더라도 어떻게 보면 적발된 두 사람은 운이 없었던 것이다. 전문분야 특성상 오래 전부터 부패 먹이 사슬이 이어져 왔음에도 그 누구도 이런 화를 당하지 않고 무사히 넘어갔기 때문이다. 이 사건관련 해서 각급 감독자들 엄청난 마음고생을 했다. 그리고 신분상의 불이익도 받았다. 그러나 역설적이지만 이들 감독자들의 희생이 계기가 되어 늦게나마 진실이 밝혀질 수 있었다는 것이다. 그런 점에서 그나마 다행이었다. 나는 비록 업무에 대한 전문지식이 없고 능력에 한계가 있어서 사전에 이들의 범법 행위를 막지는 못했다. 그 점에 대해서는 할 말이 없고 책임을 통감할 수밖에 없다. 그러나 항공과장으로서 나름대로 행정의 투명성 보장과 헬기운항의 안전을 위해서 최선을 다했다. 다행스러운 것은 이런 노력이 계기가 되어 이들의 부패 고리가 전면에 드러나게 되었다는 점이다. 비록 조직 끝자락에 엄청난 시련을 겪어야 했지만 그 점에서 조그만 자부심을 느끼기도 한다. 이 사건을 계기로 경찰 항공영역이 한 단계 발전하고 투명성을 제고할 수 있는 계기기 되었기 때문이기도 하다.

경찰 항공인력은 크게 조종사와 정비사로 구분된다. 매년 초에 소요인원을 파악하여 특별채용 형식으로 채용된다. 조종사는 군에서 대위 이상 장교출신으로서 일정기간의 조종시간 비행경력을 조건으로 실기시험과 면접을 거쳐 경위계급으로 임용한다. 최근에는 학사장교 출신들도 있지만 대부분이 육군 3사관학교 출신이 많다. 반면에 정비사는 주로 하사관 중에서 일정기간 정비경력을 소유한 자를 실기시험과 면접을 거쳐 순경계급으로 임용한다. 간혹 군 사병 출신이나 항공대 출신을 채용하는 경우도 있다. 임용된 조종사와 정비사는 경찰교육기관에서 소정의 경찰실무 교육을 받은 후 일선 항공대에 배치된다. 이처럼 헬기 조종사와 정비사는 근본적으로 출신이 다르다. 같은 항공분야이지만 조종과 정비는 성격이나 영역이 판이하게 다르기 때문이다. 조종사나 정비사는 출신이나 소관업무의 차이로 인하여 서로 간섭하거나 관여하지 않는다. 의도적으로 관여하지 않는 것이다. 같은 항공과 소속직원이라 할지라도 정서 또한 전혀 달라 서로 융화도 잘 안 되는 편이다. 항공경찰은 사실상 조종사와 정비사로 이원체계로 운영되고 있는 셈이다. 이들 사이에 심각한 반목과 갈등양상을 보이는 경우도 종종 있다. 문제는 이 갈등과 반목이 수면 아래에서 작용하면서 헬기 운항과 안전에 심각한 지장을 초래할 수 있다는 것이다. 끔찍한 말이지만 서로간의 반목과 갈등이 심한 경우는 정비사들이 헬기정비를 고의로 부실하게 하여 사고를 유발케 할 수도 있다는 것이다. 실제로 일선 항공대에서는 이런 말이 공공연히 나돌고 있다. 이 정도로 조종사와 정비사간의 갈등은 심각한 수준이다. 헬기운항 시에 반드시 조종사와 함께 정비사도 동승을 하게 하는 이유가 여기에 있다는 것이다.

이러한 양 직역 간 갈등은 실제로 조직운영에도 많은 문제를 낳고 있다. 각 지방청 항공대장은 조종사 출신이다. 여기에는 2~3명씩 정비사가 배치되어 있다. 문제는 조종사 출신인 항공대장이 비록 소속직원이라 하더라도 정비사들을 완전히 장악할 수 없다는 것이다. 지시나 명령을 해도 정비사들은 이를 따르려 하지 않고 정비사들끼리의 담합이나 관행에 따라 움직인다는 것이다. 항공대 내에서의 생활도 각각 따로 움직인다. 심지어는 매 식사도 따로 하는 경우도 있다. 이런 구조적 문제점은 본청 단위에서도 그대로 나타난다. 본청 항공과의 실무 반장이나 계장은 조종사 출신이다. 반장과 계장이 비록 계선상의 감독자라 하더라도 정비사 출신 실무자의 정비 업무를 완전히 파악하고 통제할 수 없다. 적극적으로 정비 업무를 파악하거나 정비사를 장악하려고도 하지 않는다. 항공분야에서 정비 업무는 조종업무 못지않게 중요하다. 헬기의 안전운항에 직결되기 때문이다. 또한 정비부품들은 대부분이 하나하나가 생각하는 것 이상으로 비싸다. 물론 그에 따라 각종 정비수리비 또한 대단히 고가이다. 그러다보니 정비관련 1년 예산이 수십 억대나 될 정도로 덩치가 크다. 관리감독이 제대로 되지 않는 조직에서 이처럼 큰 규모의 예산이 다루어지다 보니 항상 문제가 발생할 소지가 있는 것이다. 업무에 대한 감독과 지휘통제를 효과적으로 하지 못하는 시스템은 결국 엄청난 결과를 가져왔다. 정비사인 실무 담당자가 수억 원에 이르는 거액을 정비업자로부터 몇 년에 걸쳐서 착복해도 전혀 감지조차 하지 못했기 때문이다. 결국 양 직역 간 갈등과 조직운영상의 구조적 문제가 복합적으로 작용해서 결국 정비사에 의한 수억대의 금품수수라는 엄청난 사건이 발생했던 것이다.

일반출신 과장은 구조적으로 정비 분야를 완벽히 파악하고 통제할 수 없다. 2차 감독자로서 책임만 부여되어 있지 전문 기술역량을 갖고 있지 못하기 때문이다. 조종사나 정비사는 일정기간 해당 분야의 경력자들이지만 항공과장은 전혀 그런 조건이 없이 배치된다. 이것은 구조적으로 관리 감독상의 한계를 인정하고 조직운영을 한다는 뜻이 내포되어있는 것이나 다름없다. 실제로 항공과장은 휘하의 항공 전문가들을 관리 감독하는데도 많은 애로를 겪는다. 전문성이 없는 과장은 정비업무 담당자를 그대로 믿을 수밖에 없으며 그의 말에 전적으로 의존하지 않을 수 없다. 헬기정비를 의뢰 한다든가 정비 부품을 구매해도 계약가격이나 부품의 단가가 부풀려진 가격대

인지 원래의 가격대인지도 전혀 알 수가 없다. 이러한 항공과장의 비전문성 또한 엄청난 규모의 항공경찰 비리 스캔들이 발생하게 된 하나의 요인이 되었던 것이다.

2) 인사의 폐쇄성과 그에 따른 갈등

항공경찰은 일반 경찰과의 경과가 구분되어 있기 때문에 인사교류가 거의 없다. 또 고도의 전문분야이고 전체 인력 규모도 그리 크지 않다보니 인사주관도 경찰청 항공과에서 일괄하여 실시한다. 신규채용은 물론 승진심사나 교류인사도 마찬가지 본청에서 주관한다. 신규채용은 매년 연초에 퇴직 등으로 인한 결원을 파악하여 사전 인사과 협조를 받아 특별채용 형식으로 보충한다. 채용 조건은 조종사나 정비사 공히 해당분야에서의 일정기간 조종이나 정비 경력을 조건으로 한다. 일반적으로 군에서 근무하고 있는 조종사나 정비사는 전역 후 재취업 기관으로 경찰항공을 가장 선호한다. 왜냐하면 비록 항공분야이지만 법을 집행하는 경찰로서의 자부심을 살릴 수 있고 타 기관에 비해 업무부담도 그다지 크지 않기 때문이다. 때문에 실기와 면접 위주로 치러지는 경찰항공요원 채용시험은 그 경쟁률이 아주 치열하고 경찰에 한번 들어오면 특별한 경우가 아닌 한 거의 정년까지 신분을 이어가게 된다. 직업 공무원으로서의 신분보장과 함께 항공이라는 전문성을 살리면서 일반경찰과 달리 업무적으로도 크게 부담도 없어 근무 조건이 아주 양호하기 때문이다.

헬기는 야간 운항을 거의 하지 않는다. 왜냐하면 시계비행을 하는 헬기 운항의 특성상 어둠속에서 전선이나 기타 장애물 식별이 어렵기 때문이다. 그 만큼 야간비행은 위험성이 크다. 때문에 경찰항공은 근래 들어서 가끔씩 의무적으로 야간 훈련을 하기는 하지만 실제로 야간 운항은 거의 하지 않는다. 과거에는 야간에는 아예 헬기 운항을 하지 않는 것으로 간주했을 정도였다. 그럼에도 조종사나 정비사들의 근무는 3교대 근무 방식을 택해서 한다. 야간 비행을 하지 않기 때문에 당직 근무자라 하더라도 업무 부담이 거의 없다. 야간 당직근무를 하면서 순찰은 물론 온갖 신고출동에 매달려야 하고 주취자 처리 등에 시달려야 하는 일반 외근 경찰관과 비교하면 그야말로 양호한 조건 속에서 근무하는 셈이다. 그러면서 비번자를 제외한 교대 근무자에게도 현업 근무자로 인정이 되어 시간외 수당이 지급된다. 그 외에도 항공요원에게는 조종수당이나 정비수당도 지급된다. 이렇게 경찰 항공요원은 보수 면에서도 일반 경찰보다 월등이 좋은 조건 하에서 근무를 한다. 실제로 일선 조종사나 정비사들이 비록 계급은 낮지만 일반 경과 출신 항공과장보다 보수가 월등히 높다. 이렇게 경찰항공요원은 일단 채용이 되면 근무조건이나 보수면에서 일반 경찰보다 훨씬 유리한 조건에서 근무를 하게 되는 것이다. 소위 꽃보직인 것이다. 업무부담도 많지 않으면서 경제적으로도 유리한 조건 속에서 근무를 하다 보니 오히려 그것으로 인하여 문제가 발생하곤 한다. 자칫 무사안일에 빠지고 앞에서 언급한 것과 같은 온갖 일탈행위가 발생하는 것이다.

인원이 한정된 소규모 집단에서 퇴직 시까지 근무를 하게 되면 자연히 조종사든 정비사든 최소한 한 번씩은 함께 근무를 하게 되어 있다. 그런 과정을 통해서 항공요원끼리는 거의 개인의 성격은 물론 가정사까지도 속속들이 알게 마련이다. 이 과정에서 친소관계에 따른 인간관계가 형성되고 소규모의 비공식 그룹이 형성되기도 한다. 이것이 또 하나의 알력과 갈등 요인이 되는 것이다. 또한 경찰항공은 전국의 항공대가 각 지방에 분포 되어 있기 때문에 인사이동 시마다 전국을 무대로 자리이동을 해야 한다. 이렇게 주거지에서 떨어져 근무를 하는 경우가 많으므로 인사철만 되면 인사에 아주 예민해진다. 예를 들어 인사결과에 따라서는 주거지가 서울인 사람이 제주도나 부산 등 객지에서 가족과 떨어져 생활해야 하는 어려움이 따르기 때문이다. 때문에 인사를 주관하는 본청 항공과에서는 승진심사는 물론 교류인사 시에 많은 어려움을 겪는다. 때문에 항공경찰은 특히 인사 잡음이 많다. 인사 불만이 쌓이고 그에 따른 진정이나 투서도 많다. 이것은 위와 같은 구조적인 문제가 주원인이기도 하지만 한편으로는 인사 주관부서인 본청 항공과의 공정하고 투명치 못한 인사행정이 하나의 원인이 되기도 한다. 왜냐하면 본청 항공과 근무자들도 똑 같은 항공요원으로 일하는 부서만 달랐지 의식이나 행태는 거의 비슷하기 때문이다. 투명하고 공정한 인사에 대한 확고한 의지나 철학이 없이 개인 친분에 따라서 혹은 그때그때의 상황이나 편의에 따라서 원칙 없는 인사를 했기 때문이기도 한 것이다. 항공경찰은 일반경찰과 달리 시험승진이란 제도가 없고 오로지 심사승진 제도만 운영하고 있다. 항공경찰 인원이 소규모로 한정되어 있어 그에 따른 시험관리 대비 효용성이 낮고 업무자체도 전문 기능중심이기 때문에 심사제도만 운영하고 있는 것이다. 이것 또한 승진 때마다 심사가 더욱 까다롭고 인사 관련 잡음이 있는 한 요인이 되기도 한다.

3) 정비시장의 민간업체 독점

항공분야에 있어서 안전과 직결되는 부분이 바로 정비시스템이다. 그럼에도 경찰항공에 있어서는 정비시스템에 적지 않은 문제가 있다. 독점 시스템으로서 투명성과 공정성이 담보되지 않기 때문이었다. 경찰 항공은 헬기정비를 민간 중소기업 수준의 정비업체가 독점하여 하고 있다. 경찰뿐 아니라 해경, 소방, 산림청 등 국가기관 소속 헬기를 민간업체가 도맡아 정비를 하는 구조인 것이다. 그런데 독점 정비업체는 중소기업 수준으로 규모가 영세했다. 그렇다 보니 정비 기술력이 낮아 정비 후에도 결함이 자주 발생한다. 그뿐 아니라 계약과정에도 문제가 있었다. 계약이 독점적으로 이루어져 투명성에 문제가 있을 뿐 아니라 계약형식도 매년 초에 단가계약만을 체결하고 일상적인 정비는 계약 절차조차 거치지 않는 것이었다.

정비시장에서의 독점은 소위 '갑'과 '을'의 위치도 바뀌기도 한다. 정비계약이 체결 된 후에는 경찰청이 '을'이 되고 독점 정비업체가 '갑'이 되는 구조로 바뀌는 것이다. 을의 위치에 놓인 경찰은 정비 후 정비결함이나 기간초과 등 문제가 발생해도 통상 어떤 문제나 이의를 제기하지 않는다. 물론 그것은 경찰 항공요원들에게 그에 따른 문제의식이나 개선하고자 하는 의지가 없기 때문이기도 하다. 그동안 정비 후 결함이 발견되거나 정비기간이 초과되어도 이의를 제기하거나 제재를 가한 적이 거의 없었다. 헬기정비 시장에서의 이런 독점적 구조는 항공경찰 창설 이래 지속되어 왔다. 때문에 경찰항공에 있어서 독점 정비시장 구조는 시급히 개선해야 할 과제 중의 하나였다. 그럼에도 운영상의 문제점을 개선하지 못한 것은 몇 가지 이유가 있다.

첫째는 항공요원 특히 정비사들 문제이다. 정비사들은 독점 정비업체의 정비사이든 경찰청 소속 정비사이든 대부분 군에서 같이 근무한 경력자들이다. 이들은 서로 안면이 있는 경우가 대부분이고 정비사로서의 끈끈한 정서적 공감대가 이미 형성되어 있다. 공무원이라는 신분과 정비회사의 직원이라는 소속감 보다는 같은 정비사라는 동류의식이 앞서있는 것이다. 전문 엔지니어로서의 특성이기도 하겠지만 이러한 현상은 운영 면에 있어서 적지 않은 문제점을 안겨주고 있다. 예를 들어 정비상의 결함 등 문제가 발생해도 이를 의도적으로 눈감아 주고 문제 삼지 않을 수도 있고 이 과정에서 부정한 거래관계가 형성돼 먹이사슬과 같은 역할을 할 수도 있다. 물론 정비사들끼리의 동질성이나 정서적 유대감은 정비에 있어서 정보교류나 유기적인 협업이라는 긍정적인 측면도 있다. 그러나 헬기안전과 소속기관의 이익을 대변하기보다는 어떤 문제가 발생해도 서로 편의를 봐주거나 눈감아 주고 그 대가로 리베이트가 오고갈 수 있는 통로 역할을 할 수도 있었던 것이다.

둘째는 구조적으로 감독기능이 제대로 작동하지 못한 것이다. 조종사와 정비사간의 알력과 갈등 구조 하에서는 조종사 출신 감독자들의 관리감독 기능이 제대로 작동할 수 없다. 정비 상의 결함이나 정비기간 초과 등 계약상의 문제가 발생해도 조종사 출신인 감독자들은 정비사들의 도움 없이는 그 어떠한 조치를 할 수 없다. 조동사들은 정비 분야는 문외한이나 마찬가지이기 때문이다. 비록 감독자라 하더라고 출신이 조종사이기 때문에 정비 상의 문제점을 개선할 능력도 없고 현실적으로도 타 영역인 정비 분야까지 적극 개입하려 하지 않는다. 정비독점상의 문제가 심각함에도 감독기능이 제대로 작동할 수 없었었던 것이다.

셋째는 항공과장 문제이다. 일반출신 항공과장들은 정비분야에 있어 전혀 전문성이 없다. 문외한이나 마찬가지이다. 전문성이 전혀 없다 보니 조종이든 정비든 전적으로 부하직원들에게 의존할 수밖에 없다. 또 짧은 기간 근무하면서 독점체제에 대한 문제점이나 그 폐해를 미처 파악하지도 못한 채 넘어간다. 그리고 항공과장 스스로도 이를 개선하고자 하는 열의도 없었다. 항공과장이란 자리가 외직으로서 대부분 잠시 거쳐 가는 자리쯤으로 여기는 것이 보통이기 때문이다. 이런 이유들로 인하여 그동안 계약상의 기간초과나 정비 불량 등 문제가 발생해도 독점업체에 대해서 책임을 묻거나 이를 개선하지 못했던 것이다.

3.
항공경찰을 위해 추진했던 일

1) 항공요원에 대한 교육

나는 용어 하나하나에서부터 모든 것이 극히 생소하고 낯선 전문 분야인 항공과에서 완벽한 관리 감독은 기술적 제도적으로 한계가 있다고 생각했다. 시간이 지나면서 이러한 문제가 더욱 심각함을 알게 되었다. 때문에 감독자로서 나름대로 할 수 있는 것은 교육밖에 없지 않을까 생각해서 기회 있을 때마다 조종사와 정비사를 상대로 교육을 시켰다. 마침 당시에는 원전비리와 방산비리 문제가 언론에 매일 대서특필되고 사회적으로 엄청난 파장을 일으킬 때였다. 나는 경찰의 항공분야도 비록 규모는 어떠할지 모르지만 전문분야이기 때문에 이와 비슷한 구조라고 생각이 되었다. 그러한 것을 타산지석으로 삼아 우리 경찰항공도 스스로를 뒤돌아보고 정비계약이나 물품구매에 있어서도 항상 투명하고 정직하게 해 줄 것을 늘 당부했다. 헬기운항은 그 특성상 고도의 위험성을 항상 내포하고 있다. 안전과 직결되는 정비는 시스템이 투명해야 하고 부품 하나하나 정품을 사용해야 한다고 생각했다. 또한 항공요원의 마음자세도 중요하기 때문에 바른 처신을 늘 강조했다. 전문분야이고 거액의 예산을 집행하는 업무 특성상 오해의 소지가 있는 만큼 행동 하나하나에 신경을 쓰도록 늘 강조했다. 이유 여하를 막론하고 담당자가 정비업자와 만날 필요가 있어도 절대 사무실 밖에서는 만나지 못하게 했다. 물론 오해의 소지가 다분히 있기 때문이다. 부득이 만날 필요가 있다 하더라도 만나서 식사는 물론 심지어 커피 한잔까지도 얻어먹지 말도록 각별히 주문을 했을 정도였다. 물론 과장인 나도 모범을 보여야만 했다. 나는 항공과장으로 근무하면서 외부업자 그 누구하고도 개인적으로 만난 적고 없고 식사 한번 한 적이 없었다.

항공 업무를 수행하면서 헬기는 안전에 매우 취약하다는 것을 알았다. 헬기는 특히 기상조건에 취약했다. 헬기는 일반 여객기처럼 자동 안전장치에 의해서 정해진 항로를 따라서 자동 컨트롤되는 계기비행을 하는 것이 아니라 전적으로 조종사 육안으로 그때그때의 상황에 따라서 움직이는 시계비행을 한다. 종종 헬기사고로 인하여 조종사를 비롯한 승무원들이 귀중한 목숨을 잃는 안타까운 뉴스를 접할 때가 있다. 2013년 11월 LG상사 소유 민간헬기가 서울 잠실에서 안개 속을 뚫고 착륙을 시도하다 아파트 외곽 건물에 충돌하는 사고가 발생하여 조종사와 정비사가 모두가 숨지는 끔찍한 사고가 발생한 적이 있다. 당시의 사고원인은 안개속이라는 나쁜 기상조건

속에서 무리하게 착륙을 시도하다 아파트 외곽 벽에 부딪쳐 추락한 사고였다. 기상 조건과 조종과실이 복합적으로 작용한 참사였다. 헬기 안전을 위해서는 조종사의 조종능력 배양이 그 무엇보다도 중요하다. 그럼에도 경찰항공은 별도 조종능력 향상을 위한 교육시스템이 마련되어 있지 못하다. 조종능력 향상을 위해 부득이 군 항공대를 이용할 수밖에 없어서 군과 유기적 협조체제를 유지하여 전 조종사를 상대로 정기적으로 위탁교육을 반복 실시토록 했다.

마찬가지로 헬기 안전에 있어서 중요한 부분이 정비 분야이다. 정비사는 군 하사관 중에서 선발하고 상대적으로 계급도 낮게 입문하기 때문에 그에 따른 소외감을 느끼게 마련이다. 전문 엔지니어 측면이 강하다보니 조종사보다는 더 공복의식이 부족했다. 때문에 이들 정비사들에게는 사명감과 공복의식을 높이기 위한 정신교육이 더욱 필요했다. 헬기사고의 주원인은 불량부품을 사용했다든가 정비기술 부족으로 인한 정비 불량인 경우가 대부분이다. 정비는 전문분야로서 투명성 측면에서도 늘 취약하다. 때문에 특히 기회 있을 때마다 정비사로서의 본분을 다하도록 윤리교육을 병행해서 실시했다.

2) 독점업체에 최초 지체상금 부과

나는 지방에 있는 정비업체를 수시로 방문하여 정비기간 초과나 정비 후 결함 발견 등과 같은 문제점을 개선해 줄 것을 지속적으로

촉구하곤 했다. 그러나 이렇게 말로써 그때그때 문제를 시정할 것을 요구해도 독점의 폐해를 시정하겠다는 별다른 징후가 보이지 않았다. 그러던 중 마침 독점업체의 계약위반 사례가 발생했다. 경기청 항공대 소속 헬기 정비과정에서 중대한 계약위반이 발생한 것이다. 헬기에는 인명구조용 '구조인양기(Hoist)'라는 것을 장착하여 운영하도록 되어있다. 경기청 헬기에 부착된 '구조인양기'가 고장이나 정비업체에 정비를 의뢰했는데 그 과정에 문제가 생겼다. 정비기간이 정해진 계약기간(8개월)보다 무려 5개월이나 초과된 것이다. 구조인양기 하나 정비하는데 1년이 훨씬 더 걸린 것이다. 종전에도 이러한 일이 종종 있어왔다. 이것은 분명 중대한 계약위반이었다. 그렇지만 정비업체는 계약위반에 따른 어떠한 책임의식이나 피해보상 노력도 하지 않았다. 물론 경찰청 항공과에서도 그에 따른 이의를 제기한다든가 지체상금을 부과하는 등의 어떠한 제재를 가한 적이 없었기 때문이기도 했다. 이번에도 마찬가지로 정비 납품기일이 무려 5개월이나 초과되었음에도 정비업체는 전혀 책임의식을 느끼지 않았다. 이와 관련해서 문제를 지적하자 독점 정비업체는 오히려 회사 내부사정과 기상조건 등을 들어 계약위반을 합리화하려는 태도로 일관했다. 이것은 정상적인 거래관계가 아니었다. 때문에 이번에는 어떠한 일이 있어도 이런 불합리한 관행을 반드시 바로잡아야 하겠다고 생각했다. 여러 방안을 강구하던 중에 마침내 정비기간 초과에 따라 관련법(국가를 당사자로 하는 계약에 관한 법률)에 근거해서 지체상금을 부과하기로 방침을 정했다.

그런데 지금까지 지체상금 부과라는 제재를 가한 전례가 한 번도 없었는데 이제 와서 이런 가혹한 제재를 가하면 틀림없이 해당업체의 반발이 예상되었다. 오히려 우리의 허점을 노리고 역공을 할 수 있기 때문이었다. 그래서 우리가 먼저 떳떳해야 했다. 해당 독점업체와 계약과정에서 떳떳치 못한 거래나 도덕적 흠결이 없어야 했던 것이다. 때문에 항공과 정비담당과 반장, 계장 등 전 직원들을 상대로 그 점을 꼼꼼히 확인한 결과 다행히 직원들은 그동안 정말 도덕적으로 자신이 있고 떳떳치 못한 거래 같은 것은 전혀 없다는 반응이었다. 그것을 보고 나는 안도했다. 그렇다면 이번에는 확실히 잘못된 관행을 뜯어 고칠 수 있을 것 같았다. 제재를 가하기 앞서 계약일부터 납품일까지 지체상금 총액을 산정한 결과 2억 5백만 원이라는 거액이 산출되었다. 중소기업 수준의 정비업체에 이렇게 거액의 지체상금을 부가하면 경영에 많은 타격을 받을 것이 뻔했다. 독점업체는 경찰에서 그렇게까지 나올 줄을 전혀 예상하지 못했다. 물론 그동안 단 한 차례도 이런 제재를 받은 적이 없었기 때문이었다. 그러한 상태에서 거액의 지체상금을 부과한다는 방침이 정해지니까 해당업체에서는 예민한 반응을 보이기 시작했다. 지체상금 부과 소식을 접한 정비업체 책임자가 드디어 경찰청 항공과로 나를 찾아왔다.

그는 경영상의 어려움과 기상조건 등 나름대로의 사정을 얘기하면서 기간 초과에 따른 사유를 해명했다. 해명을 듣는 자리에 정비업체 책임자와 항공과 담당직원과 반장, 계장을 참여시킨 가운데 관련 서류와 회계장부를 일일이 대조가면서 계약위반 기간과 그에 따른 지체상금 규모를 정했다. 나쁜 관행을 시정하기 위한 조치였지만 처분과정에서 혹시라도 억울함이 있으면 안 되기 때문에 관련 내용을 꼼꼼히 검토토록 했다. 그리고 나름대로 회사 측에서 주장하는 내용에 타당성이 있다고 판단이 되면 최대한 이를 반영하도록 했다. 그들이 주장하는 기상상황 등 불가피한 사정을 최대한 반영해 주었다. 그 결과 최초 2억 5백만 원에서 많이 감액이 되어 최종 7천 3백만 원으로 확정됐다. 큰 폭으로 감액은 되었지만 중소기업 수준의 회사 측에게는 이 규모도 큰 부담이 되는 액수였다. 최종 확정된 금액은 규정대로 지체상금으로 부과되었다. 항공경찰 창설 이래 최초의 지체상금 부과였다. 사실 처음으로 부과되는 지체상금은 나름대로 큰 뜻이 담겨 있었다. 그것은 다름이 아니라 독점 정비업체가 독점적으로 누려온 특혜를 걷어내고 정비사들끼리 있을 수 있는 이면의 커넥션을 끊는다는 의미가 담겨 있었다. 그리고 이후부터는 정비업체 정비사든 경찰청 정비담당이든 정비거래에 있어서 공정성과 투명성을 위해서 노력해야 한다는 의미가 있었다.

거액의 지체상금이 부과된 후 정비업체에서는 경영상의 엄청난 타격을 입고 회사 이미지에도 악영향을 끼치게 되었다. 그에 따른 대대적인 문책성 인사가 있었다는 소식도 전해졌다. 전례 없이 거액의 지체상금 부과란 제재를 받은 독점 업체는 그 후 정비거래 과정에서 섭섭함을 얘기하고 회사사정의 어려움을 토로하기도 했다. 그러면서 내면으로는 반격의 기회를 노리고 있었던 것이다. 점점 경찰청 항공과에 노골적으로 서운한 감정을 드러내기 시작했다. 그 중에서도 특히 이런 강력한 제재를 최초로 기획한 항공과장에게 노골적인 반감을 드러내기도 했다. 경찰의 실수나 허점을 들추어내 역공의 기회를 노리고 있었던 것이다. 이런 가운데 드디어 경찰청 항공과 정비담당 직원의 과거 행적 중 의심스러운 단서를 찾아낸 것이다. 해외정비 추진과정에서의 입찰상의 문제를 비롯해서 담당 직원의 부정한 거래의혹을 제기하기 시작한 것이다. 담당직원의 의혹은 점점 확대되어 한 종편 방송에 특종으로 보도되기에 이르렀고 그것은 결국 대대적인 감사와 수사로 이어져 항공과 뇌물 사건 전모가 불거진 계기가 되었던 것이다.

3) 정비독점을 깨기 위한 해외정비

헬기정비의 독점구조를 개선하기 위해서는 무엇보다도 정비시장을 다변화해서 경쟁체제를 도입하는 것이 필요했다. 경쟁체제를 도입하면 정비기술을 향상시켜서 정비의 질을 높일 수 있고 정비예산도 대폭 절감할 수 있을 것이란 생각이 되었다. 또한 정비기간도 획기적으로 단축하여 헬기운영에 있어서도 좀 더 효율을 기할 수 있을 것 같았다. 이런 상황에서 당시 제주 항공대 소속 7인승 헬기(BEEL 212)에 대한 5년 주기 정비가 임박했다. 이때 문제의 정비담당 직원이 해외정비 추진 방안을 보고 해왔다. 정비담당 직원은 해외정비 관련 시장조사를 했다고 하면서 해외업체 중 특히 싱가포르 정비업체가 기술력도 우수하고 정비단가도 저렴하다는 것이었다. 물론 정비기간도 훨씬 단축할 수 있어 헬기운영 면에서도 유리하다는 것이었다. 그러면서 그는 이런 모든 조건에서 앞서고 있는 싱가포르 업체에 정비를 맡기자는 것이었다. 실제로 견적서 등 자료를 분석해본 결과 정비단가도 훨씬 저렴하고 정비기간 또한 획기적으로 단축할 수 있었다. 또한 담당자의 의견이 일리가 있다고 판단하여 싱가포르로의 해외정비를 추진키로 하였다. 해외정비 또한 항공경찰 창설 이래 최초였다.

그러나 불행하게도 이 해외정비 추진과정에서도 어두운 그림자가 드리워지고 있었던 것이다. 해외정비를 추진하자고 제안했던 정비담당 직원이 해외 중계업체로부터 거액의 뇌물을 받아먹은 것이다. 그는 뇌물을 적극적으로 받아 챙기기 위해서 부패 고리를 끊고자했던 과장의 의지를 오히려 역이용했던 것이다. 그가 해외정비를 추진하자고 한 것도 해외정비 중개업체로부터 거액의 뇌물을 수수하기 위해서 한 짓이었다. 나는 그것을 문제가 불거진 후에 알았다. 나는 믿을 수 없는 것이 사람이라는 생각을 했다. 그토록 정비 상의 투명성을 강조했고 기회 있을 때마다 바른 처신을 강조했는데 오히려 상사를 속이고 이용하다니 참 기가 막힐 노릇이었다. 공무원으로서 또 부하직원으로서 참으로 있을 수 없는 일이었다. 그는 군에서 헬기정비를 담당하는 사병 출신이었다. 공무원으로서 갖추어야할 공복의식이나 책임감 같은 자질을 검증하지 않고 단지 일정한 정비경력이 있다고 해서 특채를 하다 보니 이런 결과가 온 것이다. 당초부터 이런 사람에게 공무원으로서의 기본자세나 사명감을 기대했던 것이 무리였던 것이다. 그렇다고 볼 때 비록 특수경과이지만 조종사나 정비사의 특채 제도를 근본적으로 재검토 해 볼 필요도 있다고 본다.

모든 항공요원들은 헬기 운항의 공백기를 최소화하기를 바란다. 조종사나 정비사에게는 헬기에 모든 것이 결려 있다 해도 과언이 아니다. 헬기는 그들의 존재 이유이기 때문이다. 당장 헬기가 없으면 조종사나 정비사는 할 일이 없어진다. 헬기가 없으면 조종사나 정비사들은 당장 지구대나 파출소에 나가서 순찰이나 신고출동 등 외근업무를 도와야 된다. 일반 경찰업무에 대한 전문성이 전혀 없는 항공요원이 지구대나 파출소에서 외근업무를 하기란 쉽지 않다. 따라서 그들은 항공본연의 일을 하기 위해서 정비 등 수리 시에도 최대한 빨리 일정을 앞당겨 주기를 희망한다. 때문에 가능한 빨리 해외정비를 추진하고자 했던 것이다. 그런데 이 과정에서 결정적인 실수가 있었던 것이다. 나 자신 전문 회계지식의 부족으로 국내업체에 대해서도 입찰기회를 주어야 한다는 것을 미처 몰랐던 것이다. 여기서 국내 정비업체란 그동안 경찰헬기를 도맡아 정비를 해왔던 바로 그 독점업체를 일컫는 말이었다. 오로지 독점의 폐해를 시정한다는 당위성에 몰입한 나머지 국내의 해당 독점업체에도 입찰의 기회를 주어야 하는지를 미처 몰랐던 것이다. 전문회지식의 부족으로 기인한 실수였다.

4) 헬기 교환사업 마무리와 취항식

6공화국 노태우 정부시절 러시아에 제공했던 차관을 환불받지 못하게 되자 정부에서는 Ansat라는 기종의 헬기 6대를 대물로 받아 경찰청에 2대 산림청에 4대를 주어서 운영토록 했다. 그런데 산림청에서 운영하던 Ansat 기종의 헬기가 업무수행 중에 추락하는 큰 참사가 발생했다. 2006년 6월 충남 부여에서 밤나무 방제작업을 하던 동 기종의 헬기 1대가 갑자기 추락하여 조종사 등 승무원 모두가 사망하는 참사가 발생한 것이다. 당시 국토교통부 소속 '항공기사고조사위원회'의 조사 결과 사고원인은 Ansat라는 헬기 기종의 기체결함으로 밝혀졌다. 기체결함으로 밝혀졌다는 것은 Ansat라는 기종은 더 이상 운영할 수 없다는 뜻이다. 기종 자체가 문제가 있다는 결론이 났기 때문에 나머지 5대 모두 더 이상 운영할 수 없게 되었던 것이다. 사실상 처치도 곤란한 고철로 전락한 것이다. 막대한 차관 대물로 받았던 헬기가 고철로 전락한 것은 큰 문제였다. 국가에 엄청난 재정상의 손실을 초래할 뿐더러 매년 엄청난 보관비용을 부담해야 했기 때문이었다. 때문에 당시 경찰은 물론 산림청에서도 Ansat 기종의 헬기 처치는 최대 현안 문제가 되었던 것이다.

이 문제의 해결책으로 추진한 것이 바로 러시아 제작사(KAZAN사)와의 헬기교환사업이었다. 당시 경찰청은 물론이고 산림청도 오랜 기간 러시아와의 헬기교환사업을 추진하고 있었다. 교환사업은 Ansat 기종의 헬기를 모두 러시아에 반환 조치하고 그 대신 28인승 대형 헬기(Mi-172)를 도입하는 것이었다. 그런데 이 교환사업이 쉽지가 않았다. 헬기교환이 국가 간에 이루어지는 사업이기 때문에 양국가 간의 국유재산 처분이라는 법규상의 문제를 해결해야만 했고 현실적으로도 교환헬기의 가격 차이가 크게 있었기 때문이었다. 가격으로는 Ansat 기종 6대 모두를 합친 가격보다 오히려 28인승 대형 헬기(Mi-172) 1대 값이 훨씬 비쌌다. 그리고 국가 간의 교환이 가능하도록 관련법에 근거 규정을 두어야 했다. 실제로 우리의 경우는 헬기교환이 가능하도록 관련 국유재산법을 개정하는 절차도 거쳐야만 했다. 그리고 기체수송 상의 문제 등 기술적인 문제 뿐 아니라 교환 시에 뒤따를 수밖에 없는 러시아의 방위산업체인 KAZAN사의 명예나 신뢰 문제도 걸려 있었다. 이런 제반 이유로 헬기교환 사업은 10여년 가까이 별 진척을 보지 못하고 답보 상태로 남아 있었던 것이다.

이런 상황에서 나는 항공과장 발령을 받고 헬기교환 업무를 새로이 접하게 되었던 것이다. 항공 비전문가로서 교환사업의 경과 파악조차 쉽지 않았다. 이 교환사업은 국내의 모 대기업 계열의 L모 상사에서 중개를 맡고 있었다. 중개상인 L상사는 당시 사무소가 청주에 있었다. 교환사업은 시급성을 띠고 있었다. 매년 보관비용이 엄청나고 고장헬기로 인하여 전체적인 헬기 운항에 많은 애로를 겪고 있었기 때문이다. 사업추진이 별다른 진척을 보지 못한 이유는 여러가지 복합적인 요인이 있었지만 무엇보다도 기관간의 협력에 문제가 있었고 특히 추진하고자 하는 의지가 부족했던 것이다. 사업 추진을 위해서는 추진 동력이 필요했다. 청주에 소재하고 있는 L상사 임원급은 물론 관련 직원을 경찰청으로 부르고 경우에 따라서는 직접 청주로 내려가 사업추진을 독려했다. L상사 책임자를 만나서 적극적으로 관심을 갖도록 함은 물론 직접 추진계획을 하나하나 꼼꼼히 확인하고 점검을 했다.

러시아 KAZAN사와도 러시아 파견 경찰 주재관을 통해서 지속적으로 협상을 이끌어 나갔다. 주재관을 통해서 우리 측의 입장을 분명히 전달했다. 기체결함으로 판명이 난만큼 더 이상 헬기 운영이 불가하다는 점과 보관비용 등으로 사고 헬기를 장기간 보관하기가 쉽지 않고 또 헬기 운영상에도 적지 않은 애로가 있다는 점 등 우리의 입장을 전달했다. 이렇게 교환사업의 조기타결을 위해서 제작사를 상대로 협상을 꾸준히 전개해 나갔다. 교환사업의 타결을 위해서는 무엇보다 제작사의 협조가 중요하다고 판단이 되었다. 때문에 헬기 제작사를 방문할 필요가 있다고 판단되어서 직접 러시아 카잔시에 있는 헬기 제작사를 방문하기도 하였다. 2013년 12월 초 중개상인 L상사 실무자급을 대동하고 러시아의 KAZAN사를 방문하여 회사 사장을 만나 헬기제작사 측의 입장을 듣고 그에 따른 우리 측의 입장을 설득력 있게 전달했다. 그런데 다행히도 KAZAN사의 사장이 고려인이었다. 참 반가웠다. 같은 민족으로서 역경을 딛고 외국에서 방위산업체 CEO에 오른 것이 정말 놀라웠고 반가웠다.

고려인 사장 또한 우리 일행을 친절히 맞이해 주었다. 피는 물보다 진하다는 말을 실감했다. 일제 강점기 조국을 떠난 우리 민족은 세계 각국에서 정말 수많은 역경을 이겨냈다. 특히 러시아 극동지방인 연해주로 이주한 동포들은 당시 러시아 스탈린 정부에서 추진했던 고려인 이주정책으로 인하여 중앙아시아 방면으로 강제 이주되었다. 시베리아의 혹한 속에서 이송 중인 열차에서 허허벌판에 버려지다시피 했던 것이다. 추위와 굶주림 속에서 토굴에 움막을 짓고 풀뿌리와 나무뿌리를 캐먹으면서 끈질기게 생명력을 유지했다. 당시 러시아 강제 이주는 정말로 우리 민족의 아픈 역사이기도 했다. 사장이 고려인이기 때문에 자연스럽게 고려인 이주정책을 소재로 대화를 풀어 나갔다. 대화를 하면서 같은 민족으로서 친밀감을 느꼈다. 다행히 KAZAN사의 고려인 사장 또한 조부가 일제강점기의 그런 역경을 겪은 이주민의 한 사람이었던 것이다. 비록 국가 간의 일이지만 같은 민족으로서 이런 감상적인 현실 앞에서 좀 더 진솔한 대화를 나눌 수 있었던 것이다. KAZAN사 사장은 우리의 의견을 충분히 경청하고 사업추진의 조기타결에 성의를 다하려고 하였다. 사실 이것도 협상과정에서 유리하게 작용한 중요한 변수가 되었다. 이러한 다방면에 걸친 노력 끝에 약 10년여를 끌어왔던 헬기교환사업은 마침내 그 결실을 보게 되었다.

2014년 1월 말 러시아의 대형 화물기를 이용하여 28인승 대형 헬기(Mi-172, 197억 원) 1대를 들여오고 사고 기종인 경찰청과 산림청에 보관 중인 Ansat 기종 6대(140억 원 상당)를 반송 조치해서 교환사업을 일단락 지었다. 장장 10년에 걸친 교환사업이 마무리된 것이다. 이 과정에서 국내에서는 기존의 헬기 정수를 조정하여 경찰청에서 산림청으로 이관해 주는 사후 조정절차가 있었다. 러시아와의 헬기교환 사업 마무리는 운항불가 판정을 받았던 헬기를 처분하여 보관상의 어려움을 해결하고 오랜 기간 끌어 왔던 차관 환불업무를 마무리하는 의미도 있었던 것이다. 이 과정에서 가격에서도 비교 되듯이 대형 헬기 도입으로 약 60억 원 상당의 경제적 이득효과도 얻었다. 나는 교환사업을 성공적으로 마무리함으로서 국가와 경찰을 위해서 나름대로 큰일을 했다는 자부심을 갖기도 하고 또한 경찰 공무원으로서 보람도 느꼈다.

러시아와의 교환사업이 완료된 시점에 경찰에서는 국내 방위산업체인 항공우주산업(KAI)에서 개발한 국산 헬기 2대(참수리, 군에서는 수리온이라 명명)를 도입해 놓고 있었다. 이 참수리 헬기를 도입할 당시에는 국내에서 최초 제작된 헬기로서 성능이 아주 우수한 것으로 알려졌으나 실제로는 그렇지 못했다. 운항 중 프로펠러가 동체에 부딪히고 엔진에 물이 새는 등 기체결함이 있었던 것이다. 수리온은 방산비리의 대명사처럼 오명을 쓰고 제작사의 사장을 비롯한 임직원 일부가 비리혐의로 사법처리 되기도 하였다. 그러나 당시에는 국산헬기를 군작전용이 아닌 경찰에서 민수용으로 사용한다는 것은 특별한 의미가 있다고 해서 큰 관심을 받고 있었다. 한마디로 축제 무드였던 것이다. 이러한 분위기에 힘입어 국내에서 최초로 개발한 국산헬기 2대와 교환사업으로 들여온 러시아제 대형헬기(Mi-172) 1대에 대한 신규헬기 취항식을 갖기로 하였던 것이다. 헬기가 새로 도입되면 헬기의 무사운항을 기원하고 성공적인 임무수행을 다짐

한다는 뜻으로 취항식을 갖는 전례가 있었기 때문이기도 했다. 취항식은 러시아제 헬기도입도 의미가 컸지만 순수 국내 기술진이 개발한 국산 헬기를 국가기관에서 본격적으로 상용화한다는 큰 의미가 담겨 있었다. 사실 1년 전 국산헬기(수리온)를 최초로 군 작전용으로 도입했을 당시에는 육군 항공학교에서 개최되었던 취항식에 국가원수가 참석하기도 했었다. 그 정도로 국산헬기 상용화에 큰 의미를 부여했던 것이다. 취항식과 같은 큰 행사를 준비하기는 결코 쉽지만은 않았다. 거의 한 달여 전부터 항공과 전 직원이 총 동원되다시피 하여 행사준비에 열중했다. 이런 노력 덕분으로 신규헬기 취항식은 아주 성공적으로 치를 수 있었다. 취항식은 김포공항의 서울경찰 항공대 격납고에서 경찰청장을 비롯해서 주한 러시아 대사, 한국공항공사 사장 그리고 전국 지방경찰청장, 해경, 소방 등 유관기관 관계자, 취재진 등 수백 명이 참가한 가운데 성황리에 치러졌다.

취항식은 항공경찰 창설 이래 최대 규모였다. 행사의미는 컸다. 항공경찰 사기진작에 기여함은 물론 항공경찰의 역량을 대내외에 알리는 계기가 되었기 때문이었다. 그러나 이렇게 여러 의미가 담겨 있고 모든 열성을 다 바쳐서 치러진 취항식이었지만 이것도 나에게는 본래의 취지와는 전혀 다르게 다가왔던 것이다. 왜냐하면 취항식에 소요된 비용일부를 종전부터 거래해오던 정비업체에 부담을 시켰기 때문이었다. 정비를 담당하는 직원이 과거부터 해오던 관행대로 임의로 비용일부를 업자에게 대납토록 한 것이다. 정비담당직원의 뇌물 비리가 드러나면서 이것 또한 불거져 나와 문제가 되었던 것이다. 당시에 경찰청(경비국)에 행사관련 예산이 충분히 확보되어 있었고 소요경비도 그 규모가 크지 않았는데 왜 그런 짓을 했는지 도무지 이해할 수 없는 일이었다.

뇌물 스캔들이 불거진 후 조사과정에서 그런 사실이 있다는 것을 전해들은 나는 아연실색했다. 그동안 입버릇처럼 오해를 받지 않도록 처신과 행동에 늘 주의를 당부했는데 이런 일이 터진 것이다. 이 일이 불거진 후에는 본래의 취항식 의미는 온데간데없이 사라졌다. 그리고 당사자들은 관리 감독상의 책임을 져야할 상황에 직면하게 된 것이다. 아무리 생각해도 공식행사경비를 정비업체에 어떻게 대납을 시켰는지 이해가 가지 않는 일이었다. 그러나 이러한 일은 항공경찰에 있어서는 담당자끼리 오랜 관행으로 흔히 이루어져 왔던 것으로 보인다. 공직자라는 신분보다는 엔지니어라는 성격이 강한 특수경과 항공요원들의 도덕적 무감각이 이런 결과를 낳았던 것이다.

5) 항공경찰 복제 개선

그동안 항공경찰에서는 헬기 조종사와 정비사의 유니폼이 멋이 없을 뿐 아니라 안전 등 기능성 측면에서 문제가 있다는 의견이 있었다. 일반 기동부대의 기동복과 흡사하여 항공경찰로서의 멋과 특성을 살릴 수 없음은 물론 기상변화 시에 조종사들의 안전에도 문제가 있다는 지적이 있었기 때문이다. 특히 디자인과 색상이 군이나 소방, 해경 등의 항공복제와 비교했을 때 멋이 없다는 것이었다. 이렇게 항공복제 개선의 필요성이 있었던 터에 당시 경찰청장으로부터 항공복제를 전면 개선하라는 지시가 떨어졌다. 경찰청장의 개선지시도 마찬가지였다. 일반 전경 기동대의 기동복과 유사하다는 이유에서였다. 경찰조직에서 최고의사결정권자인 경찰청장의 지시는 따르지 않을 수 없다. 이런 지시를 받은 이상 어렵지만 복제개선을 추진할 수밖에 없었던 것이다. 그런데 예산확보가 관건이었다. 보통 예산이 수반되는 사업은 몇 년 전부터 예산 주무기능과 협의를 거쳐서 기초예산을 확보해놓고 시작하는 것이 일반적이다. 그런데 항공복제개선에 관한 경찰청장의 강력한 지시가 있었고 다행히 예산규모가 그다지 크지 않기 때문에 단계적으로라도 추진을 할 수밖에 없었다. 다행히 전체 소요예산은 크지 않았다. 전 항공요원 규모가 크지 않기 때문이다. 1억원 미만이었다. 이 정도 예산은 피복주무 기능에 확보된 잔여 예산과 연말 불용예산을 전용하면 충분히 충당이 될 수 있는 것이었다.

복제개선을 하는 데는 많은 절차를 거쳐야 했다. 일선 항공요원들의 다양한 의견을 수렴해야 하고 대학교수 등 전문가의 자문도 거쳐야 했다. 그리고 군 항공대나 해경, 소방, 산림청 타 국가기관의 항공복제와도 충분한 비교검토도 거쳐야 했다. 그리고 여러 피복 업체 중 그동안의 납품실적이나 제작능력을 검토하여 적격업체를 선정해야하고 그 업체와의 계약도 관련 규정에 따라 투명하게 이루어져야 했다. 이런 절차를 거쳐 그동안 오랜 기간 경찰에 피복을 납품

한 실적이 있는 업체를 선정해서 마침내 시제품을 완성하였다. 그리고 최종적으로 청장과 실·국장을 포함한 전 과장이 참석한 국관회의에서 마지막 품평회를 열어 수뇌부의 의견을 반영했다. 전문가의 충분한 자문과 많은 비교 검토를 거쳐 최종 완성품 모델을 확정지을 수 있었던 것이다. 항공복제로서의 멋과 안전 등 기능성을 최대한 고려한 모델이었다. 이렇게 최종적으로 모델을 확정지었지만 충분치 못한 예산 사정으로 일부 개선복(춘추복)만을 제작하여 보급했다.

복제개선은 참 어려운 과정이었다. 소요예산을 확보해야 했고 전문가나 직원들의 의견을 수렴하여 수없이 품평회도 거쳐야 했다. 이런 과정을 거치다 보니 기간도 오래 걸렸다. 완성품까지 만드는데 8개월이란 기간이 소요됐다. 항공과장으로 근무한 기간 내내 복제개선에 매진해야만 했다. 그러나 이렇게 어려운 과정을 거쳐 추진한 복제개선 사업이었지만 이 사업도 나에게 또 다른 어려움을 안겨 주었다. 정비예산담당 직원이 또 문제를 터트린 것이다. 내가 떠난 후에 제작한 추가복제 비용을 정비 업자에 또 대납토록 한 것이다. 그것까지도 나한테 화살이 돌아왔다. 복제개선 예산을 충분히 확보치 못한 것이 원인이 되었다고 하면서 말이다.

6) 경찰항공운영규칙(경찰청 예규) 전면 개정

법을 집행하는 경찰활동은 법적인 근거가 명확해야 한다. 경찰이 치안활동에 헬기를 운영할 수 있는 근거는 경찰항공운영규칙이다.

경찰항공운영규칙은 항공경찰의 기구나 조직, 인사 등 조직체계의 근거가 됨은 물론 헬기운항의 안전과 정비 등 모든 업무를 총망라한 근본지침인 것이다. 그럼에도 실제 경찰항공운영규칙을 업무에 적용해보니 운영상에 적지 않은 문제점이 있었던 것이다. 규칙으로서의 체계가 앞뒤가 바뀌어져 있었고 중요한 부분이 누락되었으며 논리적으로도 모순이 있었던 것이다. 용어의 개념이나 정의도 명확하지 않은 부분도 있었다. 규칙상의 미비점을 보완해야 할 필요성이 절실했다. 때문에 고심 끝에 경찰항공운영규칙을 전면 개정하기로 하였다.

처음부터 규칙개정이라는 것이 결코 쉬운 일은 아니라는 것을 알았지만 일을 하는 동안 정말 많은 어려움을 겪었다. 나 자신이 항공분야에 문외한이나 마찬가지여서 조종과 정비의 전문적인 지식이 없을 뿐 아니라 직원들도 조종이나 정비 분야만을 전공한 사람들이기 때문에 규칙개정과 같은 기획업무를 해본 경험이 없었기 때문이었다. 규칙개정 작업은 많은 난관을 겪어가면서 약 5개월여 진행되었다. 조종사 출신인 항공 운영계장, 반장 그리고 담당직원들과 바쁜 일과 중에도 틈만 있으면 머리를 맞대고 문제점을 발굴하여 심도 있는 토론과정을 거쳐 내용을 고쳐 나갔다. 체계나 형식이 잘못되었으면 이를 바로 잡았고 누락 된 부분은 새로 추가하였다. 또 개념규정이 모호하거나 의문점이 있으면 개념도 명확히 하였다. 그리고 항공경찰의 발전과 앞으로 지향해야 할 방향도 제시하였다. 항공분야는 예산규모가 크고 전분분야라는 특성상 예산 집행과정에 있어서 검은 유혹에 쉽게 이끌릴 수 있다. 때문에 헬기정비 과정에서 정비의 범위와 대상을 구체적으로 정하고 심사를 강화하도록 해 정비의 투명성과 공정성을 높이도록 했다. 헬기 운항의 안전성을 위해서 조종사나 정비사의 교육훈련을 심층 강화토록 하고 위기상황에서 조종사의 재량권도 대폭 강화토록 했다.

7) 헬기운영 기관 간 협력체제 구축

헬기를 운영함에 있어서는 운영기관마다 헬기운용의 목적이나 임무가 각기 다르다. 때문에 헬기운용에 있어 운용의 효율성을 높이려면 기관 간의 벽을 허물고 관련 정보를 교류하고 기술지원을 하는 등 협업체제를 구축하는 것이 아주 중요하다. 헬기운용 기관 간 경계선상에 있는 업무에 대해서는 서로 지원하고 협조를 필요로 하는 경우가 흔히 있기 때문이다. 예를 들어 낙도에서의 응급환자 구호는 구조를 주 임무로 하는 소방의 영역이라 하겠지만 또한 경찰의 임무 영역이라고도 할 수 있다. 출동이 중복되었거나 시간적 제약으로 소방헬기가 적시에 출동이 어려운 경우에는 당연히 경찰헬기가 출동을 하여 응급 환자를 이송해야 한다. 또 경우에 따라서는 해경헬기나 산림청헬기도 출동을 하여야 할 때가 있다. 헬기운영에 있어서는 이와 같이 경계선상에 있는 업무가 흔히 있다.

때문에 다른 분야보다도 헬기운영 국가기관 간에는 유사시 업무를 상호 지원할 수 있도록 하는 협력체제 구축이 긴요하다. 또 당시에는 정부 방침도 각 기관 간의 벽을 넘어서 상호 협조체제를 갖추라는 정부 3.0구축이 중요한 정책기조였다. 그럼에도 그때까지 헬기운영기관 간 협조나 지원을 하도록 하는 그 어떠한 협력체제나 시스템이 구축되어 있지 않았던 것이다. 선뜻 나서는 기관이 없었기 때문인 듯했다. 이런 상황에서 경찰이 먼저 나섰다. 헬기운영 국가 4개 기관에 관련 협조 공문을 보내 우선 과장급 실무회의를 개최하자고 제안했다. 경찰청에서 각 헬기 운영기관 실무자 및 과장급 회의를 열었다. 회의에서 헬기운영 기관 간 협력체계 구축의 필요성을 설명하고 그 방안에 대해 진지하게 논의했다. 정부의 3.0 구축 방침과 경찰의 제안 내용이 설득력이 있기 때문에 요청을 받은 각 기관도 적극 동참의사를 밝힌 것이다. 각 기관 간 공감대가 형성된 만큼 협력체제 구축은 별 무리 없이 진행되었다. 마침내 각 기관장의 서명을 받아 마침내 헬기운영기관 간 상호협력체제 구축(MOU)을 맺게 되었다.

비록 전문 영역이었지만 주무과장으로서 주어진 소임을 다하려 했다. 헬기운항에 있어서의 안전성을 높이고 항공경찰의 발전을 위해서 나름대로 최선을 다했다. 그 결과 어느 정도 성과도 있었다. 그런데 불행하게도 이런 여러 일들이 나에게는 얼마 남지 않은 경찰생활에 오히려 큰 짐이 되었던 것이다. 다름 아닌 항공경찰 뇌물스캔들 때문이었다. 부하직원의 거액의 뇌물 스캔들이 이렇게 의욕적으로 추진했던 이런 일들과 일정부분 관련이 있었던 것이다. 뇌물 스캔들을 야기한 담당 직원이 정비라는 고도의 전문성을 이용해서 비록 일부분이지만 내가 추진했던 일들을 오히려 뇌물수수의 수단으로 이용했기 때문이다.

4.
처음이자 마지막 시련

1) 불길한 소식

항공과장으로서의 임기를 마치고 마침내 고향 세종경찰서장을 발령받았다. 처음으로 하게 된 고향에서의 근무는 나에게 푸근한 정감을 느끼게 되고 아련한 옛 생각이 떠오르게 했다. 이렇게 고향에서 근무하면서 보람을 느끼고 거의 임기를 마쳐갈 때인 2015년 5월 중순 경 경찰서 관내인 세종시 연동면에서 80대의 한 여성노인이 실종되는 사건이 발생했다. 약 1개월 이상 걸쳐서 다방면에 걸친 수사와 경찰서 인력을 총 동원하여 대대적인 수색을 펼쳤음에도 별다른 진척이 없었다. 당시 몇 개의 기동중대를 지원받고 특공대는 물론 탐지견까지 동원하여 대대적인 수색을 펼쳤다. 그러나 실종자는 발견되지 않았다. 그래서 부득이 헬기까지 동원하여 실종자를 수색하기에 이르렀다. 우리 경찰서 상급기관인 충남청의 헬기는 마침 정비 중이어서 출동이 불가능했다. 때문에 인접 충북 항공대 소속 헬기를 지원받아 임무를 수행할 수밖에 없었다. 헬기까지 동원하여 대대적인 수색을 하였지만 실종 노인은 끝내 발견하지 못했다. 그 실종사건은 내가 7월 중순경 발령을 받아 경찰서를 떠날 때까지 해결하지 못한 미제 사건이 되었다. 그런데 당시 실종노인 수색에 동원되었던 충북청 헬기 조종사로부터 우연히 본청 항공과 소식을 접하게 되었다. 본청 항공과 헬기 정비담당 직원이 정비관련해서 민원을 받아 본청 감사관실의 감사를 받고 있다는 내용이었다. 그때까지만 해도 나는 일상적인 것으로 감사를 받겠지 하고 헬기 조종사의 얘기를 그냥 흘려버리고 말았다. 왜냐하면 나와는 아무 관련이 없는 것으로 생각을 했기 때문이다. 더욱이 항공과에 근무한 지가 어느덧 2년 가까이 긴 시간이 흘렀고 당시 정비담당 직원은 누구보다 정직하고 바르다고 믿었기 때문이기도 했다.

사실 항공과장으로 근무할 당시 정비담당 직원은 주위에서도 항상 바르고 정직한 사람으로 정평이 나 있었다. 더욱이 그 사람을 더욱 믿을 수밖에 없었던 것은 주변 항공 동료직원은 물론이고 직근 감독자인 반장과 계장들도 그 사람은 아주 착실하고 정직한 사람이라고 하면서 침이 마르도록 칭찬을 아끼지 않았기 때문이다. 이런 상황에서 나 또한 그 직원을 전적으로 믿고 신뢰를 했던 것이다. 그런 사람이 민원성 이의를 받아서 감사를 받고 있다고 하니 당연히 별문제 없이 감사를 잘 받고 오해를 쉽게 풀 것으로만 믿었다. 그런데 시간이 흐르면서 점차 본청으로부터 불길한 소문이 전해오는 것이었다. 그 직원에 대한 감사결과 의혹이 불거져 감사에서 수사로 전환되어 수사가 시작되었다는 것이다. 그런데 그후 점점 더 이상한 소식이 들리는 것이었다. 그 내용은 경찰청 지능범죄수사대에서 수사를 하고 있는데 수사결과 문제의 직원에게 이상한 차명계좌가 발견되었다는 것이다. 더욱이 차명계좌에 대한 납득할 만큼의 소명을 못한다는 것이었다. 그렇지만 그때까지도 나는 그 직원을 전적으로 바른 사람으로 믿었기 때문에 소명을 하고 오해를 풀 것으로 낙관을 했다. 그리고 오히려 담당직원이 누구로부터 억울하게 모함을 받고 있구나 하는 생각을 했다.

그런데 이게 웬 날벼락인가? 신문지상에 담당직원의 혐의가 구체적으로 보도된 것이다. 보도내용은 그 직원이 외부 정비업자로부터 6천만 원 상당의 금품을 받았다는 것이다. 그것도 일감을 몰아주고 그 대가로 차명계좌까지 만들어서 정기적으로 금품을 받았다는 내용이었다. 그렇게 바르고 정직한 사람이 그런 짓을 했다니 참으로 이해가 되지 않았다. 처음에는 도저히 그럴 리가 없다고 생각을 했지만 신문지상에 본인이 자백한 내용이 보도되었으니 일단 그 보도를 믿지 않을 수 없었다. 속담처럼 열길 물속은 알아도 한 길 사람 속은 알 수 없었다. 그 직원이 그런 사람이었나 하면서 심한 정신적 충격을 받았다. 또한 인간적 배신감도 느꼈다. 당시에는 심한 충격으로 감독책임 부분은 생각할 겨를이 없었다. 그러나 점점 시간이 지나면서 관리책임자로서 심한 실망감과 함께 커다란 책임감을 느끼지 않을 수 없었다. 비록 2차 감독자이지만 직속 감독자로서 관리

감독 책임론에서 자유롭지 못할 것 같은 느낌도 들었다. 그 사람 마음속을 들어갔다 나올 수도 없는 노릇이었지만 어찌 되었든 나는 감독자로서 관리감독 책임을 어느 정도 질 수밖에 없는 처지가 되었기 때문이다.

그런데 이건 또 무슨 얘기인가? 경찰청 지능범죄수사대에서 수사를 마무리하고 사건을 검찰에 송치한 후 검찰수사 단계에서 뇌물액수가 몇 배 추가로 밝혀졌다는 것이다. 그뿐만이 아니라 문제가 불거진 이후에 그 직원의 후임으로 발령 받은 또 다른 정비담당 직원(경사급)도 뇌물수수 혐의로 검찰의 수사를 받고 이미 구속 되었다는 것이다. 그 후임 직원은 김포공항 내에 있는 항공 정비대에 근무하면서 본청 업무담당인 전임 직원과 함께 같은 업체로부터 거액의 금품을 수수한 것이다. 사실상 이 두 사람은 공범관계에 있었던 것이다. 그런데도 그 내막을 전혀 알 수 없는 관리감독자들은 그 후임 경사를 문제를 야기한 직원의 후임으로 발령을 낸 것이다. 물론 이 발령은 내가 항공과장을 떠난 후에 이루어진 것이다. 그 정도로 정비분야가 전문적이고 폐쇄적이었던 것이다. 더욱 놀랄 일은 이 두 사람이 받은 뇌물액수가 5억 원에 이른다는 것이었다. 이러한 사실이 종편을 비롯해서 각 매스컴에서 대대적으로 보도되기에 이르렀다.

그런데 문제가 더욱 심각한 것은 개인적으로 금품을 수수한 것 외에도 항공과 운영비를 정비업자로부터 대납토록 했다는 것이다. 아닌 밤중에 홍두깨를 맞은 기분이었다. 나는 절대 그럴 리가 없다고 믿었다. 그런데 검찰 수사단계에서 운영비 대납을 사실로 확인했다니 이게 어찌된 것인가? 도대체 운영비라는 것은 또 무엇인가? 운영비라는 말조차 들어본 적이 없는데 운영비를 정비업자가 대납을 했다니 도무지 알 수 없는 일이었다. 나중에 알았지만 항공과 운영비란 신규헬기(러시아제 Mi-172, 국산헬기 참수리 2대) 취항식 관련 비용과 항공복제 개선비용 일부 그리고 사무실에 비치한 수납장 구입비용 등을 일컫는 것이었다. 이 신규헬기 취항식과 항공복제 개선 등에 필요한 비용의 일부를 정비업체로부터 대납토록 했다는 것이었다. 당시에 항공복제 비용을 제외하고는 취항식 비용이나 물품구입비는 예산도 충분히 확보되어 있었는데 왜 업자로부터 비용을 대납시켰는지 도저히 이해가 가지 않았다. 일상적으로 거액의 뇌물을 받아온 터이기 때문에 아무 죄의식도 갖지 않고 손쉬운 방법이라고 생각해서 그런 어마어마한 행동을 한 것으로 추측이 간다. 그러나 상황이 여기까지 왔는데 어찌하겠는가? 관리감독자로서 책임을 통감할 수밖에 없는 입장이 되었다. 부족하지만 지금까지 그래도 스스로 바르게 처신했다고 생각해 왔는데 조직생활 끝자락에 이런 일이 발생하니 그 심정은 이루 말할 수 없었다. 자존심이 한꺼번에 무너지는 참담한 그 자체였던 것이다.

2) 열심히 일한 대가는 가혹했다.

(1) 본격적인 감찰조사

검찰송치 전의 경찰수사 단계에서는 감찰에서도 쟁점부분에 대한 사실 확인 차원에서 서면 진술서만을 요구했다. 서면 진술서에서 감독자로서 부하직원의 엄청난 비리를 미리 예방하지 못한 부분에 대해서 책임을 통감하고 깊이 사과했다. 그리고 신규헬기 취항식이나 항공 복제개선 등 주무과장으로서 추진했던 사항과 해당 정비담당 직원의 근무행태, 그 직원을 믿을 수밖에 없었던 전후의 사정, 그리고 처음 사건의 단초를 제공한 제주청 소속 헬기를 싱가포르로 해외정비를 추진한 배경 등 쟁점 부분에 대해서 아주 소상하게 사실을 밝혔다. 이 단계까지는 감찰에서도 비전문가인 2차 감독자로서의 사정과 감독상의 한계를 인정하는 분위기였다.

그러나 정비담당 직원 두 사람에 대한 검찰수사 결과 경찰수사 내용보다 몇 배에 달하는 거액의 뇌물규모가 밝혀지자 감찰의 분위기는 강경모드로 바뀌기 시작했다. 우선 감찰 팀이 꾸려져 근무지까지 파견되어 대대적인 조사를 하고 그것도 어떠한 목표나 틀 속에서 진행되고 있음을 알 수 있었다. 그 이유는 검찰에서 최종 수사 후에 경찰에 기관통보서를 보내오면서 경찰이 아직도 업체로부터 운영비 명목으로 금품을 받아쓰는 형식으로 기술하였고 그것을 뒷받침하기라도 하듯이 정비담당 직원도 운영비 대납부분을 담당 계장과 과장에게 보고했다고 일관되게 진술을 했기 때문이었다. 이런 일련의 사정 변화로 인하여 최초 서면 진술서를 작성할 때와는 달리 경찰청 감찰 분위기는 아주 불리하게 돌아가고 있었던 것이다.

나중에 전언으로 들었지만 당시 감찰이 강경모드로 바뀐 것은 본청 지휘부의 태도 변화에도 원인이 있었던 것으로 알려졌다. 특히 검찰이 보낸 기관통보서를 접하면서 본청의 지휘부가 크게 격노했다는 것이다. 결국 검찰의 기관통보서를 접한 지휘부의 강경태도, 그리고 담당직원의 일방적 떠넘기기식 진술로 인하여 강경분위기가 형성된 듯싶다. 이런 분위기 하에서 감찰조사는 일사천리로 진행되었다. 나는 경찰생활 30여년을 하면서 처음으로 감찰조사를 받아보았다. 말로만 들었던 감찰조사를 직접 대상자가 되어 후배 조사관들 앞에서 받는다는 것 자체에 더 없는 자괴감을 느꼈다. 부끄럽고 엄청난 치욕감도 느꼈다. 경찰생활 30여년을 하면서 나름대로 바르게 해왔다고 믿으며 정말로 명예 하나로 버텨 왔는데 불과 정년을 1년여 앞두고 이런 수모를 당하니 그 참담한 심정은 이루 말할 수 없었던 것이다.

그러나 감독상의 책임은 통감하지만 내 스스로 양심상의 부끄러움은 느끼지 않았다. 왜냐하면 고도의 전문분야에서 전문성에 한계가 있었고 그리고 누가 그 자리에 있었더라도 과연 담당직원의 비리를 사전에 예방할 수 있었겠는가를 생각했다. 고도의 전문성을 요하는 항공정비 분야에 비전문가 그 누가 감독자로 왔다 하더라고 아마 결과는 같았을 것이라는 생각이 들었기 때문이기도 했다. 이런 생각을 하면서 스스로 위안을 삼았다. 비록 후배 조사관들 앞이지만 사안의 진상파악에 조금이라도 도움이 되도록 성실히 조사에 임했다. 어찌 되었든 이 사건으로 우리 경찰조직에 커다란 누를 끼침은 물론 사회적으로도 엄청난 후폭풍을 불러왔기 때문이다. 그리고 감독자로서 미안한 마음으로 조사에 성실히 임하는 것이 내가 취해야 할 조직인의 도리라고 생각했다.

그러나 사건 전모가 하나씩 밝혀지면서 검찰에서 기관통보 형식으로 전해온 수사 결과가 많은 부분에서 사실과 다름을 알게 되었다. 특히 수사결과 책임을 논하는 과정에서 비중 있게 다루어진 감독자에게 항공과 운영비를 업체로부터 대납토록 보고했다는 부분은 전혀 사실이 아니었다. 특히 계장이나 과장이 운영비 대납사실을 보고받고 이를 묵인하였다는 것은 더욱 사실이 아니었다. 그러나 이런 부분이 사실로 단정이 되어서 그것을 근거로 감독자 등 관련자 모두를 엄중 문책하고 그 결과를 통보해 달라니 정말 어이가 없었다. 사무실 운영비나 행사비를 직무관련 업체로부터 지원받았다는 부분에 있어서는 사실여부를 떠나 그런 말이 나왔다는 것 자체가 부끄럽고 또한 심한 자괴감을 느꼈다. 담당직원은 본인이 독단적으로 한 행동을 왜 그렇게 진술 했는지 정말 이해가 되지 않았다. 당시 신규헬기 취항식의 경우는 경찰청(경비국)의 예산으로 행사를 치르기로 되어 있었기 때문에 예산도 충분히 확보되어 있었다. 그런데 그 직원이 왜 그런 진술을 했을까? 문제의 직원이 업체 대납사실을 계장이나 과장에게 보고해서 감독자들이 대납 사실을 알았고 더 나아가서는 그것을 알고서도 묵인 방조를 했다고 단정을 하니 참으로 말문이 막힐 지경이었다. 업자를 개인적으로 만나지도 말고 식사는 물론 커피 한잔도 얻어먹지 말라고 누누이 강조할 정도였는데 대납사실을 보고 받았고 이를 방조 묵비했다니 기가 찼던 것이다.

수사든 내부 감찰이든 조사를 함에 있어서는 정말로 객관적 입장에서 오로지 실체적 진실만을 추구한다는 목표를 가지고 이루어 져야 한다. 그럼에도 감찰조사는 그렇게 진행되지 않았다. 미리 질문요지를 작성해 놓고 철저하게 그 틀에 따라서 사실관계만을 꿰맞추어 나갔다. 정비담당자가 소위 운영비라는 것을 정비업자로 하여금 대납토록 한 부분을 계장이나 과장에게 보고했다고 일관되게 주장을 하고 있기 때문에 과장도 당연히 운영비 대납사실을 알고 있는 것으로 단정이 된 것이다. 아무리 사실이 아님을 주장해도 전혀 소용이 없었다. 사실이 아닌 것을 사실로 단정해 놓고 관리감독상의 의무위반 행위 정도가 무겁다는 것이었다.

나는 말로만 들었던 악명 높은 경찰의 감찰행태를 실감했다. 경찰에 있어서의 감찰은 일단 가이드라인이 정해지면 기본조사 외에 신상 털기를 해서라도 철저하게 그 틀에 맞추려는 경향이 있다. 사실 항공과 뇌물사건이 터진 후 조사를 받을 당시부터 나는 이미 감찰의 표적이 되어있구나 하는 감을 느낄 수 있었다. 왜냐하면 이미 나에 대한 상당한 뒷조사가 이루어진 것을 알았기 때문이다. 나는 술을 거의 마시지 않는다. 또 한 번도 관용차를 사적으로 사용한 적도 없다. 아마 술을 먹는다는 소문이 나고 관용차를 한번이라도 사적 용도로 사용했더라면 나는 정말 무사하지 못했을 것이란 느낌이 들었다. 나는 뇌물사건이 불거지기 전에 세종경찰서장에서 자리를 옮겨 충남청 청문감사담당관으로 근무하고 있었다. 허허벌판인 내포 신도시의 사무실에서 관사까지 매일 걸어서 출퇴근을 했다. 개발지역이기 때문에 나무 한그루 없는 허허 벌판이었다. 여름철에는 뙤

약볕을 받으며 겨울철에는 칠흑 같은 어둠과 칼바람을 받으면서도 홀로서 거의 10리나 되는 허허벌판을 내내 걸어 다녔다. 왜냐하면 나 스스로에게 더욱 엄격해져서 정말로 누구한테도 조금이라도 오해를 받기 싫어서이다. 나 스스로 많이 부족하고 허점이 없지 않지만 그래도 양심에 어긋나는 행동을 하지 않으려 부단히 노력했던 것이다. 그런데 조사를 받으면서 그런 점도 이미 조사가 되었던 듯한 감을 느낄 수 있었던 것이다. 그러나 뒷조사를 했어도 별다른 내용이 없었기에 그나마 그 정도에 머물렀지 않았나 하는 생각이 된다. 나는 이런 일을 겪고 이론적으로만 배웠던 형사절차에서 피의자 피고인의 방어권 보장이라든가 변호인의 조력을 받을 권리가 왜 필요한지도 체험적으로 알게 되었다.

⑵ 논리 비약과 사실관계 오류

부하직원의 엄청난 부패 스캔들 앞에서 책임을 통감했다. 솔직히 책임을 회피하거나 그 어떠한 변명도 하고 싶지 않았다. 그럼에도 책임을 논하는 과정에서 감독자에 대한 귀책사유라고 적시된 사항들은 상당 부분 동의할 수 없었다. 많은 곳에서 객관적 사실관계가 다르고 논리적으로도 모순이 있었기 때문이다. 나는 이 사건과 관련해서 2차례의 진술서를 제출한바 있다. 진술서를 통해서 정말로 객관적 진실을 있는 그대로 알리려고 노력했다. 또 그 후 경찰청 감사관실에 출두해서 조사를 받을 당시에도 전혀 거짓됨이 없이 있는 그대로 아주 소상하게 진술했다. 그럼에도 실제 책임을 논하는 과정에서는 나의 주장은 사실관계 인정에 전혀 반영되지 않고 묵살되다시피 했다. 철저하게 담당직원의 일방적 진술을 토대로 미리 질문서를 작성해 놓은 틀 속에서 조사가 이루어져 나의 주장이 반영될 여지가 거의 없었던 것이다. 사실관계가 일방적으로 단정이 되고 그대로 책임사유로 적시된 것이다. 심지어는 유추해석으로 적시된 부분도 있었다. 이렇게 일방적으로 사실관계를 단정하고 심지어는 유추해석까지 있었던 것은 나름대로의 이유가 있었던 듯싶다. 객관적 사실관계에 의한 징계양정보다는 엄정한 사정의지를 가지고 감독자까지 엄하게 책임을 물었다는 명분을 갖추기 위함이었을 것이고 특히 의사결정권자인 경찰청장의 의중과 가이드라인을 철저히 따르려 했기 때문이라는 생각이 든다.

사실관계가 객관적 사실과 전혀 다르게 적시된 부분은 몇 가지가 있다.

첫째 당시 경찰청장의 특별지시와 항공요원들의 요구를 반영하여 추진했던 복제개선사업에 있어서 귀책사유라고 적시된 부분은 전혀 논리에 맞지 않는다. 여기서 귀책사유라는 것은 예산확보방안 없이 복제개선사업을 추진했다는 것인데 사실 갑자기 추진한 사업이어서 많은 어려움이 있었지만 소요예산 확보를 위해서 정말 많은 노력을 기울였다. 복제개선을 추진하면서 주무기능인 정보화담당관실을 상대로 수차에 걸쳐서 사업추진의 불가피한 점을 설명하고 아울러 관련 예산을 적극 지원 해줄 것을 요구한 결과 주무부서에서도 사업추진의 불가피성을 이해하고 최대한 예산을 지원해 주겠다는 방침을 확정했던 것이다. 이런 진지한 노력과 관련 부서의 협조하에서 사업을 추진했음에도 감찰에서는 뇌물사건이 터지자 왜 예산확보방안 없이 사업을 추진했느냐 하면서 전임자인 나한테 화살을 돌리는 것이었다. 참으로 이해할 수 없는 일이었다. 문제화를 위한 문제 제기인 것이다.

그리고 당시에는 예산범위 내에서 일부 개선복(춘추복)만을 제작해 모두 적법하게 비용을 지급했다. 때문에 문제가 될 소지가 전혀 없었던 것이다. 그런데 내가 그 자리를 떠난 후 개선 항공복을 추가로 제작 보급하는 과정에서 대납비리가 발생했던 것이다. 담당직원이 항공복 제작비용을 임의로 또 정비 업자에게 대납을 시킨 것이다. 문제는 그것까지도 전임자에게 책임을 전가하는 것이다. 전임자가 예산을 확보치 않아서 대납비리가 발생했다고 하면서 말이다. 항공과장을 떠난 후에 추진되었던 사업은 나와는 전혀 관계가 없는 사항이었다. 그럼에도 운영비 대납비리가 불거지니까 이것까지도 전임자에게 책임을 떠넘기는 것이었다. 극단적 논리비약과 모순이 아닐 수 없다. 평생을 몸담았던 조직이 이렇게 엄청난 논리 비약을 범하면서 전임자에게 화살을 돌리는 것을 보고 심한 분노와 함께 실망감을 느꼈다. 책임주의 원칙에 반하고 징벌권남용의 전형이었다. 항공복제 개선관련 해서는 논공행상을 엄격히 따진다면 책임을 묻기보다는 오히려 포상을 해야 할 사안인 것이다. 예산확보를 위해서 정말로 동분서주 뛰었고 수많은 절차를 거쳐서 항공경찰의 멋과 기능을 살린 새로운 복제를 만들었기 때문이다. 그럼에도 복제비용 대납비리라는 문제가 발생하니까 엄청난 논리비약을 범하면서 오히려 책임을 떠넘기기에 급급했던 것이다.

해외정비 추진 부분도 이와 마찬가지였다. 해외정비를 추진한 것은 오로지 국내 독점 정비시스템의 폐해를 시정하고 정비의 투명성과 정비의 질을 높여 헬기운항의 안전성을 높이고자 함에 있었다. 국내 정비업체는 말 그대로 독점이기 때문에 정비단가나 정비기간 면에서 해외업체보다 모든 조건이 좋지 않아 사실 경쟁이 되지 않았다. 그럼에도 그 독점업체에게도 입찰참여 기회를 주어야 한다는 것이다. 독점 업체를 배제하기 위해서 추진한 것이 해외정비인데도 절차상으로는 그 독점업체에게 입찰기회를 주어야 한다는 것이다. 솔직히 나는 회계전문가가 아니라서 그러한 내용을 몰랐다. 독점업체의 폐해를 시정하기 위해서 해외정비를 추진한 것인데 그럼에도 그 업체에 입찰기회를 제공해야 하는 줄을 전혀 몰랐던 것이다. 그리고 해외업체와 직접계약을 체결하기 때문에 국내법상의 입찰절차를 거쳐야 하는지도 미처 생각하지 못했다. 어쨌든 관련 법규가 그렇게 규정되어 있다면 이 부분에 있어서는 나의 잘못이고 과실이다. 전적으로 감독자로서 전문적인 회계지식의 부족에 기인한 감독상의 과실인 것이다. 감독상의 과실에 대한 책임을 회피할 의도는 없다.

그런데도 독점업체에 입찰기회를 주지 않았음은 물론 더 나아가서 입찰을 방해했다는 것이다. 입찰기회를 주지 않은 것이 입찰방해로 둔갑이 된 것이다. 그리고 중요한 것은 감독자로서 이런 사실을 알고서도 묵인·방조했다는 것이다. 이럴 수가 있는가? 회계지식의 부족으로 독점업체에 입찰기회를 주지 않은 것을 입찰을 방해하고 이를 알고서도 묵인·방조했다고 하니 참으로 말문이 막힐 지경이었다. 해외 추진배경이나 앞서 제시한 논리를 보면 이것은 전혀 사리에 맞지 않는 것이다. 사전적인 의미로 묵인이라 함은 알면서도 모르는 체하고 하려는 대로 내버려 두는 것이고 방조란 행위자의 실행을 용이하게 도와주거나 그것을 방지하여야 할 제반 조치를 취하지 아니한 것이다. 해외정비를 추진하는 과정에서 전문적인 회계지식의 부족으로 부하직원의 불법을 사전에 인지해서 방지하지 못한 감독상의 과실을 고의를 가지고 불법을 묵인·방조했다고 의율하는 것은 전혀 논리에 맞지 않는 말이다. 독점의 폐해를 조금이라도 시정하고 헬기안전과 직결되는 정비의 투명성을 확보하기 위해서 추진한 사업이 해외정비 사업이다. 더군다나 해외정비는 항공과 창설 이래 처음이었다. 이런 순수한 의도를 가지고 추진하였는데 그 규정을 알았다면 경쟁업체에게도 입찰의 기회를 주지 않을 하등의 이유가 없었다. 더군다나 입찰방해는 더욱 있을 수 없는 일이다. 그런데도 국가계약법을 위반했고 입찰을 방해했으며 또 그러한 행위를 묵인 방조했다는 것이다.

나중에 전언으로 알았지만 국내법상의 입찰문제를 제기한 장본인은 그동안 경찰청과의 관계에서 독점적으로 정비를 도맡아 오면서 많은 문제를 야기해 왔던 그 독점정비업체인 것으로 알려졌다. 그동안 오랜 기간 독점적 지위를 유지해 오다가 뜻하지 않은 거액의 지체배상금까지 물고 당연히 자신들에게 정비가 들어 올 것이라고 믿었던 제주청 소속 헬기조차 해외로 빠져나가니 큰 충격을 받았을 것이다. 해외정비를 추진한 주체에 대하여 큰 앙심을 가졌을 수도 있다. 그런 가운데 해외정비를 추진하면서 독점업체 자신들에게 입찰기회를 주지 않았다고 해서 이를 문제 삼고 나온 것이다. 입찰을 방해하고 이를 알고서도 묵인 방조까지 했다고 하면서 말이다. 이렇게 문제가 불거진 배경에는 일부 언론도 동원되었다. 그 독점업체의 임원급 인사와 특정 종편 기자와의 친분관계가 크게 작용한 것으로 알려졌다. 그 종편 방송은 항공비리 사건을 제일 먼저 특종으로 보도했고 그 뒤에도 후속 보도를 이어 나갔다. 그로 인하여 항공과 독직사건은 과도하게 쟁점화 되기에 이르렀다. 취지나 배경 등은 전혀 고려되지 않고 감독자의 과실이나 그에 따른 책임부분만 크게 부풀려진 것이다.

(3) 결국 나는 바보였다.

나는 왜 그렇게 했는가하고 후회를 했다. 그동안 한 번도 추진하지 않았던 지체상금 부과와 해외정비 추진에 대해서 말이다. 어리석은 짓을 했던 것이다. 독점업체에 대한 거액의 지체상금을 물리지 않고 과거 전례를 따라서 해외정비를 추진하지만 아니했어도 이런 일은 발생하지 않았을 것이기 때문이다. 지체상금을 물리지 않고 해외정비를 추진하지 않았다면 틀림없이 독점업체의 원성도 사지 않았을 것이다. 그러하다면 물론 계약법상의 입찰방해 논란은 더욱 없었을 것이다. 원성이나 입찰방해 논란이 없으니 당연히 그에 따른 독점업체의 민원은 더더욱 없었을 것이다. 민원이 없는데 어떻게 그에 따른 감사가 있었겠는가? 정비 담당자에 대한 감사도 없었을 것이고 그 뒤의 대대적인 수사도 없었을 것이다. 민원이 제기되지 않았고 감사와 수사가 이어지지 않았다면 정비담당 직원의 거액의 뇌물수수 전모는 어떻게 되었을 것인가? 아마 경찰항공 체제의 특성상 비리전모는 밝혀지지 않았을 것이다. 특히 담당 직원은 자타가 공인하는 모범 공무원으로 평판이 아주 좋은 사람이었기 때문에 더욱 그러하다. 결론적으로 정비 담당 지원의 비리 스캔들은 분명히 밝혀지지 않았을 것이다. 그러하다면 억대의 뇌물 스캔들은 세상에 드러나지 않은 채로 완전범죄가 되어 지금도 항공정비의 부패 먹이사슬 구조는 그대로 유지되어 뇌물은 계속 오고갔을 것이다.

공직사회에서 복지부동이나 무사안일이란 말이 있다. 나는 경찰공무원으로 근무하면서 사실 이 말을 가장 듣기 싫어했다. 어느 직책을 맡든 정말 사심 없이 성실하게 주어진 업무에 충실하려 했다. 솔직히 항공과장은 특수 전문직으로 일반경찰 분야와는 여러모로 거리가 있고 주요 보직이 아니다. 경찰내부에서는 한직으로 분류된다. 그러지만 나는 그 직책을 맡게 된 이상 앞에서 열거한 것처럼 정말 주어진 소임을 다하려 노력했다. 흔히 일하는 사람이 접시도 깬다는 말이 있다. 일을 하다보면 사람인 이상 더러 실수도 하고 불가항력적인 상황이 벌어질 수도 있다. 그런 상황을 맞게 된 전 후 사정도 감안해야 한다. 오로지 결과만을 보고 무과실 무오류의 엄격한 잣대만을 들이대 책임을 따질 수는 없는 것이다. 조직에서 이런 일이 반복되면 어느 누구도 전면에 나서서 일을 하려 하지 않을 것이다. 복지부동 무사안일 문화가 팽배하게 될 것이다. 복지부동하면서 조용히 지낸다면 분란을 자초하지는 않을 수도 있기 때문이다. 나의 경우도 그런 경우에 해당되지 않나 싶다. 그냥 조용히 지냈다면 이런 화는 당하지 않았을 것이다. 틀림없이 주요지역 경찰서장으로 근무 잘하고 퇴직자에게 수여하는 훈장까지 타면서 무사하게 정년을 맞았을 것이다. 누가 알아주는 사람도 없는데 나만 깨끗한 것처럼 왜 그런 어리석은 짓을 했을까 하는 것이다. 나는 참 어리석었고 바보 같은 짓을 한 것이다.

⑷ 경찰 감찰 시스템의 문제

주지하듯이 법치와 사회정의를 위해서 이를 행동으로 옮기고 실천하는 기관이 경찰이다. 업무 대부분이 국민의 일상생활 속에서 이루어지고 하루도 관련 뉴스가 없을 때가 없을 정도로 경찰은 늘 국민 곁에 있다. 법질서 확립과 사회정의를 위해서 24시간을 움직이고 살아 있는 조직이다. 국민은 그 누구든 법 앞에 평등하다. 법을 집행하는 경찰행정 또한 아주 공정하고 투명하게 이루어져야 한다. 법의 잣대를 상대방에게 적용하기 전에 우선 경찰이 당당하고 깨끗한지를 스스로에게 물어 보아야 한다. 조직의 건강성을 유지하기 위해 내부 기강을 바로 잡고 주어진 임무를 성실히 수행하는가를 감시하고 통제하는 기관이 바로 감사 감찰 기능이다. 이런 속성으로 인하여 그 어느 기관보다도 경찰의 감사 감찰활동은 더욱 공정하면서 엄정하게 행해져야 한다. 개인의 일탈과 같은 문제는 물론 업무상 과실에 대해서도 반드시 객관적 사실에 따른 조치가 이루어지도록 해야 한다. 형평성을 잃어서는 더욱 안 된다. 그 대상이 일반 국민이든 내부 조직원이든 법의 잣대는 누구에게나 똑같이 적용되어야 하기 때문이다.

그러나 실제로 경찰조직 내에서의 감찰은 그렇지 않다. 사건을 다루는 언론의 보도태도나 그 사건으로 인한 사회적 파장이 중요한 고려사항임은 물론 특히 소속 기관장의 지침이나 의중이 절대적인 영향을 미친다. 물론 특정사안에 따른 언론보도 방향이나 사회적 파장이 사건을 해결하고 책임을 논하는 과정에 영향을 미치지 않을 수는 없을 것이다. 그러나 문제는 지나치게 기관장의 지침이나 의중에 의존한다는 데 문제가 심각한 것이다. 객관적 사실에 근거하지 않고 기관장의 주관적 지침이나 의중에 따른 처분은 객관성을 상실하고 심한 왜곡을 낳기 때문이다.

경찰직제상 감찰부서는 본청장이나 지방청장과 같은 경찰 기관장 직속으로 편제되어 있다. 본청은 물론 지방청도 감사관이나 청문감사담당관은 차장이나 국장·부장 등 참모 라인과는 별도로 기관장 직속으로 편제되어 있다. 경찰의 감찰부서가 기관장의 직속기능으로 되어있다는 것은 그 자체로 시사하는 의미가 적지 않다. 주어진 본연의 임무 외에 기관장의 지휘권 확립이라는 눈에 보이지 않는 이면의 역할을 하라는 뜻이기도 하다. 경찰에서는 기관장이 바뀌면 대부분 감찰 담당관을 교체하는 것이 상식으로 되어 있다. 기관장 입장에서는 자신의 지휘권을 적극 뒷받침해 주고 지휘방침이나 철학을 실천해 줄 수 있는 기능이 바로 감찰기능이라고 생각하기 때문이다. 때문에 본인의 심복이나 믿을 수 있다고 생각하는 사람에게 감찰 담당관의 지위를 맡기는 것이다. 감찰 담당관은 물론 전 감찰요원들 또한 이와 같은 기관장의 뜻에 전적으로 공감하면서 스스로 그의 손과 발이라는 생각을 갖는다.

때문에 이들에게 있어서는 특정사안에 대한 객관적 사실조사와 그에 상응한 처분이라는 명제도 중요하지만 그것보다 더욱 중요한 것은 기관장의 의중을 파악하고 심기를 살피는 일이다. 일단 그 의중이나 심기가 파악되면 전적으로 그 뜻에 따라서 움직인다. 경찰의 감찰은 기관장의 심기를 살피고 지휘권을 강화하는 역할에만 충실하려고 한다 해도 과언이 아니다. 그 뜻을 실천하기 위해서라면 수단과 방법을 가리지 않는다. 좀 심한 표현이지만 물불을 가리지 않는 것이다. 기관장의 의중이 실려서 일단 감찰의 표적과 가이드라인이 정해지면 과거의 행적을 전부 뒷조사라도 해서 기어코 일을 해내고 만다. 그러나 이러한 경우는 대상자가 일선 직원과 같이 힘없고 배경이 없는 경우에 해당되고 소위 권력 핵심부의 배경이 있거나 기관장의 의중이 다르게 실린 경우는 그러하지 않다는데 문제가 있다. 조직의 힘을 얻고 소위 힘이나 백이 있는 경우에 감찰은 스스로 순한 양이 된다. 흔히 힘없고 배경 없는 사람에게 가혹한 잣대가 적용된다. 즉 양날의 칼인 셈이다.

감찰의 이러한 행태는 시스템적으로도 문제가 있기 때문이다. 성과관리에서 자체인지처분 실적을 높이기 위해서 무리한 조사를 벌이고 과중한 처분을 내린다. 자체적으로 비위사실을 인지하고 감찰조사를 거쳐 징계로 처리되면 성과평가에서 높은 점수를 받게 하는 제도이다. 성과평가에서 높은 점수를 받아야 성과급을 잘 받을 수 있고 승진이나 포상에서도 유리하다. 이런 제도 하에서 일하는 감찰요원은 동료직원들의 비위발견에 사활을 걸다시피 한다. 무리한 감찰조사와 가혹한 징계처분으로 억울한 희생자를 양산하는 것이다. 또한 감찰이 마음만 먹으면 선과 악이 바뀌어 포상을 해야 할 사안도 오히려 징계처분을 내리게 할 수도 있다. 이현령비현령식인 것이다. 대부분의 현직 경찰관들은 경찰의 감찰시스템에 대해서 이런 인식을 가지고 일을 한다. 이처럼 경찰의 감찰은 악명이 높기로 유명하다. 실제로 경찰관 중에는 감찰의 과도한 압박에 의해 우울증을 앓는 경우도 있고 심지어는 강압적인 조사를 이겨내지 못하고 극단적 선택을 해서 자살을 하는 사례도 종종 있다. 최근에 공무원에 대한 문책 수위가 높아지는 추세라고 하지만 그 중에서도 경찰의 징계수위가 가장 높은 이유가 여기에 있는 것이다. 조직규모가 크고 인원이 많은 이유도 있겠지만 감찰의 이러한 행태로 인하여 인원대비 징계처분이나 그로 인한 소청심사청구와 그 인용비율이 높은 것이다.

(5) 과중한 처분이 내려지다.

항공과장으로 근무하면서 비록 전문분야라는 한계는 있었지만 정말로 성심을 다해서 일했다. 그 결과 어느 정도 성과도 있었다. 부하직원의 엄청난 부정행위 앞에서 어쨌든 감독자로서 책임을 통감하고 사과의 뜻도 밝혔다. 궁색한 변명으로 일관하기 보다는 깨끗하게 잘못도 인정했다. 조사과정에서도 진솔하게 진술서를 작성해서 제출했고 징계절차에도 성실히 임했다. 그리고 항공분야의 주무과장이었지만 전문분야라는 한계가 있었다. 더군다나 일반출신으로서 2차 감독자였다. 솔직히 감독책임을 논하는 과정에서 이런 제반 상황이 고려될 줄 알았다. 사건이 워낙 크기 때문에 책임을 지기는 하겠지만 그러더라도 이런 점들이 참작이 되어 경고나 견책 정도의 처분을 받지 않겠나 생각했다.

그러나 이런 낙관은 너무 순진했던 것이다. 모든 절차를 마치고 난 후 들려오는 소식은 전혀 뜻밖이었던 것이다. 본청의 분위기가 좋지 않다고 하면서 예상했던 것보다 무거운 결과가 있을 것이라는 전언이었다. 통보 내용은 소식 그대로였다. 전혀 예상하지 못했던 감봉처분이었던 것이다. 정말로 날벼락을 맞은 기분이었다. 그 참담함은 이루 말할 수 없었다. 비록 규정상으로는 경징계라고는 하지만 실제로 공직사회에서의 받아들이는 느낌은 무거운 처분인 것이다. 뇌물 규모가 크고 조직과 사회에 끼친 파장이 컸다고 하더라도 감독자로서의 과실이 그렇게 컸었나 하는 생각을 지울 수 없었던 것이다. 그것도 2차 감독자로서 말이다. 부족하지만 그래도 늘 스스로의 몸가짐을 돌아보고 처신을 바르게 해 왔다고 믿었기 때문에 평소 그러한 징계는 나와는 무관한 걸로 알았다. 그런데 막상 이런 일을 당하고 보니 그 충격은 이루 말할 수 없었던 것이다.

정비의 투명성 제고를 위해서 항공과 창설 이래 최초로 정비 독점업체에 거액의 지체상금도 부과했다. 그리고 독점구조를 깨기 위해 해외 정비도 추진했다. 또한 운영상의 적지 않은 문제점을 내포하고 있었던 경찰항공운영규칙도 전면 개정했다. 그것으로 헬기안전과 정비의 투명성이 담보되도록 제도가 보완되었다. 그리고 10여 년 이상 답보상태였던 러시아와의 헬기 교환사업도 성공적으로 매듭지어 항공경찰의 역량제고는 물론 국가재정에도 크게 기여했다. 항공복제를 개선하여 항공경찰의 멋과 품위를 지키고 헬기안전에 기여했다. 정부 3.0 방침에 따라 해경, 소방 산림청 등 헬기운영 국가기관 긴밀한 협력체제 유지를 위한 MOU도 체결했다. 비록 전문분야지만 주무과장으로서 나름대로 최선을 다했다. 그리고 역설적이지만 어쨌든 이런 노력으로 인하여 부하직원의 뇌물 스캔들이 밖으로 들어나게 된 계기가 되었다. 이런 제반 고려사항이 있었음에도 납득하기 어려운 무거운 처분이 내려진 것이다. 이렇게 무거운 처분이 내려진 부분에 대해서 나름대로 곰곰이 생각해 보았다.

우선 당사자의 허위 진술이 크게 작용했을 것이다. 소위 운영비라는 것을 정비 업자에게 대납시키면서 상급 감독자에게 대납사실을 보고 했다는 주장을 그대로 인정을 한 것이다. 그 다음으로는 검찰의 기관통보서가 영향을 끼쳤을 것이다. 검찰은 수사 후 경찰에 기관통보를 보내면서 경찰이 행사경비나 운영비를 업자로부터 받아쓰는 것으로 단정하고 감독자들도 이러한 사실을 방지하기는커녕 오히려 이를 조장하고 방조했다고 하면서 감독자들에게도 엄중

한 책임을 주문했던 것이다. 그 중에서도 가장 결정적인 요인은 의사결정권자의 의중과 가이드라인이었을 것이다. 의사결정권자의 의중과 가이드라인에는 이 책 곳곳에서 밝힌 요인들이 작용했을 것이다.

조직생활 끝자락에 이런 험한 꼴을 겪으면서 조직을 관리하는 지휘관이 갖추어야 할 덕목을 생각해 보았다. 오랜 조직생활에서 나름대로 느낀 것은 지휘관에게 가장 중요한 것은 역시 판단능력이 아닐까 생각한다. 돌발적인 상황을 처리하는 경찰 지휘관이라면 더욱 그러하다. 경찰 지휘관은 권위주의 문화가 팽배한 계급조직의 특성상 합리적인 판단을 이끌지 못하고 자칫 독선과 오만에 빠질 수도 있다. 열린 마음으로 합리적인 충고나 직언을 받아들이기보다는 오히려 이를 지휘권에 대한 무례라든가 심지어는 도전이라고 생각을 할 수도 있기 때문이다. 참모나 주변사람들의 진심어린 충고나 고견을 받아들일 수 있는 열린 마음의 소유자이어야 하고 그것을 바탕으로 합리적인 판단을 내릴 수 있는 능력을 가져야 한다. 그 다음으로는 더욱 스스로에게 엄격하여 모범을 보여야 한다. 즉 솔선수범을 해야 한다. 스스로 모범을 보이면서 우선 자신부터 엄격한 기준의 잣대를 적용해야 한다. 특정정책을 추진하면서 자신이 하는 일은 예외이고 정당성이 부여 된 것처럼 행동하면서 부하직원에게만 강요하는 경우가 종종 있었다. 계급이 높고 직위가 올라갈수록 이런 현상이 발생한다.

인사정의를 부르짖으며 일선 지휘관급 간부에게는 누구나 공감할 수 있는 공정한 인사를 하라고 수없이 지시한다. 그러나 정작 최종 인사권자인 본인은 이러한 내용을 지키지 않는다. 자신이 하는 것은 모든 것이 정당하고 또 예외인 것처럼 말이다. 보통 총경급 간부들은 경찰서장을 하려면 본청이나 지방청에서 참모를 1년 아니면 그 이상을 거쳐야한다. 그것도 승진 후 1년이나 1년 반 이상이 경과되어야 하고 승진과 동시에 승진후보 자격으로 경찰서장으로 나가는 경우는 거의 없다. 그런데도 총경승진과 동시에 승진후보 자격으로 바로 경찰서장으로 발령을 내고 그 이후에도 또 연속 경찰서장으로 발령을 낸다는 것이다. 총경승진과 동시에 경찰서장 발령을 하는 경우는 정년이 임박한 사람들에게는 예외적으로 실시하는 경우도 있기 때문에 백번 양보해서 그럴 수도 있다고 본다. 그렇다고 해도 총경후보자를 연속으로 경찰서장으로 발령을 내는 것은 있을 수 없는 일이다. 보통의 특혜성 인사가 아닌 것이다. 본인이 인사권자라고 해서 인사정의와 전혀 맞지 않는 이런 특혜성 인사를 해놓고 인사정의를 부르짖는다. 그러니 조직원 누가 그를 진심으로 존경하고 따르겠는가 하는 것이다. 차라리 인사정의 실현이란 말을 하지 않고 그런 인사를 했으면 그런대로 이해 할 수도 있지만 모든 치안 정책의 우선순위에서 인사정의 실현을 강조하면서 정작 본인은 이런 행동을 하는 것이다. 그러니 더욱 정직성 측면에서도 더욱 비난을 받았던 것이다.

그리고 지휘관이라면 스스로에게 엄격하면서도 부하 직원에게는 열린 마음을 가지고 직원들이 처한 어려움과 아픔을 이해 할 줄도 알아야 한다. 그럼에도 마치 본인은 무과오 무결점의 경지에도 오른 것처럼 지나치게 부하 직원의 잘못이나 과오에 대해서는 필요이상의 증오와 적대감을 드러내는 경우가 있다. 그러지 않기 위해서는 지휘관으로서 부하직원들을 바라보는 시각이 우선 긍정적이어야 한다. 그리고 부하 직원들의 실수나 잘못을 당사자의 탓으로만 돌리지 말고 관리 감독자로서 지휘관 본인도 일말의 책임이 있다는 책임의식을 가질 필요도 있다. 흔히 계급이 높고 직위가 높은 지휘관일수록 부하직원들의 실수나 잘못을 본인과는 전혀 무관한 제3자의 일로 치부하거나 오리려 적대감을 드러내는 경우가 있다. 그러다보니 휘하 직원들의 사사로운 잘못을 필요이상으로 확대해서 가혹한 징계를 하거나 인사상 불이익을 주게 된다.

역대 어느 경찰수장은 전국 지휘관 워크숍이라는 공식적인 자리에서 자신이 재임 하는 동안 총경급 간부 20여명의 옷을 벗겼다고 하면서 호언장담을 한 적이 있다. 조직의 흐트러진 기강을 바로 잡고 주의를 환기시키기 위해서 한 말이겠지만 부하직원의 아픔을 조금이라도 헤아렸다면 이런 말은 하지 못했을 것이란 생각이 든다. 물론 옷을 벗길 만큼 잘못이 있으면 당연히 그에 상응하는 처벌을 하는 것은 틀린 말은 아닐 것이다. 그러나 조직생활에서 옷을 벗을 정도로 벌을 받았다면 당사자는 엄청난 불행을 겪은 것이다. 직장을 잃은 것은 물론 모든 인간관계에 있어 회복불능의 명예를 잃는 것이기 때문이다. 또한 그들을 관리하고 감독하는 소속 기관 또한 마찬가지이다. 채용과정이나 교육 그리고 관리감독상의 문제점을 스스로 자인하는 셈이기 때문이다. 이렇게 불행한 일을 전국 지휘관이 모인 자리에서 권력과 계급에 취해서 마치 권위와 힘을 과시라도 하듯이 호언장담할 사안은 아닌 것이다. 앞에서 언급한 조직의 수장으로서 일말의 문제의식이나 책임의식을 갖고 있었다면 그런 발언은 하지 못했을 것이다. 마치 제3자적 위치에서 남의 얘기 하듯이 말이다.

최근 들어 조직의 총수를 역임한 사람들이 어려움을 겪는 경우가 종종 있었다. 수사를 받고 영어의 몸이 되는 경우도 있었다. 참으로 불행한 일이다. 어쨌든 한때 조직을 이끌고 전 구성원들의 기대를 한 몸에 받았던 사람인데 타 기관에 불려 다니고 영어의 몸이 되는 것은 차마 볼 수 없는 불행한 일이다. 물론 그 중에는 억울한 사람도 있을 것이다. 사정기관의 표적이 된 경우도 있을 것이고 정치적 희생양이 된 경우도 있었을 것이다. 그러나 어찌되었든 자기관리를 잘 못한 것은 분명한 것 같다. 좀 더 솔선수범하고 스스로에게 엄격해서 자기절제를 적극 실천했더라면 그리고 더 나아가서는 휘하 직원들에게 신망을 받았다면 과연 그런 불행한 일이 있었을까 하는 것이다. 왜냐하면 불행한 일들은 대부분 내부적인 불만이 쌓여서 문제가 불거지고 그것이 사건으로 이어지기 때문이다. 실제로 경찰총수로서 인사문제라든가 기타 조직 관리를 함에 있어서 공정성을 의심을 받는가 하면 신중치 못한 처신으로 내부적으로 신망을 잃는 경우도 종종 있었던 것이다.

경찰에서 가장 금기시 하는 것 중의 하나가 음주운전이다. 음주운전을 단속해야 할 경찰이 음주운전을 하면 사회적으로 비난 가능성이 더 크기 때문이다. 단순 음주운전이라도 경찰에서는 최소 정직 이상 중징계를 받게 된다. 음주 후 사고를 유발했을 경우는 해임이나 파면에 처해진다. 음주운전 전력이 있으면 상위계급으로의 승진도 거의 불가능하게 된다. 승진심사시 이를 제일 먼저 가려내서 심사대상에서 원천 배제시키기 때문이다. 계급 조직에서 승진의 꿈을 접는다는 것은 당사자에게는 참으로 불행한 일이다. 마치 생명력을 잃은 무정란처럼 말이다. 물론 경정계급까지는 시험승진 제도가 있기 때문에 본인 노력 여하에 따라 어느 정도 가능할 수는 있다. 그런데 총경 이상은 그렇지 않다. 오로지 심사승진 제도만 있기 때문이다. 따라서 총경부터는 사전에 심사대상자에서 원천 배제되기 때문에 상위계급으로의 승진은 거의 불가능하다. 그런데 이상하게도 이런 금기사항이 깨진 사례가 있었다. 즉 음주운전을 하여 정직이라는 중징계를 받고 그것도 두 번이나 동일한 전력이 있는 사람이 총경으로 승진을 한 것이다. 경찰에서 음주운전 사례가 발생하면 본인은 당연히 가혹한 처벌을 받지만 그 사람이 속해 있는 소속 부서도 상당한 불이익이 돌아간다. 성과평가에서 전 직원들의 성과급을 대폭 삭감하여 금전적으로도 커다란 불이익을 받게 된다. 동료들에게도 막대한 피해가 돌아간다는 것을 주지시켜 음주운전을 아예 근절 시키겠다는 고육책인 것이다.

경찰에서는 이 정도로 음주운전을 금기시한다. 그럼에도 2회나 음주운전 전력이 있는 사람이 총경계급으로 승진했다. 그것도 승진

연한이 한참 지나서 이미 구제대상도 될 수 없는 사람이 말이다. 경찰에서는 각 계급별로 승진이 가능한 기간이 정해져 있다. 총경은 보통 경정 임용 후 7년에서 10년 사이에 승진을 해야 한다. 그런데 10년이 훨씬 넘어 계급정년에 거의 도달한 사람이 승진을 한 것이다. 인터넷상에 여론이 들끓고 난리가 났다. 그러니까 뒤늦게 답변을 내놓았다. 대상자가 이미 사면을 받았고 근무를 열심히 해서 근무성적이 뛰어나다는 것이다. 음주운전을 해서 정직이상을 받은 사람을 그것도 2회나 동일한 전력이 있는 사람을 승진을 시키고 이런 답변을 내놓았다. 승진을 시킨 데는 분명히 다른 이유가 있었을 것임에도 이런 납득할 수 없는 답변을 내놓은 것이다. 답변내용도 솔직하지 못했던 것이다. 당시 그 해명을 전해들은 일선 직원들은 대부분 코웃음을 짓고 집단적 냉소주의에 빠져 있었다.

경찰은 계급조직으로서 각 계급별 정년이 정해져 있다. 과거에는 경위계급부터 계급정년이 적용되었으나 현재는 많이 완화되어 경정부터 적용된다. 경정의 계급정년은 14년이다. 계급정년이 적용되는 경정부터는 총경으로의 진급이 아주 중요하다. 젊은 간부가 총경으로 진급이 안 되면 경정에서 계급정년을 맞아 일찍 옷을 벗어야하기 때문이다. 경정계급을 달고 부터는 대부분 특히 젊은 간부들은 극심한 진급 스트레스를 받는다. 때문에 승진 시기가 되면 대상자들은 승진을 위해서 모든 노력을 기울인다. 기본적으로 자기관리도 잘해야 한다. 공사 간 공무원으로서의 품위를 지켜야 함은 물론 동료나 상사 그리고 직원들한테도 신망을 받아야 한다. 업무능력도 갖추고 정성을 다해서 일도 열심히 해야 한다.

경찰에서의 승진은 이처럼 경쟁이 치열하다. 그러다보니 자연히 외부 입김도 작용한다. 때문에 유력자를 찾아서 자기를 알린다든가 청탁을 하는 경우도 흔히 있다. 그런데 이 인사 청탁이 도를 넘는다. 상황이 이렇다 보니 인사권자는 인사 관련해서 청탁금지령을 내린다. 청탁은 외부인사에 줄을 대서 조직을 팔아 자기의 이익만을 추구하는 부도덕한 행위라고 하면서 말이다. 물론 인사권자로서 공정한 인사를 하는데 있어 지장을 준다는 이유로 외부인사에 줄을 대거나 인사 청탁을 하지 말라고 할 수는 있다. 그런데 인사 청탁을 하지 말라고 하는데 그치지 않고 많은 동료들 앞에서 청탁내용까지를 공개를 하는 것이다. 청탁내용을 공개해서 인격적으로 모욕을 주는 경우가 있었던 것이다. 청탁내용을 공개하는 것은 당사자로서는 정말 수치스럽고 모욕적인 일이다. 문제는 인사 청탁 공개로 인격적으로 모욕을 당한 사람이 그에 따른 정신적 충격과 진급 스트레스를 극복하지 못하고 극단적 상황까지 몰리어 결국 자살까지 한 사례가 있었다는 것이다.

그 누구든 자신을 알릴 기회도 없고 알아줄 사람도 없는데 계급정년의 절박한 상태에 직면했다면 지푸라기라도 잡는 심정으로 아는 사람에게 부탁을 하는 것은 인지상정이다. 인사권자 입장에서 인사 청탁이 들어오면 부담이 되고 공정하고 합리적인 인사를 하는데 지장을 주는 등 문제가 있을 것이다. 특히 최근에는 실정법 위반 소지가 있다. 그렇다고 많은 동료 앞에서 청탁 내용까지 공개해서 당사자에게 씻을 수 없는 모욕을 주는 것은 너무 가혹한 일이다. 비록 조직 내이기는 하지만 아주 비인간적이고 심각한 인권침해라고도 할 수 있다. 조직에서 영원히 당사자의 앞길을 가로막는 인격살인인 것이다. 인사권자로서 인사는 권한이기도 하지만 책무이기도 하다. 인사권자로서 인사 청탁을 받았더라도 조건이 맞지 않으면 들어주지 말고 문제가 있다면 관련법에 따라 조치하면 될 일이다. 인사 청탁 내용을 공개해서 자살에 이르게 까지 한 것은 조직의 수장이 해야 할 처신은 아니다. 솔직히 본인들은 그 자리까지 오를 때까지 한 번도 인사 청탁을 하지 않았단 말인가? 옛날 속담에 '동냥은 못줄망정 쪽박을 깨지 말라'는 말이 있다. 많은 직원을 휘하에 거느린 지휘관이라면 소신과 원칙도 중요하지만 부하직원들의 아픔과 어려움을 헤아려 줄 수 있는 열린 마음의 소유자이어야 한다.

3) 인사 상 불이익과 금융계좌추적

전혀 생각하지 못했던 부하직원의 뇌물사건에 매달리다보니 어느덧 참모로서의 생활이 거의 다 되어가고 있었다. 이런 상황에서 연령정년이 1년여 밖에 남지 않았기 때문에 마지막 보직으로 경찰서장으로 발령을 받아야만 했다. 경찰계급 중 유일하게 총경급은 의무적으로 정년 6개월 전에 대기발령을 받는다. 총경 급은 인사적체가 심하기 때문에 인사의 숨통을 터주기 위함이다. 대신 마지막 보직을 지휘관으로 근무하도록 경찰서장으로 발령을 내주는 것이 불문율로 이어지고 있었다. 이것은 또한 경찰조직에서 청춘을 다 바친 선배들에 대한 마지막 배려 차원이기도 하다. 때문에 나도 당연히 마지막 경찰서장으로 발령을 받을 줄만 알았다. 비록 항공과장 근무 시 감독불충분이란 책임을 지고 본의 아니게 조직에 누를 끼친 적은 있으나 그것은 어디까지나 나 자신의 개인문제가 아니라 관리 감독상의 책임이기 때문이었다. 과거에도 금품수수나 공금횡령, 음주운전 등과 같은 개인비리가 아니면 비록 감독에 대한 일정부분 책임이 있다 하더라도 관례에 따라서 경찰서장으로 발령을 내주었다. 더군다나 정년이 얼마 남지 않은 경우는 이를 고려했기 때문이다. 그런데 생각 이상의 책임을 지도록 하고 그것이 또 하나의 이유가 되어서 경찰서장 발령을 받지 못했으니 결과적으로 이중의 불이익을 받는 것이다.

꽃다운 나이에 경찰에 들어와 미력이나마 조직과 국가를 위해 몸과 마음을 바쳤다. 조직에 몸담고 있는 동안 정말 나름대로 정직하고 바르고 하려고 노력도 많이 했다. 그 덕분인지는 모르지만 경찰생활 30여년을 하면서 그 흔한 경고장 하나 받은 적이 없었다. 비록 동기들보다 높이 승진을 하지는 못했지만 명예와 자존심 하나로 버텨왔던 것이다. 그러나 비록 부하직원과의 잘못된 만남으로 인한 감독상의 책임이지만 정년을 코앞에 두고 씻을 수 없는 오점을 남기게 된 것이다. 나의 운명과 팔자도 참 기구하구나 생각했다. 그러나 어찌하겠나? 이것도 하나의 숙명이고 관운인 것을 말이다. 참 인간만사가 뜻대로 되지 않았다.

대부분 마지막으로 받는 의례상의 대우도 받지 못하고 뜻하지 않는 보직을 받았다. 경찰교육원 운영과장이었다. 경찰생활을 어느 정도 남겨 놓았으면 그래도 덜 했을 것이다. 참 많이 서운했다. 평생 몸을 담으면서 생활의 전부였던 조직이 나를 이렇게 대하는구나 생각했을 때 더 섭섭함을 느꼈다. 얼마 전까지만 해도 정말 명예롭게 대장정의 조직생활을 마칠 수 있구나 생각했는데 이렇게 초라한 모습을 보이게 되었던 것이다. 그러나 나의 관운이 그것밖에 안 되고 이것 또한 조직의 명령인데 어찌 하겠는가? 하는 수 없이 명령을 따를 수밖에 없었던 것이다. 그것이 마지막으로 조직인으로서 취할 도리라고 생각했다. 발령을 받은 이상 그 직책에서 주어진 소임을 다하자고 마음먹었다. 언제까지 좋지 않은 기억을 가지고 있을 수는 없는 노릇이었기 때문이기도 했다. 비록 과거 경찰종합학교가 경찰교육원으로 이름이 바뀌었지만 옛날의 젊은 시절 청운의 꿈을 안고 경찰간부후보생으로서 교육을 받던 때를 생각하며 후배 간부후보생교육은 물론 재직자 보수교육의 내실화를 위해서 내가 할 수 있는 노력을 다했다.

비록 뜻하지 않은 보직이었지만 운영지원이라는 말 그대로 교육관련 시설과 환경개선은 물론 식당 등 후생 복지를 위해서 나름대로 성의를 다해서 일했다. 그런데 불행 중 다행이라 할까? 교육기관은 일사불란하게 움직여야하는 일선기관과는 다르게 업무부담도 적은 편이었고 시간적 여유도 있었다. 기왕 이렇게 된 이상 이 여유시간을 최대한 이용해야겠다고 생각했다. 이때부터 틈틈이 여가시간을 이용해서 체육활동이나 취미활동을 본격적으로 시작했다. 불현듯 찾아온 아픔을 극복하고 이를 전화위복의 기회로 승화시키기 위한 나름대로의 처절한 노력이었다. 경찰교육원은 경찰교육생과 재직자들의 복지를 위해서 9홀 규모의 골프코스와 연습장이 잘 갖추어진 체력단련장을 운영하고 있었다. 체력단련장의 운영관리 책임자는 다름 아닌 운영지원과장이었다. 주무과장으로서 일선 경찰관들의 복지시설인 체력단련장이 잘 운영될 수 있도록 전문가의 도움을 받아 나름대로 최선을 다했다. 그러면서 나 자신도 틈틈이 여가시간을 활용하여 합법적인 범위 내에서 이 시설을 적극 이용했다.

또한 오래전부터 취미생활로 꾸준히 해오던 악기 색소폰 연습도 더욱 열심히 하고자 했다. 다행히 교육원에서는 악대를 운영하고 있었기 때문에 색소폰 전공자가 몇 사람 있었다. 퇴근 후 등에 악대 사무실에서 전공대원과 함께 레슨 공부를 했다. 나이가 들어서 악기를 배운다는 것은 말처럼 쉽지 않았지만 나름대로 하고자 하는 열의를 가지고 정말 열심히 노력을 했다. 중요행사라든가 휴가 또는 출장 등 특별한 경우가 아니면 악기 연주에 몰입했다. 악기 연주에 몰입을 하다 보니 한 번도 점심 식사 후에도 자리에 눕거나 졸아본 적이 없었던 것 같다. 물론 이러한 취미생활은 합법적인 테두리 내에서 철저히 규정을 지켰다. 왜냐하면 조직의 생리상 이것도 다른 말이 나올 수 있기 때문이다. 어쨌든 이런 과정을 통해서 나는 골프도 접하게 되었으며 색소폰도 아마추어 수준의 기량을 갖추게 되었다. 색소폰의 경우는 이제 대중 앞에서 나름대로 실력을 뽐낼 정도는 되었다. 이런 취미생활도 당시 교육원장과 직원들의 배려 덕분이 있었기 때문에 가능했다.

당시 교육원장을 비롯한 교직원들 또한 선의를 가지고 많은 배려를 해주었던 것 같다. 나의 입장을 어느 정도 이해하고 있었기 때문인 듯했다. 이심전심으로 나 또한 직원들 한 사람 한 사람에게 인간적인 정리를 가지고 잘 대해 주려고 노력했다. 당시 참 분위기가 좋았던 것 같다. 뜻하지 않는 마지막 보직이었지만 생각 이상으로 의미가 있었던 것이다. 당시 교육원장은 간부후보생 1년 선배로서 경감이나 경정시절 여러 번 같이 교육도 받은 경험도 있는 터라 정년이 임박한 나에게 눈에 보이지 않게 많은 배려를 해주었다. 덕분에 공무원 연금공단에서 주관하는 퇴직준비에 필요한 미래설계과정 교육을 다녀올 수도 있었고 퇴직 후 건강증진에 도움이 되는 한방건강프로그램 교육도 받을 수 있었다. 그리고 경찰교육원에서는 경찰홍보와 체육진흥을 목적으로 유도와 태권도 그리고 사격분야에 체육특기자를 의경대원으로 선발하여 '무궁화체육단'이란 선수팀을 운영하고 있다. 그 선수 팀의 '무궁화체육단'의 단장이 바로 운영지원과장이었다. 나는 '무궁화체육단' 단장 자격으로 선수들 전지훈련에도 주기적으로 참여할 수 있었다. 특히 경찰교육원 유도선수단을 인솔하여 대만에서 개최되었던 아시아 유도선수권대회에 참가하는 기회도 가진 바 있다. 이런 것 또한 이심전심으로 교육원장을 비롯한 각 과·계장 등 직원들의 배려가 있었기에 가능했다. 그런 의미에서 비록 뜻하지 않은 마지막 보직이었지만 경찰교육원에서의 생활도 나에게는 의미가 적지 않은 생활이었던 것이다. 마지막 직장생활에서 맺은 인간관계지만 교직원들과의 만남도 정말 잊지 못할 인연이었다. 교육원 생활이 거의 끝날 무렵에는 오히려 교육원으로 발령받기를 잘했다고 할 정도로 보람도 느꼈다.

교육원 생활이 나에게 또 다른 의미가 있었던 것은 틈틈이 여가시간을 이용하여 자전적 에세이 즉 자서전을 썼다는 것이다. 일선부서와는 다르게 교육원 내 도서관을 오가며 관련 자료를 쉽게 접할 수 있고 시간적 여유도 있었기 때문이었다. 사실 30년이 넘게 평탄하게 달려왔지만 마지막 고비를 넘지 못하고 불현듯 찾아온 시련은 정말 감내하기 힘들었다. 당시에는 아쉬움과 억울함 때문에 밤잠을 설치고 하고자 하는 의욕을 상실했다. 그렇다고 이런 좋지 않은 일을 누구한테 얘기할 수도 없었다. 비록 잘못된 직원과의 만남이 원인이 되었지만 조직생활 끝자락에 어려움을 안겨준 사람들을 원망도 했었다. 한때는 나의 관운이 이렇구나 하며 체념도 했다. 우울증이 올 것도 같았다. 그러나 언제까지 그러한 상태로 있을 수는 없었다. 그래서 그때그때의 심정을 담아서 하나하나 글로써 정리해 원고를 쓰기 시작했다. 틈틈이 여가시간을 최대한 활용하고 퇴근 후 관사에서 밤을 지새우면서 내용을 구상하여 원고를 썼다. 쓰다 보니 분량이 늘어났다. 자연히 집안 내력은 물론 유년시절이라든가 군대생활과 결혼 그리고 과거 전국을 무대로 근무하면서 겪었던 일들도 기억을 되살려 발췌해 이야기를 엮어 나갔다. 아픔과 시련이 없었다면 자서전을 쓴다는 것은 감히 꿈도 꾸지 못했을 것이다. 그 시련이 원동력이 되어 그 어떤 초인적인 힘이랄까 하는 능력을 발휘하여 자전적 에세이까지 쓰게 된 것이다. 결국 또 하나의 결과물을 얻은 셈이 된 것이다.

시간이 지나면 몸에 난 상처도 아물어 가듯이 나쁜 기억도 점차 흐려져 가게 마련이다. 정비담당 직원의 뇌물 스캔들로 인하여 그렇게 거의 1년 가까이 어려운 시간을 보냈다. 현실로 받아들이기 어렵고 분하고 억울하다는 마음이 앞섰지만 기왕지사 그렇게 된 이상 현실을 받아들일 수밖에 없었다. 그리고 시간이 약이라고 나쁜 일일수록 하루 빨리 잊는 것이 그나마 도움이 될 것 같았다. 그래서 점차 정신적 충격과 아픔의 상처가 아물어 가고 있었다. 그런데 이게 또 웬일인가? 어느 날 거래하는 은행에서 등기우편물이 집으로 배달되었다. 우편물 내용은 금융 거래정보 제공 사실 안내서였다. 은행에서 나에 대한 금융거래 내역과 개인정보를 검찰에 제공해 주었다는 내용이었다. 당황한 나머지 처음에는 검찰에서 나의 금융거래 내역을 뒤져본 이유를 알 수 없었다. 기분도 상당히 불쾌하고 언짢았다. 거래은행을 상대로 그 까닭을 알아보니 그것은 다름이 아니라 검찰에서 뇌물사건을 수사하면서 나의 금융거래 내역을 추적한 결과물인 것이었다.

그런데 계좌추적이 나한테만 한정해서 이루어진 것이 아니었다. 나를 포함해서 아내와 딸, 아들, 가족 모두의 계좌를 샅샅이 뒤져본 것이다. 흔히 언론매체 등을 통해서 금융거래 계좌추적이라는 말을 듣기는 했지만 남의 얘기처럼 여겼던 것을 내가 당할 줄은 정말 몰랐다. 나도 모르는 은행 통장이 있다는 것을 그때서야 알기도 했다. 인생을 살면서 또 경찰 생활을 하면서 나름대로 바르게 해왔다고 자부해 왔는데 조직생활 끝자락에 온갖 수모를 다 당하는 구나 체념하면서 심한 자괴감을 느꼈다. 검찰은 뇌물사건을 수사하면서 업체로부터 받은 뇌물을 상관인 나에게 상납을 했느냐 집중추궁하면서 그 증거를 찾기 위해서 나의 모든 금융계좌를 샅샅이 뒤진 것이었다. 그 뒤에 얼마 후까지 마을금고를 비롯해서 집에서 거래하는 모든 은행으로부터 금융거래 제공 사실안내서가 속속 등기우편을 통해서 배달되었다. 솔직히 인생을 살면서 나름대로 노력을 했다고는 하지만 한 인간으로서 무결점 무균질의 완벽한 삶을 살았다고는 생각하지 않는다. 그러나 적어도 공직자로서 도덕성과 품위를 지키면서 성실하게 하려고 많은 노력을 했다. 특히 부하 직원들에게는 더욱 모범을 보이려고 했고 조금도 양심의 가책을 받는 일이 없도록 하려고 했었다.

검찰이 찾으려고 했던 뇌물 상납부분에 대해서는 문제의 담당직원도 양심상 차마 주지 않은 것을 주었다고는 하지 못한 모양이었다. 헬기 취항식을 비롯해서 복제개선 비용 등 소위 항공과 운영비 대납 부분을 보고했다고 억지 주장을 한 것에 비하면 말이다. 만약 평소 스스로 모범을 보이지 않고 조그만 허점이라도 보였다면 정비업자로부터 받은 뇌물을 상납했다고 허위 진술을 할 수도 있었을 것이다. 그렇게 됐다면 더 많은 의혹이 부풀려져 나는 더욱 억울한 누명을 썼을는지도 모른다. 그나마 다행이었다. 금융계좌 추적 결과 조금이라도 이상한 돈의 흐름이 있었다면 나는 곧바로 검찰에 소환되어서 조사를 받았을 것이다. 계좌를 샅샅이 뒤져보아도 아무런 증거가 나오지 않자 검찰은 구속피의자의 일방적 진술을 토대로 기관통보서만을 작성해 경찰청에 보낸 것으로 보인다. 마치 경찰이 아직도 업자로부터 뇌물을 받아먹고 과운영비를 받아쓰는 조직인양 기술한 기관통보서 말이다. 문제는 전혀 사실이 아닌 잘못된 기관통보서를 근거로 경찰에서는 이것을 사실로 단정한 것이다. 그리고 그대로 조사가 진행되었던 것이다. 아무리 결백을 주장해도 소용이 없었다. 코에 걸면 코걸이가 되고 귀에 걸면 귀걸이가 돼버리고 말았다. 형사법에 나오는 실체적 진실발견이나 무죄추정 그리고 증거법 등은 적어도 경찰의 감찰에게는 적용되는 것이 아니었다.

4) 소청심사 청구와 기각

경찰에 들어와 처음이자 마지막으로 불행한 일을 경험하면서 나 자신의 나약함을 실감했다. 당시에는 정신적 충격도 컸다. 하필이면 조직생활 끝자락에 이러한 불행한 일을 겪는 나의 관운도 참 기구하구나 생각하면서 울분을 삭혀야했다. 당시에는 잠도 제대로 잘 수도 없었고 식사도 못 할 지경이었다. 불과 얼마 전까지만 해도 이제 나는 정말로 명예로운 퇴임이 가능하겠구나 하고 많은 경찰후배와 온 가족과 지인들이 함께 했을 퇴임식장에 서있는 나의 모습을 머릿속에 떠올리기도 했었다. 그런데 운명의 장난인지 정년을 코앞에 두고 이런 엄청난 불행을 겪게 되었던 것이다. 한치 앞을 내다볼 수 없는 인간의 한계를 절감했다. 부끄러운 나머지 이런 불행한 일을 누구한테 얘기를 할 수도 없었다. 생각 끝에 명예를 되찾아야 하겠다고 마음먹었다. 그래서 소청준비를 시작했다. 우선 주변 지인들의 의견을 듣고 전직 경찰 선배 변호사의 자문을 구한 다음 본격적으로 직접 소청이유서를 작성하기 시작했다. 십 수 일을 밤낮없이 소청 준비에 매달렸다. 담당직원의 주장이나 피청구인이 주장하는 사실이 전혀 진실이 아니라는 점을 밝히려고 노력했다. 구체적 증거를 들어 다투고 피소청인 주장의 논리적 모순 그리고 징계양정규칙 적용상의 문제점 등을 하나하나 분석하여 소청이유서를 작성하였다. 각 항목마다 조목조목 논리를 펴면서 반박을 하다 보니 거의 책 한 권의 분량이 되었다. 양식과 절차에 따라서 소청이유서를 작성한다는 것은 그렇게 만만치가 않았다. 처음에는 변호사에게 의뢰할까도 생각을 했지만 구체적인 사실관계를 다툼에 있어서는 직접 작성하는 것이 좋겠다고 판단했다.

소청이유서와 사실관계의 증명에 필요한 관련서류를 구비한 다음 항공과 직원들 중 필수 직원들의 진술서와 전 직원 연명으로 된 탄원서도 추가로 첨부하였다. 객관적 증명력을 보강하기 위해서 공증 절차도 거쳤다. 과거 함께 고생하면서 일했던 항공과 직원들도 나의 입장을 충분히 이해하는 터라 기꺼이 진술서와 탄원서를 작성해 주었다. 직원들도 대부분 이 사건과 관련한 처분의 부당함과 사실관계가 다름을 익히 알고 있기 때문이다. 직원들은 사실관계를 다투는 부분에 있어서는 자신들의 의견을 담은 진술서를 직접 작성해 주었다. 대부분이 뇌물을 받은 정비담당 직원의 주장이 사실과 다르고 처분내용 중 다툼이 있는 부분을 객관적으로 증명하는 내용들이었다. 그리고 항공과장 재직 당시 추진했던 여러 업무들을 일일이 열거해서 선처를 바란다는 탄원서까지 작성해 덧붙여주었다. 사실에 입각해서 진술서를 작성해 주었던 항공과 직원들이 정말 고마웠다.

소청을 함에 있어서는 주어진 시간이 그리 충분하지 않았다. 소청이유서와 각종 증거서류를 첨부하여 정해진 기간 내에 소청을 접수해야 했다. 십 수 일간 밤낮 없이 소청이유서 작성에 매달려야만 했다. 사건이 워낙 컸고 또 나 외에 담당계장과 후임과장 등 3명이 동시에 소청을 제기했기 때문에 심사기일도 꽤 걸리는 듯했다. 서류 접수 후 약 3개월이 지난 뒤에야 소청심사 기일에 출두하라는 통지서를 전달 받았을 수 있었다. 소청심사위원회는 서울에서 세종으로 옮긴지 얼마 되지 않았다. 소청심사 청구인은 나를 포함해서 당시 담당계장과 후임과장 등 3명이었다. 담당계장과 후임과장 두 사람도 억울한 심정은 나와 다를 바가 없었다. 후임과장은 그래도 나와 같은 입장이었지만 담당계장은 더 억울해 했다. 직원에 대한 감독 불충분이라는 이유로 책임을 물으면서 배제징계인 해임처분을 내렸기 때문이었다. 물론 그 뒤의 발령지에서 다른 사건이 경합은 되었다고 하지만 그래도 1차 감독자에 대한 감독상의 책임을 물으면서 이렇게 무거운 중징계를 내린 적은 전례가 없었을 것이다.

드디어 출석통지를 받은 소청인 3명은 동시에 소청심사위원회 심사장에 출석을 했다. 소청심사는 주심 소청심사위원을 비롯해서 일반 소청심사위원들이 단상에 착석하고 좌우로 소청인 3명과 피소청인 측 2명이 착석한 상태에서 시작되었다. 첫 심리가 시작되었다. 심리에서 나는 뇌물사건과 관련하여 어쨌든 감독자로서 이를 사전 예방하고 막지 못한 부분을 사과했다. 그러고 나서 나의 주장을 폈다. 소청 이유서에서 기재된 내용 중에서 특히 논리적 모순이나 사실관계가 다른 부분을 하나하나 열거하면서 소명을 해나갔다. 그 중에서 특히 담당 직원의 금품수수 내용과 소위 운영비 대납부분은 전혀 사실이 아니고 감독자로서 전혀 인지하지 못했다는 점을 밝혔다. 아울러 항공과장으로 근무하면서 추진했던 여러 업무를 하나하나 열거 하면서 그 추진 배경이나 과정 그리고 성과를 설명했다. 그러면서 그동안 오랜 경찰생활을 하고 이제 정년을 얼마 남겨있지 않은 처지라든가 그 과정에서 별다를 과오가 없었다는 점 그리고 재직 중 받은 포상 등을 참작해서 선처를 해 줄 것을 호소하였다. 사실 나는 이런 일련의 절차를 거치면서 많은 부분에서 사실이 다르고 모순점 드러났기 때문에 취소처분은 아니라도 적어도 감경처분을 받을 수 있지 않을까 생각을 했었다. 준사법기관으로서의 소청심사위원회의 위상을 믿었기 때문이었다.

그런데 이게 웬일인가. 주심문관으로부터의 첫 질문이 신규헬기 취항식을 거론하면서 왜 예산도 없는 일을 해서 업자에게 비용대납의 빌미를 제공했느냐는 것이었다. 그러면서 처음에 기대했던 바와는 전혀 다르게 분위기를 몰아가는 것이었다. 이 첫 질문을 받고 순간 허를 찔린 기분이 들었다. 이어진 질문들도 대부분 이와 비슷한 취지의 내용들이었다. 심문관의 심문방향은 시종일관 비슷했다. 그러면서 청구인인 나의 주장은 거의 거론조차 하지 않는 것이었다. 반면에 반대편 피청구인 측에게는 별다른 질문도 하지 않았다. 기껏 몇 가지 던진 질문도 그들의 주장을 인정하고 이를 합리화하는 확인 차원의 질문으로 일관했다. 같이 동석했던 계장과 후임과장에게 던지는 질문들도 전반적으로 거의 비슷했다. 한마디로 분위기가 완전히 피청구인 측의 처분대로 가는 분위기였다. 뜻밖의 일이었다. 준사법기관이라 할 수 있는 중립적 기관에서의 심리가 왜 그렇게 흘러갔는지 도무지 이해가 가지 않았다. 같이 동석했던 다른 소청 당사자들도 모두 어이가 없어하기는 마찬가지였다. 준사법기관으로서 아주 객관적 입장에서 양쪽 입장을 충분히 듣고 절차를 진행할 줄 알았는데 전혀 뜻밖의 일이 벌어진 것이다. 처음 낙관했던 결과는 기대할 수 없는 분이기여였다.

소청심사장의 분위기는 이미 결과가 나온 거나 마찬가지였다. 실체적 진실이 밝혀지리라는 처음의 기대는 물거품이 되는 순간이었다. 공직에 들어와 처음 징계도 당해보고 소청도 해보는 등 없는 것 있는 것 다 해 본다는 푸념을 하면서 일단 단념을 해야 할 입장이었다. 준사법기관이라 할 수 있는 기관에서조차 거액의 금품을 수수해 파면된 사람의 주장만을 인용하고 사실로 단정을 하니 할 말을 잃었다. 세상만사가 정의의 편에서 사실대로만 흘러가는 것이 아니라는 것을 깨달았다. 순간 과거 봉건왕조 시대는 물론이고 현대 사법절차에서조차 있었을 것으로 추정되는 수많은 억울한 희생자들이 머리에 떠올랐다. 예상했던 대로 결과는 그대로였다. 이튿날 전화메일을 통해 전해들은 소청결과는 당연히 기각이었다.

도저히 받아들일 수 없는 결정문을 가지고 선배 변호사를 찾아가 자문을 구하였다. 그 분도 같은 의견이었다. 기각은 전혀 뜻밖의 일이라는 것이다. 그러면서 비록 개인적 의견이지만 이런 사건의 경우 아무리 준사법적기관이라 해도 처분청의 의견이나 입장을 전혀 무시할 수 없었을 것이라는 견해였다. 경찰서 같은 일선기관이 아니고 중앙의 경찰청 단위의 처분이라면 더욱 그러다는 것이다. 틀림없이 소청심사위원회에서는 피소청인이 소청인의 소청사실에 대한 내용을 통보받고 마련한 대응논리 외의 입장을 직간접적으로 전달받았을 것이라는 것이었다. 특히 소청심사위원회의 경찰출신 상임위원을 통하여 피청구인인 경찰청의 뜻을 직 간접적으로 전달받았을 것이라는 견해였다. 이런 마당에 억울함을 풀 방법은 마지막 법적 대응 밖에 없게 되었다. 그래서 행정소송을 제기하기로 마음먹었다. 또 다시 처분사유서 등 관련서류를 가지고 행정소송 전문변호사를 찾아갔다. 행정소송 전문변호사는 관련 서류를 꼼꼼히 확인 한 후 많은 부분에서 논리적 모순과 문제점을 지적하며 행정소송을 반드시 제기해야 한다고 하는 것이었다.

그러나 소송을 함에 있어서 걸림돌이 있었다. 그것은 시간이었다. 정년이 1년도 채 남지 않는 상태에서 오랜 기간에 걸쳐서 진행되는 소송의 실익이 과연 있느냐 하는 것이었다. 퇴직 후에나 결정이 날 가능성이 있기 때문에 승소를 해도 별다른 실익이 없었다. 그리고 취소처분이나 감경처분을 직접 내리는 소청절차와는 달리 행정소송은 원처분의 무효나 취소만을 선고하기 때문에 그 판결내용을 가지고 또 다시 별도의 징계절차를 거쳐야 한다. 무효나 취소 판결이 난다 하더라고 별도의 징계절차를 거쳐야 하는 것은 좋지 않은 기억을 되살려 또 다른 어려움을 겪는 일이다. 시간이 약이라고 좋지 않은 일은 망각 속에 빨리 잊는 것이 상책이다. 이런 저런 생각을 하면서 나 자신의 나약함과 함께 인생 만사 모든 것이 진실과 정의대로만 흘러가는 것이 아니구나 하는 것도 깨달았다. 또한 거대한 조직의 힘과 계급사회에서 계급의 강함을 알았다. 개인 한사람이 거대한 조직을 상대해서 아무리 몸부림쳐도 어쩔 수 없구나 하는 한계도 느꼈다. 나는 결국 소송의 실익이 없고 또 다른 절차를 거칠 자신이 없어 눈물을 머금고 행정소송을 하지 않기로 했다.

흔히 경찰에서는 억울하면 출세하라는 말이 있고 계급이 깡패라는 말도 있다. 재직 중 비교적 젊은 나이에 중간간부를 거쳐 경찰서장을 몇 번 했지만 그래도 제 3자적 위치라도 되듯이 일선 직원들을 대할 수 있는 높은 벼슬에 이르지 못해 이 험한 꼴을 당하는구나 하는 생각도 했다. 경찰 같은 계급사회에서는 계급은 절대적이다. 한 계급이라도 높으면 그에 상응한 예우와 대접을 받는다. 뿐만 아니라 그에 따른 정당성을 선점하고 절대적인 권위를 수반한다. 문제는 계급이 올라 갈수록 솔선수범과 자기절제를 몸소 실천하고 객관적 입장에서 냉철하게 사안을 볼 수 있는 능력을 가져야 함에도 종종 그러지 못한 경우가 있다는 것이다. 합리적 충고와 건의를 받아들이기보다는 계급과 권력에 스스로가 취해서 지켜야 할 품위와 절제력을 잃는 경우도 종종 있기 때문이다. 계급사회에서 강등은 신분강등 이상의 엄청난 의미가 있다. 조직 내에서는 물론이고 사회적으로도 명예와 인간관계 등 모든 것을 잃게 하는 가혹한 징벌이다. 최근 이런 가혹한 일을 언론매체나 혹은 지인들로부터 종종 보고 듣는다. 그때마다 참 마음이 아프다. 사안에 따라서는 그런 무거운 처분을 내려야 할 정도의 잘못인가에 대하여 고개를 갸우뚱하게 할 때도 있기 때문이다. 계급사회인 경찰조직에서 최고 의사결정권자의 권위는 가히 절대적이다. 그의 지시나 명령은 조직 내에서는 그 무엇보다도 우선이고 절대적 선이다. 내부적으로 전혀 통제되지 않고 막강한 권한을 행사하는 것이다. 통상적으로 독제라는 말도 이러한 경우에 해당하지 않나 싶다. 그러니 이런 어려움을 겪는 것은 어떻게 보면 계급사회에서 피할 수 없는 숙명일지도 모르는 일이다.

04

전직 경우로서의 소회

1.
힘들었던 시절

국민들이 일상생활에서 가장 자주 보고 접할 수 있는 사람이 바로 경찰관이다. 누구나 어렵고 힘들 때 경찰을 찾는다. 이렇듯 대부분의 경찰 업무는 늘 국민의 일상생활 속에서 이루어진다. 경찰은 국민에 대한 봉사자이며 법과 질서를 수호하는 법 집행관이다. 경찰관 한 사람 한 사람은 진정 봉사자로서의 소명의식과 함께 봉사정신이 마음속 깊이 내재되어 있어야 한다. 처음 직업으로서 경찰을 선택했다고 하더라도 진정한 봉사의 의미를 깨닫고 이를 실천하도록 노력해야 한다. 아울러 법 집행관으로서의 높은 윤리의식과 도덕성도 겸비해야 한다. 이를 바탕으로 국민의 신뢰를 얻고 경찰관으로서의 긍지와 자부심을 갖고 주어진 소임을 다해야 한다. 그러나 경찰이 이런 의미를 깨닫고 부단히 노력을 하려 했지만 유감스럽게도 그에 걸맞는 대우와 신뢰를 받지 못한 때가 많았다. 오히려 신뢰를 받기보다는 비난의 대상이 되곤 했다. 주어진 업무의 특성상 실수나 잘못이 따를 수도 있는데 그때마다 경찰은 늘 비난의 표적이 되곤 했다. 일상에서 벌어지는 사건이나 사고의 최종 종착점은 항상 경찰 몫이 되어 어느 경우든 경찰에 비난이 쏟아졌다. 그때마다 경찰은 동네북이 아닌가도 싶었다. 밤낮 없이 고생은 고생대로 해놓고 이런 비난과 욕을 먹으니 그때마다 한 사람의 경찰관으로서 솔직히 참 억울하기도 하고 분하다는 생각을 하기도 했다. 그리고 우리 사회가 왜 이렇게 매정할까 하는 아쉬움과 함께 푸념도 했었다. 이런 상태에서 공권력의 권위는 정말 땅바닥에 떨어져 현장 경찰관들은 온갖 수모를 겪어야만 했다.

그러나 이것은 경찰에 문제가 있기도 했지만 당시 사회적 흐름도 한 원인이 되었던 같다. 그 가운데는 정치적 요인도 많이 작용했다. 정치적 격변기에 경찰이 처한 숙명이기도 했던 것이다. 10·26 사건 이후 박정희 정권이 무너지고 1980년 마침내 '서울의 봄'이 찾아왔다. 유신 독재정권이 물러나고 이제는 정말로 민주주의 시대가 도래하는구나 하고 온 국민이 들떠 있었다. 그러나 이것도 잠시였다. 온 국민의 민주화에 대한 열망을 짓밟고 또 다시 신군부에 의한 정변(12·12사태와 5·17계엄 확대조치)이 일어난 것이다. 군부정권이 막을 내리는가 싶었는데 또 다시 군부정부가 들어선 것이다. 신군부 세력의 제5공화국 정권하에서 경찰은 정말 힘들었다. 태생적 한계와 정통성이 약한 군사정부 하에서의 혼란했던 시국상황을 온몸으로 막아야 했기 때문이다. 당시 나는 군대를 만기제대하고 복학을 해서 대학에 다니고 있었다.

나는 학창시절 시국상황에 대해서는 별로 신경을 쓸 여력이 없었다. 복학생으로서 취업 등 진로 문제가 가로 놓여 있었기 때문이었다. 그러지만 후배 재학생들은 당시 시국현안에 대해서 극히 민감해 있었다. 폭발하기 직전의 휴화산이라고나 할까하는 에너지가 저변에 흐르고 있었던 것이다. 때문에 당시에는 학생들 동향을 파악하기 위해서 대학구내에 정보형사는 물론 사복을 입은 전경까지 아예 상주하다시피 했다. 이때까지만 해도 나 스스로가 경찰이 될 줄은 꿈에도 생각하지 못했다. 80년대 초반 학원자율화 조치 이후 서서히 대학가 에너지가 분출되기 시작했다. 공교롭게도 이 엄중한 시기에 나는 대학을 졸업하고 경찰에 투신하여 이미 한 사람의 경찰관이 되어 있었다. 이때부터 공교롭게도 직선제 개헌이라는 국민적 요구와 맞물려 학생시위가 밤낮을 가리지 않고 이어지기 시작했다. 이 시기에 나는 초임 경찰간부로서 본격적으로 시위현장에 투입되기 시작했다. 돌과 화염병이 난무하는 시위현장에서 경찰은 온몸으로 이를 막았다. 나는 진압부대 소대장으로 최루탄과 돌 화염병이 난무하는 전쟁과도 같은 상황 하에서 하루하루를 보내야만 했다.

당시 경찰은 정말 힘들고 어려웠다. 이렇게 고생을 해도 국민들은 경찰을 믿어 주지도 않았고 그에 상응한 대접도 해주지 않았다. 오히려 경찰을 정통성 없는 군사정권의 하수인쯤으로 생각했다. 경찰에 대한 믿음이나 신뢰도 거의 없었다. 때문에 당시 경찰에 대한 직업 선호도도 아주 낮았다. 거의 최하위 순위였다고 해도 과언이 아니었다. 이때는 경찰 내부적으로 문제가 많았었다. 특히 업무시스템이나 구성원 개개인의 의식면에서 그러했다. 당시 일선 경찰관들은 공무원으로서의 공복의식이나 소명의식도 그다지 없었던 것 같다. 대부분의 경찰관들이 열악한 환경과 피곤에 찌든 한 사람의 직장인으로서 하루하루 피동적인 생활을 이어 나갔던 것이다. 이것은 경찰관 개개인들의 의식의 문제이지만 열악한 근무환경과 처우 때문이기도 했다. 이런 가운데 인력도 크게 부족했다. 24시간 치안을 담당하는 경찰은 그에 따른 교대 인력이 필요하다. 밤낮으로 이어지는 업무에 비례하여 인력이 충원되어야 하는데 교대인력도 없이 겨우 교대 흉내만 내면서 근무 시스템이 운영되다시피 했다. 물론 장비나 시설 등 치안 기반도 제대로 갖추어져 있지 않았다. 지서나 파출소에는 승용차는커녕 겨우 자전거나 오토바이 한두 대 정도 비치하고 있을 뿐이었다. 적은 인력으로 복잡한 치안이라는 막중한 업무를 수행하다보니 과업관리도 제대로 되지 않았다. 일과 휴게가 불분명하여 일의 집중도가 떨어지고 직원들은 만성 피로감에 지쳐 있었다. 일선직원들은 대부분 눈에 핏발이 가시지 않을 정도로 만성 피로에 젖어 사기는 크게 저하되었다.

나는 초임 간부시절 파출소장 한 번 지서장 두 번을 거쳤다. 당시에는 전일근무 체제로 보통 지·파출소에 7~8명의 경찰관이 배치되어 있었다. 전·후반 소내 근무 교대 조 2명을 제외하고 나머지는 순찰이나 방범진단 등 외근근무를 하도록 되어 있었는데 보통 오전 9시부터 오후 8시나 9시까지 근무지정을 했다. 경우에 따라서는 오후 10시까지 근무지정을 하고 그 이후까지 잠복근무 지정을 할 때도 있었다. 문제는 이렇게 과중한 업무를 시키면서도 비번도 제대로 부여하지 못했다. 일주일에 겨우 한번 정도 비번이 주어졌다. 교대 근무는커녕 근로 기준법상의 근무시간도 지키지 못했다. 이런 상황에서 근무를 지정한 대로 근무를 하는 사람은 거의 없었다. 감당할 수 없는 일을 시키니 이를 할 수 없었던 것이다. 야간 상황에 투입된 직원은 반드시 다음날 비번을 주어야 한다. 그럼에도 잠을 전혀 자지 못하고 밤을 꼬박 지새운 소내 근무자를 그 다음날 시위진압이나 직장훈련에 동원했다. 당시에는 이런 일련의 일들이 당연한 것처럼 받아들여졌고 반복되었다. 문제점을 개선하겠다는 어떠한 문제의식이나 개선에 대한 의지도 없었다. 이렇게 일을 해도 그에 상응한 보상도 거의 없었다. 당시에는 시간외 수당도 지급되지 않았다. 교통이나 수사형사 등 타 기능도 거의 대동소이했다.

일의 많고 적음과 공적의 크고 적음을 따져서 승진과 포상을 하는 논공행상에도 문제가 많았다. 당시 조직내부에서는 일 따로 포상 따로라는 자조 섞인 말이 오가곤 했다. 아무리 열심히 일을 해도 외부청탁이나 이면의 암묵적인 거래나 통로가 없으면 포상이나 승진에 탈락하는 사례가 비일비재했다. 소위 요령이 있고 로비를 잘하는 사람이 과실을 차지했다. 인사가 있은 후에는 통상 뒷 잡음이 많이 오고 갔다. 해당 직원들은 불평불만을 토해내고 허탈해 했다. 조직이 힘을 발휘해서 조직의 발전을 꾀하려면 조직 구성원 모두가 하나된 모습을 보여주어야 한다. 그런데도 경찰은 단합된 모습을 보여주지 못했다. 특히 검찰과의 관계에서 수사권을 논할 때도 단합된 힘을 보여주지 못해 지휘부와 일선직원들은 물과 기름처럼 따로 놀았다. 심지어는 수사권 조정에 대해서도 일선 직원 중에는 누구 좋은 일 시키느라고 수사권 독립이냐 하면서 오히려 검찰 편을 드는 사례도 있었다. 이러한 정서는 특히 수사부서 근무자들이 더욱 심했다. 그래서 경찰은 스스로 모래알 조직이라는 자조적인 말이 회자되곤 했다. 적어도 이런 것들은 공정치 못한 인사문제나 지휘부의 잘못된 처신도 일조를 했다.

상하 간 소통에도 문제가 있었다. 경찰은 제복조직으로서 위계질서가 엄격하다. 특히 계급사회이다 보니 계층제의 원리가 철저히 작동한다. 때문에 타 조직에 비하여 상하 간 의사소통이 원활하지 못했다. 지휘부의 정책이나 방침이 그대로 일선에 전달되지 못했다. 국민의 안전을 지킨다는 것은 생각 이상의 깊은 뜻이 담겨 있는 것이다. 사람에게 안전하게 먹고 생활하는 것만큼 중요한 것은 없기 때문이다. 이런 가장 기초적인 생존의 욕구를 충족시키기 위해서 일하는 기관이 바로 경찰이다. 경찰이 하는 일은 법규상의 의무 이상의 뜻이 담겨 있는 것이다. 그럼에도 많은 경찰 구성원들은 국민에 대한 진정한 봉사정신이나 공직자로서의 윤리의식도 부족했다. 조직내외를 막론하고 부정과 부패요소도 적지 않았다. 특히 수사와 교통 등 국민 접점부서에서 부정과 부조리가 많았다. 당시에는 교통계 근무가 제일 선호하는 보직이었다. 특히 외근 백차나 교통 싸이카 승무를 더욱 선호했다. 왜 그랬을까? 부조리의 수입원이 있었기 때문이었다. 예나 지금이나 교통 업무는 민원이 많다. 특히 일선 경찰서 교통사고 조사계는 온갖 민원이 많은 곳으로 정평이 나 있는 부서이다.

이런 교통사고 조사계에 일반 법인택시 회사의 영업과장들이 진을 치고 있었다. 어느 경찰서는 사무실에 마치 직원인 것처럼 사무실 한 모퉁이에 책상까지 마련해 준 경우도 있었다. 그들은 때가 되면 교통사고조사 요원들에게 식사를 사준다든가 온갖 시중을 들어주곤 했다. 왜 법인 택시 영업과장들이 경찰서에서 이렇게 했을까? 그 답은 자명하다. 하루 24시간을 쉼 없이 운행하는 택시의 속성상 택시는 늘 사고에 노출되어 있다. 빈번한 사고에 대비해서 유사시 자신들에게 유리한 사고처리가 될 수 있도록 담당 경찰관들에게 미리 보험을 드는 격인 것이다. 문제는 이런 편의를 제공 받은 경찰서 교통사고처리 요원들이 과연 공정하게 객관적으로 사실대로 사고처리를 했을까 하는 것이다. 아마 그렇게 하지 못했을 것이다. 평소 온갖 편의를 받아온 입장에서 택시 편에서 일을 할 수밖에 없었기 때문이다. 이런 여건 하에서 업무의 투명성과 공정성을 처음부터 기대할 수 없었던 것이다. 이런 일들은 특히 수사나 교통 등 민원분야에 특히 많았다. 그러다보니 당시 국민들은 경찰이 아무리 공정하게 일을 해도 그대로 믿어 주지 않았다. 늘 국민의 불신을 받아왔다. 국민들은 특정 민원을 제기할 때도 경찰의 처분을 믿지 못했다. 때문에 누구에게 청탁을 하지 않으면 늘 불안해했다.

경찰은 처우도 많이 열약했다. 통상 대규모 시위가 예상된다든가 올림픽이나 월드컵대회 같은 국가적 행사가 있으면 기동부대를 비롯한 전국의 경찰관들이 서울로 동원된다. 동원된 경찰관들은 공설 체육관이나 시내 호텔의 지하 기계실이나 방재실에 메트리스를 깔고 숙식을 해야만 했다. 주어진 당면 업무를 완수한다는 목표만 있었지 경찰관들의 복지나 인권은 늘 뒷전이었다. 지파출소를 비롯해 대부분 경찰관서의 청사나 시설 또한 남루하고 협소했다. 지파출소의 청사는 마치 성냥갑처럼 일정한 건축양식의 모델을 표준으로 해서 운영했으나 좁고 불편하기는 마찬가지였다. 경찰관 휴게장소는 물론 민원인 대기할 곳 하나 없었다. 경찰서 건물들도 이와 비슷했다. 사무실이 비좁아 별도 가건물을 지어 사용하는 경우도 흔히 있었다. 사무실이 비좁아 대부분 휴게시설 하나 없었고 지하의 구내식당들은 대부분 음침하고 칙칙했다. 인접해 있는 일반 자치단체 청사 건물과는 비교가 되지 않았다. 치안이라는 막중한 임무를 수행하는 경찰관서의 근무환경이 이처럼 열악했다. 24시간 긴장 속에서 사건처리에 매달여야 하는 경찰은 주간업무 뿐 아니라 야간 당직근무도 아주 힘들다. 물론 전 후반으로 교대근무는 하지만 꼬박 뜬 눈으로 밤을 새워야 하는 경우도 많다. 이렇게 힘든 야간 당직근무를 해도 그에 대한 보상은 정말 형편이 없었다. 얼마 전까지만 해도 경찰서 내근요원들의 당직비는 몇 천원에 불과했다. 휴일은 만 원 정도 되었다. 당직 일비는 물론이고 식사비도 부족했다. 그런 반면 일반 군청이나 시청직원의 당직비는 그 몇 배가 넘는 곳이 대부분이었다. 야간치안 상황까지 처리하는 경찰에 비해서 일반 행정공무원은 상대적으로 당직업무가 수월했는데도 그러했다. 워낙 당직비가 차이가 많다 보니 뒤늦게 현실화가 되기는 했다. 이처럼 복지 측면에서도 처우가 열약했었다. 이런 어려운 여건 하에서도 대다수 경찰관들은 사명감 하나로 묵묵히 주어진 소임을 다해야만 했던 것이다.

과거 일선 경찰관들은 관내에서 중요 요인에 대한 경호가 있다든가 크고 작은 집회상황이 있을 경우에는 시도 때도 없이 동원이 되기 일쑤였다. 특히 토요일이나 일요일 등 휴일에 동원이 많았다. 지금은 업무의 분업화가 철저히 지켜지지만 과거에는 그렇지 않았다. 관내에서 현안업무가 발생하면 업무구분 없이 지파출소 직원은 말할 것도 없고 외근형사요원이나 교통요원들도 동원이 되곤 했다. 이런 잦은 동원에도 불구하고 그에 따른 시간외 수당이나 금전적인 보상이 전혀 없었다. 심지어는 심야 동원 시에도 택시비 등 교통비도 스스로 부담을 해야만 했다. 휴무일에 동원되는 것도 야속한데 이에 대한 보상은커녕 오히려 본인이 교통비나 식사비까지고 부담하면서 일을 해야 했다. 제복을 입은 경찰관이라는 사명감 하나로 이런 어려움을 극복했던 것이다. 그래도 우리 세대는 운이 좋은 편에 속했다. 발전 도상에 있었기 때문에 선배경찰들 보다는 좀 여건이 나았기 때문이다. 해방 후 혼란기 그 어려운 환경에서 또 6·25라는 전쟁의 참화 속에서 치안과 호국에 헌신했던 선배경찰들은 더 열악한 환경 속에서 어렵게 고생을 했다. 치안을 넘어 국가의 안위까지 책임져야 했던 호국경찰로서의 막중한 임무를 해야만 했는데도 말이다.

2.
발전을 위한 노력

그동안 경찰은 많은 변화와 발전을 거듭했다. 정말 분골쇄신하여 낡고 불합리한 관행을 개선하고자 많은 노력을 기울였다. 국립경찰 창설 이후 경찰은 기회 있을 때마다 국민의 신뢰를 받고자 많은 노력을 기울였지만 별 다른 성과는 나타나지 않았다. 그러다가 90년대 들어서 변화와 개혁 작업이 본격화 되면서 점차 성과가 나타나기 시작하지 않았나 싶다. 선진국의 문턱에 접어 든 현대 우리 사회는 과거 그 어느 때보다도 투명해지고 공정한 사회가 되었다. 그러나 불과 20~30년 전까지만 해도 사회 구석구석에 부정과 부조리가 잔존하는 후진국형 사회 모델을 벗어나지 못 했다. 이러한 사회현상은 경찰을 비롯한 공직사회 전반에 드리워져 있었다. 부끄러운 얘기지만 얼마 전까지만 해도 경찰에는 상납관행이 남아있었다. 민원 현장이나 일선에서 일하는 직원들이 상급자에게 돈 봉투를 만들어 성의를 표하는 관행이었다. 경우에 따라서는 상관이 암묵적으로 상납을 강요하거나 분위기를 그렇게 몰아가는 경우도 있었다.

지서나 파출소 또는 경찰서와 같은 일선기관에서 상급기관을 방문할 때도 상납관행은 잔존했다. 이러한 상납관행도 90년대 들어서 서서히 없어지기 시작했다. 90년대 초 들어선 문민정부가 강력하게 추진했던 정치인과 공직자에 대한 재산공개를 계기로 사회가 투명하게 변화하는 시대적 흐름이 있었기 때문이었다. 이 시기부터 경찰에게도 큰 변화가 일기 시작했다. 주먹구구식이었던 업무시스템은 물론 열악한 근무환경과 불합리한 교대제 등 근무체제도 점차 개선해 가기 시작했다. 이때부터 비록 제한된 범위 내에서지만 전일제 근무체제가 교대 근무체제로 바뀌기 시작했다. 그리고 조직 내에 널리 퍼져 있었던 낡은 의식과 관행을 타파하고 부조리를 일신하기 위해 의식교육과 함께 자정활동이 전개됐다. 업무의 공정성과 신뢰성을 제고하기 위해 전문교육을 강화하고 첨단과학 장비도 갖추어 나갔다. 또한 직원들의 후생복지를 개선하기 위해 보수를 현실화하고 근무환경도 점차 고쳐나갔다.

이런 각고의 노력으로 경찰은 정말 상전벽해라고 할 만큼 많은 변화를 이끌어 냈다. 필자는 처음부터 초급간부로서 이러한 격동의 시대흐름과 경찰의 발전상을 온몸으로 겪었기 때문에 경찰의 변화를 실감한다. 현재의 우리 경찰은 과거 70년대나 80년대식의 과거 경찰이 이미 아니다. 제도와 관행 그리고 의식과 근무환경 등 모든 것이 180도 바뀐 새로운 경찰로 재탄생한 것이다. 정말로 환골탈태가 되었다. 그동안 모든 것이 변화하고 발전을 했지만 그 중에서도 제일 많이 변하고 발전한 분야가 바로 경찰이 아닌가 싶다. 이런 변화에 힘입어 이제 경찰은 그 어느 때보다 정직하고 공정해졌다. 뿐만 아니라 정확해지고 친절해졌다.

지금은 지구대나 파출소 등 경찰관서 어디를 가도 아주 친절하다. 일반 행정관청은 물론이고 심지어는 금융기관이나 일반 회사 사무실보다도 오히려 더 친절하다는 말을 흔히 듣는다. 내부 행정절차는 물론 대국민 치안서비스 또한 더없이 투명해지고 공정해졌다. 간혹 돌출행동이나 물의를 야기하는 사례가 발생하기도 하지만 이제 대부분의 경찰관들은 투철한 사명감과 소명의식을 갖고 맡은 바 직무에 충실히 임하고 있다. 이런 경찰의 의식과 행태변화로 이제 국민들은 경찰이 하는 일을 믿고 신뢰하기 시작했다. 경찰의 신뢰 상승은 조직 내·외에 많은 변화를 가져왔다. 경찰관들은 사기가 높아지고 하는 일에 대해서 긍지와 자부심을 갖게 되었다. 계급을 떠나서 구성원 모두가 전문성을 가진 실무담당자라는 자부심을 갖고 소관 업무에 대해서 소신껏 일을 한다. 그 만큼 전문성에 대한 권위를 인정받고 존중받는다. 경찰서 과장이나 서장이라도 독자적으로 업무를 담당하고 있는 부하 직원에게 그 어떤 부당한 지시나 명령을 하지 않는다. 부당한 지시를 하는 관리자도 없을 뿐더러 그러한 지시를 받아도 이를 따르는 직원도 없다. 이제 경찰관들은 자신의 업무에 대한 전문성을 갖고 그에 따른 긍지와 자부심을 갖게 되었다. 이런 경찰의 발전상으로 인하여 경찰의 이미지 또한 더욱 향상되어 유능한 인재들이 몰려들고 있다. 시대흐름과 함께 이제 경찰은 자질이 뛰어난 엘리트 경찰로서 완전히 세대교체가 되었다.

CCTV나 CPTED 등 치안 인프라 구축, 각종 통신 수사기법 개발, 유전자(DNA) 정보 활용 등 경찰의 업무환경은 갈수록 양호해지고 있다. 경찰은 최첨단 과학기술로 우수한 치안환경을 업무에 적극 활용하고 있다. 범죄예방과 수사 활동은 더 한층 역량이 강화되어 업무의 정확도가 높아지고 범위도 넓어졌다. 최근에는 사회이목을 끄는 대형사건이 발생해도 국민들이 깜짝 놀랄 만큼 신속히 범인을 검거하여 사건을 해결한다. 이제 머지않아 우리 경찰 앞에 미제사건이라는 말은 사라질지도 모른다. 과거에는 소위 뺑소니 사건이 발생해도 범인검거가 아주 힘들었다. 그러나 발전된 과학수사 기법과 첨단화된 과학 장비 그리고 호전된 치안 환경에 힘입어 현재는 국민이 놀랄 정도로 뺑소니 범인을 거의 검거한다. 심지어 혼잡한 출근 길 지하철에서 분실한 물건이라든가 선반위에서 놓고 내린 물건도 거의 찾아 준다. 과거에 흔히 발생했던 어린이 유괴사건이나 강도사건도 발생빈도가 급격히 줄어들었다. 거의 발생하지 않는다. 범인검거가 최상의 예방책이다. 범행을 하면 바로 검거되는데 누구라도 그런 범행을 범할 리가 없기 때문이다. 바로 호전된 치안 환경과 경찰의 최첨단 과학기술을 이용한 수사능력 덕분이다.

근무환경과 보수를 비롯한 처우도 많이 향상되었다. 공사나 일반 대기업 등과 비교하는 것은 무리가 있지만 그래도 경찰의 보수는 많이 현실화 되었다고 본다. 그만큼 경찰의 근무환경이나 후생복지가 많이 양호해졌다. 이러한 대국민 신뢰도 상승과 후생복지 개선 등의 영향으로 우수한 인재들이 경찰에 몰려들고 있다. 일반 공채출신들도 대부분 대졸 출신들로 채워지고 있으며 경찰대학이나 경찰간부후보생의 인기도 더욱 높아가도 있다. 대국민 신뢰도 향상과 대폭 신장된 내부역량으로 미루어 검찰과의 수사권 조정 문제도 머지않아 좋은 쪽으로 결론이 날 것이라 믿는다. 마침 정권교체로 새 정부가 들어서면서 수사권조정을 골간으로 하는 검찰개혁이 시대적 과제로 대두된 만큼 수사권 조정은 반드시 실현되리라 믿는다. 그런 측면에서 이제 검찰도 도도히 흐르는 시대의 흐름을 더 이상 거역할 수 없을 것이다. 수사권과 수사지휘권 그리고 기소권을 독점하여 무소불위의 권한을 행사하는 검찰의 행태는 말로 형언하기조차 어려웠다. 지금도 별로 나아진 것은 없지만 과거 검찰의 권한은 하늘을 찌르는 듯했다. 새파란 초임 검사가 '영감'소리를 들으면서 유치장 점검이란 명분으로 경찰서장실을 방문하여 아버지뻘 되는 경찰서장 자리에 앉아 하대를 하면서 온갖 권세를 부렸던 때도 있었다.

수사지휘와 관련이 없는 형집행장을 집행하면서도 바쁜 경찰관들을 마치 심부름 꾼 부리듯이 오라 가라 하기도 했다. 당시 법무부 소속 공무원은 그 누구든 바로 눈앞에서 범행을 인지했어도 경찰은 수사를 하지 못했다. 인지와 동시에 신병을 검찰로 이첩해야만 했다. 법 앞에 누구든 평등한데 법무부 소속 공무원이라고 해서 경찰이 수사를 못하는 것은 있을 수 없는 일이었다. 상황이 이렇다 보니 검찰청사를 경비하는 수위조차 번번이 출입하는 경찰관들에게 온갖 위세를 떨었을 정도였다. 필자가 초임간부시절부터 느낀 것은 검찰은 권한은 있으나 책임을 지지 않는 조직이었다. 최근 끊이지 않고 이어졌던 일련의 부패 스캔들 또한 절대 권력을 행사하는 조직 구조상 필연적으로 발생할 수밖에 없는 사건들이었다. 최근의 문제들도 아주 제한적이지만 경찰에 수사개시권이 인정되었기 때문에 수면 위로 떠오르게 되었다고 생각한다. 외부기관에 의한 견제와 균형의 원리가 작동되지 않으면 이런 불행한 사건은 언제든지 일어날 것이다. 경찰이든 검찰이든 오로지 국민의 편에서 국민을 위해서 존재한다는 점을 인식하고 기관 간 권한다툼이 아닌 진정한 국민의 기관으로 거듭나는 방향으로 권한을 분점 할 때가 되었다.

3.
몇 가지 바람

이제 우리 경찰은 과거의 모습을 탈피하고 국민으로부터 점차 많은 신뢰를 쌓아가고 있다. 그렇더라도 앞으로 더욱 국민의 사랑과 신뢰를 받는 선진 경찰로 거듭나려면 의식과 행태 면에서 더 많은 변화가 있어야 한다. 그 중에서 가장 중요한 것은 경찰관 개개인의 의식변화가 아닌가 싶다. 조직의 변화를 이끄는 것은 역시 사람이기 때문이다. 경찰관 모두가 민중의 지팡이라는 투철한 소명의식을 갖고 정말로 어렵고 힘든 사람들이 믿고 의지 할 수 있는 진정한 공복이 되어야 한다. 경찰관이 지녀야 할 가장 중요한 덕목은 남을 위해서 배려하는 봉사정신이다. 경찰관이라면 누구나 진정 마음으로부터 우러나오는 봉사정신이 마음속 깊이 내재되어 있어야 한다. 국민의 안전과 사회질서를 유지하는 치안이라는 업무가 기본적으로 큰 틀에서 봉사개념이기 때문이다. 경찰관은 모두 자신에게 주어진 소임을 진정한 봉사개념으로 체화하여 마음속에서 우러나오는 참된 봉사를 실천하도록 노력해야 한다. 막연히 직업인으로서 의무감으로써 하는 봉사와 진정 마음으로부터 우러나서 실천하는 봉사는 출발점부터 다르기 때문이다. 그것을 받아들이는 국민들도 경찰관들이 어떤 마음으로 자신들을 대하는지 금방 피부로 느낄 수 있다. 따라서 경찰관 개개인은 경찰관으로서 지녀야 할 품성과 소명의식 그리고 투철한 봉사정신을 함양토록 해야 한다.

아울러 경찰관들은 선공후사의 정신으로 사심 없이 공익을 위해 일한다는 책임의식도 겸비해야 한다. 제복을 입은 경찰관은 공직자 중의 공직자라고 할 수 있다. 통상 일반 국민들은 경찰을 생각하면서 동시에 정부를 연상하게 된다. 거리에서 불심검문을 당해도 또 운전 중 교통단속을 당해도 그것은 경찰 이전에 정부의 행위로 인식을 하는 경우가 많다. 왜냐하면 통상 국민들은 경찰은 정부를 대신해서 법을 집행한다는 인식을 갖고 있기 때문이다. 흔히 경찰을 거리의 재판관이라든가 걸어 다니는 정부라고 하는 이유가 바로 여기에 있는 것이다. 때문에 경찰관 한 사람 한 사람은 정부의 분신으로서 늘 공익의 대표자라는 마음을 가지고 이를 행동으로 옮겨야 하는 것이다.

경찰은 인권보호기관으로서의 역할에 더욱 충실해야 한다. 조직 내외를 막론하고 인권이 침해되거나 억울한 희생자가 생기지 않도록 해야 한다. 다행히 최근 새 정부가 들어선 이후 인권경찰로 거듭나기 위한 많은 노력을 기울이고 있지만 일반국민은 물론 조직내부 구성원에 대해서도 인권보호라는 가치를 실현하는데 모범을 보여야 한다. 경찰은 조직이 크고 구성원이 방대하다 보니까 내부 교육을 강화하고 관리 감독을 엄격히 한다 해도 종종 의무위반 사례가 발생한다. 방대한 조직에서 어떻게 보면 필요악일 수도 있다. 의무위반 행위를 최소화하고 조직의 건강성을 위해서 대대적인 감찰활동을 펼친다. 그런데 문제는 경찰의 감찰이 너무 가혹하다는 것이다. 가혹한 감찰활동으로 종종 인권이 침해되고 억울한 희생자가 생기는 경우가 흔히 있다. 이런 점을 의식해서 주기적으로 감찰의 제도와 관행 시스템을 바꾸려고 시도를 하지만 시간이 지나면서 과거의 행태로 회귀하곤 했다. 어떤 때는 감찰카드를 불태우는 등 문제점을 시정하려는 시도가 있었지만 근본적인 변화는 없었다. 어쨌든 인권보호 기관으로서 조직 내외를 막론하고 억울한 희생자가 없도록 해야 한다.

조직에 활기를 불어 넣고 사기를 진작시키기 위해서는 소통을 강화해야 한다. 경찰은 계급 조직이고 계층제의 원리가 작동하기 때문에 상하 간 소통이 원활하지 못한 측면이 있다. 통상 경찰에 있어서 소통이라 하면 공식채널을 통해서 상부의 뜻을 일선 기관에 일방적으로 전달하는 것을 의미한다. 경찰에서는 공식 채널을 통해서 일선 직원들의 의견이나 여론을 가감 없이 상부로 전달하기가 아주 힘들다. 다행히 최근 들어서는 그나마 좀 나아지는 추세이다. 공무원 노조결성과 SNS 등 인터넷 통신 수단의 발달로 일선 직원들의 의견이 여론형식으로 전달될 수 있기 때문이다. 특히 공무원노조가 활발히 활동하고 일부 퇴직자를 중심으로 한 외곽단체에 조직내부 문제를 쟁점화하고 이슈화하는 경우가 있어 과거보다는 많이 나아졌다. 그래도 계층제의 원리나 경직된 조직문화의 특성상 그것도 한계가 있을 수밖에 없다. 때문에 제도적으로 좀 더 통로를 다양화해 일선 직원들의 의견이 가감 없이 전달되어 정책에 반영되도록 할 필요가 있다.

어느 사회든 조직을 이끄는 것은 결국 사람이다. 경찰이 지금의 위치를 뛰어 넘어 더 많은 발전을 꾀하려면 구성원 개개인의 역량이 더욱 커져야한다. 그러기 위해서는 적극 문호를 개방해서 우수한 인력이 충원되도록 해야 한다. 다행히 최근 경찰에 대한 국민의 신뢰가 높아지고 이미지가 크게 향상되어 우수한 자질을 갖춘 젊은이들이 경찰의 문을 노크하고 있는 추세라 여건이 많이 좋아졌다. 그러더라도 가만히 앉아서 들어오는 사람을 받으려고만 할 것이 아니라 정책적으로 효과적인 방안을 마련하여 유능한 인재가 들어올 수 있도록 적극 노력해야 한다. 어릴 때부터 경찰에 대한 이미지를 좋게 만들기 위해서 유치원이라든가 초등학교를 찾아가 경찰이 하는 일을 적극 홍보할 필요가 있다. 이미지 형성이나 가치관은 어릴 때 형성되기 때문이다. 아울러 유소년기를 벗어나 진로를 고민하는 고등학교나 대학생들을 대상으로도 경찰의 장점이나 발전성 등을 적극 홍보하여 우수한 인재들이 경찰에 들어오도록 해야 한다.

경찰관이라는 것이 자랑스럽고 긍지와 자부심을 가지고 일할 수 있도록 경찰관의 복지향상에 더욱 관심을 가져야 한다. 과거에 비하면 많이 나아졌다고는 하지만 아직도 경찰의 처우나 근무환경은 많이 열악하다. 나는 지방 근무시마다 관내의 공단이나 기업체를 두루 다녀보곤 했다. 근무환경과 후생복지를 경험하고 살펴보기 위해서였다. 그때마다 규모가 적은 중소기업이라 하더라도 식당이나 휴게시설, 운동시설 등이 경찰서보다 월등히 양호한 것을 보고 놀랐다. 개인 기업의 후생복지가 그 정도로 양호한 줄을 미처 몰랐던 것이다. 근무환경이나 시설이 좋은 기업체를 방문하고 경찰서에 들어서면 마치 기와집에서 초가집으로 들어오는 인상을 받기도 했었다. 이런 환경에서 근무하는 경찰관들이 그 어떤 긍지와 자부심을 가지고 일을 할까 하는 생각이 들기도 했다. 이익 창출이 목표인 개인 기업체가 이처럼 직원들의 후생복지와 사기진작에 투자를 아끼지 않는 것은 나름대로의 이유가 있다. 소속감을 불어넣어 기업의 생산성을 높이고자 하면 소속직원들의 처우나 환경개선이 필수사항이라는 것을 CEO들이 알고 있기 때문이다. 마찬가지로 경찰관이 국민의 눈높이에서 능동적으로 일을 하고 경찰이라는 것에 대한 긍지와 자부심을 갖게 하려면 무엇보다도 처우를 비롯한 환경적 요소가 더없이 중요하다. 아직도 열악하기 이를 데 없는 경찰관서를 조속히 신축하거나 개·보수하여 근무환경을 대폭 개선해야 한다. 휴게시설도 마찬가지이다. 현재 각 지방에 산재되어 있는 수련원도 더욱 확대 증설하고 시설도 획기적으로 개선하해야 한다.

계급사회인 경찰조직은 생래적으로 분위기가 딱딱하고 경직되어 있는 면이 없지 않다. 이런 분위기를 좀 더 부드럽고 유연하게 만들어야 한다. 부드러워야 강력한 힘이 나오기 때문이다. 이를 위해서는 경찰대학 이관희 교수께서 주장한 소위 문화경찰을 적극 지향해 볼 필요가 있다고 생각한다. 제복조직으로서 법을 집행하는 경찰이기 때문에 더욱 그런 측면이 있다. 부드러워야 딱딱한 이미지를 탈피해서 일반 국민들도 친근감을 가지고 접근하기 쉽기 때문이다. 문화경찰은 음악동아리활동이나 시 낭송이나 그림 품평회 그리고 영화감상 같은 문화적 접근을 택할 수도 있고 야구나 축구 등산 같은 체육 활동을 통해서도 추진할 수 있다. 음악동아리 관련해서는 과거 대전 대덕경찰서의 '대덕 폴 사운드' 성공 사례를 하나의 예로 들 수 있다. 문화경찰을 지향하면 과거의 고정적 이미지에서 벗어나 친근한 경찰상을 심어줄 수 있고 구성원들로 하여금 자긍심과 소속감을 불어 넣고 조직생활에 보람과 흥미를 유발할 수 있는 이점이 있다. 어쨌든 딱딱한 조직문화를 벗어나서 좀 더 부드럽고 유연한 가운데 신바람 나고 흥미가 샘솟는 출근하고 싶은 조직문화가 되어야 한다.

평생을 경찰이란 조직에 몸담으면서 온갖 희로애락을 경험한 사람으로서 경찰은 인생의 전부라 해도 과언이 아니다. 우리 경찰이 정말로 주어진 소임을 다해서 국민의 신뢰와 사랑을 한 몸에 받는 진정한 민중의 지팡이가 되기를 바랄 뿐이다. 조직을 떠난 입장에서 이런 간절한 마음을 가지고 많이 부족하지만 그간 겪고 느꼈던 것을 간추려서 주마가편 식으로 몇 가지씩 적어 보았다. 유능한 인재들이 모인 경찰이 더 많은 고민과 열정을 가지고 조직 발전을 위해서 노력하리라 믿지만 한때 열정을 가지고 조직을 위해서 일했던 사람의 충언이라 생각하고 조직 발전에 조금이라도 보탬이 되었으면 하는 바람을 가져본다.

이카루스의 꿈

초판 1쇄 인쇄 2017년 9월 25일
초판 1쇄 발행 2017년 9월 30일

지은이 | 이자하

펴낸곳 | 북앤피플
대 표 | 김진술
펴낸이 | 김혜숙
디자인 | 박원섭
마케팅 | 이종률

등 록 | 제2016-000006호(2012. 4. 13)
주 소 | 서울시 송파구 성내천로39길 22-3
전 화 | 82-2-2277-0220
팩 스 | 82-2-2277-0280
이메일 | jujucc@naver.com

ISBN 978-89-97871-31-5 03800